Kein Ring, kein Kuss

Der Autor

Mark Hollberg ist Texter, Autor und Schriftsteller und lebt mit Frau und seiner Katze namens Kümmel sehr ländlich im Norden von Berlin.

Das Buch

Was als Reisebericht beginnt, entwickelt sich schnell zu einer zarten Liebesgeschichte mit Höhen, Tiefen und Verwunderungen. Die beiden jungen Menschen, die sich in einem israelischen Kibbuz begegnen, stammen aus sehr unterschiedlichen Kulturkreisen. Daliah, die Neueinwanderin, kommt aus dem Iran und Bernd, der von ihr Berenod genannt wird, ist ein reservierter Norddeutscher. Ein Roman über die Liebe, die auf leisen Sohlen kommt und auch vor unterschiedlicher Religion und Herkunft nicht haltmacht.

Mark Hollberg

Kein Ring, kein Kuss

Die Geschichte
von Daliah und Berenod

Roman nach einer
wahren Begebenheit

Bibliografische Information der Deutschen Nationalbibliothek:
Die Deutsche Nationalbibliothek verzeichnet diese Publikation in der Deutschen Nationalbibliografie; detaillierte bibliografische Daten sind im Internet über http://dnb.dnb.de abrufbar.

Mark Hollberg/Autor
Coverdesign: © TomJay – www.tomjay.de
Bildmaterial: © pawopa 3336- Fotolia.com; © VanderWolf Images - Shutterstock.com; © otherstock - Shutterstock.com

© 2019 Herstellung und Verlag: BoD – Books on Demand, Norderstedt

ISBN: 9783749430154

Vorwort

Fast 40 Jahre sind vergangen, als Bernd Schmidt auszog, die Welt zu erobern, aber nicht weiter als bis Israel kam, sich in das Land und in eine stolze Iranerin verliebte, die gerade als Neueinwanderin nach Israel gekommen war und ihn Stück für Stück mit ihrem Charme, ihrer Liebenswürdigkeit und ihrer orientalischen Schönheit vereinnahmte. Größer konnten die Gegensätze nicht sein. Sie, die 20jährige Jüdin aus dem Iran mit festen Moralvorstellungen und er, der kühle Norddeutsche, der Wein, Weib und Gesang nicht ausschlug und kaum erwachsen war. Nicht nur anfängliche Sprachschwierigkeiten machten den beiden jungen Menschen zu schaffen, auch störrische Familienmitglieder legten ihnen große Steine in den Weg und Bernds Aufenthaltserlaubnis währte nicht ewig.

Ein Ort der Sicherheit und der Geborgenheit war der Kibbuz, wo sie lebten und arbeiteten; hier wurden Daliah Cohen und der Deutsche Bernd Schmidt akzeptiert und in die Gemeinschaft aufgenommen, hier lernte er fließend Hebräisch, wurde Fachmann für Legehennen, verfolgte die vor ihm fliehende Daliah bis nach Jerusalem, startete zusammen mit ihr eine Karriere, die selbst für Israel ungewöhnlich ist und war plötzlich der nächste Angehörige einer frischgebackenen israelischen Soldatin, die ihren Wehrdienst zu erfüllen hatte und die schöner als Farah Diba, die Frau des Shahs von Persien, war. So viel Glück auf der einen Seite erforderte allerdings ein Gegengewicht auf der anderen Seite.

Kapitel 1

Der Tag der Abreise rückte näher, ich nahm Abschied von meinen Verwandten und Freunden und von meiner Heimatstadt, schnappte mir meinen vollgestopften Seesack und zog los. Vollgepackt sieht ein Seesack aus wie eine übergroße Wurst, leer kann man ihn ganz klein zusammenfalten und in einer Schublade aufbewahren. Diese große Wurst kann man lässig auf der Schulter transportieren, wie man es aus Filmen kennt, wenn der erwachsen gewordene Junge aus dem Krieg nach Hause heimkehrt und einen großen Seesack auf der Schulter trägt. Oder aber man klemmt den Seesack unter den Arm, was nur funktioniert, wenn er, der Seesack, nicht zu schwer ist. Ein vollgepackter Seesack ist aber schwer und so kann der Träger ihn nicht sehr lange unterm Arm geklemmt tragen. Die dritte Möglichkeit des Transportes bietet die eingearbeitete Schlaufe, die recht haltbar ist. Der Seesackträger schlüpft mit einem Arm hinein und kann das pendelnde Ungetüm wie eine gigantische Handtasche tragen.

Aber ehrlich gesagt, keine von diesen Transportmöglichkeiten ist optimal. Ganz im Gegenteil. Ich habe mich mit dem blöden Seesack gewaltig abgeschleppt, was aber noch gar nicht der größte Nachteil war.

Flüge nach und von Israel unterliegen schärfsten Sicherheitsbestimmungen. Damals war die Technik noch nicht so weit wie heute und so gut wie alle Gepäckstücke mussten geöffnet werden, damit sich die Sicherheitsbeamte von der Harmlosigkeit der Unterwäsche überzeugen konnte. Bei einem Koffer ist das gar kein Problem und auch ein Rucksack ist schnell zu öffnen. Nicht jedoch mein Seesack. Mein Seesack hatte oben eine Öffnung. In diese Öffnung stopft man seine Wäsche und drückte sie auf den Boden des famosen Seesacks und füllt so den Sack Hose für Hose, Hemd für Hemd, bis er prall gefüllt ist. Man kam überhaupt nur von oben an seine Sachen heran. Der Sicherheitsbeamte wollte aber einen guten Querschnitt des Inhalts sehen.

»Auspacken, junger Mann«, sagte er nur. Ich erbleichte, wie Ephraim Kishon immer gerne in seinen Geschichten schrieb.

»Alles?«, wagte ich zu fragen. »Alles.«

Ich musste meinen Seesack komplett auspacken, der Beamte nickte wohlwollend und ich durfte den Sack nach einer gewissenhaften Prüfung wieder vollstopfen. Jetzt wusste ich, warum ich so selten Reisende mit Seesäcken gesehen habe. Ich hätte fast meinen Flug nach Tel Aviv verpasst. Meine Begleiterin Birgit hockte schon auf unseren Plätzen und wartete auf mich. Mehrmals wurde ich aufgerufen, aber ich quälte mich immer noch mit meiner Wäsche herum, die sich in der Hektik als ziemlich widerspenstig erwies und sich weigerte, tiefer in den Seesack zu rutschen. Und was sagen Frauen in solchen Fällen?

»Ich habe dir doch gleich gesagt, nimm lieber einen Rucksack«, zischte meine Begleiterin Birgit.

Der Flug verlief störungsfrei und ein paar Stunden später landeten wir auf dem Flughafen von Tel Aviv, dem Airport Ben Gurion, der bis vor kurzem noch Lod hieß.

Die Idee war vor einiger Zeit geboren worden und nun war ich mittendrin, meinen Plan in die Tat umzusetzen. Ich wollte für eine Zeitlang als freiwilliger Helfer in einen Kibbuz gehen, danach so richtig durchstarten und die Welt bereisen. Afrika, Südamerika und Australien standen auf meinem inneren Reiseplan und diesen Plan wollte ich mit meinen 22 Jahren nun verwirklichen, bevor ich einer geregelten Tätigkeit in einem Büro nachging. Also erst nach Israel in einen Kibbuz.

In diesen landwirtschaftlichen Siedlungen, den Kibbuzim, lebten die Menschen gemeinschaftlich zusammen, es gab kein oder kaum Privateigentum, alle Mitglieder waren gleichberechtigt, Mahlzeiten wurden zusammen im Speisesaal eingenommen, die Kinder wurden in Kindergärten aufgezogen, Feste wurden in der Gemeinschaft gefeiert und Entscheidungen wurden demokratisch in den Versammlungen getroffen, wo es manchmal recht turbulent zuging.

Wie kommst du nur auf solche Ideen, wurde ich immer wieder gefragt und meine übliche Antwort war, ich wolle Land, Leute und die Welt kennenlernen, ich wäre ja noch jung und die berufliche Laufbahn könne ruhig noch etwas warten. Stimmt alles. Fast jedenfalls. Verschwiegen habe ich, dass mir ein Buch von dem israelischen Satiriker Ephraim Kishon in die Hände gefallen war und ich danach alle anderen Bücher von ihm mit großer Begeisterung gelesen habe. Das war der eigentliche Anstoß dafür, dass ich das kleine schrullige Land am Mittelmeer und seine Bewohner näher kennenlernen wollte. Aber das habe ich niemanden erzählt, weil man mich sonst für noch verrückter gehalten hätte, als man es sowieso schon tat.

Natürlich habe ich auch ernsthafte Informationen über Israel gesammelt, was in der damaligen Zeit Mitte/Ende der 70er Jahre nicht unbedingt einfach war. Es gab ja noch überhaupt kein Internet! Brauchte man Informationen über irgendein Thema, musste man in die Bücherei gehen, Bücher aus Papier wälzen oder Zeitschriftenverlage anschreiben, während der Suchende heute mit ein oder zwei Klicks die gewünschten Informationen aus dem Internet erhält. Ich schrieb an die Israelische Botschaft, die sich damals in Bonn befand, und bat um einschlägige Informationen zu einem Kibbuzaufenthalt, die ich auch umgehend bekam. Gleichzeitig gab ich in unserer Tageszeitung eine Kleinanzeige auf und suchte Mitfahrer. Ich dachte mir, so wäre es geselliger. Gemeldet haben sich merkwürdigerweise nur junge Mädchen, was mich 22jährigen Jungmann überhaupt nicht störte und ich wurde mit zwei jungen Damen, Gudrun und Birgit, handelseinig. Das dritte Mädchen wollte Palästina befreien, was nicht in mein Konzept passte. Also durfte sie sich unserer kleinen Gruppe nicht anschließen.

Aus den Unterlagen der Israelischen Botschaft suchte ich eine passende Organisation aus, die freiwillige Helfer aus Deutschland an einen Kibbuz vermittelte, wir buchten und die Sache war perfekt. Unsere vorübergehend neue Heimat hieß Kfar Yochanan und lag in der Nähe der Hafenstadt Haifa. Haifa ist die drittgrößte Stadt in Israel, hat ca. 270.000 Einwohner und war vor 1000 Jahren eine bedeutende arabische Stadt, die von Kreuzfahrern komplett zerstört wurde. Während der Zeit des britischen Mandats von 1922 bis 1948 war Haifa für die Briten ein wichtiger Hafen für Nachschub und Truppenbewegungen und für Tausende jüdischer Flüchtlinge aus Europa das Eingangstor in ihre neue Heimat. Aber zurück zu unseren Reiseplanungen. Die Maid Birgit wollte sofort mitkommen, die Studentin Gudrun uns ein paar Wochen später folgen. Sie musste vorher noch ein paar Doktorarbeiten für Politiker schreiben. Während ich auf die Unterlagen und auf die Flugtickets wartete, machte ich mir Gedanken über mein Gepäck. Koffer? Nein, zu spießig. Rucksack? Tragen alle. Ich entschied mich für dieses Ungetüm von einem Seesack.

Haifa, unser nächstes Etappenziel, liegt etwa 100 Kilometer entfernt von Tel Aviv, sodass wir die erste Nacht in Israel in der Jugendherberge von Tel Aviv verbrachten, die wir dank Stadtplan auch schnell fanden. Ich konnte mich überhaupt nicht sattsehen. Tel Aviv war damals schon eine Großstadt und heute ist sie noch größer und quirliger. Überall Menschen, Lichter, weiße Häuser und hupende Autos und ich fühlte mich gar nicht wie im Nahen Osten oder im Orient. Alles erinnerte mich an große westliche Städte in Südfrankreich oder in Spanien, wo ich schon oft im Urlaub war. Nur die hebräische Sprache klang völlig anders und sehr ungewohnt. Ungewohnt war auch, dass man hier und da kleine Grüppchen von Soldaten in grünen Kampfanzügen und mit Gewehren sah, was es in Deutschland natürlich nicht gab. In Israel leisten übrigens nicht nur die Männer ihren Wehrdienst, sondern auch die Frauen.

In Israel sagt man zu jeder Begrüßung Schalom. Es bedeutet Frieden, Unversehrtheit und ist der Gruß für jede Gelegenheit. Hebräisch wird von rechts nach links gelesen und geschrieben und das Wort Schalom sieht so aus: שלום. Völlig fremd für meine Augen. Schalom wird zu jeder Tages- und Nachtzeit gesagt. Man geht in einen Laden und sagt Schalom. Man möchte eine Fahrauskunft am Busbahnhof und sagt erstmal Schalom. So wie der Ostfriese zu jeder Zeit Moin sagt. Natürlich gibt es auch Grußworte für Guten Morgen oder Gute Nacht. Nämlich Boker Tov und Laila Tov. So wird es jedenfalls gesprochen. Ich habe später in Israel Hebräisch gelernt, um mich richtig mit der schönen Daliah unterhalten zu können, in die ich mich rettungslos verliebt hatte und sie sich in mich, was zu vielen Turbulenzen und einer völligen Neuausrichtung unser beider Leben führen sollte.

Aber so weit war ich noch lange nicht. Nun mussten wir erstmal unseren Kibbuz ansteuern. Haifa, die große Hafenstadt im Norden des Landes erreichten wir mit dem Bus am nächsten Morgen und Kfar Yochanan irgendwann im Laufe des Vormittags. Haifa ist nicht ganz so hektisch wie Tel Aviv und wir fanden uns dank der Wegbeschreibung, die wir von der Vermittlungsorganisation erhalten hatten, gut zurecht. Meine Begleiterin Birgit sprach nicht gut Englisch, hatte aber kräftig gelernt und war guten Mutes, dass ihre Sprachkenntnisse ausreichen würden. Mein Englisch war ganz gut; Fremdsprachen lagen mir in der Schule mehr als Physik oder Mathematik und irgendwie mussten wir uns ja mit all den Menschen unterhalten, die wir bald treffen würden. Schon in der Jugendherberge und am Flughafen haben wir gemerkt, dass in Israel jedermann auch englisch spricht. Englisch ist die zweite Amtssprache in Israel, was noch aus der britischen Mandatszeit stammt, denn von 1922 bis 1948 stand der Landstrich Palästina unter britischer Verwaltung. Hebräisch hat sich erst nach und nach durchgesetzt. Der Bus hielt an der Endhaltestelle in der 20 Kilometer von Haifa entfernten Ortschaft Kiryat Ata und von dort führte eine einzige Straße leicht bergauf zu unserem Kibbuz. Ohne Gepäck braucht man eine halbe Stunde zu Fuß, mit Gepäck etwas länger.

Auf der Hälfte der Strecke überholte uns glücklicherweise ein Lieferwagen und nahm uns das letzte Stück mit. Dem Fahrer war klar gewesen, wer hier auf dieser Strecke mit Gepäck läuft, kann nur Kfar Yochanan als Ziel haben, wir sprangen auf und fuhren in dem klapprigen Auto mit kleiner Ladefläche direkt in unseren Kibbuz hinein und der gute Mann zeigte uns sogar noch den Weg zum Anmeldungsbüro für Volontäre. Das Wort Volunteer war ein fester Begriff in sämtlichen Kibbuzim und jeder wusste, dass ein Volunteer ein junger Mensch von irgendwo auf der Welt war, der hier gegen Kost, Logis und ein schmales Taschengeld körperlich arbeiten wollte. Unser Chauffeur sprach englisch; ich verstand ihn, er verstand mich. Das war schon mal ein gutes Zeichen.

Menschen, Kibbuzniks, sahen wir erstmal gar nicht. War ja auch kein Wunder. Es war ein normaler Arbeitstag und sie gingen ihrer Arbeit nach. Unser Kibbuz machte schon einen recht landwirtschaftlichen Eindruck auf uns, hier und da sah man Arbeitsgerät herumliegen und irgendwo tuckerte ein Trecker über die staubigen Wege. Die Häuser waren alle weiß und nur wenige hatten einen ersten Stock. Alle anderen waren flach wie bei uns Bungalows. Die Maid Birgit und ich, der schlaksige junge Kerl aus Norddeutschland erreichten ein kleines Häuschen mit hebräischen und englischen Schriftzügen an der Tür. Volunteers stand drauf. Hier waren wir also richtig. Ich lehnte meinen schweren und unhandlichen Seesack an die Wand und trat mutig ein. Eine Frau in den mittleren Jahren brütete über Papieren.

»Schalom«, sagte ich und fuhr auf Englisch fort. »We are the new Volunteers from Germany and …«

»Ich habe euch schon erwartet«, antwortete die Frau zu unserem größten Erstaunen auf Deutsch mit starker österreichischer Einfärbung.

»Ich bin Irmi und ich bin für euch zuständig. Bei allen Fragen könnt ihr euch vertrauensvoll an mich wenden.«

»Wieso sprechen Sie Deutsch«, fragte ich.

»Also, erstmal sagen wir hier alle DU zueinander und was glaubst du, warum ich Deutsch spreche? Deutsch ist meine Muttersprache. Geboren bin ich in Wien.«

Das reichte mir erstmal, aber ich blieb erstaunt. Später erfuhr ich, was ich mir in diesem Moment schon dachte. Irmi war es gelungen, in schwarzen Zeiten aus Europa zu flüchten und sie hatte wie viele Juden aus aller Welt in Israel eine neue sichere Heimat gefunden und eine Familie gegründet. Eltern und Geschwister von Irmi wurden von den Nationalsozialisten ermordet. Darüber verlor Irmi jedoch kein Wort; ich habe all dies nach und nach aus verschiedenen Gesprächen mit anderen Kibbuzniks herausgehört und das ganze Mosaik nach Wochen zusammensetzen können. Für viele Israelis, deren Muttersprache einst Deutsch war, blieb die hebräische Sprache schwierig. Ich habe später am eigenen Leib erfahren, wie kompliziert es ist, von rechts nach links ohne Vokale zu schreiben. Ohne Vokale! Die hebräische Sprache kennt in der geschriebenen Form keine Vokale. Beim Aussprechen der geschriebenen Worte muss man sich die Vokale hinzudenken und den hoffentlich richtigen Vokal mitsprechen. Das Wort Schalom könnte rein theoretisch auch Schalum heißen. Sprechen ist relativ einfach, aber am geschriebenen Hebräisch ist so mancher Neueinwanderer aus Europa verzweifelt.

Irmi händigte uns Arbeitskleidung aus, die aus festen Schuhen, kurzen und langen Hosen sowie einer Art Arbeitsjacke bestand und besonders die festen Schuhe und die langen Hosen sollten mir in der Hühnerfarm sehr gute Dienste leisten. Eine blonde junge Frau gesellte sich zu uns.

»Das ist Desiree aus Südafrika«, stellte uns Irmi vor.

Desiree war schon längere Zeit im Kibbuz und war zuständig für den Arbeitsplan der Volontäre, der Working List. Sie bekam täglich die Arbeitsanforderungen, konnte uns Hilfskräfte frei einteilen und wir arbeiteten da, wo Not am Manne war. Aber soweit war es noch nicht. Wir hatten einen Tag frei, um uns einzugewöhnen, die Umgebung und all die fremden Leute kennenzulernen. Desiree übernahm uns von Irmi und brachte uns in die Siedlung der freiwilligen Helfer. Wir wohnten also nicht kreuz und quer irgendwo im Kibbuz, sondern etwas abseits von den normalen Wohnhäusern in einer Hüttensiedlung nur für Volontäre, die wie ein Dorf mit Marktplatz aussah. Ungefähr 30 bis 40 einfache Holzhütten standen in Hufeisenform nebeneinander und hier und da sah man sogar junge Leute in der Kleidung, die uns Irmi gerade überreicht hatte. Desiree lächelte freundlich und zeigte auf eine Holzhütte.

»Your new home«, sagte sie und die schüchterne Birgit und ich betraten unseren Palast, schauten uns um und warfen unser Gepäck auf die Betten. Eigentlich sollten nur die jungen Leute zusammenwohnen, die auch ein Paar waren. Birgit und ich waren kein Paar, aber das wusste Irmi ja nicht und eine gemeinsame Hütte mit immerhin drei Betten störte uns nicht weiter. Außerdem erwarteten wir noch die Studentin Gudrun, womit das dritte Bett auch belegt wäre und wir dann eine Wohngemeinschaft waren.

Ich trat ins Freie und wunderte mich nicht mehr, dass so wenige Leute zu sehen waren; alle Menschen waren arbeiten. Auch die freiwilligen Helfer. Auf den Feldern, in Gärten oder in der großen Küche, wie ich annahm. Der erste Volontär, der mir über den Weg lief, war Jan aus Holland, bei dem ich meine Englischkenntnisse nicht zu bemühen brauchte. Wie fast alle Niederländer sprach Jan natürlich ein ausgezeichnetes Deutsch, war schon mehr als drei Monate hier und kam tatsächlich gerade von der Arbeit nach Hause. Von Jan bekam ich erste Eindrücke aus dem Arbeitsleben. Wir Helfer aus sämtlichen Nationen arbeiteten auf Baumwollfeldern, auf der Hühnerfarm, im Kuhstall, im Speisesaal, pflückten Avocados, halfen in der Werkstatt und pflegten die Kibbuzgärten.

»Aber zuerst wird dich Desiree in die Fabrik schicken«, sagte Jan grinsend.

Fabrik? In einem Kibbuz? In der Tat hatten viele Kibbuzim neben der Landwirtschaft ein zweites industrielles Standbein aufgestellt und unser Kibbuz machte keine Ausnahme. Kfar Yochanan hatte eine Plastikfabrik gegründet und stellte Profile aus Kunststoff im Drei-Schicht-System her, die sogar exportiert wurden. Die Neuankömmlinge bekamen natürlich zuerst die unbeliebten Arbeiten zugeteilt. War klar. Ist auf der ganzen Welt so. Meckern sinnlos. Aber noch hatte ich zwei Tage und wollte mich umschauen. Der nächste Volontär, auf den ich traf, saß lässig auf seiner kleinen Terrasse und sah für damalige Verhältnisse ziemlich abenteuerlich aus. Der sehr gut aussehende junge Mann war an Oberschenkeln und Oberarmen bunt und auffällig tätowiert und trug richtige Kunstwerke auf seiner Haut. Tiere und Sonnenuntergänge in den schönsten Farben. Das war Urs aus der Schweiz, der mich sogleich freundlich mit Schweizer Akzent begrüßte. Ich fand bald heraus, dass Urs der Schwerenöter in unserer Kolonie war und ihm die jungen Damen aus aller Welt zu Füßen lagen. Urs sah so gut aus, dass er nur mit seinen Fingern schnippen musste und die Dame seiner Wahl war ihm verfallen. Allerdings nicht für sehr lange Zeit, denn Urs wechselte rasch und brutal seine Begleiterin, was oft zu unschönen und lautstarken Szenen führte. Aber so von Jungmann zu Jungmann konnte man sich mit Urs aus der Schweiz, der schon ein Jahr hier im Kibbuz arbeitete, gut unterhalten. Man musste nur immer selber ein paar Themen einstreuen, sonst erzählte er stundenlang in allen Details von seinen Eroberungen.

Während ich auf Entdeckung ging und erste Kontakte knüpfte, blieb meine Begleiterin in unserer Hütte, packte ihren Rucksack aus und kam auch an diesem Tag nicht mehr raus. Am Nachmittag füllte sich unser Camp so nach und nach und ich verlor langsam den Überblick über all die fremden Gesichter, nur zwei Engländer fielen mir noch richtig auf, die vor ihrer Hütte saßen und – wen wundert's – Tee tranken. Ich blieb ein paar Minuten stehen, stellte mich als »Der Neue aus Germany« vor und staunte über die Menge an Teebeuteln, die in den Tassen hingen. Ganze fünf Teebeutel zogen in den großen Bechern, der Tee hatte eine sehr dunkle und kräftige Färbung. Wohlgemerkt, fünf Teebeutel in jeder Tasse. Ob das die typische englische Teezeremonie war? Ich war mir nicht ganz sicher. Im Gespräch, das sprachlich ganz gut verlief, stellte sich heraus, dass meine neuen Bekannten ja auch gar nicht richtig aus England kamen, sondern aus Wales. Das macht natürlich in jeder Hinsicht einen großen Unterschied aus. Gegen sechs Uhr kam Bewegung in unsere Kolonie. Die ersten hungrigen Feldarbeiter machten sich auf den Weg in den Speisesaal und ich schloss mich Jan aus Holland an. In jedem Kibbuz werden die Mahlzeiten gemeinsam in einem großen Speisesaal eingenommen. Je nachdem, ob man die Vordertüre oder die Hintertüre benutzte, befanden sich in unserem Speisesaal zwei Abteilungen. Rechts saßen die »richtigen« Kibbuzniks auf ihren Stammplätzen, in der linken Hälfte speisten die Volontäre aus aller Welt. Es war nicht vorgeschrieben, aber es hatte sich so ergeben. Stammplatz ist Stammplatz. Es würde mich auch ärgern, wenn auf meinem Platz neben meinem besten Freund plötzlich ein unbekannter Typ aus Wales oder aus Deutschland säße.

Nachdem alle Helfer ihre Plätze eingenommen hatten, konnte ich mir einen ersten Eindruck über die Anzahl machen. So etwa 40 bis 50 junge Männer und Frauen aus fast allen Nationen speisten gemeinsam und sprachen hauptsächlich auf Englisch, ich hörte aber auch Deutsch und Schwedisch. Auf der Seite der Einheimischen saßen ebenso viele Leute, aber das waren längst nicht alle. 2012 hatte Kfar Yochanan noch 870 Einwohner, wie mir das Internet mitteilt. Die Einwohnerzahl seit den siebziger Jahren ist wahrscheinlich konstant geblieben oder sogar gesunken. Das Leben in einem der Kibbuzim, die über ganz Israel verstreut sind, ist etwas aus der Mode gekommen und viele junge Israelis verlassen ihren Kibbuz, um lieber in den Städten Tel Aviv, Haifa oder Jerusalem zu leben.

In einer Ecke des Speisesaals war ein einfaches Buffet aufgebaut und jeder konnte sich nehmen, was er wollte. Brot, Eier, Produkte aus eigenem Anbau wie Oliven und Avocados, viele verschiedene Milchspeisen und auch Käse und Wurst waren im Angebot. Hin und wieder gab es abends auch heiße Suppe und Tee, Wasser und Säfte spülten den Staub des Tages hinunter. Nach und nach leerte sich der Speisesaal, was aber nicht hieß, dass jetzt Feierabend war. Jetzt begann die Schicht der Küchenhelfer. Die Speisen vom Buffet kamen in den Kühlraum, Reste wurden entsorgt, Tische wurden abgewischt und die riesige Spülanlage trat in Aktion. Bei der Menge an Geschirr war es mit einem Durchlauf nicht geschafft, sodass die industriellen Spülmaschinen die ganze Zeit liefen. Kibbuzniks und Helfer versahen den Küchendienst bis spät in den Abend hinein und mussten am nächsten Morgen zum Frühstück schon wieder dienstbereit sein.

17

Wir anderen schlenderten aus dem Speisesaal zurück in unser Camp und passierten dabei jedes Mal eine Art Festung, die am Wegesrand lag. Ein hoher Palisadenzaun und viel Grünzeug verhinderten die Sicht in das Innere dieser merkwürdigen Insel inmitten von Wegen und Trampelpfaden. Trotzdem konnte man hin und wieder einen Blick durch die Zaunbretter werfen und jede Menge Büsche, kleine Bäume und eine Holzhütte erkennen. Es war immer nur ein Blick im Vorbeigehen und keiner wusste genau, wer oder was dort so versteckt lebte. Im Laufe der Wochen wurde mir die Festung neben unserem Pfad vom Speisesaal zum Camp zur Gewohnheit; man gewöhnt sich an die eigenartigsten Sachen. Nach ein paar weiteren Wochen und dank meiner Begleiterin Birgit habe ich schließlich herausgefunden, was es mit dieser Festung inmitten des Kibbuz auf sich hatte und es war einfach nur erschütternd. Wie üblich setzte sich das Mosaik aus mehreren Steinchen zusammen und meine Begleiterin Birgit gab mir ungewollt das letzte Steinchen. Ich sah sie nämlich eines Tages vor dem ansonsten immer verschlossenen Holztor zu der Festung und sie sprach offenbar recht freundlich mit dem Bewohner dieser Trutzburg. Da Birgit sich fließend unterhielt und ihr Englisch keine fließende Unterhaltung zuließ, musste sie also Deutsch sprechen. Und so war es auch. Der Mann hatte sie gesehen und irgendwie einen Narren an ihr gefressen. Er kam raus und redete mit ihr. Der Mann kam sonst nie raus und er redete auch nicht mit den einheimischen Kibbuzniks. Eigentlich redete er überhaupt nicht und nun stand er da und redete mit Birgit. Sowie er mich und die anderen Volontäre erblickte, war er allerdings auch schon wieder im Inneren seiner Festung verschwunden. Ich konnte gerade noch sehen, dass er nur noch ein Auge hatte.

Der Mann war ursprünglich Deutscher und lebte in Berlin. Er und seine gesamte Familie wurden von der Gestapo festgenommen und durch mehrere Lager geschickt und Tochter, Frau und Eltern hat der Mann nach seiner Festnahme nie wiedergesehen. Wie aus heiterem Himmel waren sie verschwunden, als hätten sie nie gelebt. Sein Auge verlor er durch brutalste Behandlung eines Aufsehers in einem der Lager und sprach seitdem nur noch, wenn es nicht anders ging. Der Mann, der übrigens Manfred hieß, wurde von den Amerikanern mehr tot als lebendig befreit und ging nach Kriegsende nach Israel, wo er irgendwann im Kibbuz

Kfar Yochanan landete. Alle Versuche, ihm Hebräisch beizubringen, scheiterten an seinem inneren Widerstand, denn eigentlich wollte er ja überhaupt nicht mehr sprechen und auch keine Menschenseele mehr sehen. Also sammelte er Bretter, wo es nur ging, und baute sich seine Zuflucht, die er kaum noch verließ und die nie jemand betreten durfte. Am späten Abend, wenn der Speisesaal leer war, ging er hin und packte sich Speisen und Getränke ein, die man extra auf einem Tisch für ihn liegen ließ. Und eines Tages erblickte er meine Begleiterin Birgit, schenkte ihr selbstgepflückte Blumen und kamen stockend ins Gespräch. Birgit hatte strahlend blaue Augen und dunkelblonde lange Haare und erinnerte ihn möglicherweise an seine verschleppte Tochter. Was sich hier in ein paar trockenen Sätzen liest, war für Manfred das Grauen und jahrelanger Horror gewesen und es ist verständlich, dass er für den Rest seines Lebens keinen Menschen mehr sehen wollte. Diese Geschichten sind in Israel keineswegs die Ausnahmen; es wimmelt nur so von Schicksalen wie dem von Manfred, der nicht mehr sprechen wollte.

Am nächsten Tag war es offiziell. Ich war ein Arbeiter in einem israelischen Kibbuz. Desiree hatte die tägliche Einteilung vorgenommen und die Liste mit den Namen und den Arbeitsplätzen an das Schwarze Brett geheftet. Wir jungen Leute standen schwatzend davor und meckerten entweder über die vorgenommene Einteilung oder freuten uns darüber. »Siehst du«, sagte Jan mit seinem holländischen Akzent. »Du musst in der Fabrik arbeiten. Nachtschicht.«

In der Tat stand mein Name hinter dem Begriff »Factory« und zwar mit Beginn der Nachtschicht um 22 Uhr. Das hatte einen Vorteil. Ich hatte noch den ganzen Tag frei. Meine Wohnpartnerin Birgit musste ihren Dienst bereits mittags in der Küche antreten. Nun ging es wirklich los. Der beste Arbeitsplatz ist ein permanenter Arbeitsplatz, erklärte mir Jan. Du pendelst nicht von einer Beschäftigung zur anderen, sondern bleibst fest für immer oder wenigstens für längere Zeit an einem Ort. Du lernst deine Handgriffe besser und du lernst die Leute besser kennen. Jeder hier wünscht sich einen festen Arbeitsplatz, weil es einfacher ist und mehr Spaß macht, sagte Jan. Aber ganz klar: Zu Anfang durchläuft jeder Helfer alle Stationen. Die beliebten und auch die unbeliebten.

Am Abend ließ ich mir von meinen teetrinkenden Walisern den Weg in die Fabrik erklären und machte mich auf den Weg. Die Plastikfabrik war nur einen Steinwurf entfernt und ich meldete mich pünktlich bei Samy, dem Vorarbeiter. Samy war etwa Ende zwanzig und im Land Israel geboren. Ein Sabra, wie man die im Land geborenen Israelis nennt. Hier geboren zu sein, war für die meisten Israelis seinerzeit keine Selbstverständlichkeit. Sie kamen aus allen Ländern der Welt, um in Eretz Israel eine neue Heimat zu finden, geboren waren sie vielleicht in Wien, in Berlin, in Budapest oder in Bukarest.

»Your first working day«, fragte mich Samy. Ich bestätigte freundlich lächelnd und Samy zeigte mir meine Maschine, an der ich die nächsten acht Stunden zubringen sollte. Es war ganz einfach. Dort wo ich stand, kamen produzierte Plastikprofile heraus, die ich aufstapeln musste, damit sie vom Gabelstapler abtransportiert werden konnten. Diese Profile waren teilweise für den heimischen Markt bestimmt, gingen aber auch per Container in alle Welt, hauptsächlich in die USA. Einen großen Vorteil hatte die nächtliche Fabrikarbeit. In der Pause wurde aufgetischt, was es im Speisesaal nicht gab. Kalbschnitzel standen jede Nacht auf dem Speiseplan als Ausgleich für die eintönige Nachtarbeit.

Die acht Stunden vergingen überhaupt nicht schnell. Ganz im Gegenteil: Es war todlangweilig. Aber irgendwann klingelte es, meine Ablösung kam und übernahm die Maschine, die nur in den Pausen abgeschaltet wurde und ich wankte zum Frühstück in den Speisesaal. Große Lust auf irgendwas hatte ich nicht mehr. Essen und Schlafen war alles, was ich vorhatte. Gegen Mittag wachte ich wieder auf und ging gleich wieder in den Speisesaal zum Mittagessen. Unsere Tische waren gut besetzt und ich musste alle Fragen beantworten, wie denn so meine erste Nacht in der Fabrik gelaufen wäre. Jeder hatte diese Erfahrung schon hinter sich und auch die Mädchen arbeiteten in der Plastikfabrik. Die Arbeit war ja auch nicht schwer, sondern eher monoton.

In der Folgezeit durchlief ich alle landwirtschaftlichen Stationen, die man sich nur vorstellen kann. Ich sammelte Hühnereier ein, ich schleppte Milchkannen, ich transportierte kistenweise Küken aus der Brutstation in die Aufzucht, ich pflückte Baumwolle, Grapefruits und Avocados und hin und wieder schob ich auch eine Nachtschicht in der Plastikfabrik. Ich gewöhnte mich

an die Hitze in Israel und an den Wassermangel, ich trug wochenlang meine Arbeitskleidung und ernährte mich von dem, was der
Kibbuz erntete. Die freiwilligen Helfer aus aller Welt kamen und
gingen. Duschen zu jeder gewünschten Tageszeit wie in Deutschland
ging gar nicht, denn Wasser ist in Israel und vor allem in einer
landwirtschaftlichen Siedlung ein kostbares Gut. Duschwasser
gab es sowohl für uns Gastarbeiter als auch für die einheimischen
Kibbuzniks immer nur zu bestimmten Tageszeiten und zwar ab
späten Nachmittag, wenn die Arbeit getan war. Es hat keinen
gestört.

Ich war nun schon einige Wochen hier und es wurde langsam
Zeit, dass ich einen »permanent Job«, einen festen Posten bekam.
Der Mensch, auch wenn er jung ist, ist ein Gewohnheitstier und
liebt regelmäßige Abläufe, auch wenn er sich im Nahen Osten im
Land Israel in einem Kibbuz befindet. Üblicherweise bietet der
zuständige Kibbuznik dem ausländischen Helfer an, in seinem
Zuständigkeitsbereich eine feste Arbeit zu übernehmen. Entweder glaubt der »Abteilungsleiter«, der junge Mann aus Irgendwo
macht seine Arbeit besonders gut bzw. macht wenig Fehler, arbeitet zügig, kann schon ein paar Brocken Hebräisch, hat keine
Widerworte, wenn er Kuhdung durchquirlen soll oder er, der
junge Mann aus Irgendwo ist ihm, dem Kibbuznik, sympathisch.
Ich schätze, bei mir traf beides zu, als ich meine feste Anstellung
auf der Hühnerfarm bekam. Die Hühner verstanden mich, waren
gar nicht böse, wenn ich ihnen die Eier wegnahm, es machte mir
nichts aus, den Hühnerkot zu einer Art Dünger zu mixen, die
kampflustigen Hähne akzeptierten mich und meinen Knüppel
nach einer kurzen Kennlernphase und ich verstand sehr gut Ös-
terreichisch und Jiddisch.

Ja, die ganze Belegschaft der Hühnerfarm bestand aus ehemaligen Österreichern, die sich mit mir und auch untereinander
gerne auf Deutsch unterhielten und meinem zukünftigen besten
Freund im Kibbuz, der aus Rumänien stammte und sich mit mir
auf Jiddisch-Deutsch unterhielt. Jiddisch wurde von den Juden in
weiten Teilen Europas gesprochen und basiert unter anderem auf
Mittelhochdeutsch. Jiddisch klingt fast wie Deutsch, ist es aber
nicht. Aber wer Deutsch als Muttersprache spricht, kommt auch
mit Jiddisch klar. In den 50er Jahren, als in Israel erst wenige
Leute fließend und fehlerfrei Hebräisch sprachen, war Jiddisch

neben Englisch die meistgesprochene Sprache. Mein Freund Irachmiel Salzmann und seine Frau waren echte Pioniere und lebten schon seit den 30er Jahren in Israel. Irachmiel fand mich sympathisch und ich ihn auch, deshalb nahm er mich auf der Hühnerfarm unter seine Fittiche und machte mich zu einem Spezialisten für Hühnereier.

Zweimal am Tag zu bestimmten Uhrzeiten betrat ich das kleine Häuschen vor dem riesigen Hühnerstall, stellte Unmengen von Transportkartons für Eier hin und drückte auf einen Knopf. Dieser Knopf setzte das kleine Fließband in Gang und beförderte die Eier direkt zu mir. Geschwind sortierte ich die Hühnereier in große und kleine Exemplare und füllte die Transportboxen. Zu Anfang war ich natürlich zu langsam und etliche Eier gingen zu Bruch. Aber mit der Zeit entwickelte ich die optimale Arbeitsgeschwindigkeit und alle Eier blieben heil. Die Transportboxen stapelte ich bis zu einer vorgeschriebenen Höhe, schaltete das Band aus und wartete auf meinen Freund Irachmiel, der auch wenig später mit seinem Traktor angeschnauft kam. Gemeinsam beluden wir den Hänger und ab ging es mit der Ausbeute zur Desinfektionskammer. Moment! Warum legten denn die Hühner all ihre Eier direkt auf das Band? Bei meinem ersten Rundgang im Inneren des Hühnerstalls fand ich es schnell heraus.

Die Hühnerhäuschen, also ihre Nester, lagen direkt über dem Fließband. Das Huhn hatte Lust, ein Ei zu legen, schlüpfte in ein Häuschen und legte sein Ei ins vermeintliche sichere Nest. Das Ei rutschte aber durch das Stroh gleich auf das Fließband, wo es unentdeckt blieb, bis ich vorne den Knopf drückte. Aber weiter im Arbeitsablauf. Gemeinsam hievten wir die Eierkartons vom Traktor und stellten die Kartons in einen Schrank, in dem außer einem Behälter nichts anderes zu sehen war. Eine spezielle chemische Mischung kam in den Behälter, die Schranktüre wurde verschlossen und die frischen unbehandelten Eier wurden durch die Dämpfe, die die Mischung erzeugte, desinfiziert. Diese Prozedur dauerte etwa 20 Minuten und hier war meine Aufgabe erledigt. Meine österreichisch-israelischen Kollegen entnahmen die desinfizierten Eier und sortierten weiter. Die meisten Eier wurden an Großhändler geliefert, der andere Teil blieb im Kibbuz und landete im Speisesaal.

Nachdem ich aus dem ersten Hühnerstall die Eier eingesammelt hatte, ging es gleich weiter zum nächsten Stall. Die

Hühnerställe waren weit entfernt von tierfreundlicher Haltung. Tausende Hühner lebten im Halbdunkel und legten ein Ei nach dem anderen. Bei meinem ersten Kontrollrundgang im Hühnerstall trug ich noch lässig kurze Hosen. Ich musste tote Hühner aussortieren und Eier aufklauben, die nicht auf das Fließband gefallen waren. Nichtsahnend spazierte ich durch den Stall, als ich plötzlich ein scharrendes Geräusch hörte.

»Irachmiel?«, fragte ich, obwohl unwahrscheinlich war, dass Irachmiel scharrte.

Vorsichtig drehte ich mich um und sah einen großen Hahn, der mich kampferprobt ins Visier nahm. Bevor ich *Schalom* sagen konnte, sprang er mich mit seinen kräftigen Füßen und den sehr wehrhaften Krallen auch schon an. Meine Bitte um Frieden im Stall ignorierte der böse Hahn und griff erneut an. Die Hühner ringsum schauten aufmerksam zu. Schließlich stieg hier ihr Beschützer mit einem scheinbar übermächtigen Gegner in den Ring. Aus meiner Sicht war allerdings der Hahn mein übermächtiger Gegner. Auf kämpfende Hähne hatte mich mein Lehrmeister Irachmiel nicht vorbereitet! Flucht war sinnlos; die neugierigen Hühner versperrten sämtliche Wege.

Nach zwei Attacken hatte ich bereits rote Striemen an den Waden und musste eine Verteidigungsstrategie entwickeln. Plumpe Gewalt war mir zuwider, ich musste listig sein. Ich wandte mich dem Hahn zu und wartete ab. Der Hahn rannte wie im Ritterturnier los, war einen Meter von mir entfernt und sprang mir mit vorgestreckten Krallen entgegen. Ich machte eine kleine Drehung und der gefiederte Bösewicht landete verdutzt in seiner Hühnerschar. Nun hatte ich noch eine bessere Idee. Ich zog mein Arbeitshemd aus und wartete wieder ab. Und just in dem Moment, als der Hahn mir mit seinen gefährlichen Krallen entgegensprang, warf ich mein Hemd über ihn. Noch im Sprung verlor er die Orientierung, landete als wildgewordenes Hemd im Niemandsland und brauchte eine gewisse Zeit, um sich aus meinem Hemd zu befreien. Diese gewonnene Zeit nutzte ich zur feigen Flucht mit freiem Oberkörper. Irachmiel fuhr gerade mit seinem Trecker an meinem Hühnerhaus vorbei.

»Vorsicht vor Hähnen!«, rief er.

Das hätte er mir auch etwas früher sagen können. Von Irmi bekam ich ein neues Arbeitshemd und die Sache war vorerst erledigt. Fortan betrat ich meinen Hühnerstall nur noch in derben

Schuhen und langen Hosen, Irachmiel besorgte mir noch einen dicken Knüppel, den ich aber nicht als Waffe gegen meine Hähne einsetzte, sondern als geschickte Verteidigung bei Angriffen einfach schräg vor meine Beine stellte. So verletzte der angreifende Hahn den Knüppel, was aber dem Knüppel und mir egal war.

So sammelte und sortierte ich tagein tagaus Eier, stapelte Eierkartons und machte meine Rundgänge in angemessener Kleidung in den Hühnerhäusern. Es gab ja nicht nur einen einzigen Hühnerstall. Ja, und wer mit Eiern arbeitet, darf kein Elefant sein. Eines Tages erhielten wir Eierfachleute Unterstützung durch einen jungen Kibbuznik namens Jakob Dienstag. Irachmiel übertrug ihm leichtsinnig die Abholung der gestapelten Eierkartons mit dem Traktor, da er vorübergehend anderweitig beschäftig war. Eier zu transportieren ist eine Kunst für sich. Erst recht, wenn das Transportmittel ein alter klappriger Traktor ist und die Fahrwege eher uneben sind. Ziel eines solchen Transportes ist es, möglichst viele Eier unbeschädigt an den Empfangsort zu bringen, wobei Geschwindigkeit keine Rolle spielt. Der junge Herr Dienstag wollte natürlich an seinem ersten Arbeitstag durch besonderen Arbeitseifer glänzen und dachte, schnelles Arbeiten bringt Pluspunkte. Es kann sich keiner das Geschrei in sämtlichen Sprachen Europas inklusive Hebräisch vorstellen, als Herr Dienstag mit seinem Traktor eine Kurve zu schnell nahm und die komplette Ladung Eier mitsamt Hänger umstürzte.

Die ehemaligen Österreicher brüllten und schimpften wie die Rohrspatzen, spickten ihre Beschimpfungen mit Ausdrücken, die ich nicht ansatzweise verstand, mischten ein kräftiges Hebräisch hinzu und wurden begleitet von Irachmiel, der sich urplötzlich an die übelsten rumänischen Schimpfworte erinnerte. Ergänzt wurde der sprachliche Ausbruch durch eingestreute deutsche Kraftausdrücke meinerseits und fließendes Ungarisch zweier Kollegen, die beide aus Budapest stammten. Der arme Herr Dienstag, ein Sabra, verstand nur Hebräisch und etwas Englisch und fühlte sich ganz und gar nicht wohl in seiner Haut. Zur Strafe musste er die ganze Bescherung zusammenkehren und die heilen Eier heraussuchen, aus denen sich die Belegschaft gerade noch ein würziges Omelette zubereiten konnte. Die Ausbeute eines ganzen Tages war vernichtet worden und unsere Hühner hatten ganz umsonst Eier gelegt.

Eines Tages lud mich Irachmiel nach getaner Arbeit auf einen Milchkaffee in seine Wohnung ein. Irachmiel war verheiratet und Familienvater und stammte wie seine Frau aus Rumänien; sie sprach aber weder Jiddisch noch Englisch. Sein Sohn war etwa 15 Jahre alt und seine Tochter etwas älter als ich. Mit Irachmiels Tochter Hannah freundete ich mich auch sofort an; sie war hübsch, sehr sympathisch, sprach fast besser Englisch als ich selbst und hatte feuerrote Haare. Ihr großer Traum war, irgendwann den Kibbuz verlassen und in einer der großen Städte zu leben. Die ganze Familie Salzmann war äußerst sympathisch und nahm mich in ihre Familie auf wie in der Filmreihe »Lethal Weapon« mit Mel Gibson und Danny Glover. Der Cop Martin Riggs (Mel Gibson) wurde praktisch von der kompletten Familie Murtaugh, der Familie seines Partners Roger Murtaugh, adoptiert und ging dort ein und aus, meistens um zu essen oder um seine Wäsche zu waschen.

Hannah Salzmann war sehr weltoffen und eine der wenigen Kibbuzniks, die sich auch mal im Speisesaal zu uns Helfern aus aller Welt setzte. Ich mochte sie sehr gern und sie mich auch. Glücklicherweise war sie immun gegen die Eroberungsversuche des Schwerenöters Urs, der auch vor ihr nicht haltmachte und überhaupt nicht verstehen konnte, dass eine Frau ihn ablehnte.

Fortan trank ich fast jeden Nachmittag mit Familie Salzmann meinen Milchkaffee. Ich habe in Israel eine Menge Leute kennengelernt, aber nicht ein einziger hat mich auf meine deutsche Herkunft angesprochen, kein einziger hat mir gegenüber dem deutschen Volk die Schuld an der Judenvernichtung während der Zeit des Nationalsozialismus gegeben. Alle waren herzlich, freundlich und aufgeschlossen. Gewiss, es gab Kibbuzim, die grundsätzlich keine deutschen Helfer aufnahmen, da sie keinerlei Kontakt mit Deutschen haben wollten, aber diese konnte man an einer Hand abzählen.

Unsere Dritte im Bunde, die Studentin Gudrun, war inzwischen eingetroffen und ich Jungmann musste mir also eine Unterkunft mit zwei Damen teilen. Mit der Maid Birgit hatte ich mich weitestgehend arrangiert; ich bemerkte sie fast gar nicht und die anderen Volontäre auch nicht. Gebückt und mit hochgezogenen Schultern verrichtete sie stumm ihre Arbeit und sprach nur mit Leuten, die Deutsch konnten. Ihr Englisch war für den normalen

Alltag überhaupt nicht zu gebrauchen. Keiner verstand sie und sie verstand auch keinen. Ich sprach Deutsch, aber verstehen tat ich Birgit auch nicht mehr. Bei den Mahlzeiten saß sie abseits an einem Extratisch und gesellte sich nicht mal mehr zu uns anderen, sodass wir nicht unglücklich waren, als sie eines Tages überstürzt abreiste, noch ein paar Tage in Tel Aviv verbrachte und dann nach Hause zurückkehrte. Gudrun hingegen war ein sehr geselliger und umtriebiger Mensch und hatte die Angewohnheit, morgens erstmal nackt in unserer Hütte herumzulaufen und all ihre Kleidungsstücke zu suchen. Die gefundenen Hosen, Hemdchen und Strümpfe schichtete sie zu einem kleinen Hügel auf und zog sich dann erst an.

Ich habe natürlich woanders hingeguckt oder habe die Hütte zur Morgentoilette in den Waschräumen verlassen. Mein drolliges Zusammenleben mit Gudrun währte allerdings nicht sehr lange. Nein, nicht Urs, unser Schwerenöter aus der Schweiz. Nigel hieß der Glückspilz, kam aus England und war noch größer als Gudrun selbst, die weit über 180 Zentimeter maß. Gudrun und Nigel sahen sich hoch oben in die Augen, es knallte und blitzte etwas und schon war es um beide geschehen und nach ein paar Tagen der Annäherung und dem Ausleben gewisser Triebe zogen Gudrun und Nigel erst in eine gemeinsame Hütte und verließen ein paar Wochen später unseren Kibbuz zu einer längeren Rundreise durch Israel. Die Rundreise muss sehr lange gedauert haben, ich sah die beiden Turteltauben nie wieder. Birgit weg, Gudrun weg und ich hatte die Hütte für mich alleine. Auch nicht schlecht.

Nebenan wohnte Susanne aus Deutschland, in die sich Roger aus England heftig verguckte. Ein kleiner Hemmschuh war Rogers langjährige Freundin Jane, mit der er in England zusammenlebte und natürlich auch im Kibbuz sein Leben und seine Hütte teilte. Bis er Susanne näher kennenlernte, seiner Jane den Laufpass gab und in Susannes Hütte gleich nebenan einzog, worauf Jane bitterlich weinte und die Situation für alle Nachbarn dieser Dreieckstragödie nicht angenehm war. Diskussionen, Weinen und Beschimpfungen waren kilometerweit zu hören, bis Roger und Susanne sich erbarmten, ihre Rucksäcke packten und den Kibbuz verließen. Sie wollten irgendwo ein neues Leben beginnen.

In der Zwischenzeit hatte Urs seine Liste weiter abgearbeitet. Susan aus England, Patricia aus Südafrika, Anneke aus Holland und Crissie aus Deutschland flogen nach einer gemeinsamen Nacht aus seiner Hütte, obwohl die Damen gar nicht wollten und Urs den Himmel auf Erden versprachen. Wir anderen Jungmänner boten uns an wie Sauerbier, aber die Verblendeten wollten nur ihren Urs. Urs aber erhob seine Stimme, verfluchte und beschimpfte jene, die ihm Kurzweil in der Nacht schenkten und verbat sich jedwede weitere Annäherung. Als sich Urs dann auf seiner kleinen hölzernen Terrasse aufbaute, seine tätowierten Muskeln aufpumpte und drohende Geräusche von sich gab, verstummte das Bitten und Flehen. Aber es gab auch Paare in unserer kleinen Siedlung, die sich herzlich zugetan waren und denen man ansah, dass nichts sie auseinanderbringen konnte. Anita aus Schweden und John aus den USA waren so ein glückliches Paar. Sie kamen zusammen an und reisten nach ein paar Monaten auch gemeinsam wieder ab. Kein Streit, keine bösen Worte. Ich war davon so begeistert, dass ich Anita, die wie eine Bilderbuch-Schwedin aussah, zu ihrem Geburtstag das größte Ei aller Zeiten aus meinem Hühnerstall schenkte. Schleierhaft blieb, wie ein Huhn so ein großes Ei legen konnte.

Kapitel 2

Die Kibbuzleitung war sehr daran interessiert, dass wir Helfer auch Land und Leute außerhalb unserer landwirtschaftlichen Siedlung kennenlernten. Vielleicht wollten sie auch nur wenigstens einen Tag im Monat ihre Ruhe haben und schickten uns irgendwohin, wofür in regelmäßigen Abständen Ausflüge mit dem Bus organisiert wurden. Ein englischsprechender Kibbuznik mit viel Geduld wurde uns als Fremdenführer zur Seite gestellt und auf ging es zum Toten Meer. Und auf dieser Fahrt trat Daliah in mein Leben, das bislang aus Plastikprofilen, landwirtschaftlichen Produkten und Hühnern bestand. Daliah war eine Neueinwanderin aus dem Iran, hatte gerade ihren sprachlichen Einbürgerungskurs bei uns im Kibbuz absolviert und war noch unentschlossen bezüglich ihrer Zukunft in Israel. Viele Kibbuzim verfügen über einen sogenannten Ulpan, einen Crashkurs in Hebräisch für Neueinwanderer. Dieser Hebräischkurs ist eine Mischung aus Lernen und Arbeiten und dauert meistens ein halbes Jahr, schließlich Hebräisch die Amtssprache Israels und jeder Neueinwanderer sollte Hebräisch in Wort und Schrift beherrschen. Ungefähr 20 bis 30 Neueinwanderer aus dem Iran, aus Russland, aus den USA oder Argentinien sitzen den ganzen Vormittag in einem Klassenzimmer und lernen gemeinsam ihre neue Sprache. Anschließend wird auf dem Feld oder in der Küche gearbeitet und danach müssen noch Hausaufgaben erledigt werden. Ein Ulpan ist wahrlich kein Honigschlecken, sondern ziemlich anstrengend.

Wer etwas darüber lesen möchte, woher die Israelis eigentlich kommen, liest hier weiter. Alle anderen überspringen diesen Teil:

Israel ist ein noch junger Staat. Er wurde am 14. Mai 1948 gegründet. Israel liegt direkt am Mittelmeer und grenzt an die Staaten Libanon, Syrien, Jordanien und Ägypten. Die Amtssprache ist hebräisch. Hebräisch wird wie arabisch von rechts nach links gelesen und geschrieben. Aber woher kommen die Israelis? Heute sind die meisten Israelis in Israel geboren. Das war aber nicht immer so. Israel hat ca. 8 Mio. Einwohner. Seine Hauptstadt ist Jerusalem mit 769.000 Einwohnern. Das wirtschaftliche und kulturelle Zentrum ist Tel Aviv mit 404.000 Einwohnern. Die drittgrößte Stadt ist Haifa mit 268.000 Einwohnern. In Israel lebt ein buntes Völkergemisch aus mehr als 100 Ländern. Sowohl der blonde Nachkomme deutscher Einwanderer als auch der eher dunkle Äthiopier sind Israelis. Zur Zeit der Staatsgründung waren die wenigsten Israelis im Lande geboren. Sie nennt man Sabra oder Sabre. Wörtlich übersetzt »Kaktusfeige« oder »Distel«. In Wellen (Alija) kamen die jüdischen Einwanderer aus allen Ländern der Welt. Es herrschte eine babylonische Sprachvielfalt in Israel, vormals Palästina, wobei sich erst nach und nach Hebräisch als allgemeine Landessprache durchgesetzt hat. Die erste Einwanderungswelle fand von 1883 bis 1903 statt. Die Einwanderer kamen hauptsächlich aus Osteuropa, Russland und Jemen. Die zweite Alija von 1903 bis 1914 brachte Einwanderer aus Polen und aus Russland. 1919 bis 1923 fand die dritte Einwanderungswelle statt und brachte neue zukünftige Israelis aus Russland und Rumänien. Man bedenke, dass es noch gar keinen israelischen Staat gab und Palästina von 1920 bis 1948 unter britischer Verwaltung stand. Die Briten nannten die jüdischen Neueinwanderer »Palestinians« und erlaubten nur eine begrenzte Zuwanderung. 1924 bis 1931 kamen mit der vierten Einwanderungswelle hauptsächlich Polen und Russen nach Palästina. Die fünfte Welle fand von 1930 bis 1939 statt. Auslöser dieser Einwanderungswelle war die Machtübernahme der Nationalsozialisten in Deutschland und brachte hauptsächlich deutsche und polnische Juden nach Palästina.

Nach der Staatsgründung Israels im Jahr 1948 war die Einwanderung von Juden sehr einfach. Jeder Jude, egal aus welchem Winkel der Welt er kam, hatte ein verbrieftes Recht, sich in Israel anzusiedeln.

In den Jahren 1948 bis 1951 kamen ungefähr 700.000 Neueinwanderer aus dem Irak, aus Ägypten, Jemen, Rumänien sowie aus Polen. 1955 bis 1957 wanderten 100.000 Juden aus Tunesien, Libyen, Marokko und Algerien ein. 100.000 Einwanderer kamen 1969 bis 1975 aus der damaligen UDSSR. 1984 und 1985 kamen etwa 10.000 äthiopische Juden nach Israel. 600.000 neue israelische Staatsbürger kamen 1989 bis 1995 aus der ehemaligen Sowjetunion ins Land.

So unterscheidet man die jüdischen Bevölkerungsgruppen:

- Aschkenasim
- Sephardim
- Misrachim

Die Aschkenasim stammen von Einwanderern aus Europa/Amerika und deren Nachkommen ab. Als Sephardim bezeichnet man die Gruppe, deren Vorfahren bis 1513 auf der Iberischen Halbinsel lebten und vertrieben wurden. Nach der Vertreibung siedelten sich die Sephardim im Osmanischen Reich und im Maghreb (Nordwest-Afrika) an. Die Misrachim stammen von Einwanderern aus dem Vorderen Orient und Nordafrika ab. Die verstorbene Sängerin Ofra Haza gehört zu den Misrachim. Ofra Hazas Eltern kamen aus dem Jemen. Sie selbst wurde in Tel Aviv geboren. Der erste Ministerpräsident Israels, Ben Gurion sowie Golda Meir zählen zu der Gruppe der Aschkenasim. Sie kamen aus Polen bzw. Russland. Esther Ofarim (erinnert sich noch jemand?) wurde 1941 in Safed/Galiläa geboren. Eine Sabra. Ebenso wie ihr damaliger Mann und Gesangspartner Abi Ofarim. Oder wie Daliah Lavi, Tochter einer Deutschen, geboren in Palästina. Esther und Abi Ofarim waren in den 60er Jahren sehr erfolgreich und Daliah Lavi war mit ihren auf Deutsch gesungenen Liedern in den 70er ganz oben in der Hitparade. Lotte Cohn, die weltbekannte israelische Architektin, wurde in Deutschland geboren und ist in Tel Aviv gestorben. Ephraim Kishon, der berühmte Humorist, wurde in Budapest geboren, seine Frau Sara Kishon im damaligen Palästina und Kishons erste Frau stammte aus Österreich.

Hier geht es regulär weiter:

Unser Reiseleiter war ein aufgeweckter Israeli mit hervorragenden Englischkenntnissen, der ursprünglich aus dem Jemen stammte und Daliah unterstützte ihn. Die orientalischen Juden blicken auf eine lange Tradition und Kultur in ihren ehemaligen Heimatländern Jemen, Tunesien, Algerien oder dem Iran zurück. Praktisch seit Menschengedenken lebten sie dort in Eintracht mit ihren arabischen Nachbarn und wurden erst nach Staatsgründung Israels massiv von den Machthabern aus ihrer angestammten Heimat vertrieben.

Als ich Daliahs Namen das erste Mal hörte, fiel mir sofort die israelische Sängerin Daliah Lavi ein, die in den 70er Jahren auch in Deutschland mit ihrer rauchigen Stimme sehr erfolgreich war. Auch Daliah Lavi spricht wie viele andere Israelis ein gutes Deutsch, denn ihre Mutter war Deutsche. Meine Daliah allerdings sprach überhaupt kein Deutsch, sondern nur Persisch bzw. Farsi, Hebräisch und etwas Englisch. Daliah ließ ihren Blick über unsere internationale Reisegruppe schweifen und irgendwie trafen sich unsere Blicke. Vielleicht habe ich auch ihren Blick gesucht. Sie war ausgesprochen hübsch mit dunkelbraunen Augen und schwarzen Haaren, die sie stets und ständig mit einer Spange nach oben gesteckt hatte. Ein paar widerspenstige Haarsträhnen tanzten meistens aus der Reihe und ragten wie indianischer Federkopfschmuck nach oben. Ich war ganz sicher, dass ihr Blick viel länger auf mir ruhte, als auf den anderen. Ich musste ihr mit meinen dunkelblonden kurzen Haaren, der hellen Haut und den hellen Augen auch ziemlich exotisch vorkommen. So wie sie mir. Es kann aber auch nur ein Wunschgedanke gewesen sein. Eine Einbildung. Schließlich sahen die meisten Volontäre so aus wie ich. Junge Männer neigen oft zur Selbstüberschätzung und glauben, die Damenwelt liegt ihnen nur aufgrund ihres famosen Aussehens zu Füßen, was bei meinem Schweizer Freund Urs auch tatsächlich zutraf. Bei mir eher weniger. Aber manchmal liegt in Legenden doch ein Körnchen Wahrheit. Es kann auch sein, dass ich ihren prüfenden Blick aufgefangen und zu lange erwidert habe. Ich habe gelesen, dass ein direkter Blick in die Augen bei vielen Nomaden der Sahara schon als Heiratsantrag gedeutet wird und der Blickende streng bestraft wird, wenn er dann seinen Blickantrag nicht einlöst. Im Sand einbuddeln zählt noch zu den milden Strafen. Der vermeintliche Heiratsantrag, die folgende Hochzeit und das restliche Leben können unter Umständen eine härtere Strafe bedeuten als die anderen Optionen. Aber zurück zum Toten Meer.

Mit unserem vollbesetzten Bus rumpelten wir also los, passierten die nächstgelegene Kleinstadt Kiryat Ata, fuhren durch

Haifa, staunten über die Hängenden Gärten des Bahai Zentrums und nahmen die Richtung nach Tel Aviv. Hinter Tel Aviv bog der Bus scharf links ab Richtung Jordanien. Israel ist nicht sehr groß und überall sieht man Hinweisschilder wie diese: Jordanien 500 Kilometer. Damaskus 1200 Kilometer. Wenn ein wagemutiger Pläneschmied ankündigt, er wolle am nächsten Tag ganz Israel erkunden, stellen die meisten automatisch die Frage: »Und was machen Sie am Nachmittag?« Diese zutreffende Bemerkung stammt von Ephraim Kishon und ist in seinem Buch »Der seekranke Walfisch« zu finden und jetzt auch hier. Ein Teil des Toten Meeres gehört zu Jordanien, die andere Hälfte zu Israel. Aus naheliegenden Gründen steuerten wir den israelischen Teil an. Wenn man es genau nimmt, ist das Tote Meer kein Meer, sondern ein See ohne Abfluss, der 482 Meter unter dem Meeresspiegel liegt. Es ist dort immer sehr heiß und trocken und so richtig Abkühlung bringt ein Bad im Toten Meer auch nicht. Der Salzgehalt ist extrem hoch und kein Mensch geht unter. Man kann tatsächlich auf dem Wasser liegend eine Zeitung lesen, wie man es sicherlich schon oft auf Fotos gesehen hat. Unser Reiseführer Eli gab sein Bestes und erklärte uns dies und jenes, aber so langsam zerstreute sich unsere Schar am Ufer des Toten Meeres. Und plötzlich stand Daliah neben mir und sagte:

»Schalom. Where are you from?«

Die Floskel »where are you from?« war bei uns Helfern nach dem Gruß der übliche Anfang einer Unterhaltung und bedeutet, wo kommst du her? Ein schöner Aufhänger für gemütliche Unterhaltungen, der natürlich nur funktioniert, wenn man aus allen möglichen Nationen stammt. Möchte man in Deutschland mit den Worten *wo kommst du her?* eine Unterhaltung starten, erntet man eher Unverständnis, weil fast alle aus Deutschland kommen oder erhält eine dumme Antwort: »Na, von Aldi. Sieht man doch.«

Und hier stand nun die schönste junge Frau von ganz Israel und zeigte durch diese Floskel den deutlichen Wunsch einer Unterhaltung.

»From Germany. And you?«

»I am born in Iran, but now I am Israeli«, sagte Daliah sehr stolz.

Daliah war damals 20 Jahre alt, ich war 22 Jahre alt. In diesem Moment platzte unser Reiseleiter Eli in die gerade aufkeimende Unterhaltung und bedachte Daliah mit einem Redeschwall auf Hebräisch. Offensichtlich brauchte er ihre Hilfe bei einem

Problem, was ausgerechnet jetzt zu lösen war. Im letzten Moment riss ich mich zusammen und fragte wenigstens nach ihrem Namen, den ich bis dahin ja noch gar nicht kannte. »Daliah«, antwortete sie und entschwand zu ihren Pflichten als Assistentin des Reiseleiters und ließ mich wie einen begossenen Pudel am Ufer des Toten Meeres zurück, als plötzlich das Wunder geschah. Wunder sind bzw. waren in Israel nicht so selten, aber dieses Wunder erwischte mich. Daliah drehte sich um und winkte mir zum Abschied zu. Daliah winkte mir zu. Zum Abschied. Mir. Mit der Hand. Eine in meinen Augen vertrauliche Geste, die mir zuflüsterte, dass sie, also Daliah, die Unterhaltung, die noch gar nicht begonnen hatte, gerne weitergeführt hätte und dass ich sie in unserem Kibbuz aufspüren sollte. Was alles in so einer kleinen Abschiedsgeste liegen kann. Unglaublich. Beziehungsweise, was ein junger Mann so deutet. In dem Moment fiel mir ein, dass wir ja noch etwas länger hierblieben und das Aufspüren im Kibbuz gar nicht notwendig wäre. Ich musste Daliah einfach nur auf unserem Ausflug im Auge behalten und zufällig neben ihr auftauchen, damit wir weiter miteinander plaudern konnten. Jeden anderen, der sich zwischen uns drängen würde, würde ich ins Tote Meer oder von den Felsen der Festung Masada stoßen. Denn da wollten wir jetzt hin.

Masada ist eine antike jüdische Festung, befindet sich am Südwestende des Toten Meeres und wurde 2001 Weltkulturerbe. Die Festung wurde im Auftrag des Königs Herodes in den Jahren 40 bis 30 v. Chr. erbaut und galt als uneinnehmbar, was sich aber als Fehleinschätzung erweisen sollte. Eigentlich war Masada vorher nur ein hoher Tafelberg mit einem 300 mal 600 Meter großen Gipfelplateau. Herodes aber erkannte, dass man von hier oben die ganze Gegend einsehen und auch verteidigen konnte und ließ auf dem Plateau in luftiger Höhe die Festung bauen. 66 n. Chr. kam es zum Aufstand gegen die römische Besatzung. Jüdische Rebellen übernahmen die Festung, die nach dem Tode Herodes als römische Garnison diente, und siedelten sich dort an. Das war den Römern natürlich ein Dorn im Auge und so belagerten sie die Masada ab 73. n. Chr. unter Leitung des Feldherrn Flavius Silva. Als die Lage nach monatelanger Belagerung immer aussichtsloser wurde, beschlossen die jüdischen Rebellen, lieber in den Freitod zu gehen, als den Römern in die Hände zu fallen. Per Los wurden einige Männer bestimmt, die die Frauen, Kinder und

Männer der Gruppe und danach sich selbst töten sollten. Und das taten sie auch. Als die Römer die Festung einnahmen, fanden sie nur noch 960 Leichen und bis heute ist Masada ein Symbol des jüdischen Freiheitswillens.

Es dauerte eine kleine Weile bis Eli und Daliah unsere bunte Gesellschaft zusammengetrieben hatte, damit wir unsere Fahrt fortsetzen konnten. Im Bus saß ich neben Susanne aus Köln, die zu dem Zeitpunkt noch nicht mit Roger liiert war und jener Roger und seine Jane saßen ein paar Reihen hinter uns. Daliah und Eli saßen vorne beim Fahrer; das konnte ich erkennen. Nur nicht aus den Augen verlieren. Ich wollte unbedingt die unterbrochene Unterhaltung fortsetzen. Ein Blickkontakt, der mich hätte in Erinnerung bringen können, gelang mir nicht. Daliah und Eli schwatzten und hielten Ausschau nach dem richtigen Weg und ich guckte missmutig zum Fenster raus und ließ die Wüstenlandschaft auf mich einwirken, als mich Susanne anstieß.

»Was?«

»Kennst du unsere zweite Reiseleiterin?«, fragte Susanne aus Köln.

»Nicht richtig«, antwortete ich.

(Heute würde man antworten: Nicht *wirklich*. Aber diese Floskel war damals noch nicht in Gebrauch.)

»Sie guckt immer hierher.«

Wie einer meiner Hähne aus dem Hühnerhaus ruckte mein Hals nach oben und ich guckte nach vorne in den Bus. Daliah und Eli plauderten immer noch. Wahrscheinlich machte der Lümmel ihr gerade einen Heiratsantrag und ich hatte ihre suchenden Blicke verpasst, als ich in die Judäische Wüste starrte.

Wir erreichten unseren Parkplatz und Eli zeigte uns den schmalen Pfad, der zur Festung Masada führte.

»Wir treffen uns alle oben«, gab er bekannt und voller Tatendrang begannen wir den Aufstieg, der nach und nach immer beschwerlicher wurde. Der Pfad wurde immer schmaler, hatte aber glücklicherweise ein Geländer, das auch seinen Zweck erfüllte. Man konnte sich festhalten und alle Ausflügler kamen lebend oben an. Junge Männer haben immer Angst, sich zu blamieren, wenn sie junge Damen ansprechen, ich musste also einen Moment abpassen, wo Daliah alleine herumstand und dann wie von ungefähr neben ihr auftauchen. Ein perfekter Plan, der bei mir allerdings noch nie funktioniert hatte. Auch hier nicht. All die männlichen

Hyänen aus unserer Gruppe schwirrten urplötzlich um Daliah herum und versuchten ihr ein sinnloses Gespräch aufzudrängen. Einer meiner walisischen Freunde zog sich gerade zurück und ich setzte zum Sprung an, als wie aus dem Boden gestampft Jan aus Holland neben Daliah stand. Der Typ kam mir immer schon irgendwie verdächtig vor. Ich konnte gerade noch abbiegen und so tun, als wäre mir das völlig egal. Jan gab sein bestes und versuchte Daliah zu beeindrucken; ich habe es aus den Augenwinkeln genau beobachtet. Was kümmerte sich dieser Jan hoch oben auf der Festung von Masada um unbekannte Schönheiten? Es wäre wirklich besser, er würde sich für jüdische Kultur und Geschichte interessieren, so wie ich es tat. Der Ausblick von hier oben war wirklich phänomenal. Die gesamte Judäische Wüste lag unter mir und ich war mir sicher, dass ich etwas weiter hinten Jordanien sah.

»Daliah ist wirklich schön«, sagte plötzlich eine Stimme mit holländischem Akzent neben mir. Jan hatte also eingesehen, dass eine weitere Konversation mit Daliah unter keinem guten Stern stand und hatte das Feld geräumt. Aber jetzt. Ich drehte mich rasch um, Daliah stand alleine. Nur noch ein wenig die Schritte beschleunigen und schon bin ich da.

»Daliah!«

Nun ein wenig die Schritte verlangsamen und nach der Stimme Ausschau halten, die mir Steine in den Weg rollte. Es war natürlich wieder Eli, der unaufschiebbare Dinge mit Daliah besprechen musste. Jetzt. Hier. Sofort.

Hoch oben auf dem Plateau von Masada gab es erstaunlicherweise keinen McDonald's, aber immerhin eine kleine Bretterbude, die Erfrischungen und kleine Snacks führte. Coca Cola verstand man weltweit, also bestellte ich mir eine kühle Dose, weil ich wirklich großen Durst hatte, was nach diesem Aufstieg nur allzu verständlich war, und trank die Dose in einem Rutsch leer. Ein freundlicher Rülpser breitete sich gerade in meinem Rachen aus, als eine weibliche Stimme hinter mir fragte: »Is good, the Cola?«

Mein erstauntes »Yes« ging gurgelnd unter, aber ich riss mich zusammen und ließ die Luft durch meine Nase entweichen. Daliah stand hinter mir und guckte mich mit ihren braunen Augen an. Und ich schwöre, sie waren tatsächlich mandelförmig. Ich nickte als Antwort und hielt ihr spontan die leere Dose hin, worüber sich Daliah sehr freute, aber doch etwas verwundert war, als sie feststellen musste, dass die Dose schon ausgetrunken war. Ich wurde rot, knallrot, als die durstige junge Frau die Dose auf den Kopf stellte und kein Tropfen mehr herauskam. Etwas vorwurfsvoll hat sie mich schon angeguckt. Natürlich habe ich umgehend eine neue Dose Cola gekauft und die haben wir uns geteilt.

Die Fortsetzung unserer Unterhaltung verlief ziemlich holprig, aber ich verstand, dass sie nach meinem Namen fragte. »Bernd«, antwortete ich und sah zu, wie sich Daliah abmühte, den fremden Namen auszusprechen.

»Wie schreibt man das?«, fragte sie auf Englisch und auf Hebräisch und mit der bekannten Gestik für »Schreiben«. Also schrieb ich auf eine Serviette in lateinischen Buchstaben den Namen »Bernd«. Sie schaute etwas ratlos und gab mir zu verstehen, meinen Namen nochmal aufzusagen und zwar langsam.

Eine Hilfe musste her. Diesmal war Eli willkommen, der sich auch gerade eine Erfrischung kaufen wollte. Daliah sprach mit ihm auf Hebräisch und hielt ihm die Serviette hin. Eli schrieb meinen Namen in hebräischen Buchstaben ab und betrachtete das Ergebnis argwöhnisch.

»Berenod«, las der Mensch laut vor.

»Lo, Bernd.«

Lo heißt NEIN auf Hebräisch. Daliah guckte auf die Buchstaben.

»Berenod«, wiederholte auch sie und tippte mit dem Finger auf die Serviette. Auch Eli las nochmal laut dieses Berenod vor. Daliah schaute mich triumphierend an. Ich werde doch wohl wissen, wie mein Vorname ausgesprochen wird! Aber wir hatten irgendwie alle Recht. Die hebräische Schrift kennt keine Vokale. Die gesprochene Sprache sehr wohl. Wo also mehrere Konsonanten aufeinanderprallen wie bei dem schönen Namen B-E-R-N-D, müssen passende Vokale hinzugedacht werden. Da die meisten Menschen erst lernen zu sprechen, lernen sie auch automatisch die richtigen Vokale, die zu einem Wort gehören. Und ein Wort oder ein Name mit drei Konsonanten hintereinander ohne Vokale kann es ja gar nicht geben, dachten wahrscheinlich Daliah und Eli. Also fügten sie ihre gedachten Vokale hinzu und es ergab sich Berenod. Ich heiße aber nicht Berenod, sondern Bernd. Beide mühten sich verzweifelt mit BERND ab und schließlich lenkte ich ein. »Ok, Berenod.« Sag ich doch, las ich in Daliahs Augen, die mir schon kleine wütende Blitze zuschleuderten. Ja, und was soll ich sagen. Der Name Berenod machte in kürzester Zeit im Kibbuz die Runde und plötzlich konnte jeder problemlos meinen Namen aussprechen. »Das ist Israel. Einfach improvisieren«, sagten Kibbuzniks mit deutscher Muttersprache, die Bernd sowieso aussprechen konnten, aber auch nichts gegen Berenod hatten.

Es ist oder war auch so ein Problem mit den persönlichen Namen, die die Einwanderer aus aller Welt mitbrachten, die aber von allen und vor allem von israelischen Behörden verstanden werden mussten. »Rudolf Meier« klingt für uns völlig normal. Wenigstens der Vorname Rudolf klingt für israelische Ohren eher ungewöhnlich. Im eigenen Interesse änderten deshalb viele Einwanderer ihre Vornamen ganz legal sogleich bei ihrer Ankunft um. Die Namen wurden hebräisiert, was zwar freiwillig war, aber nicht immer ganz freiwillig passierte. So wurde vielleicht aus »Rudolf Meier« ein »Ephraim Meier«.

Meier oder auch Meir ist durchaus kein unbekannter Nachname in Israel. Auch die ehemalige Ministerpräsidentin Golda Meir trug ihn und der in Polen geborene Staatsgründer und erster Ministerpräsident Israels David Ben Gurion hieß ursprünglich David Grün und wandelte seinen Nachnamen in Ben Gurion um. Bei *Ephraim* fällt mir natürlich die Geschichte ein, wie der Schriftsteller Ephraim Kishon vom Beamten der israelischen Einwanderungsbehörde seinen Namen verpasst bekam. Kishon kam aus Ungarn und hieß ursprünglich Ferenc Hoffmann. Schon vor seiner Einwanderung hatte er sich den Namen Kishont (mit t am Ende) zugelegt. Bei der Einwanderung nannte er also seinen neuen Nachnamen und musste mit ansehen, wie der Beamte der Einfachheit halber das t am Ende wegließ. Das fehlende t konnte der junge Ferenc Hoffmann ja noch verschmerzen, aber dann fragte der Beamte nach seinem Vornamen. »Ferenc«, antworte der später weltberühmte Satiriker. »Wie?« »Ferenc!« Darauf der Beamte: »So einen Namen gibt es nicht. Sie heißen jetzt Ephraim.« »Nein, bitte nicht Ephraim!«, klagte der neue israelische Staatsbürger namens Ephraim Kishon. Aber es war schon zu spät. Der Name stand schon auf dem so wichtigen Einwanderungspapier. »Der nächste, bitte!« war alles, was der Beamte noch sagte.

So wurde also aus Bernd Berenod, der nach der Namensfindung zusammen mit Daliah die Festung von Masada besichtigte, sich mehr schlecht als recht mit ihr unterhielt und sie mehr anguckte als die altehrwürdigen jüdischen Festungsanlagen. Sie war auch viel schöner als Staub und Steine. Wer nun denkt, dass wir auf der Heimfahrt im Bus nebeneinander saßen, der irrt gewaltig. Daliah saß brav vorn beim Fahrer neben unserem Reiseleiter Eli und zeigte keinerlei weiterführendes Interesse. Nicht mal umgeguckt hat sie sich während der stundenlangen Fahrt zurück in den Kibbuz. Das war aber nur ihre Verschleierungstaktik, wie ich bald darauf feststellte. Damit ja niemand erkennen konnte, dass wir uns mögen, kam sie später auf die seltsamsten Strategien, was zur Folge hatte, dass jeder sofort erkannte, woher der Wind wehte. Nur Daliah war fest davon überzeugt, dass unsere Tarnung perfekt funktionierte. Als wir völlig erschöpft im Kfar Yochanan ankamen, standen Daliah und Eli neben dem Ausstieg und verabschiedeten sich freundlich von uns Ausflüglern.

Daliah guckte mich sehr lange an und sagte dann: »Lehitraot, Berenod.«

Lehitraot heißt »Auf Wiedersehen«. Von hinten bekam ich einen Stoß und musste leider weitergehen, aber im Weitergehen guckte ich mich schnell und natürlich unauffällig um. Daliah guckte mir auch hinterher.

Der nächste Tag war anstrengend. Die ganze Belegschaft der Hühnerfarm war in hellem Aufruhr. Von meinem Freund Irachmiel erfuhr ich, dass heute Nacht unsere Hühner abgeholt würden und nach gründlicher Reinigung der Hühnerhäuser durch Junghühner ersetzt würden.

»Harte Arbeit«, sagte er. »Dauert wahrscheinlich die ganze Nacht.«

Legten die Hühner nicht mehr genug Eier, wurden sie eingefangen, in Transportboxen gestopft und auf LKW verladen. Unsere Hühner wurden an einen Schlachthof verkauft. Das tat mir sehr leid, aber im Inneren war mir schon klar gewesen, dass die Hühner hier nicht eines natürlichen Todes sterben würden. Aufgefallen war mir schon, dass die Eierproduktion fast täglich zurückging und ich mehr und mehr tote Hühner aus dem riesigen Stall herausholte. Das Einfangen von Hühnern ist keine sehr erfreuliche Aufgabe, aber jeder packte so an, wie er eingeteilt war. Kibbuzniks und Helfer hatten schon einen normalen Arbeitstag hinter sich und mussten in kleinen Schichten stundenweise mithelfen. Die ganze Aktion fand nachts statt, weil die Hühner schläfrig waren und sich leichter fangen ließen. Hühnerhaus für Hühnerhaus grasten wir in den folgenden Nächten ab. Der Anfang war leicht. Man griff einfach in die Menge der Hühner, packte mindestens zwei an den Beinen und trug sie aus den Häusern. Draußen verpackte man sie in bereitgestellte Transportboxen und eine andere Gruppe verlud die Boxen auf den LKW. Alle anderen klagten über den fürchterlichen Gestank, mir selbst machte das gar nichts mehr aus. Ich hatte jeden Tag damit zu tun. Wir Hühnerfänger gingen ein und aus, ein und aus und immer wieder ein und aus, bis die Menge an Hühnern immer weniger wurde, was das Einfangen erheblich schwieriger machte. Nichts mehr mit einfach in die Menge greifen. Es war ja keine Menge mehr da und man musste die Hühner mit List und Tücke einfangen. Einfach verfolgen und fangen ging nicht. Die Hühner ahnten das Ungemach und liefen so schnell sie konnten im Zickzack davon. Wir bildeten einen großen Kreis, den wir langsam immer enger machten und wenn dann die Hühner zwischen unseren Beinen hindurch flüchten wollten, wurde eisenhart zugegriffen. Gelang nicht immer, aber oft. Das war es, warum das Einfangen so lange dauerte. Als hauptamtlicher Hühnermann war ich die ganze Nacht dabei, die anderen wurden nach jeweils zwei Stunden abgelöst. Es war wirklich sehr anstrengend und sehr staubig. Im Morgengrauen war das erste Hühnerhaus leer. Fast alle Hühner waren eingefangen, verpackt, verladen und abtransportiert. Die Volontäre und die Kibbuzniks, die sonst nicht auf der Hühnerfarm arbeiteten, gingen nach Hause, wir Hühnerfarmer trafen uns dreckig und verstaubt noch zu einem Frühstück im Pausenraum. Für heute war die Arbeit getan, beendet war sie damit noch nicht.

Nach einer ausgiebigen Dusche mit Wasser, das man beim besten Willen nicht als warm bezeichnen konnte, legte ich mich hin und schlief bis zum Mittagessen durch. Ein paar neue Gesichter sah ich an unseren Tischen und ein paar Leute fehlten jetzt und auch beim Abendessen. Wir Helfer haben meistens Ankunft und Abfahrt der Kollegen gar nicht richtig mitbekommen, so sehr waren wir schon im täglichen Kibbuzleben eingebunden. Es verstand sich ja auch nicht jeder gut mit jedem und so verpasste man sehr oft die Abreise von diesem oder jenem Volontär. Einer der Neuen war Bernhard, der nach Israel mit dem eigenen Motorrad gekommen war. Damals existierten noch Fähren von Griechenland und Zypern, die ihren Dienst aber inzwischen eingestellt haben. Ich nahm Bernhard unter meine Fittiche und erklärte ihm im Schnelldurchlauf, wie es hier ablief, so wie mir Jan aus Holland bei meiner Ankunft einiges aus dem Kibbuzalltag erklärt hatte.

Irachmiel saß drüben in der Abteilung für Kibbuzniks, kam aber gleich rüber und teilte mir mit, dass es gleich weiterginge auf unserer Hühnerfarm. Also machten wir uns nach der Mittagspause gemeinsam auf den Weg zu den Hühnerhäusern und guckten, wie und wo Not am Manne war. Irachmiel ging immer mit kleinen eiligen Schritten, sodass ich Mühe hatte, ihm zu folgen, obwohl ich viel größer war und längere Beine hatte. Auf halber Wegstrecke kam uns Karen aus Arizona auf Krücken angehumpelt und begrüßte uns mit einem breiten »Hiii!« Die Krankenschwester hatte ihr auf der Krankenstation ihre zahlreichen Mückenstiche an den Beinen verarztet, die sich alle entzündet hatten und nun richtig schmerzten und gar nicht gut aussahen. Ich hatte die Mückenstiche gesehen, bevor die Unterschenkel verbunden wurden und es sah gruselig aus. Ich wusste nicht, dass sich Mückenstiche so stark entzünden konnten. Die arme, immer lustige Karen tat mir und allen anderen sehr leid. Jeder Kibbuz hat eine eigene kleine Krankenstation und eine Nurse und von daher kam Karen uns entgegen. Auch Irachmiel war entgeistert, was ein paar Mückenstiche so anrichten konnten, aber Karen gestand uns, dass die Stiche so gejuckt hätten, dass sie ständig gekratzt hatte und dadurch wahrscheinlich erst die Entzündung herbeigeführt hatte. »Anyway…«, sagte sie. Jeder zweite Satz bei unseren englischsprachigen Helfern begann mit *anyway*. Nun wäre es ja hoffentlich bald vorbei. Kurz vor unserer Hühnerfarm fragte ich meinen Freund Irachmiel: » Sag, kennst du Daliah?«

»Die aus dem Ulpan? Aus dem Iran?«
Ich bejahte. »Kenne ich. Ein hübsches Mädchen. Wohnt dort.«
Er zeigte weitläufig in Richtung Kindergarten.
»Gefällt sie dir?«
Ich nickte und sagte nur: »Ja.«

»Ist aber eine Cohen«, meinte Irachmiel beiläufig. Was hat denn das nun zu bedeuten? Eine Cohen. Den Namen Cohen kannte ich schon. Ich grübelte vor mich her und bevor ich nach der Bedeutung seiner Bemerkung *Ist aber eine Cohen* fragen konnte, erreichten wir unsere Hühnerfarm.

Die Österreicher Gershon und Uri waren auch schon da und wir machten uns an die Arbeit. Die Hühnerhäuser mussten gereinigt und desinfiziert werden, Bretter mussten ausgewechselt werden, das Eierfließband wurde überprüft und gewartet, die Hühnernester mussten gereinigt und repariert werden. Hin und wieder mussten wir ein Huhn einfangen, das irgendwie unter die Bretter des Fußbodens gelangt war und nicht alleine herauskam. All das war jedoch nicht so schlimm wie die nächtliche Hühnerjagd. Dennoch stand uns eine wochenlange Arbeit bevor. Ich hatte überhaupt keine Gelegenheit mehr, nach Daliah Ausschau zu halten. Das brauchte ich auch nicht, denn plötzlich kam sie anmarschiert. Immer wenn Kibbuzniks und Helfer ungewöhnlich harte Arbeit zu erledigen hatten, gab es aus der Küche leckere Extra-Rationen, die es im Speisesaal nicht gab. Das galt für die höchst eintönige Nachtschicht in der Plastikfabrik und das galt auch für die Erneuerungsphase unserer Hühnerfarm. Daliah arbeitete zu dem Zeitpunkt in der Küche und wurde mit einem großen Korb voller Köstlichkeiten zu uns Hühnermännern geschickt. Es wurde gescherzt und gelacht und ich verstand kein Wort. Man lachte und scherzte nämlich auf Hebräisch. Daliah begrüßte alle mit einem herzlichen »Schalom« und mich zusätzlich mit einem tiefen Blick, von dem sie dachte, er würde keinem auffallen außer mir. Jeder, aber auch wirklich jeder, hatte diesen Blick mitbekommen.

Herren in mittleren Jahren wie meine Kollegen haben all dies selber schon erlebt. Daliah deckte unseren einfachen Holztisch und setzte sich ganz ungezwungen zu uns und aß mit uns. Es gab wie schon in der Fabrik panierte Kalbsschnitzel, Brot, Gemüse, Milchspeisen und literweise Orangensaft. Daliah saß nicht neben mir und gab sich große Mühe, mich nicht anzugucken. Nach der Mahlzeit packte sie Teller, Besteck und leere Schüsseln in den Korb und guckte etwas unschlüssig.

»Begleite sie ein Stückchen«, raunte mir Gershon auf Deutsch zu, gab mir einen Klaps auf die Schulter und sagte etwas zu Daliah, die daraufhin *Beseder* sagte, was *ok* oder *in Ordnung* heißt. Die schöne Daliah reichte mir den Korb und machte mit der Hand die international verständliche Geste »Nun komm schon!« oder »Was ist? Ich kann hier nicht stundenlang auf dich warten.« Einträchtig und eher langsam wanderten wir in der Dunkelheit den holprigen Pfad Richtung Küche entlang und machten ziemlich kleine Schritte. Ich glaube, keiner von uns beiden hatte es eilig. Was hätte ich in Deutschland getan? Das junge Mädchen ins Kino eingeladen. Gab es nicht. Das junge Mädchen in ein Lokal eingeladen. Gab es in erreichbarer Nähe nicht. Das junge Mädchen zu einem Spaziergang in den Park eingeladen. Gab es nicht. Gab es nicht? Natürlich gab es so etwas. Unser Kibbuz hatte einen herrlichen Olivenhain, wo man durchaus auch ungestört spazieren gehen konnte. Mit Händen, Füßen und Englisch lud ich Daliah zu diesem Spaziergang ein und sie sagte zu!

»Beseder«, sagte sie.

Gleichzeitig legte sie einen Finger auf die Lippen und sagte: »No word.«

Ich sollte keinem davon erzählen.

»Beseder«, stimmte ich der Geheimhaltung zu.

Es war Mitte September und die Sonne brannte heute besonders heiß. Da ließ es sich doch vortrefflich in den schattigen Hühnerhäusern arbeiten. Ziemlich in Gedanken versunken kehrte ich zur Hühnerfarm zurück, nachdem ich Daliah und ihr Körbchen an der Küchentür abgeliefert hatte. Aber auch ein schattiger Aufenthaltsraum hat so seine Vorteile, denn dort traf ich die versammelte Mannschaft bestehend aus Gershon, Uri, Irachmiel und Arik, die immer noch Pause machten. Gershon sagte etwas auf Hebräisch und alle lachten.

»Was hast du gesagt?«, fragte ich.

»Ich habe gesagt: Der Deutsche kommt zurück. Jetzt herrscht wieder Ordnung und wir müssen arbeiten«, antwortete Gershon.

Manchmal ist es wirklich ein Fluch, Deutscher zu sein. Jeder denkt sofort an perfekte Organisation, Ordnung und Fleiß. Aber in uns stecken auch andere Eigenschaften. Ich war mit Daliah verabredet! Das ist doch viel wichtiger als alles andere und ich hätte es gerne in unserer kleinen Runde kundgetan. Aber ich hatte Daliah mein Versprechen gegeben, es nicht zu tun. Es gab allerdings ein Problem. Ich hatte vor lauter Arbeit eigentlich gar keine Zeit. Nachts Hühner einfangen, dann schlafen und nachmittags

Hühnerhäuser ausmisten und reparieren. Ich musste jemanden einweihen, der meine notwendige Ausrede bestätigen konnte. Irachmiel natürlich. Also weihte ich meinen Freund Irachmiel ein. Der lachte nur. »Wir sind nicht blind, Berenod. Ihr könnt eure Blicke nicht verbergen. Geh nur. Wir kommen einen Nachmittag ohne dich zurecht.«

Bis vier Uhr hämmerten und klopften wir, rissen alte Bretter aus den Ställen und verlegten neue Bretter. Wir misteten aus und schaufelten den Hühnermist in große Behälter aus Metall, die man heute als Container bezeichnen würde. Hühnermist war wertvoller Dünger, den man nicht ungenutzt lassen konnte. Meine Verabredung war morgen Nachmittag; ich hoffte sehr, ein paar Duschen würden aus mir einen normal riechenden Mann machen. Ich wankte zurück in unser Camp, überrannte fast noch Jan, der sich demonstrativ die Nase zuhielt, duschte und ruhte mich in unserer Hütte aus, die ich ja ganz für mich alleine hatte. Birgit war schon aus dem Kibbuz geflüchtet und Gudrun verbrachte die meiste Zeit mit ihrem Nigel. Sollte mir recht sein. Bernhard war bei William aus Südafrika gelandet. Gegen ihn hätte ich als Zimmergenossen nichts einzuwenden gehabt, aber offiziell war meine Hütte ja voll besetzt. Es war noch nicht zu Irmi durchgedrungen, dass Birgit einfach gegangen war.

Abends im Speisesaal staunte ich nicht schlecht, als Hannah, Irachmiels Tochter, und Daliah sich in die Abteilung zu uns Helfern setzten. Hannah tat das öfter, Daliah bisher noch nie. Immer wieder trafen sich unsere vermeintlich unauffälligen Blicke, aber ein immer wiederkehrender Blickkontakt lässt sich nicht so einfach verbergen. Irgendeiner von den vielleicht 200 Anwesenden wird bestimmt was mitkriegen. Meine sehr direkte Freundin Hannah sprach mich nach dem Abendessen auch gleich an: »Daliah mag dich«, sagte sie auf Englisch. Bevor ich ein paar Floskeln stottern konnte, brach Tumult in den Reihen der Volontäre aus. Ein Typ aus den USA drehte durch, brüllte und warf mit sämtlichen Speisen um sich, die er greifen konnte. Brot, Eier, ganze Ladungen von Oliven flogen durch den Speiseraum. Dazu schrie der Mann wie am Spieß und lieferte sich eine wilde Verfolgungsjagd mit ein paar kräftigen Kibbuzniks durch den ganzen Speisesaal, bis er überwältigt und zu Boden geworfen wurde. Bernhard hatte es schwer getroffen. Er saß direkt neben dem Tobenden und hatte eine volle Schüssel Joghurt über seine Beine bekommen. Eigentlich war der arme Junge von oben bis unten mit Joghurt bekleckert und trug dummerweise auch noch seine Privatkleidung. Hannah hatte im ersten Schreck nach meinem Arm gegriffen und war ganz blass geworden. Und plötzlich stand auch Daliah so dicht bei mir, dass ich ihre Körperwärme spürte. Sie tippte sich an die Stirn und guckte erst mich, dann Hannah an. Die beiden besprachen sich auf Hebräisch und mischten sich unter die anderen Bewohner, um den Vorfall eingehend zu diskutieren. Es stellte sich später heraus, dass der Tobende tatsächlich krank war und einfach seine Medikamente abgesetzt hatte. Eine psychische Erkrankung, die permanent behandelt werden musste. Oder er hatte seine Tabletten hier nicht bekommen. Jedenfalls hat ihn ein Krankenwagen abgeholt und wir haben ihn nicht wiedergesehen. Das war mir in diesem Moment aber ziemlich egal, denn irgendjemand, vermutlich Daliah, hatte im Weggehen meine Hand berührt.

Wir Hühnermänner arbeiteten wieder die ganze Nacht durch, fingen Hühner ein, verpackten sie und verluden sie anschließend auf LKW. Fix und fertig in übel riechenden Arbeitssachen hockten wir im Morgengrauen in unserem Aufenthaltsraum und verschnauften, während die Sonne gerade aufging und es noch angenehm kühl war. Im Moment waren wir aufgrund unserer Ausdünstung im Speisesaal nicht besonders beliebt und nahmen außer dem Abendessen alle Mahlzeiten in unserem Pausenraum ein. Unsere Arbeitshosen sahen wirklich schlimm aus, unsere Hände waren rau und rissig und Hühner wurden uns immer unsympathischer. Irmi, unsere Freiwilligenbetreuerin und Herrin der Kleiderkammer kannte dieses Problem und rückte kommentarlos neue Hosen und Hemden für mich raus. Die anderen bedienten sich aus der Kleiderkammer für Kibbuzniks. Es gab keinen Unterschied, die Arbeitskleidung war gleich. Nur lag die Kleiderkammer für Volontäre näher an deren Unterkunft und die der Kibbuzniks näher an den Wohnhäusern.
Während wir so langsam von unserem eigenen Geruch ins Koma fielen, öffnete sich die Tür, Daliah erschien mit ihrem Körbchen und hielt sich schnell die Nase zu. In ihren Arbeitsshorts und den derben Schuhen sah sie ganz bezaubernd aus. Sie brachte uns Weißbrot, Käse, Joghurt, Oliven, Obst und eine gro-

ße Kanne Kaffee und deckte sogar für uns den Holztisch. Und natürlich setzte sich Daliah nicht neben mich, sondern saß schräg gegenüber, was ihren Plan der Heimlichkeit völlig zunichtemachte. Denn sie guckte mich gerne an und ich guckte sie gerne an. Sie räumte auch nach der Mahlzeit wieder ab und da ich sowieso vorübergehend Feierabend hatte, begleitete ich sie wieder bis zum Küchengebäude.

»Heute Nachmittag um drei Uhr hier«, sagte sie in einer Mischung aus Englisch und Hebräisch und zeigte mit dem Finger auf die Stelle, wo wir standen.

»Ok«, sagte ich und fing mir erstens einen strafenden Blick und zweitens einen kleinen Klaps auf die Schulter ein.

»Beseder, lo ok!«, belehrte mich Daliah.

Ich sollte also *beseder (einverstanden)* und nicht *ok* sagen. Jawohl. Geht klar. Es war die erste vertrauliche und offene Berührung und von mir aus hätte sie stundenlang gegen meine Schulter trommeln können.

»You learn ivrith«, sagte sie sehr bestimmt und verschwand in der Küche. Das Wort *ivrith* war mir natürlich nicht neu. Es heißt *Hebräisch* auf Hebräisch.

Nun tat eine Doppeldusche not und ein paar Stunden Schlaf nach der anstrengenden Nachtschicht waren ebenfalls dringend notwendig. Gudrun lärmte und polterte zwar in unserer Hütte herum, verschwand aber bald darauf zum Küchendienst nach dem Frühstück. Halbwegs sauber, aber keineswegs 100% geruchsfrei streckte ich mich aus und schlief auch sofort ein. Pünktlich zur Mittagszeit wachte ich auf, duschte ein weiteres Mal und schlenderte in den Speisesaal. Daliah sah ich nicht, was aber nicht schlimm war, denn wir würden uns ja bald zu unserem ersten heimlichen Rendezvous treffen. Punkt drei Uhr stand ich an der verabredeten Stelle und pünktlich fünf Minuten später erschien Daliah in kurzen Shorts und Sandalen und lächelte sehr freundlich. Ihre schwarzen Haare trug Daliah wie immer wie Indianerfedern hochgesteckt und von ihrer Spange hinten gehalten. Wir begrüßten uns fast verlegen mit einem *Schalom,* als ob wir etwas Ungesetzliches vorhätten und spazierten gemessenen Schrittes Richtung Olivenhain. Schalom kann man in Israel ruhig mehrmals am Tag sagen; es ist ein sehr vielseitiger Gruß, der nie überstrapaziert wird. Die Olivenbäume waren groß, krumm und ganz grün, umgeben von Gräsern und Büschen und beschienen von der gnadenlosen Sonne, aber wenigstens gab es hier jede Menge Schatten.

Wie zwei Teenager benahmen wir uns und viel älter waren wir ja eigentlich auch nicht. Wir versuchten ein paar lustige Sachen zu sagen, lachten etwas, obwohl wir kein Wort verstanden hatten und fühlten uns einfach nur wohl in der Gesellschaft des anderen. Unter einem ganz krummen Olivenbaum blieben wir stehen und guckten uns an.

»I am from Iran«, sagte Daliah.

»I am from Germany«, erwiderte ich ebenso geistreich.

Das Eis war gebrochen und wir versuchten mit Gesten und Worten etwas von dem anderen zu erfahren. Daliah war mit ihren 20 Jahren das Nesthäkchen der Familie und wanderte erst vor einem knappen Jahr zusammen mit ihren Eltern und ihrem ein Jahr älteren Bruder in Israel ein. Die älteste Schwester Esther lebte schon viele Jahre in Israel in der Kleinstadt Kiryat Schmona gleich neben dem Libanon und war mit einem irakischen Einwanderer verheiratet. Die mittlere Schwester Nina wanderte vor sechs Jahren ein und lebte in Haifa. Nina war Daliahs erster Anlaufpunkt gewesen und wenig später begann ihr Ulpan, ihr Hebräisch Intensivkurs, der in der Regel sechs Monate dauert und in unserem Kibbuz stattfand. Für mich eine abenteuerliche Geschichte, aber für die Juden außerhalb und auch innerhalb Israels ein völlig normaler Vorgang. Für sie war abenteuerlich, dass freiwillige Helfer aus aller Herren Länder gegen Kost, Logis und ein kleines Taschengeld hier arbeiteten und sich danach wieder überall hin verstreuten. Stundenlang unterhielten wir uns auf diese etwas zeitraubende Weise, da es doch zu vielen Missverständnissen und Umwegen im Redefluss kam. Aber es waren die schönsten Stunden, die ich hier bisher erlebt hatte.

Trotz aller sprachlichen Probleme verstanden wir uns, auch wenn es etwas länger dauerte und wenn ich zu schnell sprach oder mit ihr ungeduldig wurde, bekam ich wieder einen kleinen Klaps. Ihr Blick aus braunen Augen brachte mein Herz langsam aber sicher zum Vibrieren. Es war beinahe Zeit zum Abendessen und wir brachen so langsam auf, denn wer gar zu spät im Speisesaal erscheint, muss das essen, was übrigbleibt. Und wenn schon jemand dabei war, die Tische abzuwischen, kriegte man gar nichts mehr.

Gemeinsame Mahlzeiten zu festen Zeiten erfordern etwas Disziplin. Man konnte natürlich versuchen, an der Küchentüre noch etwas zu bekommen, musste dabei aber seinen ganzen Charme spielen lassen und die Küchenchefin überzeugen, dass man kurz vor einem erbärmlichen Hungertod stünde und den ganzen Tag so hart gearbeitet hatte, dass an Nahrungsaufnahme überhaupt nicht zu denken war. Das betraf alle Einwohner im Kibbuz. Kibbuzniks, Helfer und Sprachstudenten. Erst wurde man mit einem Redeschwall auf Hebräisch bedacht, den ich hier gerne übersetze:

was glaubt ihr eigentlich was ich ihr mache nun bin ich gerade fertig mit der ganzen buckelei und jetzt kommst du und verlangst dass ich nochmal den kühlschrank öffne bin ich denn dein diener alle nutzen mich aus und ich gutmütiges schaf lasse mich auch noch ausnutzen.

Wenn dann der erste Ärger verraucht war, öffnete die gutmütige Küchenchefin den Kühlschrank und tischte auf, dass einem die Augen überquollen. Man durfte aber nicht übertreiben und zu oft zu spät kommen.

Wer nun denkt, wir hätten uns im Olivenhain geküsst, der irrt gewaltig. Daliah war eine ehrbare junge Frau, die aus dem Iran stammte und schon so ein harmloses Treffen unter Olivenbäumen wäre für Daliah in ihrer Heimat undenkbar gewesen, obwohl das Leben im Iran vor 1979 weniger streng als nach der islamischen Revolution war. Vor 1979 war der Iran eine westlich orientierte und sehr lebenslustige Nation gewesen, bevor die Mullahs diesem fröhlichen Lebensstil ein Ende setzten. Hier in Israel war ein Treffen zwischen einem jungen Mann und einer jungen Damen, die beide unverheiratet waren, sicherlich nichts Ungewöhnliches, aber man muss ja nicht umgehend nach Ankunft all seine Sitten und Gebräuche über Bord werfen. Ja, und es kam noch viel schlimmer. Wir durften auf keinen Fall in trauter Eintracht zusammen gesehen werden. Wo kämen wir da hin? Was sollten die Leute denken? Also entwickelte Daliah einen ihrer genialen Verschleierungspläne. Ein Schachzug, um den sie jeder Krimiautor beneiden würde und der an Unauffälligkeit nicht zu überbieten war. Daliah betrat den Speisesaal alleine und ich folgte mit leerem Gesichtsausdruck ein paar Minuten später. Keiner würde etwas ahnen. Wirklich keiner. Davon war Daliah fest überzeugt. Natürlich nahmen wir auch an verschiedenen Tischen Platz und würdigten uns (scheinbar) keines Blickes. Gelassen nahm ich mein Abendbrot zu mir, bis Jan mich anstieß:

»Daliah guckt immer zu dir.«

»Ach so, ist mir gar nicht aufgefallen.«

Mit Susanne schlenderte ich Richtung Unterkunft, als sie mich fragte: »Hast du gar nicht gemerkt, dass Daliah dir immerzu Blicke zugeworfen hat?«

»Wem? Mir? Nein, habe nichts bemerkt.«

Wenn Daliah es so will, bitteschön.

Damit der geneigte Leser sich die Hauptpersonen besser vorstellen kann, folgen hier die Steckbriefe von mir und Daliah im Jahre 1979:

Name: Cohen
Vorname: Daliah
Alter: 20
Größe: 172 cm
Gewicht: wurde verschwiegen, sah aber normal aus
Augenfarbe: sehr braun
Haare: schwarz
Herkunft: Iran
Nationalität: israelisch
Religion: jüdisch
Sprachen: Persisch, Hebräisch, etwas Englisch

Name: Schmidt
Vorname: Bernd (Berenod)
Alter: 22
Größe: 180 cm
Gewicht: 75 Kilo
Augenfarbe: blaugraugrünlich
Haarfarbe: ein blondes dunkelblond
Herkunft: Deutschland
Nationalität: deutsch
Religion: evangelisch
Sprachen: Deutsch, Englisch, vorerst wenig Hebräisch

Das liest sich kompliziert und eigentlich unvereinbar. Es war auch kompliziert, aber nicht unvereinbar.

Ich greife etwas vorweg, wenn ich im Zeitraffer schildere, was nach etwa acht Wochen im Speisesaal passierte. Fast jeden Tag erschienen Daliah und ich gemeinsam-getrennt im Speisehaus, fast jeden Tag nahmen wir unsere Mahlzeiten an verschiedenen Plätzen ein und jeden Tag warfen wir uns Blicke zu. Natürlich merkte ich, dass alle, aber auch wirklich alle anwesenden Menschen im Speisesaal all das mitkriegten. Man drehte sich schmunzelnd um, wenn wir zeitversetzt hereinkamen, man tuschelte, man lächelte. Nur Daliah schien nichts mitzubekommen und hielt unsere Geheimniskrämerei aufrecht, bis der Speisesaal eines Tages aus den Fugen geriet. Wie üblich betrat ich den Speisesaal zur Zeit X, gefolgt von Daliah zur Zeit X plus eine Minute. Ich setzte mich auf Platz A, sie setzte sich auf Platz Z. Und in dem Moment platzte es aus dem gut gefüllten Speisesaal heraus. Volontäre und Kibbuzniks brachen in ein höllisches Gelächter aus, sie bogen sich vor Lachen, mussten aufstehen und wischten sich die Lachtränen aus den Augen. Gabeln und Messer fielen zu Boden, Irachmiel ließ seine Teetasse fallen und Jan aus Holland verließ krebsrot und hustend den Speisesaal, kam aber nach wenigen Augenblicken zurück, während Daliah sich ratlos umschaute und im Raum den Grund der kollektiven Heiterkeit suchte. Es war nichts zu sehen. Hannahs Gesicht hatte vor Lachen eine ähnliche Farbe wie ihre Haare angenommen und die waren rot. Hannah erbarmte sich, ging zu Daliah und klärte sie auf.

»Alle wissen Bescheid.«

»Alle?«, fragte Daliah entgeistert.

»Alle.«

Dann winkte Hannah mich zu sich, Daliahs Nachbar stand bereitwillig auf und Hannah platzierte mich neben Daliah.

»Endlich«, sagte Hannah.

Alle Blicke waren auf uns gerichtet, keiner aß, keiner trank. Und dann brach ein Applaus aus allen Richtungen los, der uns fast von den Stühlen fegte. Erst wollte Daliah wütend sein, aber dann strahlte sie mich an, wie sie es nie zuvor getan hatte. Und außerdem kassierte ich den obligatorischen Klaps auf die Schulter. Diese kleinen liebevollen Schläge, die ich mal auf die Schulter und mal auf den Oberschenkel bekam, waren nichts anderes als kleine Zeichen der Zuneigung. Andere Berührungen waren ja nicht statthaft und schickten sich nicht, also wich Daliah auf diese harmlosen Schläge aus, um mich hin und wieder ganz legal berühren zu können. Aber so weit wie hier waren wir längst noch nicht. Nach unserem Spaziergang im Olivenhain verbrachten wir mehr und mehr Zeit zusammen. Alles still und heimlich; keiner durfte es erfahren, was aber auch noch einen anderen Hintergrund hatte, den ich erst nach und nach herausbekam. Ich besuchte nun Daliah oft in ihrer kleinen Wohnung, die eigentlich nur aus einem Zimmer und einem einfachen Badezimmer bestand. Küche war überhaupt nicht notwendig, schließlich gab es eine Großküche für alle. Die Wäsche wurde in der Wäscherei gewaschen, Kinder wurden im Kindergarten betreut und den Tag verbrachte man sowieso unter freiem Himmel bei der Arbeit. Es wurde alles geteilt, kein Kibbuznik hatte irgendwelchen überragenden Besitz, denn der Kibbuz und all seine Besitztümer gehörten der Gemeinschaft.

Oft verbrachten wir ein paar freie Minuten im Olivenhain und gingen einfach nur auf dem Kibbuzgelände, das an manchen Stellen wie ein Garten anmutete, spazieren. Nicht mal Händchenhalten war gestattet. Dafür bekam ich jede Menge Klapse und als Ausgleich durfte ich Daliah ab einem gewissen Zeitpunkt bei der Haarpflege helfen. Haare bürsten, festhalten und drehen, damit sie sich die Haare hochstecken konnte. Zu diesem Zeitpunkt waren das die schönsten Momente für uns und wir konnten sie unendlich ausdehnen. Kam uns bei unseren Spaziergängen jemand entgegen, taten wir völlig unbeteiligt, sagten freundlich »Schalom, Schalom« und gingen unserer Wege. Einmal kam ich zu früh in ihre Wohnung und sah ihren nackten Rücken unter der Dusche. Ein Skandal! Sie bemerkte mich und stieß die Tür mit dem Fuß zu. Mit keinem Wort erwähnte sie diesen Vorfall, als sie mit klatschnassen Haaren aus ihrem Badezimmer kam und noch schöner als mit trockenen Haaren aussah.

Einen richtigen Aufenthaltsraum zum geselligen Beisammensein hatten wir Volontäre nicht, bis wir die Bibliothek des Kibbuz entdeckten. Eigentlich wurden wir gefragt, ob wir diesen Raum nutzen wollten und wir sagten ja und bekamen den Schlüssel zu dem Raum, der von den regulären Mitgliedern nur wenig genutzt wurde. Die anderen Volontäre und ich staunten nicht schlecht, als wir in unserem neuen Clubraum ganze Regale voll mit Büchern in allen Sprachen Europas vorfanden. Diese Bücher hatten Neueinwanderer aus Deutschland, Polen, Russland oder Rumänien mitgebracht und dem Kibbuz gestiftet, wo sie allmählich in Vergessenheit gerieten. Nicht jeder von uns stöberte gerne in alten Büchern, aber ich und einige andere schon. So verbrachten wir viele Nachmittage nach getaner Arbeit in unserem neuen Clubraum, der sogar mit einem Wasserkocher ausgestattet war, sodass die Engländer sich ihren geliebten Tee aufbrühen konnten.

Auch Daliah war oft dabei, aber weniger wegen der Bücher. Es war klar, dass wir beiden auch unseren Clubraum nach Daliahs raffinierter Strategie zu betreten hatten. Erst ich, etwas später sie. Bis mich eines Tages Roger, der später seine Freundin Jane zu Gunsten von Susanne verließ, fragte:»Was macht ihr da eigentlich? Welche Theateraufführung ist das? Setzt euch doch gleich unter den Tisch. Dann sieht euch keiner.«

Daliah hatte einen Teil verstanden, ich half mit ein paar hebräischen Vokabeln nach und plötzlich erkannte ich den Schalk in Daliah. Sie setzte sich tatsächlich unter den Tisch. Roger und ich guckten uns an und folgten ihr. Susanne und Jan betraten den Clubraum, stutzen etwas und stellten die in solchen Fällen übliche Frage:»Was macht ihr denn da?«

»Heute bevorzugen wir unter dem Tisch zu sitzen, nicht wahr?«, antwortete Roger in Oxford-Englisch.

Susanne und Jan zögerten keine Sekunde, setzten sich dazu und so saßen wir alle friedlich vereint unter einem Tisch in unserem neuen Clubraum, tranken Tee und knabberten Kekse, bis uns die Beine einschliefen. Daliah besuchte mich allerdings nie in unserem Camp für Volontäre; das wäre ja viel zu offenkundig gewesen. In unsere internationale Siedlung verirrte sich sowieso äußerst selten ein regulärer Kibbuznik. Außer, wenn wir Volontäre den Schutzbunker, der sich in der Nähe unserer Hütten befand, in eine Disco umwandelten. Heute würde man zu einer Diskothek eher Club sagen, aber zu der Zeit war der Begriff Club noch nicht angesagt.

Wir arbeiteten ja nicht nur im Kibbuz, sondern es gab auch Wochenenden, die allerdings ganz anders sind als in Europa. Der Ruhetag in Israel ist der Sabbat oder auch Schabbat, also der Samstag. Sabbat beginnt nicht nach einer bestimmten Uhrzeit, sondern Freitagnachmittag, wenn es zu dämmern beginnt und so nach und nach fällt eine erholsame Ruhe über das ganze Land.

Läden schließen, Banken schließen; das Wochenende beginnt. Es ist jedoch ziemlich kurz, denn der Sabbat endet, wie er begonnen hat. Nämlich mit der Dämmerung des nächsten Tages, also am Samstagabend.

Einer von uns Volontären fragte Irmi, ob wir den Schutzbunker zur Freizeitgestaltung nutzen dürfen, Irmi fragte das Kibbuzgremium und es wurde uns gestattet. Der kleine Staat Israel ist nicht gerade von freundlichen Nachbarn umgeben und deshalb gibt es auch heute noch überall Bunker, in die sich die Bevölkerung bei Angriffen aller Art flüchten kann. Jeder Kibbuz hatte deshalb natürlich auch Bunker für seine Einwohner und einer davon lag nicht weit entfernt von unserer Siedlung. Also richteten wir uns dort unten ein und veranstalteten Freitagabends unsere Diskothek. Die meisten von uns hatten ihre Lieblingsmusik auf Kassetten mitgebracht und überreichten sie zwecks Auswahl und Zusammenstellung dem jeweiligen Diskjockey. Ich war wie alle anderen musikbegeistert, war der Diskjockey an diesem Abend und hatte eine geniale Musikauswahl getroffen, die in die Beine ging. Alle tanzen zu meiner Musik wie die Wilden, bis ich angefleht wurde, endlich ruhige Musik zu spielen.

Aber gnadenlos legte ich ein letztes Mal »My Sharona« von The Knack auf und keiner konnte sich diesem Rhythmus entziehen. Am Ende des Liedes brach ein unbeschreiblicher Tumult los. Daliah war auch da und irgendein ungezogener Typ aus USA hatte es gewagt, sie absichtlich am Bein zu berühren oder hat ihr vielleicht sogar einen lässigen Klaps auf den Po gegeben. So genau ließ sich der Vorfall nicht mehr rekonstruieren. Daliah explodierte. Sie schimpfte so laut, dass wir anderen im ersten Moment wie angewurzelt standen. Dann drosch sie auf den jungen Mann ein und wir mussten die aufgebrachte Daliah von dem Bösewicht wegziehen, damit es zu keinen ernsthaften Verletzungen kam. Man soll keine orientalische junge Dame berühren, die gut behütet im Iran aufgewachsen ist. Auch wenn man Amerikaner ist.

Ich übergab mein Amt als Diskjockey an den Nächstbesten und begleitete Daliah nach draußen an die frische Luft, wo wir mal wieder Zeugen einer unschönen Szene zwischen dem Schweizer Urs und seiner Flamme der letzten Nacht, einer dürren Engländerin, wurden. Sie, die Engländerin, wollte nicht einsehen, dass ihre Bekanntschaft zu Urs nicht länger als eine Nacht zu dauern hätte. »Blöde Kuh« war noch einer der freundlicheren

Ausdrücke, die Urs der armen Frau an den Kopf warf. Und er könne sich nicht nur mit einer beschäftigen, die anderen würden ja schon warten, so der Originalton des umtriebigen Schweizers. Aber auch die dürre Engländerin hatte ein paar üble Ausdrücke auf Lager und gab kräftig Kontra. Und das alles am Sabbatabend. Daliah und ich machten, dass wir aus dieser lauten Szenerie rauskamen und hatten plötzlich die ruhige Sabbatnacht um uns. In den Häusern der Kibbuzniks brannte überall Licht; die Familien waren vereint zum jüdischen Ruhetag.

In dieser Nacht nahm Daliah meine Hand, wir gingen schweigsam bis zu ihrer Wohnung und ich bekam zum Abschied ausnahmsweise keinen Klaps. Entweder hatte Daliah ihre Kräfte schon verausgabt oder meine Hand in ihrer Hand hatte ihr einen Ausgleich gebracht. Wir verabredeten uns für den nächsten Tag am späten Vormittag zu einem Spaziergang. Die Tatsache, dass ich Daliah aus dem Schutzbunker gelotst hatte und auch nicht wiederkam, öffneten auch dem Letzten die Augen. Von einer »Beziehung« nach westlichem Vorbild waren Daliah und ich meilenweit entfernt, man könnte eher von einer erweiterten Freundschaft mit Optionen sprechen. Oder wer es gerne poetisch hat: von einer Blüte, die sich gerade entfaltet. Mehr war zu diesem Zeitpunkt völlig ausgeschlossen. Daliah war eine anständige junge Dame aus dem Orient. Aber sie hatte Pläne.

Kapitel 3

Am nächsten Tag auf unserem Spaziergang durch den Kibbuz trafen wir nicht nur unzählige andere Spaziergänger, die uns alle mit *Shabbat Schalom* begrüßten, sondern ich lernte Miriam kennen. Miriam war eine bestimmt schon siebzigjährige nette alte Dame, die in Berlin geboren war und als junges Mädchen zusammen mit ihren Eltern in den 30er Jahren nach Palästina einwanderte. Ihr Vater hatte das Unheil geahnt und Deutschland noch rechtzeitig den Rücken gekehrt und war außerdem überzeugter Zionist, sodass nur das Heilige Land als neue Heimat in Frage kam, das sich damals noch unter britischer Verwaltung befand. Nun genoss Miriam ihren Ruhestand und bewohnte ein kleines Häuschen mit Garten und einer herrlichen Veranda. Je länger man in einem Kibbuz lebte, desto besser werden die Unterkünfte, denn ein langes arbeitsreiches Leben wird mit vielen Annehmlichkeiten belohnt. Die junge Neueinwanderin Daliah bewohnte ein Zimmer mit Dusche und Toilette und die alte Frau Miriam ein kleines Haus mit Rosen, die sich bis zum Dach hinauf rankten. Daliah und ich kämpften mal wieder mit der Verständigung und ich sagte vielleicht etwas zu laut: »Scheiße!«

Prompt ertönte hinter einer Hecke die auf Deutsch hervorgebrachte Ermahnung: »Sowas sagt man aber nicht am Sabbat, junger Mann.«

Daliah und ich guckten uns verdutzt an und Miriam reckte ihren Kopf über die gepflegte Hecke. Sie hatte es sich in einem Liegestuhl in ihrem Garten gemütlich gemacht, las ein Buch, ein deutsches Buch, und wurde durch meinen Kraftausdruck empfindlich gestört.

»Entschuldigung«, sagte ich.

Sie schaute uns beiden an.

»Ihr seid also Daliah und Berenod«, stellte sich fest, ohne dass wir dazu ein Wort gesagt hätten. Unsere Namen waren selbst in die entfernteste Ecke des Kibbuz gedrungen und so standen wir am Gartenzaun und plauderten auf Deutsch und Hebräisch. Daliah mit Miriam auf Hebräisch und Miriam und ich auf Deutsch. Zum Abschied fragte sie: »Mögt ihr gerne Kakao?«

Das klang wie eine Einladung und ich nickte. Auch Daliah hatte das als Einladung verstanden und sagte ein paar Worte zu Miriam.

»Daliah wird aber nicht mitkommen«, übersetzte Miriam. »Wir sollen uns ruhig in dieser merkwürdigen Sprache alleine unterhalten.« Merkwürdig. Als ob eine Sprache, die ohne Vokale geschrieben wird, nicht noch merkwürdiger ist.

Also fand ich mich am nächsten Nachmittag bei Miriam ein, die mir gleich an der Gartenpforte entgegenkam. Sie war eine vornehme etwas gebrechliche Dame, die sich freute, einen jungen Mann aus der alten Heimat zu treffen und die selbst mit ihren grauen Haaren, der Brille und den vielen Falten im Gesicht wie eine typische Großmutter aus Deutschland aussah. Ihre Einrichtung mit Sofa, Kissen, Decken und vielen Bildern an den Wänden erinnerte mich tatsächlich sehr an das Haus meiner Großeltern. Während sie frische Milch für unseren Kakao kochte, schaute ich von der Veranda auf den sehr gepflegten kleinen Garten, der zu ihrem Haus gehörte.

»Wer mäht den Rasen?«, fragte ich.

»Das machen die jungen Leute hier«, antwortete sie. »Ich brauche keinen Handschlag mehr tun.«

Sie brachte zwei Tassen und wir setzten uns auf die Veranda. Kakao wie zu Hause bei Oma. Mit einer dicken Haut auf der Oberfläche, die ich noch nie mochte. Also machte ich es wie in Kindheitstagen: Ich schob mit dem Löffel die Haut zusammen und drückte sie innen an den Tassenrand, damit sie ja nicht meine Lippen berühren konnte. Miriam erzählte von ihrer Ankunft im Lande Israel, wie sie mit vielen anderen Mädchen in ganz einfachen Unterkünften gelebt hatte, wie sie das Land fruchtbar gemacht hatten und abends todmüde mit einem üblen Sonnenbrand eingeschlafen sind. Eigentlich waren sie alle zu diesem Zeitpunkt eher geduldet. Die Araber und auch die Briten beobachteten die Einwanderungen sehr skeptisch und die Briten versuchten den Zustrom durch Einwanderungsquoten zu kontrollieren. Immer wieder kamen neue Einwanderer, die Europa verlassen hatten und es bildeten sich natürlich kleine Grüppchen. Rumänen gesellten sich zu Rumänen, Polen verkehrten am liebsten mit Polen und die Deutschen wurden sowieso wegen ihrer Disziplin von allen belächelt und siezten sich.

»Aber zusammen schauten wir Europäer immer etwas auf unsere orientalischen Einwanderer herab«, sagte Miriam.

Ein geschickter Übergang, denn damit waren wir beim Thema.

»Wie lange kennst du Daliah schon?«, fragte Miriam.

»Ein paar Wochen«, antwortete ich.

»Ihr mögt euch«, stellte Miriam fest. »Jedenfalls mag sie dich. Das sieht man sofort. Woher kommt sie?«

»Aus dem Iran«, sagte ich.

»Also ganz und gar nicht westlich erzogen. Weiß sie, dass du kein Jude bist?«

»Klar.«

Miriam stand auf und braute uns einen frischen Kakao. »Nun hör zu: Unsere orientalischen Israelis haben oft ganz andere Sitten und Gebräuche. Und vor allem, sie haben andere Wertvorstellungen. Wenn Daliah so oft und so vertraut mit dir zusammen ist, wie ich vermute, dann mag sie dich wirklich gern. Die Eltern haben einen großen Einfluss auf ihre Kinder. Anders als bei westlich orientierten Familien. Ob hier oder anderswo.«

Ich hörte gespannt zu.

»Daliah sitzt mit dir zwischen allen Stühlen. Du bist nicht das, was sich ihre Eltern vorgestellt haben.«

Ich unterbrach. »Aber so weit sind wir doch noch gar nicht!«

»Du vielleicht nicht. Bei Daliah sieht das ganz anders aus. Es ist doch nicht zu übersehen, wie sie dich ansieht. Der ganze Kibbuz weiß das.«

Da saß nun die alte Miriam in ihrem Sessel, schlürfte ihren Kakao und gab mir Grünschnabel Nachhilfe in Sachen Daliah. Sie gab mir Einblicke in eine Kultur, in Gewohnheiten und Handlungen, die mir Europäer völlig fremd waren. Eine Freundin zu haben war in Deutschland ziemlich unkompliziert und die Eltern kamen erst zum Schluss ins Spiel oder überhaupt nicht. Junger Mann und junge Frau fanden sich sympathisch, gingen miteinander ins Kino und küssten sich. Das ging nicht mit Daliah aus dem Iran. Aber Miriam war noch lange nicht fertig.

»Bekommst du manchmal einen Klaps von ihr?«

Ich staunte. »Ja, sehr oft.«

»Aha. So weit ist es schon. Das ist der Ausgleich dafür, dass sie dich eigentlich nicht   körperlich berühren soll. Du bist ja ein fremder Mann, ihr seid weder einander versprochen noch seid ihr verheiratet.«

Meine Güte, war das kompliziert. Ich erzählte Miriam von dem Vorfall in unserer provisorischen Diskothek.

»Das war richtig unanständig in Daliahs Augen. Wichtig war, dass ihr zusammen gegangen seid. Weißt du, Bernd …«

Ich musste lachen. »Du nennst mich Bernd? Nicht Berenod?«

Miriam seufzte. »Ach, die Israelis und ihre Schrift ohne Vokale. Wer soll diese eckigen Zeichen als Buchstaben erkennen. Ich jedenfalls nicht.«

»Aber du sprichst doch fließend Hebräisch.«

»Sprechen ist ganz leicht. Aber selbst nach so vielen Jahren in Israel lese ich immer noch zuerst die lateinischen Buchstaben auf Straßenschildern. Von links nach rechts. Ganz automatisch. Den Engländern sei Dank.«

Ich staunte. In der Tat sind alle Straßen und auch Behördeneingänge in Israel zweisprachig ausgeschildert. Auf Hebräisch und auf Englisch.

»Weißt du eigentlich, welche Sprache in den 50er Jahren hier am meisten gesprochen wurde? Jiddisch! Und die bekannteste Tageszeitung war auf Deutsch. Hebräisch hat sich erst nach und nach durchgesetzt. Aber ich lese immer noch am liebsten deutsche Bücher.« Miriam brauchte eine Pause und nahm einen Schluck Kakao.

»Es ist sogar möglich, dass ihre Eltern einen Ehemann für Daliah ausgesucht haben«, sagte Miriam.

»Was? Sowas gibt es noch?«

»Nicht direkt. Es ist eher eine Empfehlung oder ein Wunsch, den eine brave Tochter aus gutem Hause aber respektiert. Manchmal aber eben auch nicht.«

Ich war ziemlich erstaunt.

»Respektiert die gute Tochter den Wunsch ihrer Eltern nicht, braucht sie Verbündete in ihrer Familie. Hat deine Daliah Verwandte in Israel?«

»Ja, allerdings. Schwester Nina in Haifa, Schwester Esther in Kiryat Schmona. Die beiden sind schon länger hier. Eltern und Bruder leben auch inzwischen in Israel.«

Miriam dachte nach.

»Ich verstehe. Wenn es ihr ernst mit dir ist, wird sie dich ihren Schwestern vorstellen, damit sie im Notfall Verbündete hat. Wie heißt sie überhaupt mit Nachnamen?«

»Cohen«, kam meine Antwort wie aus der Pistole geschossen.

»Auch das noch«, seufzte Miriam. »Aber davon später. Ich bin müde.«

Ich hätte nun endlich gerne erfahren, was es mit Cohen auf sich hatte, aber Miriam wirkte sehr erschöpft und stand auch gar nicht auf, als ich mich verabschiedete. »Komm übermorgen wieder zu Kakao. Dann erzähle ich dir, was es mit den *Cohens* auf sich hat.«

Sehr nachdenklich verließ ich Miriams kleines Häuschen und suchte unser Camp auf. Ich brauchte etwas Zeit zum Nachdenken. Es ging so langsam auf den Abend zu und im Camp der Volontäre herrschte geschäftige Betriebsamkeit. Ein neuer Volontär war eingetroffen und sorgte auch sogleich für Gesprächsstoff. Josef aus Bayern sprach kein einziges Wort. Auch nicht, wenn man ihn grüßte oder anderweitig direkt ansprach. Stets mit gesenktem Blick huschte er von seiner Hütte in den Speisesaal, vom Speisesaal zu den Duschen, in die Fabrik, wo er sich am wohlsten fühlte und sprach kein einziges Wort. Nie. Kein Gespräch, keine Geselligkeit. Er lächelte zwar zaghaft, wenn man grüßte, blieb aber stumm wie ein Fisch. Dafür las er viel. Eigentlich las er ständig. Josef las alle Bücher, die er kriegen konnte. Ob Krimi, Western oder hochgeistige Literatur, Josef las es. Er machte überhaupt keinen Unterschied. Hauptsache Buchstaben, die er verschlingen konnte. Vielleicht waren Bücher eine Art Lebenselixier für ihn, ein notwendiger Stoff, der Geist und Körper am Leben erhielt, der ihm aber gleichzeitig die Zunge lähmte. Ich hatte ein paar Taschenbücher dabei, die ich ihm einfach so auf die Veranda seiner Hütte legte. In der Nacht muss Josef die Bücher an sich genommen haben, denn am nächsten Morgen waren sie verschwunden. Wiedergesehen habe ich meine Bücher allerdings nicht. Josef hatte immer ein Buch in seiner Hosentasche. In der Fabrik, auf den Feldern, bei den Tieren. Wenn Pause war und alle anderen sich zusammensetzten und ein Schwätzchen hielten, stand Josef abseits und las in seinem Buch. Im Speisesaal, unserem zentralen Dreh- und Angelpunkt, saß Josef an einem der wenigen Einzeltische, las und aß. Oder aß und las, wie man es denn betrachtete. Wir hatten schon ein paar absonderliche Typen in unserem Camp.

Aber auch unter den Kibbuzniks gab es ziemlich schräge Typen. So ein schräger Typ hätte unseren stummen Josef beinahe erschossen. Und warum? Weil Josef wieder nichts sagte. Ein junger im Lande geborener deutschstämmiger Israeli aus unserem Kibbuz, der permanent auf Hebräisch und Deutsch vor sich her brabbelte, lief stets und ständig mit einer Flinte durch die Gegend. Hellblond war er, hatte stechende blaue Augen und war unsympathisch und auch optisch eine unangenehme Erscheinung. Ich fand nicht heraus, ob es ein Luftgewehr war, das er trug, oder eine Waffe mit tödlicher Munition. Damit jedenfalls machte er Jagd auf Tauben, die er nicht leiden konnte. Irgendwo raschelte es, er schoss und die Taube oder ein anderer Vogel war tot. Wirklich ein unangenehmer Zeitgenosse. Einmal raschelte es aber nicht oben, sondern im Gebüsch. Der schiesswütige Jüngling rief, wartete, rief nochmal und schoss. Er konnte ja auch nicht ahnen, dass Josef, der dort las und raschelte, aus Prinzip kein Wort sprach. Josef blieb unverletzt, aber ein anderer Kibbuznik, der den Vorfall miterlebt hatte, nahm dem Verrückten unter großem Geschimpfe sein Gewehr weg.

Wir Hühnermänner waren immer noch mit der Erneuerung unserer Hühnerfarm beschäftigt und Irachmiel und ich hämmerten voller Inbrunst in den Ställen auf den Brettern herum, dass wir förmlich in einer weißen Staubwolke verschwanden. Aber wir waren fröhlich bei der Arbeit und es gab eigentlich keinen Tag, an dem Irachmiel nicht fröhlich war.

»Aber heute kommst du wieder zum Milchkaffee zu mir«, sagte Irachmiel. Ja, ich hatte unsere Nachmittage etwas vernachlässigt und hatte schon ein schlechtes Gewissen.

»Daliah. Ich wollte eigentlich zu Daliah.«

»Bring sie mit!«

Er schlug mir zur Bekräftigung auf die Schulter, dass es nur so staubte. Einen Widerspruch anzubringen erschien mir sinnlos, so bestimmt kam die Einladung.

»Beseder«, sagte ich deshalb nur. Mittags kam Daliah, brachte uns in ihrem Körbchen leckere Speisen und Getränke und wurde auch sogleich von Irachmiel mit einem Redeschwall überfallen. Daliah guckte zu mir, dann wieder zu Irachmiel und sagte letztendlich *Beseder*. Ich hatte zwar kein einziges Wort verstanden, aber reimte mir den Sinn zusammen. Irachmiel hatte Daliah davon in Kenntnis gesetzt, dass wir beide gefälligst nach der Arbeit auf einen Milchkaffee bei ihm zu erscheinen hätten. Ablehnung nicht erwünscht. Daliah musste einfach zustimmen.

Am Nachmittag holte ich Daliah ab, die gar nicht wusste, wo Irachmiel wohnte und wir machten uns auf den Weg. Das Leben im Kibbuz ist ziemlich zwanglos und man muss sich nicht extra umziehen, wenn man jemand auf einen Milchkaffee besucht. Es erschien mir allerdings ratsam, nicht in meiner verdreckten Arbeitskleidung in Irachmiels Wohnung zu sitzen, hatte mich umgezogen und sah ordentlich aus. Jeans, Sommerhemd und Sandalen. Wie in Deutschland. Daliah war schwer begeistert, weil wir uns ja eigentlich immer nur in Arbeitskleidung sahen. Auf halber Strecke blieb sie stehen und fragte in unserer Sprachmischung aus Englisch und Hebräisch:»Ich will meine Schwester Nina in Haifa besuchen. Möchtest du mich begleiten?«

Mir wurde ganz anders zumute. Das waren ja haargenau Miriams Prophezeiungen. Schwester Nina sollte also Daliahs erste Verbündete werden. Ich verstand. Und sagte zu. Etwas wunderte ich mich doch über mich selbst. Was hatten mich bisher Schwestern, Brüder und Eltern meiner Freundinnen interessiert? Von manchen Mädchen in Deutschland wusste ich nicht einmal, ob sie überhaupt Brüder oder Schwestern hatten. Meine Freundinnen in der Heimat durfte ich allerdings ziemlich schnell küssen. Ja, sie bestanden förmlich darauf und zwangen mich zu diesem oder jenem Kuss. Mit Daliah hatte ich einmal Händchen gehalten und das war schon viel gewesen.

Der Nachmittag im Kreise der Familie Salzmann verlief wie immer heiter und harmonisch. Daliah und die Tochter des Hauses Hannah kannten sich ja schon und waren gut befreundet und nun lachten und scherzten wir mit Irachmiel und seiner Frau, tranken warmen Milchkaffee und knabberten Kekse aus der Dose. Daliah krümelte wie üblich rings um sich herum, was mir schon aufgefallen war, wenn wir in ihrem Zimmer Milchkaffee tranken und dazu Kekse aßen. Sie krümelte. Sie krümelte immer. Daliah krümelte lustvoll und in großen Mengen. Manchmal verlor sie auch größere Teile ihrer Kekse. Diese Stückchen fielen entweder in ihren Kaffeebecher oder auf den Fußboden. Stand man auf, knirschte es verdächtig unter den Schuhen. Aber so war sie. Daliah, das Krümelmonster.

Bei Irachmiel fiel mir allerdings auf, dass die anderen mehr und öfter lachten, als ich selbst. Das lag daran, dass alle anderen Anwesenden Hebräisch konnten und ich nicht. Also sprach der weise Irachmiel:»Berenod, du musst hebräisch lernen.«

Er übersetzte es schnell und alle anderen nickten. Wenn Irachmiel so etwas sagt, dann wird es seine Richtigkeit damit haben, aber meine erste Reaktion war eher verhalten. »Muss ich?«, fragte ich überflüssigerweise, obwohl mir klar war, dass ich diese altertümliche Sprache lernen musste, wenn ich mit Daliah je ein vernünftiges Wort wechseln wollte. Irachmiel übersetzte meine in allen Augen blöde Frage und dafür kassierte ich umgehend einen Klaps von Daliah. Und zwar schneller, als man *Schalom* sagen konnte. Dazu machte sie eine äußerst ungeduldige Handbewegung und warf mir einen ihrer bösen Blicke zu. Eigentlich war meine dumme Antwort auch gar nicht ernst gemeint gewesen, aber wir flapsigen jungen Leute mussten ja immer einen Spruch auf den Lippen haben und ich konnte ja nicht ahnen, dass ich Daliah damit treffen würde. Den ganzen restlichen Tag war sie beleidigt, bis ich ihr ernsthaft schwor, Hebräisch zu lernen. Gerne und mit ganzem Herzen. »It ist not difficult«, log sie.

Sprachen flogen mir nur so zu. Ich hatte irgendwie eine Begabung für Fremdsprachen. Auf verschiedenen Schulen lernte ich Englisch, Französisch und Spanisch, ohne über eine Anwendung nachzudenken. Hier in Israel und mit Daliah war Hebräisch tatsächlich angebracht.

Am nächsten Tag stand mal wieder ein Ausflug auf dem Programm. Es ging nach Bethlehem, dem Geburtsort von Jesus Christus. Bethlehem ist heute eine arabische bzw. palästinensische Stadt und liegt im Westjordanland. Im Jahre 1979 gehörte die Stadt noch voll und ganz zu Israel und ein Ausflug mit dem Bus stellte kein Problem dar. Ganz früh um sechs fuhren wir los und wurden von dem bewährten Team Eli und Daliah beaufsichtigt und geleitet. Von Haifa bis Jerusalem sind es immerhin 152 Kilometer, was für ein kleines Land ziemlich viel ist, und vom Kibbuz Kfar Yochanan bis Haifa sind es weitere 20 Kilometer und von Jerusalem bis Bethlehem, das im Süden von Jerusalem liegt, nochmal 20 Kilometer. Alle Volontäre, die mitkommen wollten, stiegen mit verschlafenen Gesichtern in den betagten Bus und machten es sich bequem. Es kamen nicht immer alle freiwilligen Helfer mit, da einige Bethlehem von anderen Ausflügen schon kannten. Daran konnte man immer gut erkennen, wer schon lange im Kibbuz arbeitete. Diesmal saß Bernhard neben mir, ein angenehmer und kurzweiliger Mensch aus dem Münster-

land, der nicht zu viel und nicht zu wenig sprach. Und irgendwann zwischen Haifa und Tel Aviv kam die Frage, die ich schon
längst erwartet hatte.

»Läuft das was zwischen Daliah und dir?«
Er nickte in Richtung Daliah, von der wir von hier nur ihren
schwarzen Haarschopf sehen konnten.

»Ich weiß nicht genau«, antwortete ich wahrheitsgemäß.
Er lachte laut auf. »Aber die anderen wissen es ziemlich genau.
Und ich auch. Ihr müsst euch nur mal sehen.« »Blödmann!«

Nach einer kleinen Rast erreichten wir Bethlehem am späten
Vormittag und marschierten unter Elis sachkundiger Führung
vom Busparkplatz zur Altstadt dieser mittelgroßen Stadt, die
heute 25.000 Einwohner hat. Die Stadt war voller christlicher
Touristen, wie wir die vielen Menschen nannten. Viele Gäste
hatten sich in Bethlehem ein Hotelzimmer genommen und besuchten von hier aus Jerusalem, da die Hotelpreise in Bethlehem
sehr viel günstiger als in der großen Stadt Jerusalem waren. In
den engen Gassen wimmelte es nur so von Menschen, die hauptsächlich wegen Jesus Christus gekommen waren und wir kamen
kaum vorwärts. Es gibt auf der ganzen Welt 2,2 Milliarden Christen und wir hatten schon die Befürchtung, sie wären heute alle in
Bethlehem angekommen. Daliah ging mal mit mir und mal nicht
mit mir. Spazierte sie neben mir, berührte sie mich fast. Das lag
bestimmt an den engen Gassen.

Dort wo der Stall stand, in dem Jesus Christus zur Welt kam,
steht die Geburtskirche und in den Boden eingelassen sieht der
Besucher den Stern von Bethlehem. Hier also soll Jesus Christus
das Licht der Welt erblickt haben, wie wir es als Kinder in Bibli-
scher Geschichte in der Schule gelernt haben und wie es am 24.
Dezember in unzähligen Krippenspielen nacherzählt wird. Etwas
Ehrfurcht umhüllte auch mich, der sonst eher nicht an Gott
glaubt. Unter uns Volontären waren auch viele Gläubige, die sich
kurz bückten und den Stern von Bethlehem mit einer Hand berührten. Es musste schnell gehen, denn eine Schlange Menschen
drängelte und wollte auch noch den Stern berühren. Daliah stand
neben mir, stupste mich an und fragte: »Your God?« Der Einfachheit halber sagte ich nur JA.

Die Sache mit Maria und Josef, Gottes Sohn und Gott war
zu kompliziert, um sie hier in einer drängelnden Schlange zu erklären. Mit der Geburt von Jesus wurde es tatsächlich kompli-

ziert. Das fand ich damals schon in der Schule und später im Konfirmationsunterricht auch. Vorher war alles einfacher. Gott, Moses, Abraham. Teilten sich die Menschen, die vorher alle zum gleichen (jüdischen) Gott gebetet hatten, nicht in zwei verschiedene Strömungen auf? Die einen ignorierten Jesus Christus, die anderen beteten ihn als Sohn Gottes an. So einen großen Unterschied sehe ich nicht. Der Ursprung ist gleich. Noch komplizierter wird das Christentum mit dem Heiligen Geist. Als ich bei diesem Gedankengang angelangt war, standen Daliah und ich wieder draußen vor der Geburtskirche. Irgendwie war mir in der Kirche so unheimlich geworden, dass ich unwillkürlich ihre Hand genommen hatte und sie ließ es geschehen. Draußen aber entzog mir Daliah auch gleich wieder ihre Hand und guckte mich strafend an. *Was sollen die Leute denken?* Ich glaube, den Tausenden, die an uns vorbeiströmten, wäre das ziemlich egal gewesen.

Wir gingen noch in kleinen Grüppchen durch die schmalen Gassen dieser biblischen Stadt und versammelten uns dann alle zur Abfahrt am Busparkplatz. Alle? Wirklich alle? Nein, Daliah fehlte. Und ohne Daliah konnten wir nicht abfahren. Also rafften Eli und ich uns nach einer angemessenen Wartezeit auf und liefen den ganzen Weg zur Altstadt zurück, um die verlorene Daliah zu finden und möglicherweise aus den Klauen verbrecherischer Mädchenhändler zu befreien. Auf halben Weg kam uns Daliah allerdings schon entgegen. Und zwar mit Falafel im Fladenbrot in der Hand. Das arme Ding hatte Hunger, hatte sich schnell diese leckere Spezialität am nächsten Stand gekauft und bekrümelte nun Bethlehem. Eigentlich ist Falafel ein orientalisches Gericht, aber soweit waren wir ja auch gar nicht vom Orient entfernt. Falafel sind frittierte Bällchen, die aus Bohnen, Kichererbsen und verschiedenen Kräutern bestehen, werden mit Sauce entweder auf dem Teller oder für gehende Esser in einer Teigtasche serviert und schmecken außerordentlich gut. »Ma??«, fragte Daliah, als wir beide sie vorwurfsvoll anguckten. *Was?* Man wird doch noch essen dürfen, wenn man Hunger hat, oder?

Eli sagte ein paar schnelle Worte auf Hebräisch zu Daliah, erntete ein *Pff* von der Gescholtenen, wir nahmen die verlorene Daliah in die Mitte und eilten zum Bus zurück. Immerhin hatten wir noch über 190 Kilometer Busfahrt vor uns. Eli holte seine »Passagierliste« aus der Tasche, reichte sie Daliah, die durch den

Gang an den Sitzen vorbeilief und zählte. Dazu legte sie jedem kurz ihre Hand auf die Schulter und murmelte vor sich her: »Achat, shtaym, shalosh …« *Ein, zwei, drei.* Als Nummer 23 legte mir Daliah ebenfalls die Hand auf die Schulter, nahm sie aber nicht gleich weg, sondern ließ sie liegen, während sie weiterzählte. Es dämmerte schon und keinem fiel diese vertrauliche Geste auf und wenn, hätte es keiner als vertrauliche Geste gedeutet. Ich jedoch wusste, dass diese kleine unscheinbare Geste nicht nur vertraulich, sondern schon sehr viel mehr bedeutete.

Drei Stunden rumpelten wir durch das dunkle Israel, bis wir endlich unseren Kibbuz wieder erreichten. Ich hielt es für meine Pflicht, Daliah bis vor ihre Haustüre zu begleiten und sie freute sich tatsächlich. Vor ihrer Tür standen wir noch herum, als sie mich zu meiner größten Überraschung fest umarmte und *Laila tov, Berenod* sagte. Gute Nacht. So schnell, wie diese spontane Umarmung erfolgte, so schnell war Daliah in ihrer Unterkunft verschwunden. Koichi aus Japan stand noch rauchend vor seiner Hütte, als ich unser Camp erreichte.

»Daliah hat mich umarmt«, sagte ich zu ihm.

»Wird Zeit«, antwortete er in unserer Camp-Sprache Englisch. »Ihr steckt ja sowieso immer zusammen.«

Ich brannte darauf, nun endlich zu erfahren, was es mit dem Namen *Cohen* auf sich hatte und fieberte dem Nachmittag bei der alten Miriam entgegen. Gleich nach getaner Arbeit auf der Hühnerfarm mit einer sauberen Hose am Leib stürzte ich los und kam pünktlich an. Miriam hatte schon Milch und Kakaopulver hingestellt und freute sich auf eine Unterhaltung auf Deutsch und ich war gespannt wie ein Flitzebogen auf ihre Erklärungen.

Umständlich begann Miriam ihre Unterweisung zum jüdischen Namen *Cohen*, der auch Daliahs Familienname war.

»Ihr seid euch also sympathisch«, begann sie.

Ich nickte. »Ihr seid euch also auch herzlich zugetan.«

Ich nickte wieder, was aber gar nicht notwendig war, da es gar keine Fragen waren, sondern Feststellungen. Miriam machte es sich in ihrem Sessel bequem, wurde dadurch immer kleiner und schlürfte behaglich ihren Kakao.

»Vielleicht habt ihr Pläne.«

»Was für Pläne?«, fragte ich.

»Nun, junge Leute verlieben sich, möchten heiraten, eine Familie gründen.«

Dazu sagte ich nichts, sondern hörte einfach zu.
»Das ist doch der Lauf der Welt, mein Junge.«
Ich war 22 Jahre alt und wusste alles zwischen Leben und Tod. Dachte ich. So sind wir jungen Leute. Wir wissen alles, aber in Wirklichkeit wissen wir nichts.

»Ich bin ganz sicher, Daliah hat solche Pläne. So wie sie mit dir zusammen ist und wie sie dich anguckt. Aber hier in Israel wird sie mit ihren Plänen scheitern.«

»Warum?«

»Weil sie eine Cohen ist und du ein Goi bist.«

Miriam hob die Hand und unterdrückte so meine Fragen.

»Ein Goi ist ein Nichtjude und eine Cohen stammt in direkter Linie von den jüdischen Hohepriestern ab, die im Jerusalemer Tempel in grauer Vorzeit Dienst taten, den sogenannten Kohanim. Für diese Abkömmlinge gelten auch heute noch besondere Regeln. So darf ein männlicher Cohen niemals eine geschiedene oder verwitwete Frau heiraten. Jedenfalls nicht in Israel. Kein Rabbiner würde einen Cohen mit einer Witwe oder einer Geschiedenen trauen. Ich sehe, wie du aufbegehrst, lieber Bernd, und weiß, was du sagen willst. Aber in Israel werden alle Trauungen vom Rabbinat vollzogen. Eine standesamtliche Trauung wie in Deutschland gibt es hier nicht. Alle Menschen werden bei uns vom Geistlichen getraut, vom Rabbi. Der Name Cohen oder meinetwegen auch Coen, Kahn oder gar Kahane sind in Israel und in der jüdischen Welt weit verbreitet, aber genauso verbreitet sind Standesämter in anderen Ländern. Da schert sich keiner drum, ob die heiratswillige Person von den Kohanim abstammt oder nicht. Wenn du verstehst, was ich meine. Eine weitere Tatsache, die Daliahs Pläne zumindest in Israel vereiteln wird, ist die Tatsache, dass du ein Goi, ein Nichtjude, bist. Juden und Nichtjuden werden sowieso nicht vom Rabbinat getraut.«

Ich hob die Hand, aber Miriam blockte wieder ab.

»Natürlich gibt es sogenannte Mischehen hier in Israel. Aber diese Menschen haben in anderen Ländern standesamtlich geheiratet. Wenigstens da sind sie legal verheiratet. Zum Beispiel in Deutschland. Wenn Daliah dich wirklich haben will, bricht sie mit allen Traditionen und wird sich großen familiären Ärger einhandeln.«

Die weise Miriam rutschte immer tiefer in ihren Sessel.

»Das ist es, was du wissen musst. Du kannst jederzeit wiederkommen, wenn du noch Fragen hast.«

Im Flur fiel mir noch etwas ein und ich kehrte um.

»Ich soll Daliah zu ihrer Schwester Nina nach Haifa begleiten.« Miriam seufzte.

»Was habe ich gesagt? Sie sucht Verbündete. Bernd, lerne Hebräisch. Sonst schmiedet deine Daliah weitere Pläne und du weißt gar nichts davon, weil ihr aneinander vorbeiredet.«

Ich bedankte mich und schlich wie ein begossener Pudel nach Hause in meine nichtjüdische Hütte im nichtjüdischen Camp der Volontäre. Muss denn das alles so kompliziert sein? In Deutschland verguckt man sich, umwirbt die Dame seines Herzens mit Kinobesuchen und roten Rosen, küsst sich, fällt übereinander her und zieht womöglich zur Probe erstmal zusammen. Passt man zusammen, bleibt man zusammen, schmiedet Pläne und zieht auch eine Heirat in Betracht. Passt man nicht zusammen, was unweigerlich irgendwann ans Tageslicht kommt, packt man seine Sachen, zieht vorübergehend bei Muttern oder einem guten Freund ein und trinkt viel Bier. Hier schien es andersherum zu sein. Daliah schien bereits Pläne zu schmieden, obwohl wir uns noch nicht einmal geküsst haben. Küssen verboten? Es schien fast so.

Daliah traf ich erst abends im Speisesaal wieder, wo sie wieder am Tisch 3 saß, woraufhin ich natürlich an Tisch 17 Platz nahm. Ich respektierte die Heimlichtuerei einer gut erzogenen iranisch-jüdischen Frau, hätte mich aber gerne neben sie gesetzt und ihr einen dicken Begrüßungskuss auf die Wange geschmatzt. Während der Mahlzeit warf mir diese unsagbar hübsche junge Frau das zu, was erlaubt war, nämlich ihre Blicke, die sie aber gar nicht mehr zu verbergen suchte. Das sah ich als ungeheuren Fortschritt an. Fortschritt wohin? In eine komplizierte Beziehung mit komplizierten Regeln und einer Phalanx von unnachgiebigen Gegnern? Konnte ich nicht einfach mit Daliah Orangen pflücken und sie ungestraft küssen? Brauchte ich Verbündete und Allianzen, mir wohlgesonnene Schwestern, Rabbis und Standesbeamte, nur um meine Freundin in den Arm zu nehmen? Hatte ich gerade Freundin gedacht? War sie meine Freundin? Wenn nicht, was war sie dann? Und was war ich für sie? Ihr zukünftiger Ehemann? Ein Goi für eine Cohen? Bernhard, der neben mir saß, holte mich aus meinen Gedanken zurück.

»Du wirst die Tasse noch kaputt rühren.«

Er trat mir unsanft gegen das Schienbein.

»Und hör auf, Daliah anzustarren. Sie windet sich bereits vor Verlegenheit.«

Während meiner Gedankengänge hatte ich Daliah die ganze Zeit angestarrt, ohne es richtig zu merken, was sie jetzt mit einer unwilligen Handbewegung quittierte.

Heute wäre der richtige Zeitpunkt, mal wieder meine Mutter zu Hause in meiner Heimatstadt anzurufen, die sich bestimmt wieder Sorgen um ihren Sohn im Ausland machte. Ein paar Minuten plaudern, ihr berichten und auf andere Gedanken kommen. Es gab ja noch andere Universen als meines. Um mit unseren Angehörigen zu telefonieren, bedienten wir Volontäre uns einer sehr praktischen Einrichtung. Wir meldeten von der öffentlichen Telefonkabine im Kibbuz über die Telefonvermittlung in Tel Aviv R-Gespräche in die Heimat an. Es gab ja weder Handys noch Email noch Internet und uns blieben nur Luftpostbriefe oder Telefonate. Bei einem R-Gespräch wird der Angerufene gefragt, ob er die Kosten für das Telefonat übernimmt, die bei einem *Ja* dann auf der nächsten Telefonrechnung erscheinen. Ein schlichtes dahingehauchtes *Ja* reicht also aus, um die nächste Rechnung gewaltig in die Höhe zu treiben. Auch wenn der Angerufene vielleicht nur sagt: »Ja, aber wie komme ich denn dazu?« wird nur das Ja registriert und der Zähler läuft. Eine gewaltige Waffe gegen R-Gespräche hat der Angerufene immerhin. Er kann einfach auflegen. Aber Mütter und Väter wollen ja in der Regel gar nicht auflegen, sondern sind begierig, die Stimme ihres Sohnes zu hören, auch wenn dieser nur fragt: »Könnt ihr mal wieder eine Kaution für mich stellen?«

Ich brauchte keine Kaution, sondern wollte nur wissen, wie es in der Heimat läuft, wie es meiner Mutter geht und ihr mitteilen, dass ich wohlauf war. Ich wählte die bekannte Nummer in Tel Aviv und führte das denkwürdigste Telefongespräch, das ich jemals geführt hatte.

»Please, can I have a R-Call to Germany? The city is Bremen and the number…«

»Bremen? Hast du Bremen gesagt?«, kam es aus dem Hörer von einer weiblichen Stimme zurück. Und zwar akzentfrei auf Deutsch.

Wie üblich wurde ich sogleich geduzt, was ziemlich befremdlich klingt, wenn man den anderen weder sieht noch kennt. In meiner ersten Überraschung habe ich wahrheitsgemäß geantwortet: »Ja, Bremen.«

Die weibliche Stimme klang jung und vielleicht hatte sie als erfahrene Telefonistin auch gleich an meiner Stimme erkannt, dass ich in wahrscheinlich in ihrem ungefähren Alter war.

»Wen willst du denn in Bremen sprechen?«

»Meine Mutter.«

»Stell dir vor, meine Großmutter kommt aus Bremen«, zwitscherte die Stimme weiter.

»Sie spricht immerzu von Bremen.«

»Auch auf Deutsch?«, wagte ich die Bemerkung.

»Aber ja, was glaubst du, warum ich Deutsch spreche. Wir sprechen zu Hause alle Deutsch. Ich, meine Großmutter, meine Eltern. Nur wenn wir rausgehen, sprechen wir hebräisch. Außer Großmutter. Die kann nicht so gut Hebräisch sprechen.«

»Bist du hier geboren?«

»Na klar. Was denkst du? Ich bin eine echte Sabra. Kennst du den Ausdruck?«

Ich kannte den Ausdruck für die im Lande geborenen Israelis. Etwas lachen musste ich doch. »Ja, den Ausdruck kenne ich wohl.«

Sowas gibt es doch gar nicht. Ich möchte ein R-Gespräch nach Bremen anmelden und treffe auf eine Telefonistin, deren Wurzeln in Bremen liegen und die akzentfrei Deutsch mit norddeutscher Einfärbung spricht.

»Aus welcher Gegend in Bremen kommt denn deine Großmutter?«

»Der Stadtteil heißt Gröpelingen. Kennst du ihn?«

»Ja, da leben meine Großeltern.«

Stille. Stille der Überraschung am anderen Ende.

»Wenn ich das meiner Großmutter erzähle. Das glaubt die mir nie. Erzähl mal. Wie ist es jetzt dort?«

»Wie heißt du überhaupt?«, fragte ich, weil ich ein höflicher Mensch bin.

»Regina im Haus und Chaya außerhalb.«

Mich wunderte hier gar nichts mehr.

»Die israelischen Behörden legen großen Wert auf hebräische Namen«, erklärte mir Chaya-Regina. »Alle sollen hebräische Namen tragen und damit unsere Identität untermauern. Aber wir finden unsere Vornamen gar nicht schlecht und haben deshalb Namen für das Haus und Namen für draußen. Komisch, oder?«

»Nein«, sagte ich. »Hier finde ich gar nichts mehr komisch.« Die spinnen, die Israelis.

Und dann erzählte ich ihr von unserer gemeinsamen Heimatstadt bzw. der Stadt ihrer Vorväter, auf dass Chaya-Regina diese Informationen in ihr deutsch-jüdisches Elternhaus bringen konnte. Ich nannte ihr auch meinen Namen und dass ich als freiwilliger Helfer in einem Kibbuz arbeitete.

»Ihr armen Sklaven«, lachte sie. Zwischendurch stellte sie Fragen, aus denen ich erkannte, dass sie viel von Bremen wusste. Wahrscheinlich von Großmutter, der vermutlich damals die Flucht gelungen war und die immer noch der alten Heimat nachtrauerte, obwohl diese Heimat ihr den Tod gebracht hätte, wäre sie geblieben. Unser Gespräch dauerte etwa eine Stunde und ich hatte schon eine lahme Hand vom Hörer festhalten, bis Chaya-Regina endlich sagte: »Soll ich dir nun deine Mutter geben?« Im gleichen Atemzuge fragte sie: »Bist du mal in Tel Aviv? Wir könnten einen Kaffee trinken und über Bremen plaudern. Und du kannst mich über Israel ausfragen. Ruf einfach die Vermittlung an und frag nach Chaya Morgenstern. Wie ist die Nummer jetzt?«

Das Gespräch mit meiner Mutter dauerte nur ein paar Minuten; ich wollte es nicht zu teuer werden lassen. Auslandsgespräche kosteten in dieser Zeit ein kleines Vermögen, was sich heute keiner mehr vorstellen kann.

Dieses Erlebnis schilderte ich am nächsten Tag im trauten Kreise der Hühnerarbeiter, als wir Pause machten. Prompt platzte Daliah mit ihrem Körbchen voller Lebensmittel in unseren Aufenthaltsraum und lauschte unserer deutschen Unterhaltung. Sie richtete eine Frage auf Hebräisch an Uri, der also das, was ich gerade erzählt hatte, für Daliah übersetzte. Wir alle sahen, wie sich ihr Gesicht verdunkelte. *Wirst du nach Tel Aviv fahren und Chaya kennenlernen*, ließ sie über Uri fragen. In Deutschland wäre das für mich überhaupt kein Problem gewesen. Ich hätte im Brustton der Überzeugung gesagt, nein, natürlich nicht. Und hätte es dennoch getan. Ja, ich hätte Dame Nummer 1 überhaupt nichts davon erzählt und wäre frohlockend zweigleisig gefahren. Auf einmal verhinderte ein trauriges Gesicht einen kleinen Ausflug nach Tel Aviv, um diese Chaya Morgenstern kennenzulernen. Ja, ich hatte tatsächlich mit dem Gedanken gespielt, still und heimlich an einem meiner freien Tage in die Metropole Tel Aviv zu fahren, um Chaya Morgensterns Einladung, wohin auch immer diese führen könnte, Folge zu leisten. Und plötzlich konnte ich das nicht mehr. Mir war eine fröhliche Daliah lieber als alles andere. *Nein*, übersetzte Uri. *Er besucht nicht diese Telefonistin in Tel Aviv.* Uri ließ mich weitersprechen und übersetzte den Rest, den ich zu sagen hatte. *Berenod wird sich um einen Ulpan kümmern.* Keiner kann sich vorstellen, wie uns Männern und insbesondere mir das Herz aufging, als Daliah erst lächelte und dann übers ganze Gesicht strahlte. *Das ist gut*, sagte sie nur und packte ihr Küchenkörbchen.

Irachmiel schubste mich etwas und ich folgte dieser dezenten Aufforderung und begleitete Daliah ein Stückchen. Als wir außer Sichtweite waren, blieb Daliah stehen, nahm meine Hände und ordnete in unserem Gemisch aus Englisch und Hebräisch folgendes an: *Morgen besuchen wir meine Schwester Nina in Haifa.* Sie stellte keine Frage und machte auch keinen Vorschlag, sondern sie bestimmte einfach. Und ich stimmte trotzdem zu. Nie im Leben werde ich das Lächeln und den Blick ihrer dunklen Augen vergessen, als sie meine Zustimmung verstand. Wir verabschiedeten uns, sie drehte sich noch einmal kurz um, winkte und verschwand Richtung Küche. Irachmiel klopfte mir mal wieder auf die Schulter, als ich unseren Aufenthaltsraum wieder betrat und sagte etwas auf Hebräisch zu Gershon und Uri. In Gegenwart von den beiden ehemaligen Österreichern sprach mein Freund Irachmiel nur Hebräisch, weil er nicht so gut Deutsch wie seine beiden Kollegen sprach. Gershon übersetzte schnell. *Irachmiel glaubt, dass Daliah es ernst meint.* »Es sieht auch ganz so aus«, fügte Uri hinzu.

Bis zum Nachmittag schufteten wir bei wenigstens angenehmen Temperaturen in den leeren Hühnerhäusern, aber Staub und Hühnerdreck machten uns ziemlich zu schaffen und alle Stunde mussten wir eine Pause einlegen, damit sich unsere Lungen erholen konnten.

»Daliah ist ein schönes Mädchen, Berenod. Ein orientalisches Mädchen mit anderen Sitten und Gebräuchen«, sagte Irachmiel unvermittelt.

»Meinst du, du schaffst das?«

Ich sagte nur *Ja* und bekam von Irachmiel vor Freude einen derart derben Schlag auf die Schulter, dass ich sekundenlang in einer Wolke aus Staub und Federn stand.

Wie werde ich nun also Schüler in einem Ulpan? Wir erinnern uns, ein Ulpan ist ein intensiver Intensivkurs der hebräischen Sprache und soll den jüdischen Neueinwanderer auf sein zukünftiges Leben in Israel, diesem Ministaat an der Mittelmeerküste, vorbereiten. Morgens lernen, nachmittags arbeiten. Ein halbes Jahr lang. War ich ein jüdischer Neueinwanderer? Nein, weder das eine noch das andere. Ich wollte mich mit Daliah normal unterhalten können. Daliah war auch in einem Ulpan gewesen. Als jüdische Neueinwanderin aus dem Iran. Das passte wenigstens. Bei mir passte erstmal gar nichts. Abends besprach ich die Sache mit Koichi, meinem Freund aus Japan und Lee, einer Engländerin mit langen roten Haaren, die sich zu uns gesellte. Wir saßen auf klapprigen Stühlen vor unseren Hütten und tranken Bier.

»Sag, dass du die Bibel im Original lesen willst«, schlug Lee vor. »Das hat bei Alan, einem Freund von mir, auch geklappt.«

Während unserer kleinen Unterredung erfuhr ich, dass ein kleines Kontingent an Nichtjuden zum Ulpan zugelassen wird. Angeblich. Man wollte ja andere Menschen nicht ganz im Umgang mit der hebräischen Sprache ausgrenzen. Der interessierte Nichteinwanderer musste jedoch überzeugende Gründe vorbringen. Hörte man. Dann bekäme man einen Platz in einem Ulpan.

»Sag einfach, dass du mit deiner Freundin in ihrer Sprache sprechen willst. Sag einfach die Wahrheit, Mann!«, schlug Koichi vor.

Ein fürchterliches Gebrüll und Geschimpfe lenkte uns für ein paar Momente ab. Der einfühlsame Urs teilte seiner neuen Bettgenossin Patricia aus Südafrika in klaren Worten mit, dass eine Nacht ja wohl völlig ausreichen würde und sie für weitere Nächte nicht in Frage käme.

»You are too fat!«, brüllte Urs und es waren noch die schmeichelhaften Ausdrücke.

»Diese Nacht muss reichen. Du wirst dich sowieso dein ganzes Leben daran erinnern, blöde Kuh!«

Nun wurde auch Patricia etwas ärgerlich, griff nach einer leeren Bierflasche und schleuderte sie in Richtung Urs, der schlangengleich zur Seite auswich und dem Wurfgeschoss seine Laufbahn direkt in seine Fensterscheibe freigab. Es schepperte furchtbar und überall gingen die Türen auf. Urs riss sich sein Hemd vom Leib, entblößte furchterregende Muskeln und bunte Tattoos und stürzte sich auf Patricia, die geschwind flüchtete. Kurz vor dem Fabrikeingang holte Urs das arme Mädchen ein, wurde aber von Nigel, Stuart und Roger an einer weiterführenden Unterhaltung mit Patricia gehindert.

»So behandelt man keine Dame«, schnauzte Roger, der wenig später seine Freundin für Susanne aus Deutschland verließ.

»Dame?«, brüllte Urs. »Welche Dame! Gebissen hat mich das Luder.«

Urs nestelte an seiner Hose, um allen seine Bisswunden zu zeigen, aber die drei kräftigen Jungs aus England konnten die Beweisführung gerade noch verhindern.

»Wir sollten Warnschilder für weibliche Neuankömmlinge aushängen«, sagte Lee in ihrer trockenen Art und Weise. »Wer soll bei dem Lärm schlafen?«

Lee wandte sich wieder unserem Thema zu. »Frag doch einfach mal Irmi, unsere Aufseherin. Die muss das doch wissen. Die Ulpan-Sache.« Wir tranken noch einige Biere, während Urs grummelnd und schimpfend seine Glasscherben zusammenfegte.

Ich war nun schon einige Wochen im Kibbuz, hatte an Ausflügen ans Tote Meer und nach Bethlehem teilgenommen, viele Freunde gewonnen und sogar eine wunderschöne junge Frau gefunden, die mir herzlich zugetan war, mit der ich mich aber noch nicht so richtig unterhalten konnte. Außerdem hatte ich für sie eine Verabredung mit der quirligen Chaya-Regina Morgenstern sausen lassen, was schon viel zu bedeuten hatte. Das Land Israel gefiel mir ausnehmend gut und ich gefiel dem Land anscheinend auch. Ich, der junge Mann aus Deutschland hatte sich nicht nur in das Land Israel verliebt, sondern gleich noch dazu in Fräulein Daliah Cohen aus dem Iran. Ich gebe es hiermit zu. Für ein paar Wochen war das schon eine reife Leistung.

Am nächsten Morgen gleich nach dem Frühstück lief ich schnell zum Büro von Irmi, der Betreuerin für Volontäre. Ein paar andere Helfer waren auf den gleichen Gedanken gekommen, denn heute war Wechseltag. Wir gaben unsere getragenen schmutzigen Hosen und Hemden ab und bekamen neue Sachen, damit wir diese im Schweiße unseres Angesichts erneut schmutzig machen konnten. Jeder warf sein Wäscheknäuel auf einen großen Haufen, Irmi nahm kurz Augenmaß und zog mit hellseherischer Sicherheit die passende Größe aus dem Regal. Später erfuhr ich, dass es gar nicht so schwer war, die richtige Größe zu greifen. Es gab nämlich nur zwei Größen und die Chance, die passende Größe herauszufischen, lag immerhin bei 50%. Wer seine neue Hose oder Hemd in der Hand hatte, durfte, nein, musste sofort gehen, denn Irmi war schließlich schwer beschäftigt. Die Kontrolle bezüglich der Größe erfolgte also nicht an Ort und Stelle, sondern erst in der heimischen Hütte und manchmal sogar erst dann, wenn die Hose für die Orangenernte erst angezogen wurde. Es ergaben sich dadurch durchaus ein paar heitere Momente, wenn der riesenhafte Peter mit Hochwasserhosen seine Arbeit verrichtete oder der etwas korpulenteren Sandy hinten die Naht aufplatzte. Na und? Wir waren zum Arbeiten hier und strebten keine Karriere auf dem Laufsteg an.

Wenn ich schon mal in Irmis Kleiderkammer wartete, konnte ich mir auch gleich neue Hosen verpassen lassen. Irmi war gerade beschäftigt, also bediente ich mich selbst und störte mich auch nicht daran, dass ich in den Taschen einen gebrauchten Kaugummi, mehrere Taschentücher und einen kleinen Schlüssel fand. Wir wollen mal nicht so kleinmütig sein. Endlich hatte Irmi ein paar Sekunden Zeit für mich und ich trug ihr mein Anliegen vor. »Du willst Hebräisch lernen? Freiwillig? Du bist schon ein sonderbarer Kerl. Aber gut. Du musst nach Tel Aviv zu unserer Dachorganisation. Dort werden die Ulpan belegt und organisiert. Du musst überzeugen, sonst bekommst du keinen Platz. Du willst ja nicht einwandern, oder?«

Irmi schrieb mir in schöner altmodischer Schrift die Adresse in Tel Aviv auf und ich war entlassen. Draußen kam mir die völlig aufgelöst Lee entgegen, die schnurstracks in die Kleiderkammer lief und Irmi anflehte, ihre alte Hose suchen zu dürfen. Sie hätte ihren Rucksackschlüssel in der Hosentasche vergessen und ohne den Schlüssel hätte ihr Leben keinen Sinn mehr. Als ich das hörte, wurde mir klar, dass ich Lees alte Arbeitshose herausgefischt und angezogen hatte, tippte der ziemlich aufgeregten Lee auf die Schulter und hielt ihr den Schlüssel vor die Nase. So macht man sich Freunde fürs Leben. Sie schaute sich meine Hosen etwas genauer an.

»Du trägst meine Hosen?«, fragte sie doch etwas befremdet, schaute mich sonderbar an und verschwand vorsichtshalber. Ich habe dann nochmal die Hosen gewechselt und tatsächlich ein frisch gewaschenes Beinkleid ergattert.

Am Abend zog mich Koichi zur Seite und fragte vorsichtig: »Du trägst Lees alte Hosen auf? Welche Laster hast du noch, von denen hier keiner etwas weiß?« So entstehen die absonderlichsten Gerüchte, die man nie wieder loswird.

Kapitel 4

Für diesen besonderen Tag, der nun kam, hatte ich mir Urlaub genommen. Wir Helfer aus aller Welt mussten ja nicht nur arbeiten, sondern hatten auch Anspruch auf Urlaub. Die meisten von uns nahmen immer mal hier und da einen Tag frei, *a day off*, den sie entweder für Rumlungern verwendeten oder für kurze Ausflüge nach Haifa, Tel Aviv oder Jerusalem, was eigentlich gar nicht notwendig war, da der Kibbuz regelmäßig Ausflüge für uns organisierte. Aber so dann und wann möchte man ja auch mal alleine einen Ausflug machen und seinen ganz persönlichen Interessen nachgehen. Manche nahmen auch eine ganze Woche am Stück und machten richtig Urlaub in Eilat oder am See Genezareth. Ich nahm also einen Tag off, um mit meiner Daliah nach Haifa zu ihrer Schwester Nina zu fahren. Haifa ist nicht sehr weit entfernt, wir mussten uns nicht beeilen und zogen erst nach dem Mittagessen im Speisehaus in normaler Stadtkleidung zu Fuß los. Unsere erste Etappe war die Bushaltestelle in der Kleinstadt Kiryat Ata am Fuße des Hügels. Kfar Yochanan liegt ganz oben auf dem Hügel und Kiryat Ata ganz unten. Zweimal am Tag fuhr der Linienbus auch bis ganz nach oben, aber der Fußmarsch war in zwanzig bis dreißig Minuten zu schaffen. Wenn man dann zügig geht.

Kaum waren wir außer Sichtweite der Kibbuzeinfahrt, nahm Daliah meine Hand und wir spazierten eher gemächlich den Hügel hinab. Es war nicht zu heiß und es war nicht zu warm. Es war ein angenehmer israelischer Herbsttag, wie geschaffen für einen kleinen Spaziergang für verliebte junge Menschen. Unbeobachtet war Daliah viel gelöster, lachte viel und alberte herum. Kam uns ein Lieferwagen entgegen, gingen wir ruhig und unauffällig nebeneinander her und verzogen keine Miene. War das Fahrzeug weg, legte ich todesmutig einen Arm um Daliah und bekam gleich einen Klaps zur Strafe. Der Arm blieb aber an Ort und Stelle und Daliah hielt sich mit beiden Händen an meinem herunterhängenden Arm fest. Mein Herz öffnete sich immer weiter und von mir aus hätte der Fußmarsch drei Jahre dauern können. Dauerte er aber nicht und nach immerhin 45 Minuten erreichten wir die Haltestelle. Das kommt davon, wenn man stets stehenbleibt, um den anderen zu necken oder Blödsinn zu machen.

Der Egged Bus kam, wir stiegen ein und fuhren in die große Stadt zu Schwester Nina. Nach etwa 30 Minuten Fahrt mit ganz wenigen Haltestellen knuffte mich Daliah an und machte das Zeichen für *Aussteigen. Wir sind da.* Daliah, die die ganze Zeit fröhlich war und im Bus ihre Hand auf meinen Oberschenkel legte, wurde zusehends unruhiger und nervöser. Ich wusste ja, dass wir Verbündete brauchten und Nina sollte die erste werden. Nun sage ich schon wir, wenn ich von den Verbündeten schreibe, aber so langsam wurden Daliah und ich auch ein *wir.*

Schwester Nina wohnte in einem Ein-Zimmer-Appartement, war etwas älter als Daliah und fast noch hübscher. Eine moderne junge Frau in einer israelischen Großstadt. Sie trug Jeans und hatte im Gegensatz zu Daliah kurze Haare, rauchte und bot uns Coca Cola an. Beruhigend für mich war die Anwesenheit ihres fast kahlköpfigen Freundes, der ziemlich europäisch aussah. So wie ich, nur etwas älter. Ich meine, die europäische Herkunft, nicht die Fülle der Haare. Konnte es sein, dass orientalische Mädchen es auf europäisch wirkende Jungs abgesehen hatten? Auch Ninas Freund, der aus Russland eingewandert war, rauchte wie ein Schlot und wenn man es genau betrachtet, rauchten sowohl Nina als auch ihr Freund eigentlich die ganze Zeit und nebelten uns und das kleine Zimmer völlig ein. Daliah rauchte nicht und ich auch nicht. Nina und ihr russischer Freund sprachen leidlich Englisch und wir hockten da im Nikotinnebel, tranken Cola und knabberten Kekse. Kekse wurden in Israel zu jeder Gelegenheit gereicht. Mein Freund Irachmiel servierte immer Kekse, bei der alten Miriam gab es Kekse, Daliah hatte einen großen Vorrat an Keksen im Schrank und Ninas bevorzugte Leckerei waren Kekse. Die Krümelei lag aber nicht in der Familie, denn nach einer guten Weile guckte Nina ihre kleine Schwester vorwurfsvoll an und sagte etwas auf Hebräisch zu ihr. Daliah guckte verwundert und fragte *Was?* Nina machte für einen Moment so große Augen, dass ich das Weiße sehr gut erkennen konnte und machte diese typisch ungeduldige Handbewegung, die ich von Daliah kannte. Diese Geste lag ganz sicher in der Familie. Arm leicht angewinkelt, Handfläche nach oben und vorwurfsvoll oder ungeduldig gucken. Daliah guckte auf den Tisch vor ihr, der über und über mit Kekskrümeln bedeckt war, fegte die Reste in ihre Handfläche, stand auf und warf die Krümel aus dem Fenster. Problem erledigt.

Wir sprachen über dies und jenes, über das Wetter in Israel, über die Arbeit, über den Kibbuz schlechthin und dann begann ein kleines unauffälliges Verhör, das Nina ganz alleine führte. Baruch, der Russe, hatte möglicherweise ein ähnliches Verhör über sich ergehen lassen müssen und hielt sich raus. Er lehnte am Fenster, rauchte und schnippte die Kippen auf die Straße. Das Verhör verlief ganz freundlich, hin und wieder warfen sich Nina und Daliah vielsagende Blicke zu.

Eine der harmloseren Fragen lautete: *Wie lange kennst du Daliah schon?* Ungefähr zwei Monate. *Habt ihr euch im Kibbuz kennengelernt?* Ja. *Wie alt bist du?* 22. *Aus Deutschland kommst du. Aha. Möchtest du wieder zurück?* Vielleicht. (Klaps von Daliah – falsche Antwort). *Hast du ein Mädchen in Deutschland?* Nein. (Schwestern tauschen Blicke aus.) *Dann brauchst du doch auch nicht zurück.* (Ninas Schlussfolgerung.) Nein. (Freundlicher Blick von Daliah.) *Wir kommen aus dem Iran und sind mit manchen Dingen nicht gar so freizügig wie andere Israelis oder ihr aus Europa. Findest du das schlimm?* Nein. (Schwestern gucken sich an, dann guckt mich Daliah liebevoll an. Rauchender Russe rollt heimlich mit den Augen und steckt sich eine neue Zigarette an). Nun kam es zu einer äußerst wichtigen Frage: *Aber du bist kein Jude?* Nein. Nobody is perfect. Alle lachten über meine Antwort und Nina warf ihrer kleinen Schwester wieder einen Blick zu, die daraufhin wie als Entschuldigung beide Handflächen nach oben drehte und kurz die Schultern hob. *Du musst hebräisch lernen.* Ich fahre nächste Woche nach Tel Aviv und bemühe mich um einen Platz im nächsten Ulpan. Diese Antwort wurde von beiden Schwestern mit größter Zufriedenheit aufgenommen. Das Verhör ist beendet und wir sind entlassen. Nina und Baruch brachten uns noch auf die Straße und während Nina ihrer kleinen Schwester liebevoll übers Haar strich und ihr immer wieder zunickte, flüsterte mir Baruch schnell zu: »Iranian girls are complicated.«

Er berührte seinen ringlosen Ringfinger und sagte leise: »Without this no kiss.«

Ich verstand sehr gut und hatte es schon vorher geahnt.

Äußerst beschwingt und fast schon übermütig benahm sich Daliah auf unserem Heimweg. *Nina likes you*, sagte sie und das klang wie die Mitteilung über einen 6er im Lotto aus ihrem Munde. Daliah war richtig glücklich und ich war es auch. Was kümmerten uns verschiedene Religionen, verschiedene Lebensweisen und möglicherweise sture Eltern? Meine Verwandten würden auch nicht gerade begeistert sein, wenn ich ihnen mitteilen würde, dass ich gerne noch das eine oder andere Jahr oder vielleicht sogar für immer hierbleiben würde und dass ich in Daliah verliebt bin, eine Israelin iranischer Herkunft. Auf unserem Fußweg von Kiryat Ata hoch zum Kibbuz sagte Daliah strahlend: *Und nächste Woche fahren wir nach Kiryat Schmona zu meiner anderen Schwester.* Ganz selbstverständlich nahm sie meine Hand und wir wanderten die Straße zum Kibbuz hinauf. Wir waren weniger albern als auf dem Hinweg und redeten auch wenig. Jeder hing seinen Gedanken nach, die bestimmt alle einen gemeinsamen Nenner hatten. Hin und wieder guckte Daliah mich an und lächelte. An diesem Abend brach im Speisesaal das große Gelächter los, als Daliah und ich wie immer getrennt, aber innerlich zusammen, zum Abendbrot erschienen. Es wirkte auf Daliah nach dem ersten Schock wie eine innere Befreiung, zumal sie gerade die erste Hürde überwunden hatte und ihre Schwester Nina als Verbündete gewonnen hatte. Es kam Daliah und mir zwar komisch vor, aber seitdem saßen wir zu den Mahlzeiten fast immer zusammen, wenn es unsere Arbeitszeiten erlaubten. Auch schreckte sie nicht mehr zurück, wenn wir auf unseren Spaziergängen anderen Leuten begegneten. *Meine Schwester Esther und ihre Familie werden dir gefallen,* sagte sie und ich freute mich darauf. *Aber erst fahren wir nach Tel Aviv wegen Ulpan,* sagte sie in unserer ganz privaten Sprache, die aus Englisch, Hebräisch und vielen Handbewegungen bestand.

»Wir?«, fragte ich erstaunt zurück.

»Natürlich wir«, antwortete Daliah mit einer unheimlichen Selbstverständlichkeit.

Die Arbeit im Kibbuz ging weiter und ich weihte Koichi und Lee in den Fortschritt unserer israelisch-deutschen Beziehung ein. Beide hatten dem gestrigen Befreiungsschlag im Speisesaal beigewohnt und gesehen, wie glücklich Daliah danach war.

»Ihr seid das schönste Paar hier im Kibbuz«, meinte Lee.

»Schenk ihr doch ein schönes Geschenk zu Weihnachten.« In der Tat, in ein paar Wochen war Weihnachten und wenn Lee es nicht gesagt hätte, hätte ich es glatt übersehen. Es war immer noch sehr warm und eine vorweihnachtliche Stimmung kam in unserem Camp auch nicht auf.

»Daliah hat kein Weihnachten«, wies Koichi Lee zurecht. Da war etwas Wahres dran. Weihnachten wird in Israel nur von der christlichen Minderheit gefeiert, die jüdischen Israelis kennen das Fest natürlich, feiern es aber nicht. Sie haben ja auch mit Jesus Christus nichts am Hut, wenn man das mal so salopp ausdrücken darf. Wir drei jungen Leute verdrängten Weihnachten erstmal und warfen einen Blick auf die Working List und suchten unser Arbeitsgebiet. Eigentlich brauchten Koichi und ich gar nicht auf den Einsatzplan gucken, weil wir nur noch auf der Hühnerfarm arbeiteten. Wir hatten ja einen der heiß begehrten permanent Jobs. Aber es ging das Gerücht um, dass ein landwirtschaftlicher Großeinsatz bevorstand und so war es auch. Hinter jedem Namen stand das Wort »Cotton«, Baumwolle.
»Jeder arbeitet für ein paar Tage auf den Baumwollfeldern. Auch alle frei verfügbaren Kibbuzniks«, erklärte uns die Working List Managerin Desiree.
»Unbedingt eine Mütze mitnehmen.«
Das Leben ist wie eine Pralinenschachtel. Man weiß nie, was man kriegt, sagte Tom Hanks als Forrest Gump und so ähnlich war es auch mit unserem Arbeitsplan, der für manchen voller Überraschungen steckte. Der Mensch ist ein Gewohnheitstier und auch deshalb war ein »ständiger Arbeitsplatz« sehr wünschenswert.

Die Hälfte aller Volontäre und eine Unzahl von Kibbuzniks versammelten sich am Treffpunkt, kletterten auf einen Anhänger, der von einem Traktor gezogen wurde oder stiegen in den Kleinbus ein. Auf ging es zur Baumwollernte! Nach zwanzig Minuten holpriger Fahrt erreichten wir die Baumwollfelder und hatten von dort einen herrlichen Blick auf unseren Kibbuz und die weiten Ländereien, die der Gemeinschaft gehörten. Nur unsere Plastikfabrik, die ein wichtiges Standbein bei den Einnahmequellen darstellte, verschandelte die Landschaft. Die Mütze, die wir mitnehmen sollten, war mehr als notwendig; es gab überhaupt keinen Baum weit und breit und die Sonne schien ausgerechnet heute besonders kräftig. Jeder bekam einen Beutel umgehängt und wir Baumwollpflücker machten uns an die Arbeit. Das Baumwollfeld war unübersehbar groß und wir verstanden, warum so viele Menschen bei der Ernte mithelfen mussten. Wir sollten möglichst nur die reine Baumwolle abpflücken, keine kleinen Zweige und andere Verunreinigungen. War der Beutel voll mit Baumwolle, lief der Baumwollpflücker zu einer riesigen Maschine auf Rädern, die unentwegt lärmte und einen fürchterlichen Staub produzierte. Die Baumwolle wurde in die Öffnung geworfen und im Innenraum gereinigt, entkörnt und in kleine Ballen gepresst, die von einem anderen Fahrzeug abgeholt wurden. Sonne, Hitze, niemals endender Lärm und der Staub machten allen Pflückern schwer zu schaffen und wir hatten erst eine von den acht Stunden geschafft.

Etwas entfernt war ein Holztisch aufgebaut, wo es eiskalten Tee oder klares Wasser gab und jeder wurde vom Einsatzleiter aufgefordert, unbedingt ausreichend zu trinken. Alle Stunde ertönte eine Hupe, die Kibbuzniks und Helfer daran erinnerte, Flüssigkeit aufzunehmen, die lebenswichtig war. Anders war diese Arbeit nicht zu bewerkstelligen und in der Tat machten die ersten Baumwollpflücker nach zwei Stunden unter der glühenden Sonne schlapp und wurden im Kleinbus abtransportiert. Sie durften sich erholen und brauchten heute nicht mehr arbeiten. Nicht nur wir Helfer waren schwer angeschlagen, sondern auch die einheimischen Israelis. Völlig verstaubt mit ausgedörrter Kehle trotz der Unmengen an Flüssigkeit hockten wir im Schatten der gigantischen Reinigungsmaschine und versuchten uns zu erholen, was bei der Lärmentwicklung nahezu unmöglich war. Etwas Erholung brachte die Mittagspause. Tische und Stühle wurden herangekarrt, Sonnenschirme und große Planen als Sonnenschutz aufgespannt.

Ein Traktor mit aufgebautem Wassertank brachte uns frisches Wasser, damit wir uns Hände und Gesicht waschen konnten. So eine schwere und unangenehme Arbeit hatte ich nicht erwartet. Koichis dunkle Haare sahen wie grau gefärbt aus, von Lees roter Haarpracht war nicht mehr viel zu sehen und Bernhard sah aus wie ein Leichnam. Mir selbst brannten von Staub und Sonne die Augen. Am Nachmittag waren wir am Ende unserer Kräfte und sehnten die Hupe herbei, die den Feierabend verkündete. Als das Signal pünktlich um 16 Uhr ertönte, waren wir mehr als erleichtert, schütteten die restliche Baumwolle in den Trichter der Reinigungsmaschine und warteten völlig erledigt auf den Heimtransport. Auf dem Weg vom Sammelplatz zu unseren Unterkünften kam mir Daliah entgegen, betrachtete mich mitleidig, pflückte ein paar Baumwollfäden aus meiner Kleidung und meinen Haaren und sagte:»Cotton hard work.« Das konnte ich ohne Widerrede nur bestätigen. Auch ein verliebter junger Mann braucht nach getaner schwerer Arbeit erst seine Dusche, bevor er weiter verliebt sein kann.

Ich habe unser Duschhaus noch nie so voll gesehen wie an diesem Abend und vor dem Eingang für Damen bildeten sich kleine Menschentrauben. Herren duschen anscheinend schneller als Damen, aber etwas überrascht war ich schon, als ich plötzlich Lees Stimme hörte.

»Kann ich schnell bei euch duschen? Bitte! Ich warte Stunden hier bei uns.«

Koichi, Colin, Stuart und ich guckten uns aus Seifenaugen fragend an, bis Colin brüllte:»Kein Problem. Komm rein.«

Wir haben nicht genau verstanden, was Lee vor sich her schimpfte, als sie die Herrenabteilung betrat. Irgendetwas mit zu wenig Duschen, zu viele Weiber auf einen Haufen, blöde Baumwolle und endlich schlafen wollen. Wir Jungs waren alle viel zu erschöpft und ausgelaugt, um unserem Duschgast erhöhte Aufmerksamkeit zu schenken, auch wenn es sich dabei um eine junge Frau handelte. Aber wir lernten am praktischen Beispiel, warum das Duschen bei Frauen immer länger dauert als bei Männern. Lee brauchte doppelt so lange wie wir. Und das nur für ihre langen Haare. Vor dem Dameneingang wurde weiterhin gemeckert, geschimpft und geschubst, während bei uns die Körperreinigung wie am Schnürchen lief. Kate aus Schottland hatte mitbekommen, dass Lee einfach unsere Abteilung nutzte, folgte ihr, schaute sich vorsichtig um und gesellte sich dazu. Als wir Jungs gerade fertig waren und Peter und Alfred neu hinzukamen, lugten schon Ina aus Holland und Alma aus Schweden um die Ecke. Peter und Alfred waren schon etwas befremdet, waren aber höflich, denn auch sie hatten den Tumult vor der Damendusche mitbekommen.

Irmi wird sich am nächsten Morgen sehr über den Ansturm in ihrer Kleiderkammer gewundert haben. Oder auch nicht. Es war ja wohl nicht die erste Baumwollernte im Kibbuz Kfar Yochanan.

Der nächste Tag auf der Hühnerfarm war auch staubig, aber bei weitem nicht so anstrengend wie die Arbeit auf dem Baumwollfeld. Koichi und ich brauchten heute nicht zur Baumwollernte, denn heute war die andere Hälfte der Campbewohner an der Reihe. Unser normaler Arbeitstag war eine reine Erholung im

Vergleich zu gestern, wir ahnten aber, dass wir sehr wahrscheinlich morgen wieder Baumwolle pflücken durfte. Uri, Gershon und Irachmiel fürchteten sich auch vor dem Baumwollfeld, sahen die Notwendigkeit aber durchaus ein. Die Baumwolle wurde von den Spinnereien gut bezahlt und die Einnahmen kamen dem ganzen Kibbuz zugute. Was aber nicht heißen sollte, dass irgendjemand traurig oder gar verzweifelt wäre, ginge der Kelch an ihm vorüber. Der Kelch ging an dem dicken Gershon leider nicht vorüber und so trafen wir ihn und die anderen Pflücker am nächsten Morgen bei der Baumwollernte wieder. Die Sonne brannte noch gnadenloser, drei Baumwollpflücker bekamen einen leichten Hitzschlag und wurden umgehend abtransportiert. Koichi, Lee und ich hielten tapfer bis zum Ende durch und auch Gershon schaffte es bis zum Feierabend. Der Schweiß rann ihm in Strömen über sein Gesicht und er atmete ziemlich schwer.

»Manchmal hasse ich dieses Land«, raunte er mir auf Deutsch mit österreichischer Einfärbung zu. »Ich wollte Buchhalter werden. Wie mein Vater.«
Er zuckte die Schultern.
»Wäre ich daheim in Wien geblieben, wäre ich jetzt tot«, sagte Gershon lakonisch. »Dann lieber die Baumwolle.«
Ich guckte den dicken Mann doch etwas betreten an. Er hatte noch nie von früher erzählt.
»Guck nicht so aus der Wäsche«, wienerte er. »Du kannst nichts dafür. Du bist in Ordnung, Berenod.«
Bei dem Namen musste er lachen. »Schöner Name, den Daliah dir gegeben hat. Versteht wenigstens jeder hier. Wie geht es weiter mit euch?«
»Wir fahren demnächst nach Tel Aviv. Ich will in einen Ulpan.«
»Du machst Ernst? Respekt, mein Lieber, Respekt.« Ihm fiel noch etwas ein. »Wenn sie dich Verwandten vorstellt, gibt es kein Zurück mehr.«
»Hat sie schon.«
Gershons Gesicht werde ich nie vergessen.
Die Baumwollpflücker erkannte man abends im Speisesaal daran, dass sie müde, zerschlagen und wortkarg wirkten. Daliah, die noch gar keinen Feierabend hatte, da sie in der Küche arbeitete, kam kurz zu mir raus und legte mir von hinten ihre Hände auf die Schultern. Und plötzlich beugte sie sich vor der versammelten

Mannschaft im Speisesaal zu mir herunter und ich merkte, wie es für eine Sekunde im Saal ganz ruhig wurde. Keiner kaute, keiner klapperte mit Messer und Gabel. Alle warteten auf Daliahs ersten Kuss in aller Öffentlichkeit. Weit gefehlt. Daliah stibitzte mir eine Olive von meinem Teller, lachte fröhlich und flüchtete in die Küche. Ich wusste, dass sie mich niemals vor allen anderen geküsst hatte, aber wenigstens war sie mir für einen Moment ganz nahe gewesen, diese Olivendiebin.

Nach dem Abendessen schlenderte ich durch die Gegend und besuchte meinerseits Daliah, die erst Feierabend hatte, wenn alle anderen mit ihrer Abendmahlzeit fertig waren. Sie stand an der Brotschneidemaschine, legte ein Brot nach dem anderen in den Schacht und packte die Scheiben in einen Korb, den sie auf ein fahrbares Wägelchen stellte. Schnell nahm sie eine Scheibe, tunkte die Scheibe in Avocadopaste und legte zwei Hälften einer dicken schwarzen Olive oben drauf. Mit einer aufmunternden Geste reichte sie mir das Brot. Obwohl ich mir gerade den Magen vollgeschlagen hatte, erkannte ich, dass Ablehnung ausgeschlossen war. Daliahs Augen blitzten schon ungeduldig auf, weil ich zwei Sekunden gezögert hatte. Mit flinken Bewegungen belud sie das Wägelchen mit Käse, Margarine, Eier, Avocados, Joghurt, Tomaten und Gurken, winkte mir zu und schob den Wagen in den immer noch gut besetzten Speisesaal.

»Come at nine«, sagte sie und meinte damit, ich solle sie um neun Uhr in ihrer kleinen Wohnung besuchen. Ich war schon öfters dort gewesen und an einem Besuch in ihrer Wohnung fand auch Daliah auch Anstößiges. Kurz vor neun war ich dort, betrat den Flur und hörte aus dem Badezimmer die Dusche laufen. Die Tür war nur angelehnt und ich erhaschte tatsächlich ein zweites Mal ein paar Quadratzentimeter nackter Haut von Daliahs Rücken. Wenn ich Daliahs Rücken mitzählte, hatte ich seit gestern immerhin drei nackte Mädchen gesehen.

Auch wenn Küssen und andere körperliche Betätigungen vor ehrenhaften Versprechen für Daliah nahezu ausgeschlossen waren und ihrer Meinung nach am besten erst nach einer Hochzeit stattzufinden hätten, war sie doch ansonsten recht ungezwungen. Mehrere Handtücher umschlungen Kopf und Körper, als sie sich nach der Dusche barfuß zu mir gesellte. Ich hatte ja immerhin die Erlaubnis, ihr Zimmer zu betreten und wartete sitzend auf ihrem Bett auf sie.

Wir erinnern uns: Frau Daliah Cohen war im Iran geboren. Allerdings in einem Iran, wie wir ihn heute nicht mehr kennen. Bis zur Revolution 1979 war der Iran eine offene und lebenslustige Nation gewesen. Es war selbstverständlich, dass Männer und Frauen miteinander Kontakt pflegten, auch wenn sie nicht verwandt waren. Es wurde gefeiert, gesungen, gelacht und auch mal geküsst. Weite wallende Gewänder und Schleier waren keine Vorschrift und kein Iraner musste per Gesetz an Gott glauben und wurde schon gar nicht hingerichtet, wenn er es denn nicht tat. Diesen westlich orientierten, fröhlichen und an der neuesten Mode interessierten Iran gibt es heute nicht mehr und Daliah hatte mit ihren Eltern und ihrem Bruder gerade noch rechtzeitig den Absprung zu ihren Schwestern nach Israel geschafft. Aber Küsse und der Austausch von Zärtlichkeiten schickten sich nach Daliahs Auffassung vor der Ehe trotzdem nicht. Aber barfuß und nur mit Handtüchern bekleidet auf dem Bett zu sitzen war durchaus noch im Rahmen ihrer persönlichen Moral.

So saßen wir gerne noch ein Weilchen beieinander, versuchten uns zu verständigen, schwiegen aber auch gerne miteinander und knabberten Kekse oder Schokolade. Wir lachten viel über Missverständnisse, brauchten Minuten für den Sinn eines einzigen Satzes, fingen von vorne an und berührten uns so oft es ging an unverfänglichen Stellen. Ich durfte durchaus schon meinen Arm um Daliahs Schulter legen, sie gab mir den einen oder anderen Klaps und fand es toll, in meinen Haaren zu wühlen oder mit meiner Hand zu spielen. Heute nahm sie nach einer Weile wieder ganz selbstverständlich ihr Kopfhandtuch ab und bürstete ihre langen schwarzen Haare und band sie dann zu einem lockeren Pferdeschwanz zusammen, wie sie es schon oft in meiner Anwesenheit getan hatte. Viel später lernte ich, dass es schon eine intime Geste war, wenn Daliah vor mir ihre Haare offen trug und ich mir darauf durchaus etwas einbilden konnte. Wir entschieden uns, übermorgen nach Tel Aviv zu fahren und die Sache mit meinem Crashkurs Hebräisch zu regeln.

Tel Aviv liegt etwa 100 Kilometer von Haifa entfernt und bedeutete für Daliah und mich eine gute Tagesreise. Deshalb brachen wir ziemlich früh auf, fanden eine Mitfahrgelegenheit bis nach Haifa und hatten prompt unsere erste Meinungsverschiedenheit. Einige Städte in Israel sind mit der staatlichen Eisenbahn zu erreichen, aber das Streckennetz für Reisen in Israel mit der Bahn ist eher klein. Als lange Strecke gilt schon die Bahnverbindung zwischen Tel Aviv und Jerusalem und das sind lachhafte 50 Kilometer. Direkt an der Küste entlang führt die Bahnstrecke von Naharija nach Tel Aviv. Dieser Zug hält auch in Haifa und ich wollte unbedingt mit der Bahn nach Tel Aviv fahren. Lange Fahrten werden in Deutschland grundsätzlich mit der Bahn zurückgelegt und Fernreisen mit dem Bus gab es damals so gut wie gar nicht. So richtig populär ist das Reisen mit der Bahn in Israel allerdings nicht, wie ich an Daliahs Reaktion auch sofort erkannte, denn sie sagte, als gäbe es überhaupt keine Bahnverbindung: »Autobus. Egged.«

Egged ist die größte Busgesellschaft in Israel und erreicht mit hochmodernen Bussen den allerletzten Winkel des Landes. Jede Stadt hat ihren Egged Busbahnhof, der ausgeschildert und gut erreichbar ist. Der Egged Busbahnhof von Tel Aviv ist sogar mehrstöckig und gilt heute als der größte Busbahnhof der Welt. Täglich werden hier Tausende von Bussen abgefertigt, die wie die Bahn nach festen Fahrplänen fahren.

Ein ganz spezielles Verkehrsmittel für Reisen in Israel ist das Scherut. Ein Scherut ist ein Sammeltaxi, das auf einer festen Strecke mit festen Abfahrplätzen fährt, jedoch keine Haltestellen unterwegs kennt. Hat der Fahrgast sein ungefähres Ziel erreicht, bittet er unbürokratisch um einen Halt und steigt aus. Umgekehrt geht es genauso: Man macht ein Handzeichen, das Scherut hält schnell an und man steigt zu. Scheruts sind heute Kleinbusse mit bis zu 10 Sitzen und bedienen praktisch alle Zielorte im Nah- und Fernverkehr. Der Fahrer wartet solange, bis das Fahrzeug voll ist und startet dann die Fahrt. Einen festen Fahrplan für diese Art zu reisen in Israel gibt es nicht. Haben die Fahrgäste es eilig und wollen nicht warten, bis der letzte Platz besetzt ist, teilen sie sich die Fahrtkosten für diesen Platz.

Daliah als Kind des Orients bevorzugte Reisen mit dem Bus oder mit dem Scherut, die Eisenbahn wäre ja wohl viel zu langsam und gefährlich. Ich wusste wirklich nicht, warum die Fahrt mit einer israelischen Eisenbahn gefährlich sein sollte und machte folgenden Kompromissvorschlag: Hin nach Tel Aviv mit der Bahn, zurück mit dem Egged Bus. Daliah lächelte tatsächlich und war einverstanden. Wir marschierten also zum Bahnhof, lösten zwei einfache Hinfahrten am Schalter und warteten am Bahnsteig auf den Zug aus Naharija, der auch pünktlich in den Bahnhof einfuhr. Israel ist ein unkompliziertes und zeitweise lässiges Land, aber Busse und Bahnen fahren gewissenhaft nach den ausgehängten Fahrplänen. Und siehe da: Die Fahrt mit der gemütlichen Eisenbahn mit gelegentlichem Ausblick auf das Meer gefiel Daliah ganz gut; sie guckte ständig aus dem Fenster, wie die Landschaft gemächlich an ihr vorbeirauschte, stemmte ihre Ellenbogen auf die schmale Fensterbank und drückte auch mal aus Scherz an der Scheibe ihre Nase platt. Der Zug war überhaupt nicht voll, nur hin und wieder sahen wir ein paar vereinzelte Fahrgäste, die es sich in den Abteilen bequem machten. Dafür sind die Busse immer gerammelt voll und hin und her gehen kann man auch nicht.

Nach anderthalb Stunden erreichten wir die Großstadt Tel Aviv und mussten uns erstmal orientieren. Überall Menschen, hupende Autos, weiße Häuser, mehrspurige Straßen und herrliche Boulevards mit Modeboutiquen, Supermärkten, brechend vollen Straßencafés und gewaltigen Verwaltungsgebäuden. Ich kannte Tel Aviv nur von meiner Ankunft und war seither nicht mehr hier gewesen. Jerusalem ist zwar die Hauptstadt Israels, aber Tel Aviv ist das wirtschaftliche und kulturelle Zentrum. Daliah zeigte auf ein imposantes Gebäude, in das Hunderte Menschen rein und raus liefen.

»Histadrut«, sagte sie.

Die Histradut ist der Dachverband israelischer Gewerkschaften, hat eine eigene Bank, Unmengen von Immobilien, eine eigene Krankenkasse und ist untrennbar mit dem Staat Israel verbunden und verflochten. Noch in den 60er Jahren waren etwa 30% aller israelischen Arbeitnehmer im Wirkungsbereich der Histadrut beschäftigt. Ein Gigant, der 1994 komplett umgebaut wurde und dadurch viel an Einfluss einbüßte.

»Da müssen wir hin?«, fragte ich und schaute gleichzeitig auf Irmis Zettel, auf dem die Adresse unserer Dachorganisation stand.

»Lo«, antwortete Daliah. *Nein, wir müssen da lang.*

So schlenderten wir die berühmte Dizengoff Street entlang, passierten den Dizengoff Square, kreuzten die Frishman Street und erfreuten uns an der Vielfältigkeit des Stadtlebens. Wir Landeier hatten nicht allzu oft die Gelegenheit, eine pulsierende Metropole zu besuchen und machten sogar einen Abstecher zum Strand, wo Daliah vor Freude in die Hände klatschte, als sie das Mittelmeer sah. Das war auch das einzige Mal, dass sie meine Hand losließ, ansonsten ging sie immer ganz dicht neben mir und zeigte immer unauffällig auf Paare, die so ähnlich aussahen wie wir. Also europäisch-orientalisch. Dabei umklammerte sie mit der freien Hand meinen Arm und drückte sich fest an mich.

Endlich erreichten wir das Gebäude unserer Dachorganisation, die theoretisch unseren Kibbuz verwaltete. Theoretisch, weil die meisten Entscheidungen doch vor Ort von den Mitgliedern der Siedlung getroffen wurden, nur eben nicht das Management der Sprachschüler. Ich kam mir vor wie in einem deutschen Finanzamt, als Daliah und ich in der riesengroßen Eingangshalle standen. Überall geschäftige Menschen, Treppen, Fahrstühle, Bürotüren mit Nummern und Namen und glücklicherweise alles zweisprachig. Hebräisch und Englisch. Ich staunte mehr als Daliah, hatte sie doch bei ihrer Einwanderung ähnliche Bürotürme durchlaufen müssen. Unverzagt ging sie zur Auskunft und brachte unser Anliegen vor.

»Zimmer 24, zweiter Stock, Gideon.«

In Israel redet man sich fast nur mit dem Vornamen an, Nachnamen stehen nur auf Rechnungen oder Briefumschlägen.

Ich klopfte an Tür Nummer 24, hörte eine unverständliche Antwort, Daliah schubste mich und ich öffnete die Bürotür.

»Schalom. Gideon?«

Gideon bestätigte, dass er Gideon war, guckte uns erwartungsfroh an, Daliah und ich setzten uns umständlich hin und Daliah eröffnete die Unterhaltung mit ein paar Worten auf Hebräisch. »Aha«, nickte Gideon, ein hagerer Mittfünfziger mit schütterem Haar, wandte sich mir zu und begann ein penibles Verhör auf Englisch, wie ich es schon von Nina kannte. Es ist manchmal wirklich anstrengend, in Israel ein Nichtjude zu sein. Wer in einen staatlich finanzierten Ulpan wollte, musste schon erklären, warum er das wollte. Israel bezahlt ihm schließlich den Kurs, die Unterkunft, die Nahrung und versichert gegen Krankheiten und Unfall ist man auch. Die Sprachschüler in einem Kibbuz arbeiten zwar auch vier Stunden am Tag auf Feldern und anderswo, aber wir wollen jetzt mal nicht kleinlich sein. Außerdem ist ein Ulpan eigentlich für Neueinwanderer gedacht und nicht für verliebte Jungs. Über eine Stunde dauerte die Befragung in englischer

Sprache und ich gab bereitwillig Auskunft über meine Herkunft, wie lange ich schon im Kibbuz arbeite, wann ich Daliah kennengelernt hatte und ob ich mir denn auch eine Zukunft mit ihr in Israel vorstellen könne. Hin und wieder übersetzte Gideon, damit Daliah alles mitbekam, was die Unterredung noch mehr in die Länge zog. Bei einigen Fragen, die Gideon an Daliah richtete, nickte sie nur verlegen. Bei der letzten Frage über die Zukunft guckte mich Daliah ganz gespannt an und als ich Ken, also *Ja* sagte, strahlte sie übers ganze Gesicht und drückte fest meine Hand, was Gideon nicht entging.

Gideon blätterte durch ein paar Listen, machte ein nachdenkliches Gesicht und sagte plötzlich in akzentfreiem Deutsch:»Gut, ihr jungen Leute habt mich überzeugt. Ihr wollt zusammen sein und ich lege euch keine Steine in den Weg. Denn dazu gehört eine gemeinsame Sprache. Ihr müsst euch ja verstehen und miteinander sprechen. Dein Ulpan beginnt in acht Wochen in Kfar Yochanan. Bist du zufrieden?«

Ich war so verdattert, dass ich zuerst kein Wort herausbekam und Daliah schaute uns beide belustigt an.

»Germanit?«, fragte sie.

Gideon und ich sagten beide gleichzeitig *Ken* und Daliah lachte auf. Als er mir meine Bestätigung überreichte, sah ich jetzt erst die eintätowierte Nummer innen an seinem Unterarm. Gideon bemerkte meinen Blick und sagte nur ganz ruhig:»Es ist keine Legende. Ich war dort.« Daliah bemerkte unser Zwischenspiel und stellte Gideon entsprechende Fragen, die Gideon ruhig und sachlich beantwortete. Daliah wurde ziemlich still, ich bedankte mich herzlich und wir verließen Büro Nummer 24. Ich habe in Israel viele Leute getroffen, die aus Deutschland oder Österreich stammten. Keiner von ihnen hegte mir persönlich gegenüber einen Groll oder überzog mich mit Hasstiraden oder wüsten Beschimpfungen wegen meiner deutschen Herkunft.

Auf unserem Weg zum Busbahnhof redete Daliah ohne Unterbrechung, klatschte spontan in die Hände, zog an mir herum, nahm meine Hand, ließ sie wieder los, blieb überwältigt stehen, ordnete hektisch ihre Haare, rannte zum nächsten Schaufenster, kam zurück, blieb stehen, starrte ein paar Sekunden in den Himmel und sprang mir plötzlich von hinten auf den Rücken. Als Kinder nannten wir das Huckepack und so trug ich sie unter den verwunderten Blicken der Passanten ein paar Meter, bis sie an meinem Ohr zog und *Stopp* rief. Ein Polizist lächelte uns freundlich an und sagte: »Mazel tov!« Absonderliches Verhalten stört in Tel Aviv keinen und der nette Polizist wünschte uns fröhlich *Viel Glück*, wofür auch immer.

»Ulpan«, sagte Daliah immer wieder. »Ivrith!« Also hebräisch. Daliah war glücklich. Das war unübersehbar. Und ich auch, konnte da aber als reservierter Norddeutscher nicht so offen zeigen. Bei uns in Bremen ist es ja schon eine sehr persönliche und freudige Geste, wenn man einem guten Bekannten im Vorbeigehen einen Gruß zunickt.

Daliah strahlte mit der Herbstsonne um die Wette und blieb vor einem Geschäft stehen, das allerlei Schnickschnack verkaufte. Im Schaufenster sahen wir Bürsten, Kämme, modische und nützliche Accessoires für Damen und Herren, Modeschmuck, Sonnenbrillen und Gürtel in allen Längen. Aufgeregt drehte sich Daliah um, bewegte heftig ihre Hand, was ich als *Moment* deutete und verschwand in dem dunklen Laden, aus dem sie fünf Minuten später wieder herauskam. Sie hatte sehr zielgerichtet etwas gekauft, was sie gesehen hatte und zeigte mir ein Papiertütchen, aus dem sie mit spitzen Fingern zwei kleine Kettchen mit Anhängern zog. Sie überreichte mir lächelnd ein Kettchen und ich guckte mir erstmal den Anhänger genauer an. Er bestand offensichtlich aus hebräischen Buchstaben. »Chaj«, sagte Daliah immer wieder. »Chaj«

Chaj bedeutet *Leben* auf Hebräisch und diese kleinen Buchstaben werden gerne als Amulett und als Glücksbringer getragen und verschenkt.

Daliah hatte für uns beiden diese kleinen Kettchen gekauft, drehte sich nun um und hob ihre Haare etwas an, damit ich ihr die Kette umlegen konnte. Ich trat näher, legte ihr das dünne Kettchen um ihren Hals und merkte richtig, wie glücklich und aufgeregt sie war. Sie nahm mein Kettchen und legte es mir um. Ich habe noch nie Schmuck getragen, aber über »Chaj« habe ich mich sehr gefreut und habe die kleine Kette nie mehr abgelegt. Und wieder schaffte es Daliah, mich zu überraschen. Sie umarmte mich und ich bekam von ihr den allerersten Kuss auf den Mund. Schnell und flüchtig, aber es war ein Kuss. Hier auf der Straße in Tel Aviv. Daliah guckte sich um, als hätte sie gerade eine Bank ausgeraubt und hakte sich mit unschuldiger Miene bei mir ein.

»Autobus Egged to Haifa«, sagte sie und erinnerte mich an mein Versprechen, mit dem Bus zurück nach Haifa zu fahren.

Jedermann kennt den riesigen Busbahnhof in Tel Aviv, den wir nach wenigen Minuten erreichten, Fahrkarten nach Haifa kauften und am Bahnsteig auf unseren Bus warteten. Wir stiegen ein, machten es uns gemütlich und freuten uns auf unseren ruhigen Kibbuz. Während der Fahrt ging mir Gideon nicht aus dem Kopf und ich dachte an die vielen deutschstämmigen Israelis, die ich hier schon getroffen hatte.

Wer etwas über deutsche Einwanderer lesen möchte, liest hier weiter. Alle anderen überspringen diesen Teil:

Deutsche Juden in Israel

Im Herbst des Jahres 1937 stand die Familie Rosenberg aus Berlin-Charlottenburg an der Reling des Dampfschiffes »Tel Aviv« und erreichten ihre neue Heimat: Israel, das damals noch Palästina hieß. Vor zwei Tagen waren sie in Triest an Bord gegangen, waren von Auswanderern zu Einwanderern geworden und sahen nun langsam die weißen Häuser der Hafenstadt Haifa näherkommen. Vater Rosenberg trug seinen besten Anzug; er wollte die neue Heimat gebührend begrüßen.

Palästina stand von 1920 bis 1948 unter britischer Verwaltung, bevor es zu Erez Israel wurde und Familie Rosenberg zu Israelis. Mit ihrer Ankunft in Haifa gehörte die deutsch-jüdische Familie Rosenberg aber auch noch zu einer anderen Gruppe. Die Rosenbergs waren »Jeckes«, wie die Einwanderer aus Deutschland spöttisch genannt wurden. Die norditalienische Hafenstadt Triest war damals das Sprungbrett für ein neues Leben geworden. Jeden Freitag um 14 Uhr verließ das Dampfschiff »Tel Aviv« mit hunderten jüdischen Auswanderern aus ganz Europa Triest und erreichte Haifa zwei Tage später.

Vater Rosenberg hatte das deutsche Unheil geahnt, alles Notwendige in die Wege geleitet und Deutschland mit Sack und Pack und Kind und Kegel den Rücken gekehrt. Sein gesamtes Hab und Gut war in einem sogenannten Lift, einem Umzugscontainer, mit einem Frachtschiff nach Palästina unterwegs. In wenigen Stunden konnte sich die ganze Familie als »Palestinians« bezeichnen, denn den Staat Israel gab es 1937 noch nicht. Israel wurde erst 11 Jahre später, am 14. Mai 1948 ausgerufen.

Auch Familie Rosenberg aus Berlin war fest entschlossen, sich dem neuen Leben im Gelobten Land zu stellen. Ihre Angewohnheiten jedoch behielten sie. Vater Rosenberg trug auf der Straße stets seinen guten Anzug, pflegte zumindest an freien Tagen seine Mittagsruhe von 13 bis 15 Uhr und Frau Rosenberg deckte am Sabbat den Tisch mit dem besten Geschirr. Sie lernten Hebräisch, legten aber niemals ihren starken deutschen Akzent ab und sagten zu jeder Gelegenheit »danke schön« und »bitte schön«.

Zu Hause sprachen sie weiterhin Deutsch, die Kinder draußen sprachen Hebräisch und lernten diese Sprache viel schneller als ihre Eltern. Die deutschen Einwanderer waren ruhig, höflich und diszipliniert. Sah Frau Rosenberg auf der gegenüberliegenden Straßenseite eine Bekannte, rief sie: »Huhu, Frau Stern!« »Huhu, Frau Rosenberg!«, schallte es zurück. Die guten deutschen Manieren, die Höflichkeit und die Disziplin sahen alle anderen als Schrulligkeit an. Es waren eben Deutsche. Jecken halt. Das Wort »Jecke« stammt aus dem Jiddischen und wurde erstmals von osteuropäischen Juden benutzt, die damit die deutschen und auch die österreichischen Einwanderer belächelten.

Herkunft und Wortstamm sind nicht ganz klar. Jecke könnte sich auf die »Jacke« beziehen, da die deutschen Einwanderer stets und ständig gute Anzugsjacken trugen und sich einfach nicht an die fremden Verhältnisse anpassen wollten. Schließlich trug man in Berlin auch bei der Arbeit eine Jacke und knöpfte diese sogar zu, wenn man sich erhob. Angeblich soll auch eine sprachliche Verwandtschaft zu den Kölner Karnevals-Jecken bestehen. Narren waren die deutschen Einwanderer ganz gewiss nicht. Sie waren nur anders.

Wie viele deutsche Einwanderer, die in Palästina ankamen, ließ sich Familie Rosenberg nach den Einreiseformalitäten in Nahariya nieder. Nahariya liegt nördlich von Haifa, hat heute etwa 51.000 Einwohner und liegt direkt am Mittelmeer. Als Stadt oder zunächst als Siedlung wurde Nahariya im Jahre 1934 von deutschen Einwanderern gegründet, man sprach Deutsch und lebte auch so. Sogar Rechnungen über Dienstleistungen oder Produkte wurden in deutscher Sprache ausgestellt.

Damals bestand Nahariya aus ein paar Straßen, aus einigen selbstgebauten Ein-Zimmer-Holzhäuschen und wenigen Steinhäusern. Familie Rosenberg war erschrocken, nahm das aber in Kauf und packte mit an. Als Anwalt war Herr Rosenberg mit den Räumlichkeiten des Berliner Amtsgerichts vertraut gewesen, nicht mit Bauen, Hühnerhaltung, Landwirtschaft und einer völlig fremden Währung. Von den Landessitten und dem Klima ganz zu schweigen. Jedoch: Die Siedlung wuchs und wurde zu einer Stadt mit Geschäften, handwerklichen Betrieben und Hotels. Aus kleinen privat geführten Betrieben wurden im Laufe der Zeit große Unternehmen wie die Molkerei Strauss. Der kleine Handwerksbetrieb von Stef Wertheimer, der als Stefan in Kippenheim im Ortenaukreis geboren wurde, entwickelte sich zu Israels größtem Industrieunternehmen. Die Familie Wertheimer flüchtete 1937 aus Deutschland und ließ sich zunächst in Tel Aviv nieder.

Nahariya ist Israels nördlichste Küstenstadt, die von gepflegten Stränden und immer besetzten Kaffeehäusern in der Innenstadt geprägt ist. Für ein Schwätzchen am Strand hatte unsere Familie Rosenberg allerdings keine Zeit. Sie musste Hebräisch lernen. Auch wenn hier in Nahariya alle Deutsch sprachen, so konnte man die hebräische Sprache nicht ignorieren. Den Kindern machte es Spaß und ihnen fiel das Erlernen dieser völlig anderen Sprache leicht.

Den Erwachsenen fiel es gar nicht leicht, Hebräisch zu lernen. In der Muttersprache überfliegt man die Seite einer Zeitung, hier musste jedes Wort enträtselt werden. Schalom spricht sich leicht, aber wie soll man dieses Wort erkennen? Denn so sieht es aus: שלום. Man liest von rechts nach links und es gibt in der Schrift keine Vokale. Schalom ist der tägliche Gruß und bedeutet Frieden. Gemeint ist aber auch Wohlergehen und Gesundheit.

Zu Anfang reichte Deutsch. Es gab sogar Werbezettel, heute Flyer, in deutscher Sprache: »Eine angenehme Nachricht für alle Tel Aviver Hausfrauen: Wir haben eine Geschirr-Abteilung neu eingerichtet«. Aber das zukünftige israelische Volk brauchte eine gemeinsame Sprache. Man kam um Hebräisch auf Dauer nicht herum. Die Einwanderer aus Deutschland mussten sich allerdings nicht nur sprachlich in dem zunächst fremden Land umstellen. Ein unentbehrlicher Ratgeber für Frau Rosenberg war das Büchlein »Wie kocht man in Erez-Israel« von Dr. Erna Meyer. Auch beruflich mussten sich die meisten Jeckes umgewöhnen. Der Anwalt Rosenberg fand eine erste Anstellung im Postamt von Nahariya, wo er dem Bürgermeister von Nahariya, ehemaliger Anwalt in Heilbronn, Briefmarken verkaufte.

Noch in den 70er Jahren gab es deutschstämmige Israelis, die zwar fließend Hebräisch sprachen, aber auch nach 40 Jahren im Gelobten Land immer noch Schwierigkeiten mit der Schrift hatten. Dank der langen britischen Verwaltungszeit sind aber auch heute noch fast alle Schilder in Israel zweisprachig, was sehr hilfreich ist.

Anfänglich konnte man von jedem Boulevard in Tel Aviv das offene Meer sehen und wenn man Glück hatte, sah man eine kleine Karawane Lastkamele am Strand entlangziehen. Herren in dunklen Anzügen, mit Hut und Krawatte standen um eine Litfaßsäule herum und diskutierten die angeschlagenen Nachrichten. Eindeutig Jeckes. Keiner sonst würde bei der Hitze eine Krawatte tragen.

Heute ist Tel Aviv eine Großstadt mit ca. 400.000 Einwohnern und bildet das wirtschaftliche und das kulturelle Zentrum Israels. Gegründet wurde Tel Aviv 1909 und schon im Jahre 1947 lebten dort bereits 230.000 Einwohner. Deutsche Einwanderer in dieser Zeit lasen gerne die deutschsprachige Zeitung »Israel-Nachrichten«, die in ihrer ursprünglichen Form 1935 von dem Berliner Buchhändler Siegfried Blumenthal gegründet wurde. 1950 war seine Zeitung einer der meistverkauften in Israel.

Auch andere deutsche Einwanderer hinterließen ihre Spuren im israelischen Zeitungswesen. Der deutsche Kaufmann Salman Schocken emigrierte 1934 nach Israel, kaufte dort die Tageszeitung Ha'aretz und legte den Grundstein für die Ha'aretz Gruppe. Das Konkurrenzblatt, die Tageszeitung Ma'ariw, wurde 1948 von dem Leipziger Journalisten Ezriel Carlebach gegründet.

Wer heute durch Israel reist und komfortabel wohnen möchte, kommt an den Dan-Hotels nicht vorbei. Die Ursprünge dieser Hotelkette gehen zurück in das Jahr 1947. Die Federmanns, zwei Brüder aus Chemnitz, übernahmen in Tel Aviv eine kleine Pension mit 21 Zimmern. Die Herberge »Kaethe Dan«, benannt nach der Voreigentümerin, bildete den Grundstein für die Dan-Hotels. Käthe Danielewicz wurde 1890 in Berlin geboren und wanderte bereits 1922 nach Palästina aus. 1933 gründete sie ihre Pension. Ein Jahr vorher wanderte Lotte Cohn, geboren 1893 in Berlin als Charlotte Cohn, nach Palästina aus. Bis 1968 arbeitete Lotte Cohn als Architektin, war für über 100 Bauprojekte verantwortlich und starb 1983 in Tel Aviv. Aber nicht nur von erfolgreichen Unternehmern soll die Rede sein. Felix Rosenblüth wurde 1887 in Berlin geboren, wanderte 1926 nach Palästina aus und wandelte seinen Namen in Pinchas Rosen um. Rosen zählt zu den Gründungsvätern Israels und wurde am 14. Mai 1948 Israels erster Justizminister. Deutsche Einwanderer haben im Gelobten Land Israel überall ihre Spuren hinterlassen. Sie selbst sterben langsam aus oder leben in zweisprachigen Altersheimen. Der Begriff Jecke ist längst kein Spottwort mehr in Israel, sondern ein Kompliment.

Hier geht es weiter:

Am späten Nachmittag erreichten wir erschöpft, glücklich und zufrieden nach einem turbulenten Tag in Tel Aviv Haifa, eine Stadt, in der es deutlich ruhiger zugeht als in der israelischen Metropole, die niemals schläft. Unser Anschlussbus nach Kiryat Ata ließ auch nicht lange auf sich warten und endlich wanderten Daliah und ich die restlichen Kilometer zum Kibbuz hinauf. Jetzt merkten wir erst, wie müde und hungrig wir waren und steuerten unverzüglich unseren Speisesaal an, wo immer etwas für den kleinen Hunger bereitstand. Daliah holte ein paar Oliven, Avocados, hartgekochte Eier, Weißbrot und Tee, wir suchten uns einen Tisch und hatten gerade die ersten Bissen im Mund, als völlig aufgeregt Hannah Salzmann, Irachmiels Tochter, in das Speisehaus rannte, uns mit *Schalom* begrüßte und Daliah einen Brief unter die Nase hielt.

Hannah hatte uns schon von weitem gesehen, als wir mit letzter Kraft ins Speisehaus wankten. *Was ist das*, fragte Daliah. *Ein Brief für Daliah*, sagte Hannah und wedelte damit herum. Hannah sagte nur ein einziges Wort, das auf Daliah eine elektrisierende Wirkung hatte: *Zahal*. Hannah sagte Zahal und ich verstand erstmal nur Bahnhof. Noch weniger verstand ich, als Daliah in Jubel ausbrach, obwohl sie noch gar nicht wusste, was in dem Brief, der schon von außen ziemlich offiziell aussah, stand. Daliah riss Hannah den Brief aus den Händen, öffnete ihn, überflog den

Inhalt und jubelte erneut. Dann umarmte sie Hannah und mich. Hatte sie einen Sechser im israelischen Lotto gewonnen oder einen Gutschein für lebenslange Kekslieferungen?

Nein, weit gefehlt. Es war ihr Einberufungsbescheid zur israelischen Armee, die abgekürzt Zahal genannt wird.

Junge ledige Frauen müssen in Israel ihren Wehrdienst ableisten, der immerhin 21 Monate dauert, während junge Männer drei Jahre dienen müssen. Natürlich waren mir schon gleich zu Anfang die vielen jungen Frauen und Männer in grünen Uniformen aufgefallen, die am Straßenrand auf eine Mitfahrgelegenheit warteten, aber ich hatte dabei nie an Daliah gedacht. Aber sie war im passenden Alter, ledig und kinderlos und hielt nun ihren Einberufungsbescheid in den Händen. Als ich damals meine Einberufung zur Bundeswehr erhielt, war ich weniger begeistert als Daliah; von einer euphorischen Stimmung konnte überhaupt keine Rede gewesen sein. Aber in Israel ist oder war das anders. Die Einberufung ist gerade für Neueinwanderer wie ein Ritterschlag. Man gehört jetzt dazu, nun ist man endlich ein vollwertiger Israeli. Daliah konnte sich überhaupt nicht einkriegen und redete ohne Unterlass, was mir Hannah in einem kurzen knappen Satz übersetzte: *Jetzt ist sie eine richtige Israelin.*

Von Hannah, die ihren Dienst längst absolviert hatte, erfuhr ich, dass der Wehrdienst für Frauen 21 Monate dauerte, dass die Grundausbildung sechs Monate dauert, die jungen Rekruten 16 Tage am Stück gedrillt werden und dann fünf Tage frei haben. Danach wieder 16 Tage Ausbildung und wieder fünf Tage frei. Ganze sechs Monate lang. Und wo findet die Grundausbildung statt, fragte ich die Expertin. Irgendwo in einer Ausbildungseinheit in der Wüste Negev. Negev? Die Wüste Negev befindet sich am ganz anderen Ende von Israel. Tief im Süden, sie grenzt an Ägypten und nimmt immerhin 60% der Staatsfläche ein. Wir jedoch lebten im Norden. All das schien Daliah überhaupt nicht zu stören. Vor Hannah war sie gar nicht schüchtern, umarmte mich und sagte stolz:»Zahal.«

Dazu stand sie auf und stand stramm wie ein junger Soldat beim Morgenappell, aber sie lachte dabei.

»Wann geht es los?«, fragte ich auf Englisch.

Hannah nahm den Einberufungsbescheid, las und antwortete:»In acht Wochen.«

Prima. Daliah geht in acht Wochen zur Armee und ich beginne in acht Wochen meinen Ulpan. Daliah hatte den gleichen Gedanken, allerdings positiv ausgerichtet.

»You Ulpan, me Zahal.«

Daliah sprach schnell ein paar Worte auf Hebräisch zu Hannah und rannte los. Sie will schnell ihre Verwandten anrufen, erklärte mir Hannah. Alle sollen die Nachricht erhalten. Ihre Eltern, ihr Bruder und ihre beiden Schwestern Nina in Haifa und Esther in Kiryat Schmona.

»Mach nicht so ein Gesicht, Berenod«, sagte Hannah auf Englisch. »Die Zeit geht vorüber. Die Armee ist wichtig für uns.«

Hannah sah andere Zweifel in meinem Gesicht.

»Daliah bleibt doch bei dir. Es sind nur 21 Monate und sie bekommt Urlaub. Daliah bleibt dir erhalten. Und weißt du warum? Weil sie dich liebt.«

In der Tat ist die Armee für junge Israelis für das weitere Leben sehr wichtig und hilfreich. Es werden sehr viele soziale Kontakte geknüpft, Freundschaften entwickeln sich und es eröffnen sich berufliche Perspektiven. Hannah und ich säuberten schnell den Tisch, sie lief Daliah hinterher und ich schlich in unser Camp und freute mich auf eine Dusche, was in diesen Tagen der Baumwollernte nicht ganz einfach war. Auch heute taumelten wieder Dutzende Volontäre verdreckt, verstaubt und völlig erschöpft in Richtung Dusche, also wartete ich etwas, da ich ja nur meinen Reisestaub abspülen wollte. Ersatzweise legte ich mich in meiner Hütte ein paar Minuten aufs Ohr und schlief durch bis zum Abendessen.

Koichi platzte so gegen 19 Uhr bei mir rein und rüttelte mich wach.

»Los, Mann, aufstehen. Abendessen.«

Koichi hatte heute zwar nicht auf den Baumwollfeldern gearbeitet, sondern wieder auf unserer Hühnerfarm, hatte als reinlicher Mensch aber selbstverständlich nach getaner Arbeit geduscht. Er schloss die Türe und machte ein verschwörerisches Gesicht.

»Baumwolle pflücken ist gar nicht schlecht. Alle wollen duschen. Heute waren noch mehr Mädchen bei uns in der Männerdusche.«

»So voll wieder?«, fragte ich.

»Ja. Und sie streiten sich. Weil sie so lange warten müssen. Wir

Jungs können alles hören. Karen hat über eine Stunde draußen auf eine freie Dusche warten müssen.«

Zu normalen Zeiten waren die beiden Duschräume mit jeweils fünf Duschen völlig ausreichend, denn unsere Arbeitszeiten waren verschieden und überschnitten sich und manche Tätigkeit wie Geschirrspülen erforderte nicht unbedingt eine tägliche Dusche wie dieses entsetzliche Baumwollpflücken. Und dann kamen auch noch alle gleichzeitig von den Feldern zurück. Da kann es schon mal zu Gedränge und Wartezeiten kommen. Im Damenbereich, meine ich.

»Und Karen kam in unsere Dusche?«, wollte ich neugierig wissen.

»Nein, Karen nicht. Sie hat gewartet. Aber Ina, Sandy und Linda hatten keine Geduld mehr und kamen zu uns.«

Ich rappelte mich auf und erzählte Koichi auf dem Weg zum Abendbrot von unserem Erfolg in Tel Aviv und von der überraschenden Einberufung für Daliah. Koichi war genauso bestürzt wie ich, was mir die Überlegung einbrachte, dass ich mit meiner etwas unterkühlten Freude im Gegensatz zu Daliah Begeisterung doch nicht so falsch lag. Wir setzten uns zu Ina und Lee, denen ich auch unsere Erlebnisse in Tel Aviv schildern musste. Lee war beeindruckt.

»Nun lernst du bald Hebräisch, diese schwierige Sprache. Fang doch schon mal an, dann geht es schneller.«

Das war gar kein übler Gedanke.

Koichi bereitete sich wie jeden Abend seinen gesunden Salat zu, der praktisch aus allen Zutaten bestand, die er hier auftreiben konnte. Eier, grüne Salatblätter, Avocados, Gurken, Chilischoten, Paprika und vieles mehr, was auf dem Buffettisch in kleinen oder großen Schüsselchen angeboten wurde. Zum Schluss streute Koichi Salz und Pfeffer über seinen Salatberg und reicherte das Ganze mit etwas Joghurt als Soße an. Seine Zubereitung dauerte auch heute wieder mehr als 15 Minuten, weil Koichi jedes Teil sorgfältig kleinschnitt und vermengte. Von der Chilischote gab er nur winzige Stückchen hinzu, was mich veranlasste, ihn zu ärgern.

»Die Chilischoten sind dir wohl zu scharf«, sagte ich.

»Wir Japaner lieben scharfes Essen«, belehrte mich Koichi. »Aber diese israelischen Chilischoten sind so scharf, dass kleine Mengen genügen.«

Ich ließ nicht locker.

»Vielleicht kommen sie dir nur so scharf vor und du verträgst scharfe Speisen gar nicht so gut.«

Damit hatte ich Koichi voll getroffen.

»Ich werde dir gleich zeigen, wie scharf ich essen kann.«

Nach dieser geheimnisvollen Ankündigung schwieg er und widmete sich seinem Salat. Nach seiner gesunden Mahlzeit allerdings stand er auf, grinste und sagte: »Warte hier.«

Sehr zielstrebig marschierte Koichi in die Küche und kam nach wenigen Minuten mit einer großen Schüssel Chilischoten, Weißbrot und Marmelade wieder zurück und stellte alles auf unseren Tisch. Daliah, die ihm aus der Küche gefolgt war, schaute sich alles an, schüttelte den Kopf und sagte leise zu mir, dass sie mir etwas sagen müsse. Ich komme in fünf Minuten, antwortete ich, weil ich gespannt war, was Koichi nun vorhatte. Dafür gab mir Daliah einen ärgerlichen Klaps auf die Schulter und verschwand wortlos in der Küche. »Wir wollen mal sehen, wer wirklich scharf essen kann«, sagte Koichi und rieb sich die Hände.

Koichi und ich saßen uns an unserem Tisch wie zwei Duellanten gegenüber und starrten uns an. Vor uns die Schüssel mit den israelischen Chilischoten, Weißbrot, Marmelade und ein Krug Wasser. Koichi wollte es mir zeigen und ich wollte ihm zeigen, wer der härteste Chilischotenesser hier im Lande ist. Der Wettkampf, der hier zwischen Deutschland und Japan ausgetragen wurde, war ganz einfach. Wer am meisten Chilischoten essen kann, hat gewonnen. Junge Männer müssen sich halt immer mal wieder beweisen, was für tolle Kerle sie sind, auch wenn sie fern der Heimat sind. Gelegenheiten bieten sich fast immer. »Und wozu Weißbrot und Marmelade?«, fragte ich.

»Das wirst du brauchen, wenn dir dein Mund und Hals wie Feuer brennen. Brot neutralisiert und Marmelade auch, weil sie süß ist.«

Aha, der Mann hatte also Erfahrung.

»Trinke auf gar keinen Fall Wasser. Das macht alles nur noch schlimmer. Wasser erst zum Schluss, wenn das Brennen im Hals nachgelassen hat. Du wirst dich wundern, wie viel Wasser du trinken kannst.«

»Hast du schon mal diese Schoten hier gegessen?«

»Nein, das wäre unfair dir gegenüber. Aber andere scharfe Sachen in Japan.«

Wenn mein seriöser Freund Koichi das sagte, glaubte ich ihm. Ich aß und esse immer noch gerne gut gewürzt und auch richtig scharf und hatte keinerlei Zweifel, dass mir diese grünen und roten kleinen Chilischoten nichts anhaben könnten. »Die Schoten müssen gekaut werden, nicht einfach runterschlucken!«, gab Koichi noch bekannt.

Lee und Ina waren Zuschauer und Schiedsrichter in einer Person und mussten die verzehrten Chilischoten zählen, aber eben nur ganze Schoten. Koichi empfahl, immer nur kleine Stücke abzubeißen und nicht die ganze Schote zu essen, ein kleines Stück brennt weniger als ein großes Stück. Koichi nahm eine Schote, ich nahm eine Schote. Koichi biss vorsichtig ein kleines Stück ab, ich biss mutig eine Hälfte ab und wir beide fingen bedächtig an zu kauen. Ganz langsam, aber unaufhaltsam, breitete sich erst in meinem Mund und dann in meinem Rachen eine wohltuende Schärfe aus, die ich gar nicht als unangenehm empfand. Ich grinste Koichi fast schon triumphierend an, als mir die Schote zeigte, wozu sie in der Lage war. Mein Puls beschleunigte sich, Hitze stieg mir in den Kopf und meine Augen begannen zu tränen, als hätte ich mir eine Augenmaske aus Zwiebelringen aufgelegt. In meinem Mund und Rachen loderte ein Höllenfeuer, ich riss den Mund auf, saugte Luft als Kühlung ein und konnte kaum noch atmen. Der Sauerstoff hatte die Wirkung verdoppelt, ich haute mit krebsrotem Gesicht mit beiden Fäusten auf den Tisch, dass Ina und Lee erschrocken aufsprangen, Koichis Gesicht hatte sich ebenfalls tiefrot verfärbt, sein Atem ging nur noch stoßweise, er röchelte und versuchte, die zerkaute Schote runterzuschlucken. Kleine Schweißtropfen rannen ihm an den Schläfen entlang und ich selbst fühlte, wie mein Rücken vom Schweiß immer klebriger wurde.

Kaum war die Schote eine Etage tiefer, griffen wir mit fast panischen Bewegungen zu Brot und Marmelade und stopften uns die süße Masse in den Mund. Koichi hatte Recht, das brennende Feuer ließ sofort nach. Inzwischen hatte sich herumgesprochen, dass sich zwei verrückte Volontäre aus Japan und Deutschland ein Chilischotenduell lieferten und viele neugierige Zuschauer hatten einen Halbkreis um uns gebildet. Ich suchte mit den Augen Daliah, konnte sie aber auf den ersten Blick nirgends entdecken. Erst auf den zweiten Blick erspähte ich sie neben der Küchentür im Gespräch vertieft mit einem jungen Mann, den sie gleich darauf am Arm in die Küche zog.

»Nächste Runde«, sagte ich auf Englisch und biss ein kleineres Stück ab. Ich war nun vorbereitet, aber das zweite Stückchen von der Chilischote traf meine Geschmacksnerven wie ein glühendes Schwert. Nur mit größter Mühe hielt ich den Mund geschlossen, damit ja kein Sauerstoff die Wirkung verdoppeln oder gar verdreifachen konnte. Koichi hatte ein ganz nasses Gesicht; die Tränen flossen ihm wie Bäche aus den Augen und tropften ihm auf Hände, Tisch und Hemd. Wir atmeten äußerst geräuschvoll durch die Nase, zappelten auf unseren Stühlen wie Fische am Haken und schluckten die zerkauten Schoten herunter. Knallrot, feuerrot, krebsrot – unsere Gesichter färbten sich in dieser Reihenfolge. Die Zuschauer klatschten und ich bin sicher, dass sie Wetten auf uns abschlossen.

Wir schafften vier Runden, waren völlig erschöpft und klatschnass am ganzen Körper und entschieden uns für Gleichstand. Die begeisterte Menge zerstreute sich langsam, als klar war, dass der Wettkampf vorbei war, Lee brachte Brot und Marmelade weg und wir beiden Kontrahenten warteten bestimmt 10 Minuten, bis auch das letzte Brennen verflogen war und tranken jetzt erst literweise Wasser. So jedenfalls kam es uns vor, aber der große Krug war immer noch halbvoll.

Wie durch einen Zaubertrick stand urplötzlich der junge Mann, den ich mit Daliah gesehen hatte, an unserem Tisch und sagte in holprigem Englisch: »Wir müssen uns unterhalten. Über meine Schwester Daliah.«

Lee, Ina und Koichi rochen die dicke Luft und verzogen sich augenblicklich. Der Typ, der tatsächlich eine gewisse Ähnlichkeit mit Daliah hatte, war also ihr Bruder, der hier einfach unangemeldet auftauchte und ein ernstes Gesicht machte. Ich guckte zur Küche und erblickte Daliah, die hilflos die Schultern hob und richtig verzweifelt guckte. Um es kurz zu machen, er, der Bruder, und die Eltern würden es bevorzugen, wenn Daliah und ich unseren Kontakt auf ein gelegentliches *Schalom* beschränken würden. Daliah käme aus einer guten Familie, wäre gut erzogen und eine weiterführende Bekanntschaft mit mir wäre nicht wünschenswert. Sein Englisch war ungelenk, aber er drückte sich ganz höflich und bestimmt aus. Wenn nur dieses grimmige Gesicht nicht gewesen wäre. Die Verbindung zwischen einem Nichtjuden und einer

Cohen würde sowieso nicht gutgehen und widerspräche sämtlichen Traditionen, auf die besonders er und die Eltern größten Wert legten. In Europa sähe man das vielleicht anders. Und überhaupt, als gute Tochter, die ihre Eltern verehrt, würde Daliah nie eine Empfehlung ausschlagen, die man ihr ans Herz legt. Die Eltern und er hatten Daliah einen jungen Iraner aus gutem jüdischen Haus empfohlen, der in Kürze hier einwandern würde. Er, der Bruder, hatte diese Empfehlung soeben überbracht. Alles andere, was der Bruder mir an den Kopf warf, ließ mich relativ kalt, aber der letzte Satz traf mich ins Mark.

Der Bruder, der sich namentlich gar nicht vorgestellt hatte, war fertig, stand auf und griff im Weggehen lässig in die Schüssel, schnappte sich eine kleine Chilischote und steckte sie in den Mund. Mit überlegener Miene kaute er zwei Sekunden und griff sich ruckartig mit der linken Hand an den Hals. Er hatte aus der Küche, wo er wahrscheinlich mit Daliah herumgeschimpft hatte, nicht mitbekommen, was sich zur gleichen Zeit im Speisesaal abspielte. Hilfsbereit schob ich ihm den Krug Wasser hin, er trank hastig und ich musste feststellen, dass Augen ziemlich weit aus den Höhlen treten können. Daraufhin verschwand er keuchend in Richtung Küche und ich ordnete meine Gedanken.

Daliah war eine gut erzogene Tochter, das hatte ich schon gemerkt und sie tat das, was gute Töchter im Allgemeinen tun: Sie gehorchen ihren Eltern. Dem Bruder nicht unbedingt, aber den Eltern schon. Sollte ich unsere aufkeimende Liebe einfach so begraben und mich den Traditionen, nach denen Familie Cohen lebte, unterwerfen? Alles wäre in Butter, Daliahs Eltern wären glücklich und zufrieden, ihr Bruder würde seine kleine Schwester wieder liebhaben, ich kehrte irgendwann nach Hause zurück und hätte interessante Eindrücke und Erfahrungen gesammelt. Daliah würde nach dem Ende ihrer Dienstzeit bei Zahal die Empfehlung heiraten und bis ans Ende ihrer Tage glücklich sein. Es war wirklich kompliziert und ich hatte Daliah noch nicht mal richtig geküsst. Aber für sie waren wir bereits ein Paar, denn ich hatte schließlich ihre offenen Haare gesehen und wir trugen unsere Kettchen. Mehr noch, wir hatten uns diese Kettchen gemeinsam um den Hals gelegt. Ich musste sie sprechen.

Dieses Vorhaben war normalerweise sehr einfach. Entweder war sie an ihrem Arbeitsplatz oder in ihrer Wohnung oder mit mir zusammen. Also ging ich zuerst in die Küche, wo ich Daliah aber nicht antraf, spazierte weiter zu ihrer Wohnung, wo alles dunkel war. Es dämmerte schon und Daliah hätte mit Sicherheit Licht angemacht, wenn sie denn daheim gewesen wäre. Unser Kibbuz hatte zwar eine große Fläche, aber mehr Orte kamen abends eigentlich nicht infrage, wo Daliah hätte sein können. Wäre sie woanders hingegangen, hätte sie mir auch Bescheid gesagt und mich nicht im wahrsten Sinne des Wortes im Dunkeln tappen lassen.

Ich kreiste voller Hoffnung eine Stunde zwischen Küche und ihrer Wohnung, aber Daliah tauchte nicht auf und keiner hatte sie gesehen. Das war ungewöhnlich und langsam machte ich mir Sorgen und Gedanken, auch wenn mich Hannah, Lee und Koichi zu beruhigen versuchten. Vielleicht ist sie spazieren, so Hannah Salzmann, während Koichi die Theorie vertrat, sie wäre in ihrer Wohnung, öffnete aber aus persönlichen Gründen nicht die Tür. Das gab mir tatsächlich etwas Hoffnung, denn an ihre Türe hatte ich nicht geklopft. Obwohl es immer später wurde und ich am nächsten Tag wieder Baumwolle pflücken musste und dafür eigentlich gut ausgeruht sein wollte, ging ich nochmal zu Daliahs Wohnung und klopfte sachte an die Tür. Nichts. Keine Reaktion, kein Geräusch. Ich klopfte etwas lauter und kräftiger, aber es blieb bei dem Nichts. Noch mehr beunruhigt machte ich mich auf den Weg ins Camp der Volontäre, um endlich schlafen gehen zu können, als mir Desiree, unsere Work List Managerin, über den Weg lief. Diese Gelegenheit nutzte ich und fragte, wie lange denn die Schinderei auf den Baumwollfeldern noch gehen würde und bekam die Antwort, die ich herbeigesehnt hatte.
»Last day tomorrow«, antwortete die semmelblonde Südafrikanerin und lächelte, als hätte sie soeben den Weltfrieden ausgerufen. Wenigstens eine gute Nachricht, die ich auch sogleich im Camp verbreitete, damit jeder sich darüber freuen konnte und wieder Hoffnung auf staub- und lärmfreie Arbeiten schöpfen konnte, auf Arbeiten, die nicht unter praller Sonne stattfanden und so fürchterlich anstrengend waren wie dieses Baumwollpflücken.

Als ich in völliger Dunkelheit meine Hütte erreichte, sah ich auf der Veranda eine Gestalt sitzen und hatte schon Hoffnung, dass es Daliah wäre. Aber der Umstand, dass diese Person viel größer aussah und dazu noch eine glimmende Zigarette hin und her schwenkte, sprach gegen Daliah, denn die Vermisste war kleiner und absolute Nichtraucherin. Nein, es war Gudrun, die auch auf mich gewartet hatte, um sich zu verabschieden.

»Nigel und ich machen Urlaub, wollen nach Jerusalem und dann gemächlich nach Eilat«, sagte Gudrun und zog heftig an ihrer selbstgedrehten Zigarette, dass die Spitze aufglühte. Nigel und Gudrun hatten sich nicht gesucht, aber gefunden, und Gudrun kam eigentlich nur noch in meine Hütte, um frische Wäsche zu holen und mal ein Schwätzchen auf Deutsch zu halten. Ihr Rucksack und ihre Kleidungsstücke lagen immer noch in ihrem Schrank, weil sie ja auch offiziell in unserer ehemaligen Dreier-WG wohnte, inoffiziell aber längst bei Nigel eingezogen war, der seinen Mitbewohner Andrew ganz lieb fragte, ob er vielleicht zu jemand anderen ziehen könne, was kein Problem darstellte. Irmi, unsere Betreuerin, wäre jedenfalls sehr verwundert gewesen, wenn sie die tatsächlichen Bewohner unserer Häuschen mit ihrer theoretischen Belegungsliste verglichen hätte.

Also nach Eilat wollten die Turteltauben. Eilat ist Israels mondäner und bei den Israelis äußerst beliebter Badeort an der Südspitze des Landes mit dem einzigen Zugang zum Roten Meer und wenn man Glück hat, kann man bei klarer Sicht sogar Saudi Arabien sehen. Eilat hat ca. 60.000 Einwohner und das Stadtbild wird von Hotels, Gästehäusern und anderen touristischen Attraktionen und nicht zuletzt von der Strandpromenade geprägt. Wer das Meer und Wassersport liebt oder einfach nur entspannen möchte, ist in Eilat gut aufgehoben, obwohl der Weg dorthin ziemlich mühselig ist. Wer genug Geld hat, nimmt das Flugzeug und erreicht in 30 Minuten Eilat, alle anderen fahren mit dem Egged Bus und brauchen für die Wegstrecke vier bis fünf Stunden, was für das winzige Land eine enorme Reisedauer ist.

»Hast du Daliah nach dem Abendessen nochmal gesehen?«, fragte ich Gudrun.

»Nur noch kurz mit einem dunkelhaarigen jungen Mann. Haben ziemlich hitzig diskutiert. Bist wohl eifersüchtig, was?«

»Das war ihr Bruder«, klärte ich Gudrun auf.

Aber danach hatte auch Gudrun Daliah nicht mehr gesehen und sie blieb verschwunden. Irgendwie unheimlich. Überall vor den Hütten sah man glimmende Zigaretten; die meisten jungen Leute rauchten und tranken dazu ein israelisches Bier, bevor Nachtruhe in unserer Siedlung der freiwilligen Helfer herrschte und sogar bei unserem Frauenversteher Urs blieb erstaunlicherweise alles friedlich. Nur wenige hundert Meter entfernt ragten die Fabrikhallen in den Himmel, aber an diese gespenstische Silhouette inmitten der Natur hatten wir Volontäre uns alle gewöhnt und Produktionslärm drang gar nicht in unser Lager. Es ging auf 22 Uhr zu, Colin spazierte an uns vorbei und begab sich zu seiner Nachtschicht an der Kunststoffmaschine, Gudrun trat ihre Zigarette aus, umarmte mich zum Abschied und zog auch von dannen. Gudrun war eine nette und umgängliche Person, die mir sehr sympathisch war, aber wiedergesehen habe ich sie nicht. Vielleicht hielt mich die Hoffnung, dass ganz plötzlich Daliah hier auftauchen würde, noch etwas wach, aber der Hoffnungsschimmer wurde immer kleiner, je später es wurde und so ging ich auch schlafen und schöpfte etwas Kraft für den morgigen Tag auf den Baumwollfeldern.

Es schien, als wäre am nächsten Morgen der ganze Kibbuz auf den Beinen, denn am Sammelplatz für den Transport zu den Baumwollfeldern hatten sich Unmengen von Baumwollpflückern eingefunden. Die Ernte musste heute enden, immerhin liefen alle anderen Abteilungen wie Hühnerfarm, Milchwirtschaft oder Avocados im Moment nur mit halber Kraft, weil alle Welt auf den Baumwollfeldern schuftete. Dieser Tag ging als der härteste Arbeitstag in die Kibbuzgeschichte ein, da die Ernte unbedingt abgeschlossen werden sollte. Fast alle Volontäre waren dabei und genauso viele Kibbuzniks schwitzten unter der Sonne, füllten schweigsam ihre Beutel mit der Baumwolle und kippten den Inhalt in das brüllende und schnaufende Monstrum. Über die harte Arbeit freute ich mich wahrscheinlich als einziger auf dem ganzen Feld, lenkte sie mich doch von der Frage ab, wo Daliah steckte. Ich hatte sie weder beim Frühstück noch in der Küche gesehen und in ihrer Wohnung war sie auch nicht. Auf ihr Verschwinden konnte ich mir keinen Reim machen, ächzte und stöhnte unter der Sonne, wankte zur Reinigungsmaschine, entleerte meine vollen Baumwollbeutel und wollte nicht an Daliah denken. In der Mittagspause lagen alle Erntehelfer mehr tot als lebendig unter den schattenspendenden Planen, tranken kübelweise Wasser und schöpften neue Kraft für die zweite Halbzeit, die noch bis 16 Uhr ging.

Als kurz vor 16 Uhr das Signal ertönte, ging eine Welle der Erleichterung durch alle Menschen, die an diesem Ernteeinsatz teilgenommen hatten. Alle sahen gleich aus: staubig, faltig und müde. Kleinbus und Traktor mit Anhänger mussten viele Male pendeln, bis endlich alle Baumwollpflücker abgeholt und am Sammelplatz im Kibbuz abgesetzt waren; während der kurzen Fahrt hat kaum jemand ein Wort gesprochen, so erschlagen waren wir alle. Auf dem Weg ins Camp flehte Lee um eine schnelle Dusche.

»Bitte lass es in den Duschen schnell gehen. Bitte keine Wartezeiten. Bitte genug Wasser. Ich klebe. Ich stinke. Ich bin staubig.«

Der praktische Bernhard erhörte Lees Flehen und sagte: »Dann kommst du halt wieder zu uns. Da geht es schneller.«

»Das mache ich auch, wenn es bei uns wieder zu voll ist«, antwortete Lee ärgerlich.

Es war wieder zu voll in der Duschabteilung für Damen. Erst kam Lee zu uns rüber ohne überhaupt zu fragen, ob es gestattet wäre, und wenig später folgten ihre Freundin Kate aus Schottland und Kates Zimmergenossin Alma aus Schweden. Unter normalen Umständen hätten wir Jungs vor Freude in die Hände geklatscht und allerlei Unsinn gemacht, aber die Umstände waren alles andere als normal und es interessierte keine Seele, dass hier junge Männer und Frauen aus aller Welt zusammen duschten. Nur schnell den Staub runterspülen und ausruhen war alles, was wir wollten, so erschöpft und ausgelaugt waren wir. Ich schnappte mein Handtuch, trocknete mich oberflächlich ab, stieg in meine Shorts und verließ den Ort der Sauberkeit. Wo war Daliah? Draußen wartete ich auf Lee; vielleicht konnte mich die fröhliche Engländerin auf andere Gedanken bringen.

Es dauerte etwas, aber dann verließ auch Lee mit Turban auf dem Kopf unser Duschhaus, sah mich und fragte direkt: »Ist Daliah wieder aufgetaucht?« Mit diesen vier Worten hatte meine Freundin Lee unbewusst all meinen Sorgen und Nöten neues Leben eingehaucht, aus ihrem Baumwollkoma erweckt und ich fing an, schon wieder über Daliahs Verbleib zu grübeln. »Nein, keine Spur«, sagte ich wahrheitsgemäß. Wo war Daliah?? Ich brauchte dringend eine Stunde Schlaf nach dem heutigen Arbeitstag, war unheimlich froh, dass der Ernteeinsatz endlich vorbei war und machte mich auf meinem Bett richtig lang, schlief sofort ein und wachte erst zum Abendbrot wieder auf, als Koichi an meine Tür pochte. Er sah mir meine Sorge um Daliah an, versuchte mich zu beruhigen und sagte: »Sie taucht schon wieder auf, Berenod.«

Alle, aber wirklich alle nannten mich nur noch Berenod und ich konnte nichts dagegen tun. Wollte ich denn überhaupt etwas dagegen tun? Nein, der Name gefiel mir inzwischen auch ganz gut, weil er irgendwie exotisch klang und die neuen Volontäre herumrätselten, aus welchem Land ich wohl käme und weil jetzt jeder Israeli meinen Namen aussprechen konnte, ohne sich die Zunge zu verstauchen. Ich hatte Hunger, aber keinen Appetit, und befragte alle Freunde, die ich hatte, nach Daliah Cohen. Auch Hannah Salzmann fing an, sich Sorgen zu machen und ging mit mir reihum. Keiner hatte Daliah gesehen oder wusste, wo ich sie suchen könnte. Heute schickt man der vermissten Person einfach eine SMS und auch, wenn sie mit Beschimpfungen antwortet, weiß man, dass es ihr doch einigermaßen gut geht. Aber im Jahre 1979 gab es noch keine Handys, mit denen man Nachrichten hätte verschicken können.

Um die Wahrheit zu sagen, mir ging es gar nicht gut. Ich vermisste meine schöne Daliah und ich machte mir fürchterliche Sorgen und Gedanken und beschloss, gleich morgen früh den Kibbuz und die Straße nach Kiryat Ata abzusuchen. Vielleicht hatte sie sich ja etwas angetan oder hatte einen Unfall, lag hilflos irgendwo im Gebüsch, hatte Schmerzen und war verzagt, dass ich sie nicht suchte. Mit diesen Gedanken wurde ich immer angespannter, bekam zudem Kopfschmerzen, auf die ich gut und gerne verzichtet hätte und kämpfte mich schlaflos durch die Nacht. Am nächsten Morgen war ich einer der ersten im Speisesaal, trank schnell zwei Kaffee, aß Weißbrot mit Butter und marschierte los.

Heute war ich wieder bei den Hühnermännern eingeteilt, ging dort schnell vorbei und erklärte ihnen, dass ich jetzt Daliah suchen gehen wollte und ob sie ein paar Stunden auf mich verzichten könnten. Meine Kollegen waren genauso ratlos wie ich selbst und Irachmiel wollte mich sogar begleiten, was ich dankbar annahm und so zogen wir zu zweit los, aber Daliah fanden wir nicht. Wir suchten überall auf dem ganzen Gelände, durchsuchten die Kuhställe, die Pferdeställe, wo Urs seinen »permanent Job« hatte, die Brutstation für Küken, wir durchsuchten den Garten, wo wunderschöne Blumen gezüchtet wurden und wir durchsuchten die Werkstatt, wo die technischen Geräte, Maschinen und Traktoren gewartet und repariert wurden. Ariel, der Herr über Schrauben, Muttern und Schweißgeräte, begleitete uns sogar auf unserem Rundgang, aber die Suche nach Daliah blieb erfolglos. Das Mädchen kann doch nicht einfach so vom Erdboden verschwunden sein, stellte Irachmiel auf Jiddisch fest und auch Ariel wunderte sich lautstark und ausführlich auf Jiddisch, was Daliah aber leider nicht zurückbrachte. Zwei Tage war Daliah nun schon unauffindbar und meine Sorgen wuchsen stündlich.

Obwohl es schon fast 20 Uhr war, besuchte ich nach dem Abendbrot noch schnell die alte Miriam in ihrem gemütlichen Häuschen, schilderte der überraschten alten Dame die Situation und meine Sorgen, hoffte inbrünstig, dass sie mir irgendwie helfen konnte, sei es auch nur mit einem Rat und hörte zu, was mir die ehemalige Berlinerin zu sagen hatte.

»Nimm den Bruder nicht so ernst. Er spielt sich als Beschützer seiner kleinen Schwester und als zukünftiges Familienoberhaupt auf. Ich bin sicher, er hat Daliah unter Druck gesetzt und die arme Maus total verunsichert.«

Miriam sagte tatsächlich *arme Maus*. »Bestimmt hat sie sich irgendwo verkrochen und denkt nach. Und nun trink deinen Kakao und beruhige dich wieder.«

Aber das war es! Miriams Vermutung erschien mir schlüssig und der einzige Ort, wo sich Daliah verkriechen konnte, war die Wohnung ihrer Schwester Nina. Oder aber sie hatte sich in Kiryat Schmona bei Schwester Esther verkrochen, was aber sehr unwahrscheinlich wäre, da diese Kleinstadt mehrere Stunden entfernt an der libanesischen Grenze liegt. Schwester Nina in Haifa (nur einen Katzensprung entfernt) passte ziemlich gut, wenn Miriams Theorie richtig wäre.

Trotz der aufmunternden und einleuchtenden Worte von Miriam schlief ich wieder nur stundenweise, wachte immer wieder auf und lief wie ein Löwe im Käfig in meiner Hütte auf und ab. Ich sehnte den Morgen herbei und wollte mit dem ersten Bus direkt nach Haifa fahren, stand um halb sechs auf, war um sechs im Speisehaus, frühstückte endlich mal wieder ruhig und ausführlich, da Miriam mir Mut und Hoffnung gemacht hatte und wanderte zum Haupteingang, dort wo auch zweimal am Tag der Egged Bus hielt. Viel zu früh war ich da, fuhr doch der Bus erst um sieben Richtung Haifa, aber als ankommender Bus traf er schon um

6Uhr45 ein und so setzte ich mich in den Bus und wartete ungeduldig auf die Abfahrt.

Nach einer guten halben Stunde erreichten wir die Haltestelle in Haifa, wo ich aussteigen musste, ich orientierte mich kurz, fand den Weg zu Ninas Wohnung und stand ratlos vor den hebräischen Namensschildern. Gerade als ich versuchte, den Namen *Cohen* zu entziffern, öffnete sich die Haustür und Schwester Nina guckte mich genauso überrascht an, wie ich sie.

»Du?«, fragte sie auf Englisch ohne den obligatorischen Gruß *Schalom* und guckte mich nicht gerade freundlich an.

»Schalom, Nina«, sagte ich und fragte auf Englisch nach dem Verbleib von Daliah, ob sie vielleicht hier wäre. Ich erinnerte mich an die Nina von unserem Besuch vor einigen Tagen und da war Nina mir durchaus wohlgesonnen und fand mich sympathisch, heute schaute sie mich richtig böse an.

»Du hast mit Binyamin gesprochen?«

»Wer ist Binyamin?«

»Unser Bruder!«

Aha, Binyamin heißt der Bruder also, der sich mir namentlich gar nicht vorgestellt hatte, als er mir in klaren Worten seine Vorstellung bezüglich Daliah und mir darlegte. Ich erzählte Nina in schnellen Worten von der überraschenden Begegnung mit Bruder Binyamin, ließ aber die Sache mit den Chilischoten aus; das passte jetzt nicht hierher. Nina guckte mich durchdringend an.

»Das war alles?«

»Ja!«

»Du hast Binyamin nicht gesagt, er brauche sich nicht aufregen, du fährst ja bald wieder nach Hause und damit wäre die Angelegenheit mit Daliah automatisch beendet?«

Ich fiel aus allen Wolken. Das hatte ich natürlich nicht gesagt. Nina sah das Entsetzen in meinem Gesicht, ich brauchte überhaupt nicht direkt auf ihre Frage antworten, trotzdem schüttelte mich Nina so heftig, dass ich gegen die Haustür fiel, als sie mich ruckartig losließ. »Sag, dass du das nicht gesagt hast, Berenod!«
Ich hob die Finger. »Ich schwöre.«

Nina murmelte ziemlich erregt etwas auf Hebräisch, was ich als *Dieser kleine verlogene Stinker* deutete und erklärte mir hastig die aktuelle Lage. An dem Abend, als Daliah aus dem Kibbuz verschwand, kam sie völlig aufgelöst bei Nina an und hat stundenlang über meine angebliche Aussage ihrem Bruder gegenüber geweint. Die alte Miriam hatte also Recht behalten mit ihrer Vermutung, dass Daliah sich verkrochen hatte. Sie blieb auch in Ninas Wohnung, weinte die ganze Zeit, aß und trank nur wenig und rührte sich nicht weg.

Tagsüber ging Nina arbeiten, was sie auch jetzt vorhatte, und abends kümmerte sie sich um das Häufchen Elend, das da in ihrer Wohnung kauerte und pausenlos weinte. Ich griff zur Haustüre. »Ich gehe hoch.«

Nina hielt meine Hand fest und sagte nur: »Sie ist weg.«

Wir mussten kurz zur Seite treten, da auch andere Hausbewohner ihrer Arbeit nachgingen, das Wohnhaus verließen und uns dabei doch etwas verwundert anguckten.

»Wohin?«

»Jeruschalajim«, antwortete Nina kurz und schaute zu ihrer Armbanduhr. Was in aller Welt wollte Daliah in Jerusalem?

»Zu Adonai beten. An der *Kotel*. Sie sucht Beistand.«

Also, Daliah ist auf dem Weg nach Jerusalem, um in ihrer Verzweiflung Beistand bei Gott an der Klagemauer zu suchen. *Kotel* ist die umgangssprachliche Form von *ha-kotel ha-ma'arawi*, der westlichen Mauer, den sichtbaren Resten des Jerusalemer Tempels, und ist eines der größten Heiligtümer des Judentums. Hier beten Juden aus Israel und aus aller Welt, die zu Besuch in Jerusalem sind, halten Zwiesprache mit Jahwe, mit Gott, dessen Namen sie aber nicht aussprechen, sondern ihn mit *Adonai*, mein Herr, umschreiben. Sie bitten an diesem heiligen Ort um Beistand und um Erfüllung ihrer Wünsche, die auf kleinen Zettelchen geschrieben in die Ritzen der Klagemauer gesteckt werden.

Ich bin kein Freund spontaner Entschlüsse, aber hier und heute überwand ich all meine inneren Blockaden, die einer gewissen hilfreichen Spontanität ansonsten permanent im Wege standen.

»Ich fahre ihr hinterher nach Jerusalem!«

Ninas Gesicht entspannte sich merklich, sie nahm mit beiden Händen meine Hand und fragte aufgeregt: »Jetzt? Jetzt gleich?«

Nina nahm meine Hand, zerrte mich hinter sich her und so liefen wir am frühen Morgen durch die Straßen von Haifa, bis wir ziemlich außer Atem den Egged Busbahnhof erreichten und nach einem Blick auf den Fahrplan feststellen mussten, dass der Bus nach Jerusalem, in dem aller Wahrscheinlichkeit nach Daliah saß, gerade abgefahren war.

»No problem«, meinte Nina unverzagt, guckte in die Runde und rannte auf einen Kleinbus los, dessen Fahrer vor seinem Gefährt stand und immerzu *Jeruschalajim!* rief. Ein Scherut, eine Art Sammeltaxi, das losfährt, wenn alle Plätze belegt sind und der volle Fahrpreis zusammengekommen ist.

Fünf Reisende nach Jerusalem hatten sich bereits eingefunden, die auch den Linienbus verpasst hatten oder ein Scherut bevorzugten; mit mir waren es sechs Personen, es fehlten noch vier zahlende Fahrgäste, um alle Sitzplätze zu belegen. Nina wurde immer hektischer, schließlich musste sie zur Arbeit, aber ihre kleine Schwester Daliah in ihrer falschen Verzweiflung lag ihr sehr am Herzen. Nina kritzelte etwas auf Hebräisch auf ein Stück Papier, dass sie in ihrer Handtasche gefunden hatte und übergab mir die Botschaft mit den Worten: »For Daliah.«

Ein weiterer Fahrgast erschien, bezahlte den Fahrpreis und setzte sich in den Kleinbus. Nina redete auf Hebräisch auf den Chauffeur ein, der zuckte mit den Schultern und blieb ganz gelassen. Ein Scherut fährt grundsätzlich erst los, wenn alle Plätze belegt sind oder der ganze Fahrpreis entrichtet ist. Nina öffnete erneut ihre Handtasche, griff in ihre Geldbörse, holte zwei Scheine heraus und hielt sie dem Fahrer unter die Nase. Der Fahrer nickte, setzte sich ans Steuer, Nina drückte mir einen Kuss auf die Wange und schubste mich in den Kleinbus. Sie hatte die restlichen drei Plätze bezahlt und der Fahrer konnte losfahren.

Kapitel 5

Jerusalem liegt etwa 150 Kilometer von Haifa entfernt; in Israel gibt es eigentlich keine großen Entfernungen zwischen den Städten, außer man möchte in den Süden des Landes beispielsweise nach Eilat fahren. Das sind ungefähr 470 Kilometer von Haifa, womit man Israel schon der ganzen Länge nach durchstreift hat. Fast jedenfalls. Fahrten mit den Egged Bussen kosten nicht viel und auch die typisch israelischen Sammeltaxis, die Scheruts, sind für jedermann erschwinglich und manchmal sogar etwas schneller als der Bus. Mein Scherut allerdings nicht, weil der Fahrer auf halber Strecke nach Jerusalem anhalten und tanken musste und wir somit keine Chance mehr hatten, den Linienbus einzuholen. Das hätte ja auch gar nichts gebracht, ich hätte bestimmt nicht während der Fahrt das Fahrzeug wechseln können. Bis Jerusalem musste ich schon durchhalten und diese historische und sehr religiöse Stadt erreichten wir nach etwas mehr als zwei Stunden zügiger Fahrt mit lautem Radioprogramm.

Während die anderen Fahrgäste hin und wieder ein paar Sätze miteinander plauderten, hing ich meinen Gedanken nach, da ich der auf Hebräisch geführten Unterhaltung sowieso nicht folgen konnte, geschweige denn, mich daran zu beteiligen. Spricht man die Sprache des Landes nicht, ist und bleibt man ein Fremder.

Jerusalem ist das religiöse Zentrum der drei großen Religionen: Judentum, Christentum und Islam. Hier wurde Jesus Christus gekreuzigt, hier steht die Klagemauer und die Al-Aqsa Moschee, die als drittwichtigste Moschee des Islam gilt. Meiner Meinung nach haben diese drei Religionen einen gemeinsamen Ursprung, Judentum und Christentum liegen von jeher eng beieinander und der Islam hat sich nur unter anderen Gegebenheiten anders entwickelt. Das Christentum ist praktisch eine Ergänzung der jüdischen Religionslehre, denn bis zur Geburt Christi ist mir im Religionsunterricht in der Schule kein Unterschied aufgefallen.

Es ging leicht bergauf, denn Jerusalem liegt 700 Meter über dem Meeresspiegel in den Judäischen Bergen, die Fernstraße war gut befahren und immer wieder sah ich am Straßenrand junge Soldaten und Soldatinnen, die nach einer Mitfahrgelegenheit Ausschau hielten und bald würde auch Daliah in dieser grünen Uniform stecken. Natürlich wollte ich auch irgendwann Jerusalem besuchen, das gehört einfach zu einem Aufenthalt in Israel dazu, aber bestimmt nicht unter diesen Umständen.

Unser Scherut hielt auf dem reservierten Parkplatz gleich neben dem großen Egged Busbahnhof, der in jeder israelischen Stadt zu finden ist, wir stiegen alle aus und der Fahrer hielt rufend nach Fahrgästen für die Rückfahrt nach Haifa Ausschau. Ich schaute mich um, konnte aber nicht erkennen, mit welchem Bus Daliah eingetroffen war. Dutzende Busse standen abfahrbereit herum oder machten Pause und es wimmelte nur so von Menschen. Hier war eine Suche aussichtslos, aber von Nina wusste ich, wo ich die verzweifelte Daliah finden würde.

Die Klagemauer liegt in der Altstadt Jerusalems und ist überhaupt nicht zu verfehlen, da man einfach nur den vielen Touristen und Besuchern aus Nah und Fern nachlaufen muss. Eine ganze Karawane Menschen bewegte sich Richtung Altstadt und nach wenigen Minuten erblickte ich die alte Stadtmauer von Jerusalem, das Eingangstor zur Altstadt und Scharen von jungen Leute, die vor den altehrwürdigen Mauern mit Sack und Pack lagerten, sich ausruhten und Zigaretten rauchten und genau hier musste vor nicht allzu langer Zeit auch Daliah vorbeigekommen sein. Die Menschen in den engen Gassen, ob Bewohner von Jerusalem, Rucksacktouristen, biblisch geprägte Touristen oder einfach nur Spaziergänger, die die Atmosphäre von Jerusalem erleben wollten, dachten sicherlich nichts Nettes über mich, als ich im Eiltempo an ihnen vorbeirannte und manchen auch aus Versehen unsanft anstieß. Ich orientierte mich einfach daran, wohin es die meisten Leute zog, ich war schließlich das erste Mal in Jerusalem und wusste nicht, wo sich die Klagemauer befand. Ich hätte einfach jemanden fragen können, aber das hätte einen Zeitverlust bedeutet und so ging es ja auch. Die Gassen wurden heller und lichter und plötzlich lag die Klagemauer vor mir und sah genauso aus, wie ich es von Fotos schon kannte. Eine große Mauer aus mächtigen Steinblöcken, aus denen mancherorts Gras sprießte und vor der etliche Menschen beteten.

Vor der Mauer standen kleine Stehpults zur Ablage der Gebetsbücher, Stühle für kranke oder geschwächte Personen und der Boden sah aus wie gebohnert, so glänzte er. Männer mit Hüten, Schläfenlocken und schwarzen Anzügen bewegten ihren Oberkörper im Gebet vor und zurück, aber auch Männer in Jeans und Hemd standen still und ehrfürchtig vor diesen Resten des jüdischen Tempels, der sich unterhalb der Al-Aqsa Moschee befindet. Keinem ist der Zutritt zu der Klagemauer verwehrt, aber jeder muss eine Kopfbedeckung tragen und damit seinen Respekt, Gottesfurcht und Bescheidenheit zeigen. Eine Kippa, die runde Kopfbedeckung der Juden, reicht völlig aus und in großen Behältern wurden sie den unerfahrenen Besuchern der Klagemauer leihweise und kostenlos angeboten; sie waren aus einfacher Pappe und mussten nach Besuch der Mauer wieder zurückgelegt werden, aber den religiösen Anforderungen war Genüge getan. Die Klagemauer ist in zwei Abteilungen unterteilt: eine für Männer, die andere für Frauen. Also setzte ich mir eine der angebotenen Kippas auf und ging langsam an die Klagemauer, vorbei an betenden Männer und anderen Männern, die nur die riesigen Steinblöcke mit den Händen berühren wollten und hielt mich dabei dicht an der Grenze zwischen Männer- und Frauenabteilung, damit ich Daliah sehen konnte. Die Abteilungen sind durch eine nicht sehr hohe Wand voneinander getrennt und mit etwas unauffälliger Mühe konnte ich mit meinen 1,80 Metern drüber hinwegsehen. Glücklicherweise waren heute nicht sehr viele Frauen anwesend, sodass ich Daliah trotz ihres Kopftuches dicht bei der Klagemauer auch sogleich erkannte, wo sie Beistand für ihren Kummer suchte, musste mich aber noch gedulden, da ein Kontakt zwischen Männern und Frauen hier an dieser heiligen Stätte unerwünscht war.

Ich ging also zurück, legte meine Kippa zurück in den Behälter und suchte einen neutralen Ort, wo Daliah zwingend vorbeigehen musste. Und dort wartete ich mit einer Engelsgeduld, bis sie endlich erschien. »Daliah«, sagte ich leise.

Daliah erstarrte wie in der Bibel zur Salzsäule, wurde für einen kurzen Moment ganz blass, fasste sich aber gleich wieder, kam auf mich zu, blieb vor mir stehen und schaute mich unfreundlich bis böse an. Bevor ich auch nur ein Wort sagen konnte, drängelte sie sich an mir vorbei, rannte los und war schon etliche Meter von mir entfernt, bevor ich reagieren konnte. Ich war nicht den ganzen Weg von Haifa nach Jerusalem gefahren, nur um mich wortlos von Daliah abwimmeln zu lassen, also nahm ich die Verfolgung in diesen engen Gassen auf und behielt Daliahs wippenden schwarzen Haarschopf scharf im Auge, damit sie mir nicht entwischt, was für uns eine Katastrophe gewesen wäre.

Daliah war schnell, drehte sich mehrere Male zu mir um, bog in noch engere Gassen ein, vorzugsweise dort, wo sich viele Menschen bewegten, um in der Masse meinen Augen zu entgehen. Was dachte diese temperamentvolle Frau eigentlich von mir? Dass sie nur meine angenehme Begleitung für ein paar Monate wäre, dass ich es auf ihre Kekse abgesehen hatte oder dass mir unsere holprige Unterhaltung in diesem anstrengenden Gemisch aus Deutsch, Hebräisch und Englisch besonders gut gefiel? Sie musste doch inzwischen gemerkt haben, dass ich sie mit Haut und Haaren haben wollte. Inklusive Kekskrümeln, Klapsen, schwerer Verständigung, bevorstehender Wehrpflicht, unsicherem Aufenthalt meinerseits in Israel. Spätestens nach einem Jahr musste ich das Land verlassen haben, denn nur so lange galt die verlängerte Aufenthaltserlaubnis für uns Kibbuzhelfer. Ich dachte, Daliah hätte verstanden dass sie kein Zeitvertreib bis zur Abreise für mich war, aber dann kommt ihr windiger Bruder, erzählt ihr Märchen über mich, stürzt seine kleine Schwester in eine so tiefe Verzweiflung, dass sie sogar vor mir davonrennt und ich sie durch die enge Gassen der heiligen Stadt Jerusalem verfolgte. Es war schwer, diesem Reh auf der Flucht zu folgen, aber nicht unmöglich. Ich sah sie links abbiegen, hielt augenblicklich an, orientierte mich und stürzte quer durch eine Bäckerei, die zwei Einund Ausgänge hatte und kam am hinteren Ausgang wieder raus, baute mich direkt vor Daliah auf, die gerade angelaufen kam, überrascht stehenblieb, die Arme verschränkte und *Mah?* rief. Was??

Daliah stand aufgebracht vor mir und wartete auf eine Erklärung, als mir Ninas Zettel einfiel, den ich die ganze Zeit in der Hosentasche mit mir herumtrug. Ich reichte ihr das Stück Papier und sagte nur:»Nina.« Man sah Daliah an, wie ihr Kopf arbeitete, als sie den Zettel entgegennahm, ihn las und so langsam den Sinn verstand.

Du warst bei Nina, fragte sie in unserem Sprach- und Gestengemisch.

Ich habe dich überall gesucht, Daliah!

Sie sagte oder wollte sagen: *Binyamin…* aber ich unterbrach sie. *Ich weiß, was dein Bruder gesagt hat und es ist nicht wahr.*

Sie konnte das gar nicht glauben und las immer wieder Ninas Zettel, auf dem wahrscheinlich stand, dass Binyamin sie angeschwindelt hatte, um mich loszuwerden. Oder so ähnlich. Daliah schaute mich völlig entgeistert an und meine Augen füllten sich langsam mit Tränen. Ja, meine Augen füllten sich mit Tränen und ihre dunklen Augen auch. Die schönste und anmutigste Frau der ganzen Welt, die ich drei Tage lang voll mit Sorge gesucht und hier in Jerusalem wiedergefunden hatte, stand vor mir und war bis eben noch der Meinung, ich würde bald nach Deutschland zurückkehren und sie allein zurücklassen, weil ihr Bruder ihr diesen Quatsch erzählt hatte, damit sie nicht weiter mit mir lausigem Nichtjuden, einem Goi, verkehren sollte.

Von einer Sekunde zur anderen, nachdem Daliahs alles richtig verstanden und eingeordnet hatte, brachen bei ihr alle Dämme, sie umschlang mich und sagte immer wieder:»Ani ohevet otcha, ani ohevet otcha.«

Ganz spontan und unüberlegt fragte ich laut auf Deutsch:»Was heißt das?«

»Das heißt *Ich liebe dich*«, sagte ein weißhaariger Mann mit dicken Brillengläsern und einem schwarzen Hut im Vorbeigehen. Er lächelte.»Mazel tov, junger Mann. Ihr seid ein schönes Paar.«

Daliah löste sich von mir, lachte den Weißhaarigen an und sagte ein paar Worte auf Hebräisch zu ihm. Wahrscheinlich, der Dussel versteht kein Hebräisch. Jedenfalls sagte der weißhaarige alte Mann als eine Art Antwort zu mir:»Dann wirst du wohl Hebräisch lernen müssen. Oder willst du dich nicht mit deiner Frau unterhalten können?«

Daliah bat um Übersetzung und lächelte ziemlich verlegen, platzte aber beinahe vor Stolz, als sie den letzten Satz des alten Mannes hörte, der uns mit einem freundlichen *Schalom* verließ. Ich nahm Daliah in den Arm und flüsterte ihr ganz leise die frisch gelernten Worte ins Ohr. Ani ohevet otcha. Daliah war zwar glücklich, gab mir aber zuerst einen Klaps und klärte mich dann auf, dass ich soeben etwas Idiotisches gesagt hatte. Männer sagen nämlich nicht *ani ohevet otcha,* sondern *Ani ohev otach.* Man muss also in dieser altertümlichen Sprache auch noch die männliche und die weibliche Form beachten und unterscheiden. Eigentlich auch wieder nicht, da man als Mann ja automatisch die männliche Form spricht; man muss sie allerdings kennen. Aber egal, wir, Daliah und ich, hatten uns entschieden.

Daliah zog mich am Arm durch die schmalen Gassen, bis wir wieder den Eingang zur Klagemauer erreichten, über den die Männer Zugang zu dem Heiligtum hatten und Frauen nicht weiter gehen durften. Daliah nahm Ninas Zettel, schrieb etwas auf eine leere Fläche, riss den beschriebenen Streifen ab, faltete es zu einem winzigen Stückchen zusammen und gab es mir. Dazu machte sie mir ihrer Hand die wohlbekannte Geste *Nun mach schon*. Ganz sicher war ich nicht, was sie von mir wollte und fragte lieber nach. *Ich soll den Zettel in die Klagemauer stecken? Was steht denn drauf?* Daliah gab mir einen kleinen aufmunternden Schubs, womit die erste Frage beantwortet war, weigerte sich, die zweite Frage zu beantworten, und ich ging ein zweites Mal zur Klagemauer, nicht ohne mir wieder eine Kippa aus Pappe aufzusetzen und klemmte den kleinen Zettel in eine Mauerritze, auf dass Daliahs Wunsch erhört und erfüllt würde. Nun fragt man sich gewiss, was wohl mit den kleinen Wünschen und Bitten aus Papier passiert, nachdem sie einen Platz in der Klagemauer gefunden hatten. Es ist wirklich ganz einfach. Sowie das Papier in der Mauer steckt, findet eine Art papierlose Übertragung zum Allmächtigen statt, der die Wünsche und Bitten erhört oder nicht erhört, und die kleinen Zettelchen werden überflüssig. Deshalb werden die papiernen Wünsche jeden Abend vom Reinigungspersonal aus den Ritzen der Mauer herausgeklaubt und entsorgt.

Von diesem Tag an waren wir noch unzertrennlicher als vorher und litten Höllenqualen, wenn der andere nicht in der Nähe war und waren mit Abstand das schönste Paar in ganz Israel, ja, sogar im ganzen Nahen Osten. Aber trotz dieser Tatsache blieb es bei Händchen halten, zahllosen Klapsen, manchmal ein dahingehauchter Kuss, vielen Blicken und langen offenen Haaren, wenn Daliah frisch geduscht in Handtücher gehüllt aus ihrem Badezimmer kam und Kekskrümel in ihrem Zimmer verteilte. Wir wollten nach Hause, wir hatten die Nase voll von der großen Stadt Jerusalem, versprachen der Heiligen Stadt aber, recht bald wiederzukommen, da wir ja noch gar nicht alles gesehen hatten und dieser Besuch eher eine Art Notfallplan auf beiden Seiten gewesen war. Jerusalem war einverstanden, hatte ein Einsehen mit uns jungen müden Menschen und stellte uns einen großen Egged Bus zur Verfügung, der auch pünktlich abfuhr und uns wohlbehalten nach Haifa brachte. Daliah lehnte sich an mich, murmelte noch etwas und war auch schon eingeschlafen, so sehr hatten sie die letzten Tage mitgenommen.

Als sie kurz vor Haifa aufwachte und mich aus dunkelbraunen schläfrigen Augen anguckte, habe ich sie ganz schnell auf den Mund geküsst, bevor sie es verhindern konnte. Ich denke aber, dass sie es gar nicht verhindert hätte, selbst wenn sie richtig wach gewesen wäre, denn sie hat mich ebenso schnell zurückgeküsst und mir wieder die Worte gesagt, die ich in Jerusalem das erste Mal gehört habe.»Ani ohevet otcha«. Daliah setzte sich gerade hin, ruckelte zur Lockerung etwas mit den Schultern, schaute sich nach allen Seiten um und löste schnell ihre Haare, um sie mit flinken Fingern wieder in eine zivilisierte Fassung zu bringen, denn so ein Schlaf auf der knochigen Schulter eines jungen Mannes in einem holprigen Bus trägt nicht unbedingt zu einer korrekten Frisur bei.

Daliahs Abwesenheit und mein eigener Fehltag blieben jedoch im Kibbuz nicht ohne Folgen. Jeder ist hier ein kleines Rädchen, das funktionieren muss und auf den sich die anderen Mitglieder unser landwirtschaftlichen Siedlung unbedingt verlassen können. Fehlen zwei Arbeiter, muss so einiges in den entsprechenden Abteilungen umorganisiert werden, die Arbeitsliste muss geändert werden und so ziemlich alle, die davon unmittelbar betroffen sind, sind erstmal sauer auf die Verursacher. Daliah und ich wurden heftig gerügt und ermahnt und bekamen zur Strafe jeder drei Tage Nachtschicht in der Plastikfabrik aufgebrummt, was wir frohen Herzens und ohne Widerworte annahmen, denn wir sahen die Notwendigkeit einer gewissen Arbeitsdisziplin durchaus ein. Daliah wurde auf Hebräisch und ich auf Deutsch ermahnt, aber beide Sprachen klingen ziemlich ähnlich, wenn man ausgeschimpft wird und ich war sicher, ich hätte auch nur die hebräische Version richtig interpretiert.

Wie zwei arme Sünder verließen wir den Speisesaal, wo das Tribunal gegen uns stattfand und traten in den immer noch milden Herbsttag hinaus, wo ich sogleich meinen Arm um Daliahs Schultern legte und sie fast schon automatisch ihren Arm um meine Hüfte. Ich drehte mich aus keinem bestimmten Grund nochmal um und alle, wirklich alle, blickten uns mit einem Lächeln auf den Lippen hinterher. Jeder, der meine Sorgen um Daliahs Verschwinden mitbekommen hatte, war sehr erleichtert, als wir wieder mit gelassenen und glücklichen Mienen an den Mahlzeiten teilnahmen, durch unseren Kibbuz spazierten oder abends noch ein paar Minuten gemeinsam auf den Treppen zu Daliahs Wohnung saßen.

Gemeinsam statteten wir am nächsten Tag Miriam einen Besuch ab und meldeten uns bei der alten Dame, die nur noch selten ihren Ruhesitz verließ, zurück. Miriam freute sich sehr, kochte uns den obligatorischen Kakao mit Haut oben drauf und lauschte unseren auf Hebräisch und Deutsch vorgebrachten Bericht aus Jerusalem, den sie mit den Worten kommentierte: »Sprecht miteinander, dann passieren solche Missverständnisse nicht. Was ist mit deinem Ulpan, Berenod?«

»6. Januar und gleichzeitig geht Daliah zur Armee. Auch am 6. Januar.«

Wie alle anderen blieb auch Miriam bei dieser Nachricht gelassen.

»Armee ist wichtig und die Zeit geht vorbei. Und wenn du vorher schon fleißig Hebräisch lernst, kommst du gleich in Kita Beth und lernst noch schneller. Ich bin sicher, Daliah wird dich mit Freuden unterrichten, solange sie noch hier ist und während ihrer Armeezeit finden wir schon einen passenden Nachhilfelehrer für dich.«

Daliah guckte ratlos und Miriam übersetzte schnell ins Hebräische. Daliah nickte. »Hannah Salzmann«, sagte sie.

»Ah, die Salzmanns. Eine nette Familie. Und Hannah Salzmann ist hier geboren, eine echte Sabra, und deshalb ein noch besserer Lehrer als Daliah oder ich.«

Miriam dachte nach, während wir den warmen Kakao tranken, Schokoladenkekse knabberten und darauf warteten, was Miriam noch zu sagen hatte.

»Fahrt nach Haifa, geht zur Buchhandlung Klein, richtet einen schönen Gruß von mir aus und kauft ein Lehrbuch der hebräischen Sprache. Berenod hat noch ein paar Wochen Zeit für sein Selbststudium, bevor es offiziell losgeht.«

Daliah war ebenfalls sehr angetan von Miriams Gedanken, denn sie hatte auch schon daran gedacht, einfach schon vorher mit mir mit dem Lernen anzufangen und einen Vorsprung zu gewinnen. Die Kurse waren nämlich in zwei Klassen unterteilt: Kita Aleph, also Klasse A, für blutige Anfänger und Kita Beth, Klasse B, für Fortgeschrittene. Die Sache war also entschieden.

Morgen vor unserer zweiten Strafnachtschicht wollten Daliah und ich zur Buchhandlung Klein nach Haifa fahren, ein Lehrbuch und Hefte für mich kaufen, auf dem Rückweg Schwester Nina einen kurzen Besuch abstatten und unverzüglich mit dem Studium der hebräischen Sprache beginnen.

Miriam musste lachen. »Man hat euch also zur Strafe Nachtschichten in der Fabrik aufgebrummt. Ja, unser Kibbuz funktioniert nur, wenn alle an einem Strang ziehen und jeder sich auf den anderen verlassen kann. Als ich ins Land kam, hatten wir natürlich noch keine Fabrik und lebten vom Verkauf von Orangen, Pampelmusen und Avocados, die wir anbauten. Ich wusste vorher überhaupt nicht, was Avocados sind und habe mich über den großen Kern im Inneren gewundert.«

Nun legte Miriam richtig los.

»Geschlafen haben wir mit mehreren Mädchen in ganz einfachen Holzhütten ohne sanitäre Anlagen, wie wir sie heute kennen, und in der Freizeit lernten wir Hebräisch oder tanzten unter freiem Himmel, wenn wir etwas Kurzweil brauchten. Die Briten sahen gar nicht gern, dass wir immer mehr wurden, aber aufhalten konnten sie es nicht. Der Jubel war unbeschreiblich, als der Staat Israel am 14. Mai 1948 ausgerufen wurde, dauerte aber nur einen Tag, denn noch in der gleichen Nacht erklärten uns die Araber den Krieg.«

Miriam machte eine kleine Pause; sie wirkte doch etwas erschöpft.

»Nun ja, wir sind immer noch hier. Die meisten von uns jedenfalls.«

Miriam war ziemlich müde geworden, Daliah und ich verabschiedeten uns und wir gingen gemeinsam zum Speisehaus. Es war zwar noch früh am Abend, fast noch Nachmittag, aber Hunger braucht keiner außerhalb der Essenszeiten zu leiden und so schlugen wir uns den Magen voll und waren fast die einzigen Esser im Saal. Daliah zog mich nach der Mahlzeit mit sich fort, obwohl ich ihr sagte und zeigte, dass wir uns vor der Nachtschicht besser noch etwas ausruhen sollten. *Ken. Beseder*, ja, ist gut, bestätigte sie meinen Vorschlag, zog aber weiterhin an meinem Arm und ich folgte ihr, da ich ansonsten sehr wahrscheinlich meinen rechten Arm eingebüßt hätte.

Daliah ließ mich nicht los, bis wir ihre Wohnung erreicht hatten, schubste mich in ihr Zimmer, zeigte auf ihr Bett und sagte auf Englisch:»We sleep.«

Mir wurde ganz anders, aber Daliah strich ihr Bett ganz selbstverständlich glatt, legte noch eine dünne Wolldecke über ihre Bettdecke und löste ihre Haarspange. Wunderschön und mit offenen Haaren machte sie eine einladende Geste auf ihr jungfräuliches Bett und legte sich so hin, dass auch für mich ein schmaler Platz übrig blieb. Mit Kleidung versteht sich.

Immer noch irritiert legte ich mich dazu, worauf sie sich ganz dicht an mich kuschelte und wie selbstverständlich ihre Hand auf meine Brust legte. Keine Intimitäten vor der Ehe, aber **zusammen auf** dem Bett liegen ist erlaubt. Nicht **in** einem Bett, aber **auf** einem Bett. Daliah erstaunte mich immer mehr, aber es lag sich ziemlich gut neben ihr, besonders als sie ihren Kopf auf meine Brust legte und ihre dunklen Haare sich über meinen Hals ausbreiteten. Daliah legte ihre Hand auf meine Augen und sagte:»Achshav sleep.«

Eine typische Daliah-Sprachmischung. *Achshav* heißt *jetzt* auf Hebräisch und so schliefen wir also *achshav* **auf** ihrem Bett und machten uns fit für die unangenehme Nachtschicht in der Plastikfabrik.

Die Nachtschicht in der Plastikfabrik hatte für mich neben der ausgezeichneten Pausenverpflegung auch noch einen anderen Vorteil: Ich konnte ungehindert und nahezu ungestört meinen Gedanken nachhängen und lernte in den Nachtschichten, mich völlig in eine andere Welt zurückzuziehen, ohne dadurch die nötigen Handgriffe zu vernachlässigen.

Die Plastikprofile mussten schließlich fein säuberlich aus der Maschine gezogen werden und ordentlich zum Abtransport aufgestapelt werden. Ich führte in dieser meiner Parallelwelt Zwiegespräche mit allen möglichen Personen, erdachte Situationen, wie ich sie mir erwünschte und unternahm sogar lange Reisen in noch fernere Länder als Israel.

Mutet diese Fähigkeit irgendwie komisch oder absonderlich an? War ich der einzige Mensch auf Erden, der sich geistig vorübergehend in eine Parallelwelt transferieren konnte oder gab es noch mehr solcher Menschen auf der Welt? Oder war ich einfach nur verschroben? So wie Josef, der immer nur Bücher las und kein Wort sprach und deshalb beinahe angeschossen wurde?

Josef lebte wahrscheinlich sogar in vielen Parallelwelten, die er alle aus seinen Büchern kannte. Aber Josef lebte wohl nur und ausschließlich in seinen eigenen Welten, ich jedoch nicht. Nur manchmal vor dem Einschlafen und hier an der Maschine, wo keiner meine Gedankengänge störte und ich mich gedanklich ungehindert bewegen konnte. War es nicht schon etwas verschroben, nach einer erfolgreichen Berufsausbildung in einem internationalen Unternehmen einfach zu kündigen, den Seesack zu packen, in einen israelischen Kibbuz zu ziehen und sich hier auch noch in eine jüdische Einwanderin aus dem Iran zu verlieben, die diese Zuneigung zu meinem größten Erstaunen auch noch erwiderte? War das normal? Was ist schon normal?

Viele Menschen haben eigentümliche Angewohnheiten, von denen sie in den allermeisten Fällen gar nichts wissen. Sie sind verschroben. Für Außenstehende sind diese Angewohnheiten aber deutlich zu erkennen.

Eine besondere psychologische Beobachtungsgabe ist nicht notwendig, so deutlich ist das Verschrobene zu sehen. Um mich herum herrscht Irrsinn, Egozentrik und andere in den Wahnsinn treibende Marotten.

Da ist zum Beispiel Frau P. aus meiner Heimatstadt. Diese Frau P. ist eine patente und freundliche Person, die jeden Dienstag im Herbst ins Nachbardorf zum Haus ihres Sohnes radelt und schwerbeladen zurückkommt. Manchmal muss sie ihr Fahrrad sogar schieben. Schon von weitem kann man die blaue leuchtende Farbe ausmachen. Blau? Welche blaue Farbe?

Frau P. sammelt gefallenes Laub aus dem Garten ihres Sohnes, stopft es in blaue Plastiksäcke und bringt es in ihren Garten, wo sie es entsorgt. Manchmal transportiert sie so viele blaue Säcke mit Laub, dass man ihre Gestalt kaum erkennen kann. Warum macht sie das? Ich weiß es nicht. Kann ihr Sohn sein Laub nicht entsorgen? Doch, das kann er bestimmt. Wenn das nicht verschroben ist.

Ein anderer Fall ist der verschrobene Mittfünfziger, der sein Grundstück nur verlässt, wenn es nicht anders geht. Er muss ja mal gelegentlich einkaufen und ist zu Geburtstagen eingeladen, wo er sich stets und ständig unbehaglich fühlt. Er hält es nämlich nicht sehr lange unter Mitmenschen aus und drängt auf Geburtstagen spätestens nach drei Stunden zum Aufbruch. Manchmal geht er auch einfach so. Sehr zum Leidwesen seiner Frau. Irgendwie muss diese Verschrobenheit in der Familie liegen, denn seine Schwester ist noch viel schlimmer. Bei einer Hochzeit oder einem Geburtstag setzt sich die Schwester an die lange Tafel, wo gesellig gegessen und geplaudert wird, schaufelt wortlos Speisen in sich hinein, steht auf und geht nach Hause. Die Gäste und speziell die Gastgeber sind keineswegs überrascht. Sie wäre immer so.

Als richtig verschroben bezeichne ich den Gegenteil-Mann. Ich habe ihn so genannt, weil er immer das Gegenteil tut. Eines Tages saß ich mit dem Gegenteil-Mann im Auto und es gab zwei Wege, unser Ziel zu erreichen. Er fragte mich, welchen Weg wir nehmen sollen. Ich sagte, nimm den Sandweg. Prompt nahm der Gegenteil-Mann den anderen Weg. Er macht es immer so. Ob es sich nun um Fahrtrichtungen oder etwas anderes handelt. Ist man zu einem Spieleabend bei ihm zu Besuch, fragt er:»Was wollen wir spielen?«»Och, am liebsten Canasta.« Prompt holt der Gegenteil-Mann das Monopoly-Spiel heraus und sagt:»Das macht viel mehr Spaß.« Wenn man weiß, dass und wie verschroben er ist, kann man sich darauf einrichten. Möchte man Canasta spielen, bittet man um das Monopoly-Spiel. Unverzüglich werden die Canasta-Karten verteilt. Etwas anstrengend, aber es funktioniert.

Die verschrobenen Angewohnheiten von Frau Z. und Herrn T. fallen da gar nicht so schwer ins Gewicht. Frau Z. muss jeden Tag mindestens ein Ei essen, da sie sonst nicht glücklich ist, und Herr T. isst niemals Obst. Er ist der Meinung, dass eine tägliche Brausetablette seinen Vitaminbedarf voll und ganz abdeckt. Oder Herr M., der angeblich nur Budweiser Bier verträgt, da er von allen anderen Sorten und Marken Durchfall bekäme

Schwerer wiegt da schon die Handwerks-Marotte von Herrn L., der 8 Tage vor Weihnachten anfing, sein Bad zu renovieren. Am Heiligabend stolperte man also über Schutthügel im Flur und umkreiste Farbeimer, statt entspannt die Füße hochzulegen. Frau L. war wenig begeistert, da ihr zudem noch klar war, dass das Badezimmer-Projekt sich über mehrere Jahre hinziehen würde. Wie alle anderen Handwerks-Projekte ihres verschrobenen Mannes.

Harmlos mutet Frau K.s Marotte an, die wie Frau P. von ganz oben hier im Bericht laubverschroben ist. Es ist Herbst, die

Blätter fallen und Frau K. fegt und harkt den lieben langen Tag die Straße, auch wenn kein einziges Blatt mehr vorhanden ist. Sie harkt allerdings auch, wenn Tausende Blätter gerade zu Boden fallen und Laubfegen völlig sinnlos ist. Sowie Frau K. das Laubfegen unterbricht und das Laub in den Behälter gestopft hat, ist die soeben gesäuberte Straße auch schon wieder voller Laub. Aber das stört Frau K. überhaupt nicht. Sie macht unverdrossen weiter.

Herr und Frau N. essen gerne Fleisch vom Wild. Hirschbraten und Wildschweingulasch stehen ganz oben auf ihrer Speiseliste. Sie lassen sich deshalb von einem befreundeten Jäger beliefern, der die Tiere vor kurzer Zeit erlegt hat. Herr und Frau N. müssen die toten Tierteile nur noch in handliche Portionen einteilen, was in der heimischen Badewanne geschieht. Im Badezimmer der Eheleute N. sieht es manchmal aus wie an einem Drehort für Horrorfilme, nachdem Wildschweinhälften und Hirschkeulen zerlegt wurden. Warum sie das Fleisch nicht fix und fertig im Supermarkt kaufen, weiß kein Mensch.

Wenn ich es mir richtig überlege, bin ich vielleicht doch nicht so verschroben. Meine Daliah ist auch etwas verschroben, aber liebenswert verschroben. Sie krümelt stets und ständig mit Keksen, gibt mir sehr oft kleine Klapse, trinkt literweise kalten Tee, liegt mit mir **auf** dem Bett, was erlaubt ist, aber nicht **in** dem Bett, weil es sich nicht gehört und hat sich trotz aller Unterschiede und sogar auf die Gefahr hin, es sich mit ihrer Familie zu verderben, für mich entschieden. Für mich! Einen 22jährigen Habenichts aus dem kalten Deutschland. Sie, die stolze gebürtige Iranerin, aus der eine ebenso stolze Israelin mit festen und unverrückbaren Moralvorstellungen geworden ist, hat mich auserwählt und ich habe *Ja* gesagt.

Die Pausenklingel riss mich aus meinen Gedanken, ich drückte den Knopf, der die Maschine stoppte und lief schnell in den Aufenthaltsraum, wo sich die heutige Nachtschicht bereits zum Schmaus versammelt hatte. Jede Menge Huhn, Oliven, Avocados, Gurken, Weißbrot, Weißkäse und heißer Tee standen auf dem Speiseplan und wir langten ordentlich zu. Daliah saß neben mir, lächelte mich an und legte mir zur Begrüßung kurz die Hand auf den Oberschenkel. Ich erwiderte diesen vertrauten Gruß, indem ich kurz meine Hand auf ihre derbe lange Arbeitshose legte, da hin, wo der Oberschenkel ist und nahm sie, die Hand, auch gleich wieder weg. Wie es sich gehörte. Die gesamte Nachtschicht konnte sehen, dass wir zusammengehörten, was aber auch egal war, da der ganze Kibbuz Bescheid wusste.

Auch die längste und eintönigste Nachtschicht geht vorbei und so traten Daliah und ich in den frühen israelischen Morgen, gingen gemächlich zum Speisesaal, holten Tee und Kaffee und frühstückten müde und schweigsam. Daliah fand es sehr lustig, am frühen Morgen *Laila tov*, also Gute Nacht, zu sagen und kicherte die ganze Zeit darüber. Und wieder sagte sie *achshav sleep*, zeigte aber in zwei verschiedene Richtungen; sie schläft in ihrer Wohnung, ich schlafe in meiner Wohnung, pardon, Hütte. Schließlich mussten wir ja jetzt richtig ins Bett kriechen und ordentlich den Nachtschlaf nachholen. Es fiel uns schwer, in verschiedene Richtungen zu gehen, aber letztendlich trennten wir uns und ich wankte langsam zum Camp der Volontäre, wo das tägliche Leben gerade erst begann.

Ich kam an der Hütte von Urs vorbei, aus der nicht ein Laut drang; entweder war mein ungestümer Freund schon an seinem Arbeitsplatz, was nicht ungewöhnlich wäre, oder er hatte einen freien Tag, was auch nicht ungewöhnlich wäre. Koichi kam gerade aus seinem Häuschen, winkte mir zu und verschwand in Richtung Duschhaus, zufällig gefolgt von Alma aus Schweden, die noch ziemlich ungekämmt aussah. Es war ein kühler Novembermorgen, was aber nichts zu bedeuten hatte, denn selbst die Tage im November oder Dezember waren nicht wirklich kalt, nur kühler als der mörderische israelische Sommer. Ich war sicher, wir würden wieder angenehme 20 Grad kriegen.

Vor den Hütten standen hier und da alte Sessel, Stühle und Tische, auf denen noch volle Aschenbecher und leere Bierflaschen vom letzten Abend standen; geraucht wurde sehr viel bei uns, das musste ich feststellen. Andrew trat mit freiem Oberkörper, der eindrucksvoll behaart war, auf seine kleine Veranda und zu meiner größten Überraschung folgte ihm die blonde Ina aus Holland aus seiner Hütte, guckte nach links und rechts und rannte zu ihrer eigenen Hütte, in der sie verschwand, nur um Sekunden später mit Handtüchern wieder herauszukommen. Die kräftige Kate aus Schottland schüttelte in Unterwäsche, die mindestens eine Nummer zu klein war, ihre Bettdecke aus, hielt inne und

rief: »Guten Morgen, wie war die Nachtschicht, alter Freund?«
Ich blieb kurz stehen, kam näher, grüßte und erstattete kurz Bericht. Dass das Gremium Daliah und mir drei Nächte Strafdienst aufgebrummt hatte, hatte sich herumgesprochen und die meisten Volontäre wussten auch warum.

»Wie romantisch«, seufzte Kate. »Mich hat noch keiner nach Jerusalem oder wenigstens nach Edinburgh verfolgt.«

Kate trat jeden Morgen in Unterwäsche auf ihre Veranda, schüttelte ihr Bettzeug aus und hängte die Decke für eine Weile auf eine Leine zum Auslüften. Es störte sie nicht die Bohne, dass alle anderen sie dabei sahen und diese gewöhnten sich schnell daran. Daliah allerdings hätte die Hände über ihren Kopf zusammengeschlagen, wenn ich ihr von den freien westlichen Sitten im Camp erzählt hätte, also ließ ich es lieber.

In der Tat ergaben sich im Camp oftmals gewisse Tauschaktionen der Schlafplätze, insbesondere zum Freitagabend, wenn das Wochenende eingeläutet wurde und wir alle noch bis spätabends draußen herumsaßen und das eine oder andere Bier tranken. Wir Volontäre teilten uns gewöhnlich zu zweit eine Hütte und zwar mit einer Person des gleichen Geschlechts. Nun wollte aber Volontär A (männlich) die Nacht mit Volontärin B (weiblich) verbringen, musste also seinen Mitbewohner Volontär C (männlich) bitten, woanders zu schlafen. Volontär C musste also durch diskrete Gespräche herausfinden, ob vielleicht Volontär D (männlich) wie schon so oft bei Volontär E (weiblich) nächtigen würde, damit er, Volontär C, zugunsten von Volontär B in Hütte D schlafen konnte. Gut möglich war aber auch, dass Volontär C (männlich) selbst aus gewissen Gründen bei Volontär F (weiblich) nächtigen wollte, was die Sache manchmal vereinfachte, manchmal aber auch noch komplizierter gestaltete. Befanden sich also am Freitagabend einige Menschen in einer hitzigen Diskussion, ging es oftmals nicht um den Frieden im Nahen Osten, sondern um den Hüttenreigen. Man konnte natürlich auch vorübergehend eine der leerstehenden Hütten beziehen, aber das wäre doch langweilig, oder?

Praktisch war aber auch meine Nachtschicht in der Plastikfabrik für andere, wie sich an meiner Hütte zeigen sollte. Gudrun saß mit mehreren Knutschflecken am Hals auf der Veranda meiner und ihrer Hütte und der unrasierte Nigel brühte gerade Wasser für einen englischen Morgentee auf, denn jede Unterkunft verfügte über die Annehmlichkeit eines eigenen Wasserkochers, damit wir durstigen Helfer uns zwischendurch ein belebendes Heißgetränk zubereiten konnten. »Eure Hütte ist besetzt?«, fragte ich Gudrun wissend. »Ja, wir haben sie an Colin und Samantha für diese Nacht abgetreten. Ich glaube, die sind sich sympathisch.« Aha. Die wuchtige Samantha aus USA und der dürre Colin aus England. Gut. Warum nicht. Soeben beschloss ich, Daliah niemals unser Camp zu zeigen. Sodom und Gomorrha war alles, was mir dazu einfiel.

Nachdem im Camp Ruhe einkehrte, weil alle ihren Pflichten nachkamen und ihre Arbeitsplätze aufsuchten, hatte ich endlich Ruhe für ein erholsames Schläfchen nach meiner Schicht. Gegen zwei Uhr wachte ich auf, stand in aller Seelenruhe auf und spazierte zum Speisehaus, wo ich allein am großen Tisch mein Mittagessen zu mir nahm und hielt nach Daliah Ausschau, die auch nicht lange auf sich warten ließ. »Schalom, Berenod«, sagte sie und legte mir die Hände auf die Schultern und weil keiner in Hörweite war, flüsterte sie mir schnell ein *ani oheved otcha, ich liebe dich* ins Ohr. In unserer privaten Sprache gab sie mir bekannt, dass wir heute Nachmittag, also jetzt, schnell nach Haifa fahren wollten, um in der Buchhandlung Klein die nötigen Lehrbücher für mich zu kaufen. Ein gemütliches Rumliegen **auf** Daliahs Bett konnte ich also abschreiben, aber der Kauf meiner Lehrbücher war so wichtig, dass wir uns gleich nach der Mahlzeit auf den Weg machten. Den Weg vom Kibbuz bis zur regulären Endhaltestelle in Kiryat Ata schafften wir in 30 Minuten, denn heute gingen wir zügig und diszipliniert, konnten auch gleich in den wartenden Bus einsteigen und rumpelten der großen Stadt Haifa entgegen.

In Haifa angekommen, stiegen wir am Egged Busbahnhof aus und Daliah stürzte sofort auf einen Passanten los und fragte, wie wir am besten zur Buchhandlung Klein kämen. Die Adresse hatten wir ja von Miriam bekommen, aber keine Ahnung, wo diese Straße war. Ein freundlicher Kippaträger erklärte uns den Weg zu der angegebenen Adresse, die nicht weit entfernt war und wir spazierten los, während Daliah immer das Wort *Ulpan* vor sich her sang. »Klein«, sagte Daliah und zeigte auf ein Geschäft, das als Buchhandlung unverkennbar war; im Schaufenster waren nämlich überall Bücher ausgestellt. Selbst den kurzen Namen *Klein*, der in hebräischen Buchstaben auf dem Schaufenster prangte, hatte ich nicht entziffern können, aber das war jetzt nur noch eine Frage der Zeit. Nachdem wir eingetreten waren, hielten wir nach Herrn Klein Ausschau, dem ich ja auch noch Grüße von der alten Miriam überbringen sollte. Endlich kam ein grauhaariger Mann in Miriams Alter aus den hinteren Räumen, sagte *Schalom* und guckte uns fragend an.

»Herr Klein?«, fragte ich ohne Umschweife.

»Ein Deutscher«, stellte Herr Klein auf Deutsch fest. »Ein Deutscher verirrt sich in meinen Laden.«

Ich grinste freundlich und bestellte die Grüße von Miriam. Herr Klein freute sich sehr.

»Das ist aber schön. Ich habe lange nichts von der alten Friedman gehört. Geht es ihr gut?«

Die »alte Friedman« war etwa im gleichen Alter wie der »alte Klein«, aber selbst ist man ja nie alt. Wenigstens erfuhr ich so Miriams Nachnamen und auch, dass Herr Klein und Fräulein Friedman mit vielen anderen gemeinsam eingewandert waren und praktisch ihre erste Jahre gemeinsam in der neuen Heimat verbracht hatten. Daliah mischte sich verwundert ein und sprach mit Herrn Klein ein paar Sätze auf Hebräisch, die Herr Klein freundlicherweise auch fast simultan übersetzte.

»Deine Bekannte wundert sich, dass du hier in Israel so problemlos mit deiner Sprache weiterkommst.«

Herr Klein verzichtete wie die meisten Israelis auf die Sie-Form und duzte mich ohne Umstände, was ich sehr sympathisch fand, schließlich war ich der junge Mann, der noch keine 23 Jahre alt war und er musste sich der 70 nähern.

»Ich wundere mich auch«, gab ich zu. »Aber trotzdem möchte ich Hebräisch lernen.«

Ich schilderte Herrn Klein die Umstände und dass mein Ulpan am 6. Januar beginnen sollte und warum ich überhaupt Hebräisch lernen wollte. Herr Klein schaute nach diesen erklärenden Worten Daliah wohlwollend an und sagte nur: »Das kann ich verstehen. Und du kennst all die Widrigkeiten, die auf euch zukommen?«

»Die Widrigkeiten sind noch viel größer«, erklärte ich Herrn Klein. »Sie heißt mit Nachnamen *Cohen*.«

»O wei«, sagte Herr Klein. »Ihr seid ja mutig.«

Er sprach wieder ein paar Sätze auf Hebräisch mit Daliah, die brav auf die Fragen antwortete und mich hin und wieder dabei anlächelte.

»Deine Daliah ist fest entschlossen und bezeichnet dich schon jetzt als ihren Mann, wenn sie von dir spricht. Was heißt übrigens Berenod? Bist du das?«

»Allerdings. Aber ich heiße in Wirklichkeit Bernd.«

Herr Klein verstand ohne weitere Erklärungen und musste lachen. »Ja, die hebräische Sprache und ihre unsichtbaren Vokale. Moment.«

Herr Klein verschwand in den hinteren Räumen und kam mit einer Art Fibel zurück, die er mir in die Hand drückte. »Hebräisch für Anfänger«, erklärte er. Ich nahm das Buch, legte es auf den Tresen und schlug es so auf, wie ich es von Büchern gewohnt war, nämlich nach links und kassierte umgehend einen Klaps von Daliah, die mir das Buch aus der Hand nahm. Sie legte das Buch andersherum und öffnete den Buchdeckel nach rechts. Herr Klein grinste und sagte: »Glaub mir, den Fehler haben wir alle damals gemacht.«

Hebräisch wird von rechts nach links geschrieben und gelesen, also werden auch Bücher und Hefte andersherum aufgeschlagen. Für jemanden, der im Iran geboren und aufgewachsen ist und daher auch von rechts nach links liest, eine Selbstverständlichkeit, für einen Europäer nicht! Zu dem Lehrbuch gehörte auch ein Schreibheft, das ich diesmal zur richtigen Seite aufschlug und dafür von Daliah einen liebevollen Blick bekam; sie hatte schon scharf beobachtet, ob ich wieder den gleichen Fehler machen würde.

Herr Klein und ich wechselten noch ein paar Worte auf Deutsch, er gab mir Grüße für die »alte Miriam« mit und Daliah und ich verließen mit meinem Lehrbuch den schummrigen Laden, in dem auf langen Regalen Bücher in allen Sprachen der Welt standen. Daliah hielt sich wieder mal an meinem freien Arm fest und sang diesmal die ganze Zeit »Ivrith, ivrith«, also Hebräisch, vor sich her und hörte auch im Bus mit ihrem fröhlichen Gesang nicht auf, bis ich stutzig wurde. Das war doch nicht Hebräisch, das musste Persisch sein. Ich legte Daliah meine Hand auf ihre Schulter, damit sie mir Aufmerksamkeit schenken sollte und fragte: »Farsi?« Farsi ist der Eigenname für Persisch, Daliah nickte, hörte aber nicht auf, in ihrer Muttersprache zu singen und sang mich manchmal auch direkt an. Also, wenn sich meine schöne Iranerin auch noch vorstellt, dass ich mühevoll Persisch lerne, dann hat sie sich getäuscht. Hebräisch reicht doch wohl völlig aus; wer außer Daliah und ein paar Tausend eingewanderter Iraner sprach denn noch diese Sprache in Israel? Aber gerührt war ich schon; Daliah hatte noch nie vor mir auf Persisch gesprochen oder gar gesungen.

Auf einen Besuch bei Schwester Nina verzichteten wir, da uns langsam die Zeit drängte. Unsere Nachtschicht fing um 22 Uhr an, wir wollten noch im Speisesaal essen, uns vor der Nachtarbeit etwas ausruhen, blieben also im Bus sitzen und fuhren direkt durch bis Kiryat Ata, der Kleinstadt am Fuße des Hügels. Wir marschierten zu Fuß weiter und auf halber Strecke überholte uns einer der Lieferwagen aus dem Kibbuz, der in Haifa zu tun hatte, hielt an und wir stiegen schnell ein.

Daliah war ganz aus dem Häuschen, redete und gestikulierte, zeigte auf mein Lehrbuch und präsentierte Hannah Salzmann, Hannahs Vater Irachmiel und allen anderen, die ihr über den Weg liefen, mein Lehrbuch, das durchaus wohlwollend betrachtet wurde. Ungewöhnlich war sie nicht, diese Sprachfibel, denn im Einwanderungsland Israel lernt immer jemand Hebräisch, ungewöhnlich waren eher Daliah und ich, ein sehr gemischtes Paar, das einen weiteren Schritt gemeinsam ging und sich durch nichts von den folgenden Schritten abbringen ließ. Wir suchten uns nach dem Essen einen Extratisch und guckten uns mein Sprachbuch erstmal in Ruhe an, das ganz einfach mit dem hebräischen Alphabet anfing und mir so ein erstes Gefühl für die Aussprache und die eher eckige Schreibschrift vermittelte und ging in der zweiten Lektion zu einfachen Sätzen über, die auch geschrieben werden mussten, wofür das mitgekaufte Schreibheft gedacht war.

Als es schon dämmerte und Daliah und ich die Letzten im Speisesaal waren, klappten wir mein Lehrbuch zu, nur um es wenig später in Daliahs kleiner Wohnung wieder aufzuklappen und weiter zu stöbern. Daliah lag hingestreckt auf ihrem Bett, ich hatte mich mit meinem Buch auf die Bettkante gesetzt, guckte mir jede Seite und jede Lektion einzeln an und nahm mir vor, gleich morgen mit den ersten Lektionen anzufangen. Jawohl, ich wollte es nicht bei einer Lektion pro Tag belassen, sondern mit dem Lehrstoff zügig voranschreiten; Daliah und ich hatten es jetzt doch sehr eilig, vernünftige Sätze in einer gemeinsamen

Sprache miteinander zu wechseln. Ich hätte gerne sofort angefangen zu lernen, aber Daliah klopfte auf ihren Wecker und gab mir zu verstehen, dass wir noch eine Stunde ruhen konnten, bevor wir unsere Strafschicht in der Plastikfabrik antreten mussten. Kurz vor zehn rappelte ich mich auf, stürzte schnell rüber in unser Camp und zog meine Arbeitskleidung an, von unserem Ausflug nach Haifa trug ich immer noch meine eigenen Jeans und ein sauberes Sommerhemd. Eigentlich liefen alle stets und ständig in Arbeitssachen herum, die nur zum Sabbat oder zu Ausflügen außerhalb des Kibbuz abgelegt wurden. Die acht Stunden an der Maschine gaben mir wieder Gelegenheit, in andere Welten einzutreten und auch über Daliah und mich nachzudenken, denn da gab es noch eine Menge Denkstoff in meinem Kopf. Wie geht es mit Daliah und mir weiter, war die Kardinalsfrage, die in mehrere Unterfragen eingeteilt war. Was passiert nach dem Hebräischkurs, meinem Ulpan, der knappe sechs Monate dauern soll? Was mache ich, wenn mein verlängertes Touristenvisum abgelaufen ist? Eine Verlängerung gab es nur in wichtigen Ausnahmefällen? Was sind wichtige Ausnahmefälle? Als Notlösung blieben mir noch die Ausreise und die erneute Einreise nach drei Monaten. Gar keine schlechte Lösung, konnte ich in diesen drei Monaten irgendwo arbeiten, Geld verdienen und mir ein Flugticket nach Tel Aviv kaufen. Daliah wäre immer noch bei der Armee und sowieso nicht sehr oft zu Hause, sodass wir diese drei Monate schon überstehen würden. Ja, und dann? Wollten wir zusammenleben, heiraten, im Kibbuz bleiben oder in die große Stadt ziehen?

Zusammenleben im Kibbuz wäre die einfachste Lösung, aber mit Daliah und ihren ganz persönlichen Moralvorstellungen sehr schwer zu vereinbaren. Gut, ihren nackten Rücken hatte ich schon aus Versehen mal gesehen, aber an Daliahs Vorderseite wäre ich bestimmt auch interessiert. Dies setzte aber nach ihren Maßstäben eine Heirat voraus, die wiederum nicht in Israel stattfinden konnte, da Ehen nur religiös, also vom Rabbiner geschlossen werden und der Rabbiner eine Jüdin nicht mit einem Nichtjuden traut. Bleibt nur eine standesamtliche Trauung in einem anderen Land, wie es viele Paare in unserer Situation machten, um hernach aus israelischer Sicht unverheiratet zusammenzuleben. Eine andere Möglichkeit gab es noch, die aber für mich nicht in Betracht kam: der Übertritt zum Judentum. Diese Möglichkeit schloss ich aus, da ich der Meinung war, man kann nicht einfach so seine Religion und Kultur, in die man hineingeboren wurde, nach Bedarf wechseln. Gewiss, ich habe von solchen Fällen gelesen, aber wenn man von Geburt an Weihnachten und Ostern feiert und getauft ist, kann man doch nicht einfach so die Fahrbahn wechseln und nach einer gewissen Einarbeitung auf der jüdischen Seite weiterfahren. Man kann nicht Jude werden, man kann nicht Christ werden und man kann auch nicht Moslem werden, um das Dreierpack zu vervollständigen. Man ist es von Geburt an, wird von der Umgebung, in der man aufwächst geprägt und kann es zumindest als Heranwachsender nicht beeinflussen. Erst recht nicht, wenn man so wie ich gar nicht religiös eingestellt ist. Das war meine Meinung zu diesem schwierigen Thema. Ganz sicher kann man Kompromisse eingehen und Weihnachten und Chanukka irgendwie zusammen feiern und ein Weihnukka daraus machen, damit jeder in einer gemischten Partnerschaft zufrieden ist, aber einen kompletten Übertritt und eine vollständige Aufgabe meiner Sitten und Gebräuche schloss ich aus. Daliah war auch nicht übermäßig religiös, pflegte die jüdischen Traditionen, so wie ich meine christlichen Feiern einhielt, aber bestimmt wünschte sie sich eine schöne Hochzeit, die von einem Rabbi besiegelt wurde.

Je weiter Daliah und ich gingen, desto komplizierter wurde es. Von ihren Eltern, der ominösen Empfehlung, die immer noch drohend über uns schwebte und dem Lügenbruder mal abgesehen. Manchmal wäre eine Kristallkugel mit Blick in die Zukunft sehr hilfreich, dachte ich an meiner Maschine, aus der unablässig Plastikprofile herausströmten, die ich trotz meiner Gedankengänge säuberlich aufstapelte. Manchmal allerdings wird das Schicksal der Menschen doch aus einer anderen Abteilung gesteuert, kann ich heute mit Sicherheit sagen und man sollte bei seiner Lebensplanung einen Faktor berücksichtigen, der auch bei allen anderen Planungen wie Häuser und Brücken bauen, Kinder aufziehen, Gemüse anpflanzen oder Finanzen planen, eine große Rolle spielen kann: das Unvorhergesehene.
Daliah war sehr erleichtert, als diese Nachtschicht zu Ende ging. Ihre Maschine hatte in dieser Nacht mehrere Male gestreikt und es war fürchterlich langweilig und eintönig, überhaupt nichts zu tun. Kaum war der Mechaniker verschwunden und Daliah

stand wieder an der frisch reparierten Maschine, ertönte auch schon das Signal, dass irgendetwas nicht stimmte. Die Männer und speziell die Handwerker in Israel sind nicht anders als in Deutschland und so wies der Mechaniker beim zweiten Ausfall natürlich die Schuld daran der armen Daliah zu. Daliah war empört und sagte, dass sie nichts anderes getan hätte, als die blöden Profile in Empfang zu nehmen. Diese Profile waren etwas kleiner und nicht so schwer und unhandlich wie an meiner Maschine, kamen dafür aber schneller heraus. Etwas Ausgleich muss schon sein, oder?

Jedenfalls stritten sich der Mechaniker, der Schichtleiter und Daliah die halbe Nacht, bis der Schichtleiter ein Ventil entdeckte, das nicht richtig geöffnet oder geschlossen war. Das habe ich nicht so genau verstanden, jedenfalls tat das Ventil nicht das, was es tun sollte, die Maschine war damit nicht einverstanden und trat in den Streik. Das Auswechseln des Ventils dauerte 10 Minuten und die Maschine, die kleine Profile ausspuckte, arbeitete wieder. Daliah allerdings nicht mehr, denn unsere Schicht war beendet. Eine Nacht stand uns noch bevor und dann durften wir endlich wieder an unsere angestammten Arbeitsplätze zurückkehren.

Unsere Schicht in der Fabrik dauerte bis 6 Uhr morgens, um 6Uhr10 saßen wir im Speisehaus und Daliah deckte zwei Plätze für uns, holte Kaffee, Tee, Brot, Schichtkäse, Marmelade und was der Mensch am frühen Morgen so braucht. Daliah und ich machten eine kurzfristige Planung für die nächsten Tage und Wochen, während wir uns stärkten und uns am Tisch ausstreckten, denn acht Stunden an einer Maschine stehen, geht ganz schön auf die Beinmuskeln. Wir wollten unbedingt noch vor Chanukka, das dieses Jahr, also 1979, am 15. Dezember begann und vor meinem Ulpan und Daliahs Einberufung ihre Schwester in Kiryat Schmona besuchen und vielleicht nochmal gemeinsam und unter normalen Umständen nach Jerusalem fahren. Wir hatten es Jerusalem immerhin versprochen und es gibt dort jede Menge Sehenswürdigkeiten, die man auf keinen Fall verpassen darf. Israel ist klein, die Strecken zwischen den Städten sind mit den flinken Bussen schnell bewältigt und diese Planung sollte zu schaffen sein. Jerusalem konnte unter Umständen auch noch bis Januar/Februar warten, Schwester Esther nicht.

Einige werden von Chanukka schon mal etwas gehört haben, andere vielleicht nicht. Chanukka ist das Fest zum Gedenken an die Wiedereinweihung des zweiten Tempels in Jerusalem, findet einmal im Jahr statt und dauert acht Tage. Nach dem gregorianischen Kalender, also unserer Zeitrechnung, ist Chanukka ein bewegliches Fest; es findet immer zu verschiedenen Zeiten im November oder Dezember statt. Wieso beweglich? Wurde der Tempel nun im Dezember oder im November eingeweiht? Chanukka ist nur im gregorianischen Kalender beweglich, nach der antiken jüdischen Zeitrechnung nicht, denn das Fest beginnt immer am 25. Tag des altjüdischen Monats Kislew, was nach unserer modernen Zeitrechnung Mitte November entspricht. Auch beginnen die Tage der alten Israeliten am Abend und dauern bis zum nächsten Abend, was man heute im modernen Israel am Beginn des Wochenfeiertags, dem Sabbat, gut erkennen kann. Sabbat beginnt mit der Dämmerung am Freitagabend und endet mit der Dämmerung am Samstagabend.

Zu Chanukka wird jeden Abend eine Kerze auf dem Chanukka-Leuchter angezündet, bis am achten Tag alle acht Lichter brennen. Aufgrund verschiedener Umstände wie Krieg, Eroberungen und Rückeroberungen gab es seinerzeit nur noch einen einzigen Krug Öl, mit dem die Menora, der siebenarmige Leuchter im Tempel, gespeist wurde. Die Menora darf niemals erlöschen, aber für die Herstellung von neuem Öl, das auch noch geweiht werden musste, brauchte man ganze acht Tage. Ein Wunder machte es möglich, dass trotz Ölmangels die Menora genau diese acht Tage brannte, bis neues Öl zur Verfügung stand. Darum wird zum jüdischen Lichterfest, Chanukka, jeden Abend ein Licht angezündet, bis alle acht Lichter für alle acht Wundertage brennen.

Chanukka hat sich zu einem häuslichen Fest entwickelt; man isst mit Familie und Freunden reichlich kalorienhaltige Speisen wie Krapfen und Kartoffelpuffer mit Apfelmus. Besonders die Partner in christlich-jüdischer Ehen oder Lebensgemeinschaften, die einen Hang zur Korpulenz haben, müssen in dieser Zeit sehr auf ihr Gewicht achten. In manchen Jahren endet Chanukka am Tage X und nur zwei erholsame Tage später beginnen die Weihnachtsfestlichkeiten, die nochmal drei Tage dauern, wenn man den 24. Dezember mitzählt. Es wird also in diesen Gemeinschaften 10 Tage lang geschlemmt, bis wirklich jedes Hemd und jedes Kleid zu eng geworden ist. So ein Jahr war 1979. Chanukka endete am 22. Dezember und den christlich-jüdischen Mägen und Bauchspeicheldrüsen blieben gerade mal zwei Tage, um sich zu erholen.

Daliah teilte mir mit, dass wir sofort nach einem erholsamen Schlaf mit dem privaten Hebräischunterricht beginnen würden, rang mir das Versprechen ab, pünktlich um 15 Uhr bei ihr zu sein und schickte mich zum Schlafen ins Camp der Volontäre.

Ich stolperte los, war wirklich müde bis zum Umfallen, als ich plötzlich Daliahs Stimme hörte. »Berenod!« Daliah rannte los, erreichte mich und sprang mich ungestüm an, die Hände um meinen Hals geschlungen, ihre Beine um meine Beine geschlungen. Wir wären beinahe umgefallen, so überrascht war ich, konnte sie aber gerade noch festhalten.

»Ani oheved otcha!«, sagte sie. *Ich liebe dich!* »Ivrith good«. *Hebräisch ist gut.*

Daliah ließ sich zu Boden gleiten, küsste mich auf die Wange und rannte los zu ihrer Wohnung, während ich immer noch verdattert meiner Hütte zustrebte.

Auf meinem Weg zum Camp kam ich wie jedes Mal an der Festung vorbei, hatte aber den Einsiedler Manfred nach Birgits überstürzter Abreise nicht mehr gesehen. Ja, er hieß Manfred, hatte aber nach seiner Einwanderung vom israelischen Beamten den schönen hebräischen Vornamen Ariel verpasst bekommen, den er aber nie akzeptiert hatte. Manfred hat nie verstanden, warum er in Deutschlands dunkelsten Zeiten verfolgt und beinahe umgebracht worden war, nur weil er einer anderen Religion angehörte, die ihm als Atheist im Grunde egal war. Er glaubte weder an eine höhere Macht noch war er der Meinung, dass Israel seine Heimat wäre, hatte sich aber damals in seiner Hilflosigkeit einer Gruppe Auswanderer angeschlossen, die es nach Israel zog. Manfred war mit Leib und Seele Deutscher gewesen, aß gerne Pellkartoffeln mit Quark und trank gerne deutsches Bier. Als ich an seiner Festung vorbeilief, hoffte ich inständig, dass der einsame Kerl sich nichts angetan hatte.

Der Morgen in unserer Siedlung verlief wie jeden Morgen. Die Feinheiten erkannte ich wohl nur, weil ich durch meine Nachtschicht nicht wie sonst mitten drin war, sondern irgendwie nur vom Spielfeldrand zuschaute. Koichi machte auf dem Rasen vor unseren Hütten seinen Frühsport, der aus Kniebeugen, Liegestütz und Rumpfbeugen bestand, einige Volontäre strebten mit

Handtüchern, Haarbürsten und Kulturbeuteln bepackt den Waschräumen zu, Kate lüftete wie jeden Morgen in Unterwäsche ihr Bettzeug, Alma und Scott standen sich mit wirren Haaren gegenüber und tranken Tee und vor Urs' Hütte lag ein Haufen Wäsche, deren Bedeutung mir nicht ganz klar war. Meine Hütte war leer, weil Gudrun und Nigel wieder in dessen Hütte genächtigt hatten, sodass ich mich auf einen ruhigen und sofortigen Schlaf freute.

Schnell schnappte ich mir meine Zahnbürste und ein Handtuch, lief zu den Waschräumen, wurde von den Jungs begrüßt und kurz zur Nachtschicht befragt, ich antwortete und putzte mir gleichzeitig die Zähne, sie wünschten mir eine Gute Nacht, ich ihnen einen angenehmen Arbeitstag und ging in der Gewissheit auf eine Mütze voll Schlaf in meine Hütte zurück, die aber überhaupt nicht leer war, wie ich jetzt erst feststellte.

In Gudruns Bett lag irgendetwas mit ziemlich roten Haaren und dieses schlafende Etwas identifizierte ich anhand der Haarpracht als meine englische Freundin Lee, die sicherlich aufgrund eines Hüttenreigens von gestern Abend bei mir gelandet war. Ich weckte Lee unverzüglich auf, weil ich ganz sicher war, dass sie wie alle anderen um sieben Uhr an ihrem heutigen Arbeitsplatz sein musste und ich ihr Unannehmlichkeiten ersparen wollte. »Shit!« Schon klar, Foxy, wie ich sie nannte, hatte verschlafen, sprang wie von der Tarantel gestochen aus Gudruns Bett und ohne Zwischenstation in ihre dreckigen Arbeitshosen, die neben dem Bett lagen, streifte sich ihren Arbeitspullover über und sprintete in Richtung Waschräume. Es war viertel vor sieben und ich war sicher, dass Foxy-Lee pünktlich sein würde, allerdings ohne Frühstück. Das Bett rief und ich schlief sofort ein.

Im Gegensatz zu Lee wachte ich sehr pünktlich auf, machte mich im leeren Waschraum frisch und ging, nein, schlenderte eher zum Speisehaus, aß, was geboten wurde und ging danach zu Daliah, die mich schon erwartete. Mein Lehrbuch »Hebräisch für Anfänger« aus der Buchhandlung Klein und meine Kladde hatte ich dabei und die erste (private) Unterrichtsstunde konnte beginnen.

Die hebräische Sprache ist nicht schwierig zu sprechen, aber für Anfänger außerordentlich schwierig zu schreiben. Man muss Zeichen malen, die man so ohne weiteres gar nicht als Buchstaben erkennt und muss diese merkwürdigen Gebilde auswendig lernen, damit man sie später beim Lesen **wiedererkennt**. Sprechen geht viel einfacher, wenn man sich an die vielen Kehllaute gewöhnt, die gerne am Anfang eines Wortes stehen. Die deutsche Sprache verfügt auch über Kehllaute, die sich aber wie beim Wort NACHT mitten im Wort befinden und nicht wie beim hebräischen Wort CHAWER (Freund, Kamerad) am Anfang. Daliah legte auch gleich wie ein Hochgeschwindigkeitszug los und sprach mir als Einstieg das hebräische Alphabet vor. »Aleph, Beth, Gimel, Daleth like Daliah«, lachte sie und machte weiter. Eine halbe Stunde paukten wir das Alphabet, zwischendurch versuchte ich Daliah zu necken, geriet aber an die Falsche. »Lilmod ivrith!«, sagte Daliah streng und gab mir keinen Klaps. *Hebräisch lernen.* Ich merkte, dass es ihr ernst mit dem Unterricht war, biss in den sauren hebräischen Apfel und lernte weiter.

Zwei Stunden lernten wir, bis mir der Kopf rauchte und ich fragte mich, wie ich den Tag im Ulpan, im richtigen Kurs, überstehen sollte, der aus vier Stunden Unterricht und vier Stunden Arbeit bestand. Daliah legte das Buch beiseite, klopfte auf die Bettseite und lud mich zu einer kleinen Ruhepause ein, eines dieser Angebote, die man nicht ablehnen kann. Meine strenge Lehrerin schmiegte sich auch gleich wieder fest an mich und wir ruhten, schliefen und dösten, bis es Zeit zum Abendessen war. Vorher besuchten wir noch schnell Miriam Friedman, die sich über die Grüße von Herrn Klein aus der Buchhandlung sehr freute und uns einen wunderbaren Kakao kochte, den wir dankend annahmen, obwohl wir ja eigentlich auf dem Weg zum Speisehaus waren. Ich erzählte Miriam die Kurzfassung von dem Missverständnis, das mich spontan nach Jerusalem getrieben hatte, während Daliah interessiert der deutschen Unterhaltung lauschte und verlegen guckte, wenn Miriam sie auf Hebräisch ansprach, sie strafend anguckte oder sie anlächelte. Je nachdem, an welchem Punkt der Ereignisse wir gerade waren.

»Ich wünsche euch alles Glück der Erde«, sagte Miriam auf Deutsch und gleich danach auf Hebräisch. »Nun freut euch erstmal auf Chanukka und Weihnachten. Ich bin ganz sicher, Daliah wird dich verwöhnen.«
Daliah, die ihren Namen gehört hatte, guckte fragend und Miriam übersetzte, worauf Daliah milde lächelte und etwas auf Hebräisch sagte, was Miriam so übersetzte: »Keine Sorge, wir kriegen den Besenstiel schon dicker.«
Gut, ich bin eher sportlich-drahtig bis hager, aber ein Besenstiel

bin ich nicht, trotzdem sollte Daliah Recht behalten, denn nach Chanukka mit all den Leckereien wog ich tatsächlich ein paar Gramm mehr.

Unsere letzte Strafnachtschicht brach an, Daliah und ich schlenderten vergnügt in die große Fabrikhalle, stellten uns an unsere plastikspuckenden Maschinen und drückten den Startknopf. Es sollte bis auf weiteres tatsächlich unsere letzte Schicht überhaupt in der Fabrik sein, denn danach würden wir wieder an unseren Stammplätzen arbeiten. Frau Cohen in der Küche, wo sie ganz gerne arbeitete und ich auf der Hühnerfarm, die mir auch nicht unangenehm war. Ich freute mich schon auf meine österreichischen Kollegen, auf meinen Freund Irachmiel und auf den tollpatschigen Herrn Dienstag, der seine Traktorfahrkünste bisher noch nicht wieder unter Beweis stellen konnte, da es keine Eier zu transportieren gab.

Die Zeit an der Maschine verlief ohne technische Probleme und verstrich ziemlich schnell, auch wenn ich mich in dieser Nacht nicht auf Gedankenwanderung begab, sondern mit dem aufgeschlagenen Buch nebenher Hebräisch lernte. Das Buch nahm ich auch in den Pausenraum mit, alle einheimischen Kollegen lobten mich und drückten ihre Anerkennung aus und Daliah saß stolz neben mir wie der Schah von Persien. Dieser Vergleich brachte mich zum Grinsen, worauf Daliah wissen wollte, was so lustig wäre. Ich erklärte Samy, unserem Schichtleiter, schnell meinen albernen Vergleich, er übersetzte und Daliah sagte ganz ernst auf Hebräisch: »Ja, ich bin auch stolz.«

»Lehitraot, Fabrik«, sagte ich am nächsten Morgen nach der Nachtschicht und auch Daliah lachte erlöst und winkte den Fabrikhallen zu. »Lehitraot!« *Auf Wiedersehen.*

Auf dem Weg zum Speisehaus sagte Daliah in unserem Sprachgemisch, das aber nun ganz sicher seinem Ende zuging: »Nächstes Wochenende fahren wir nach Kiryat Schmona zu meiner anderen Schwester.« Gut. Gerne.

»Deine Bücher nimmst du mit.« Auch gut. Auch gerne.

Ein Wochenendausflug bedeutete, dass wir Freitagnachmittag vor Sabbatbeginn losfahren würden und Samstag am frühen Abend wieder im Kibbuz sein mussten, denn dann begann die neue Woche. Es bedeutete aber auch, dass ich ein paar Utensilien mehr brauchte; wir verbrachten ja eine Nacht im Haus der älteren

Schwester. Zahnbürste, meine Pyjamahose, ein frisches T Shirt und eine saubere Unterhose wollte ich schon mitnehmen, auf Rasierzeug konnte ich wohl einen Tag verzichten. Anderthalb Tage mussten wir noch arbeiten, dann war schon wieder Freitag und am Freitag ist oft schon mittags oder am frühen Nachmittag Feierabend, damit man sich in Ruhe auf den Feiertag vorbereiten kann. Wenn man zum Beispiel eine kleine Reise unternehmen möchte.

Den Vormittag nach unserer letzten Nachtschicht verschliefen wir, trafen uns gegen Mittag im Speisehaus und ich ging nach der Pause kurz auf die Hühnerfarm, um die Wiederaufnahme meiner Arbeit anzukündigen. Irachmiel freute sich sehr, die ehemaligen Österreicher auch und ich gab meinen Hühnerkollegen einen schnellen Bericht über den aktuellen Stand der Dinge.

»Unser Berenod lernt Hebräisch für seine Daliah«, witzelte der dicke Gershon und ratterte schnell wie eine Maschinenpistole das hebräische Alphabet herunter. »Kannst du das schon?«

Ich wollte es wenigstens versuchen, erreichte aber nicht annähernd Gershons Geschwindigkeit und scheiterte bereits am Buchstaben Tet wie T. Mein guter Freund Irachmiel, der vor den deutschen Muttersprachlern ungern Jiddisch sprach, kam mit nach draußen und munterte mich auf: »Du schaffst das. Wir helfen dir alle. Ich frage nachher gleich Hannah.«

Was sollte also schiefgehen, wenn ich schon zwei Lehrerinnen an meiner Seite hatte.

Kiryat Schmona mit seinen 20.000 Einwohnern liegt ganz im Norden von Israel nicht weit entfernt von der libanesischen Grenze und ist aufgrund der Nähe zum Libanon immer wieder Ziel terroristischer Angriffe geworden und in dieser idyllischen Kleinstadt lebten also die große Schwester von Daliah mit ihrem Ehemann Eliah, der, wie mir Daliah vorweg erzählte, ursprünglich aus dem Irak stammte. Nun saßen wir beide im Bus, es war so gegen 15 Uhr und meine Daliah war aufgeregt, hatte doch die Stimme der ältesten Tochter in der Familie Cohen ein großes Gewicht. Denn schließlich fuhren wir nicht zum reinen Vergnügen und zum Small Talk nach Kiryat Schmona, sondern um eine weitere Verbündete zu gewinnen. Von Haifa bis zu unserem Ziel waren es 110 Kilometer, unser Bus würde etwa zwei Stunden unterwegs sein. Meine Habseligkeiten hatte ich in einer kleinen Tasche verstaut, die ich mir schnell noch an einem Stand gekauft hatte und die mehr an die Einkaufstasche meiner Großmutter erinnerte, als an eine praktische Reisetasche. Aber klein und handlich war sie, die himmelblaue Tasche. Daliah rollte nur mit den Augen, als sie meine Reisetasche sah, aber sie sah mit ihrer Reisetasche, die eher einer Strandtasche ähnelte, die man über die Schulter hängt, auch nicht viel eleganter aus.

Den gestrigen Donnerstag hatten wir beide wieder an unseren angestammten Arbeitsplätzen verbracht, ich lernte fleißig Hebräisch unter Daliahs strenger Aufsicht und wenn Daliah ungeduldig oder gar müde wurde, sprang die rothaarige Hannah, Irachmiels Tochter, ein, die uns oft Gesellschaft leistete. Mir schwammen schon die hebräischen Buchstaben vor den Augen, aber die beiden Lehrmeisterinnen dieser altertümlichen Sprache kannten keine Gnade und fragten wirklich stundenlang Vokabeln ab. Meinen Einwand, das kommt mit der Zeit doch ganz alleine, ließen beide Damen nicht gelten. Pauken, büffeln, Vokabeln lernen und im Hühnerstall arbeiten, das war im Moment mein Lebensinhalt. Abgesehen natürlich von meiner unschuldigen Lebensgemeinschaft mit Daliah, der ich nun aber schon zur Begrüßung vor allen Leuten einen Kuss auf den Mund geben durfte. Ein riesiger Fortschritt, wenn ich daran denke, dass wir vor nicht allzu langer Zeit noch getrennt das Speisehaus betraten, obwohl wir gemeinsam draußen ankamen. Hannah war viel unkomplizierter und weltoffener und auch einem gelegentlichen Techtelmechtel nicht abgeneigt, aber sie kam ja auch nicht aus dem Iran, sondern war hier im Lande Israel geboren und sehr europäisch erzogen.

Von den Aktivitäten der Volontäre hatte ich mich zu Gunsten von Daliah ziemlich abgesondert, was aber keinem so richtig auffiel bei der momentanen Fluktuation. Vielleicht lag es an Weihnachten, dass weniger neue Volontäre kamen und viele so langsam die Heimreise antraten, um Weihnachten zusammen mit ihren Familien in ihren Heimatländern zu feiern. Ich gehörte jetzt schon zu den alten Hasen, war fast sechs Monate im Kibbuz, konnte natürlich meinem Freund Urs, der schon das zweite Jahr hier lebte, nicht das Wasser reichen. In keiner Hinsicht.

Sicher hockten Koichi, Lee, Kate, Urs, Alma und die anderen jetzt vor ihren Hütten, plauderten und tranken vor dem Abendessen ein kühles Bier und rauchten selbstgedrehte Zigaretten, während ich mit Fräulein Daliah Cohen im Egged Bus nach Kiryat Schmona saß, um Allianzen zu schmieden, falls böse Kräfte uns auseinanderbringen wollten.

Kapitel 6

Familie Omer, Daliahs Schwester Esther, deren Ehemann Eliah und die gemeinsame Tochter Tanit, die damals fünf Jahre alt war, gehörten aber glücklicherweise zu den guten Kräften dieser Erde, die mir von Anfang an wohlgesonnen waren, als sie erkannten, wie sehr wir, Daliah und ich, uns zugetan waren. Sie waren genauso wenig gläubig wie ich, waren zufällig *Juden* wie ich zufällig *Christ*, pflegten ihre Traditionen aus Gewohnheit und weil sie damit aufgewachsen waren. So wie ich die Kerzen am Adventskranz anzündete, so zündeten sie die Chanukkakerzen zum Lichterfest an. Beide Handlungen erfolgen aus der jeweiligen Kultur heraus und beweisen keineswegs, dass der Kerzenanzünder an Jahwe oder an Jesus Christus glaubt. Schwester Esther war gute zehn Jahre älter als Daliah und das älteste Kind der Familie Cohen, ihr Mann Eliah war etwa in ihrem Alter, vor etlichen Jahren aus dem Irak eingewandert und wir beiden Männer waren uns sofort sympathisch, was er dadurch bewies, dass er mir unverzüglich nach unserer Ankunft und Begrüßung in der Neubauwohnung eine Flasche israelisches Bier anbot, die ich unmöglich ablehnen konnte. Eliah sprach ein gutes Englisch, Esther und Daliah sprachen etwas Englisch und alle zusammen hatten wir im Laufe des Sabbatabends eine heitere lockere Konversation.

Daliah und Esther umarmten sich, sprachen ein paar schnelle Sätze Persisch miteinander und verschwanden dorthin, wo Frauen immer hingehen, wenn sie ungestört miteinander reden wollten, in die Küche oder ins Schlafzimmer. Tanit wechselte von einem Raum zum anderen und fand es auch nicht sonderlich verwunderlich, dass ich nicht wie sie und die anderen Hebräisch sprach. Gegen die Sprachvielfalt im Lande Israel mutet der Turmbau zu Babel wie der Bau einer bescheidenen Lehmhütte an, hat schon der israelische Satiriker Ephraim Kishon treffend festgestellt. Aus allen Ländern strömten und strömen noch immer Juden aus aller Welt nach Israel, werden im Handumdrehen zu Israelis und bringen nicht nur leckere Speisen mit, sondern auch die unterschiedlichsten Sprachen und Gebräuche. Diese Gebräuche sind manchmal nur schwer einzuordnen, erst recht, wenn sie schwer zu verstehen sind.

Wenn ein Neueinwanderer aus Neuseeland beim Klauen von Kuchen in einer Bäckerei erwischt wird und er behauptet, in der koscheren Bäckerei in Auckland gäbe es jeden Mittwoch kostenloses Gebäck, weil es ein Brauch des bekannten Rabbi Salomon Tahinga wäre, kann man ihm schlecht das Gegenteil nachweisen und er geht straffrei aus, wird aber ermahnt, sich an israelische Gebräuche zu orientieren und da gibt es Mittwoch eben keinen kostenlosen Kuchen. Auch Donnerstag nicht und schon gar nicht Montag.

Ich erstattete Eliah zwischen ein paar Schlucken Bier detailliert Bericht darüber, wie und wo ich seine hübsche Schwägerin kennengelernt hatte, dass wir uns mit Händen und Füßen verständigten, dass ich ab 6. Januar einen Ulpan besuche und Hebräisch lernen werde, dass ich mir jetzt schon im Selbststudium die Grundregeln dieser Sprache aneigne und dass Daliah und ich uns sehr sympathisch finden, was natürlich schamlos untertrieben war, aber derartige Gefühlsbekundungen sind unter Männern nicht üblich. *Ja, ok, ich mag sie ganz gerne* ist schon eine Gefühlsaufwallung und diese Codierung verstehen wahrscheinlich alle Männer auf der Welt. Wenn Frauen sich unterhalten, ist das bestimmt anders, denn Daliah und Esther kamen von ihrem Frauengespräch zurück, Esther stürzte sich auf mich und umarmte mich so heftig, dass mir für einen Moment die Luft wegblieb und ich einen kleinen Rülpser von dem Bier unterdrücken musste, während Daliah glücklich lächelnd danebenstand. Die beiden Schwestern hatten nebenan Klartext gesprochen und Esther war es völlig egal, ob ich Christ, Hindu oder Anhänger eines Stammeskults aus dem Amazonasgebiet war. Hauptsache, ihre kleine Schwester Daliah war glücklich.

Die Speisen zum Sabbat waren bereits gekocht, da man am Sabbat eigentlich nicht kochen darf, aber dass man bereits gekochte Speisen nicht aufwärmen darf, davon steht in der Tora kein Wort. Empfohlen wird auch Wein statt Bier, sodass wir nahtlos zu einem Sabbatwein übergingen, der die Suppe und die Fleischgerichte begleitete, zu denen wir eine Art Mohnzopf aßen. Die Schwestern Nina, Esther und Daliah waren alle drei sehr hübsch, aber das Nesthäkchen Daliah war mit Abstand die Schönste, was ich aber an diesem Abend für mich behielt und Esther ein indirektes Kompliment über ihr Aussehen machte, indem ich zu Eliah auf Englisch sagte: »Deine Frau ist wirklich sehr hübsch.«

Ich sagte das so laut, dass es keiner überhören konnte, aber so leise, dass Esther und Daliah nachfragen mussten, was ich gesagt hatte. Eliah gab bereitwillig Auskunft und die dunklen Augen der beiden Schwestern leuchteten. Daliah servierte mir unverzüglich noch ein Stück Fleisch, Esther schob mir eine leckere Schokonachspeise zu und Eliah schenkte Wein nach. Da hatte ich genau den richtigen Ton getroffen. Esther und Daliah lächelten und scherzten daraufhin die ganze Zeit, wobei mir Daliah brennende Blicke zuwarf, die von den anderen nicht unbemerkt blieben, der stolze Ehemann Eliah und ich sprachen dem Sabbatwein zu und Tanit kicherte vor sich hin, bis Mutter Esther sie nach dem Sabbatmahle zu Bett brachte.

»War das Essen zu scharf?«, fragte mich Eliah.

»Nein, gar nicht«, antwortete ich wahrheitsgemäß, denn nach dem Chilischotenduell mit Koichi waren meine Geschmacksnerven ziemlich abgehärtet und immer noch außer Betrieb, wie ich vermutete, denn scharfe Speisen machten mir für eine Zeitlang absolut nichts aus. Über die Chilischoten kamen wir auf Bruder Binyamin zu sprechen, der ja auch zufällig Bekanntschaft mit diesem harmlos aussehenden Gemüse gemacht hatte, und Daliah berichtete von seiner Intrige, was Esther dazu brachte, auf Persisch zu schimpfen und mir Wein nachzuschenken. Später dann hockten wir alle auf der Couch im Wohnzimmer, Daliah auffällig dicht neben mir und zur anderen Seite saß Esther, die mir anhand von Dutzenden Fotos die verschiedenen Entwicklungsstadien von Tochter Tanit näherbrachte. Es war alles sehr harmonisch, warmherzig und ich bedauerte es, als Eliah aufstand und sagte: »Komm, ich zeige dir dein Zimmer.«

Aber es war spät und in der Tat hatte ich mich schon gefragt, wie die Schlafaufteilung erfolgen sollte; Esther und Eliah schliefen im ehelichen Schlafzimmer. Und wo schliefen also Daliah und ich? Ganz einfach. Eliah wies mir das Gästezimmer zu und Daliah musste die Nacht auf der Couch verbringen.

Nach den üblichen Geräuschen, die Menschen verursachen, wenn sie sich zur Nacht vorbereiten, wurde es ganz still und ich wäre fast eingeschlafen, als ich im Mondlicht sah, dass sich die Tür zum Gästezimmer öffnete und eine Gestalt in meinen Raum schlüpfte. Nein, es war nicht Eliah, der mit mir noch ein Gläschen Sabbatwein trinken wollte und auch nicht Esther, die noch weitere Fotos von Tanit gefunden hatte, sondern es war Daliah.

Daliah legte den Zeigefinger auf ihre Lippen, weil sie genau wusste, dass Eliah und Esther im benachbarten Schlafzimmer ihre Ohren an die Wand pressten, setzte sich auf die Bettkante und im Halbdunkel sah ich sie das erste Mal in ihrer Nachtkleidung, die aus einem langen Shirt und Shorts bestand.

»Sie mögen dich!«, flüsterte Daliah und sah dabei noch schöner aus als sonst. Sie löste ihre Haare, die sie am Sabbat mit ihrer schönsten Haarspange, einer großen Libelle, zusammengesteckt hatte und mir stockte beinahe der Atem in Erwartung dessen, was nun passieren würde. Daliah beugte sich über mein Gesicht, sodass wir beide von ihren langen Haaren bedeckt waren, gab mir in absoluter Finsternis einen Kuss auf den Mund und sagte: »Ani oheved otcha, Berenod. Laila tov.« *Ich liebe dich. Gute Nacht.*

Der Sabbat dient der Ruhe, der Entspannung und dem Studium der heiligen Schriften, aber nicht dem Studium einer fremden Sprache, wie es mir Daliah an diesem Samstagmorgen aufnötigte. *Wenigstens eine Stunde*, lautete ihr Kompromissvorschlag, als sie meine Ablehnung zur Kenntnis nahm. Also nahmen wir alle am Küchentisch Platz, Eliah, Esther, Daliah und ich, Daliah schlug mein Lehrbuch auf, schob es mir rüber und ich las, sprach, las, sprach, las und sprach, bis ich eine trockene Kehle hatte. Familie Omer und Daliah waren schwer begeistert über meine Fortschritte und die kleine Tanit kicherte und wollte auch ein Buch zum Blättern haben. Ich gab ihr schnell mein Lehrbuch, die Stunde war sowieso vorüber und meine Lehrerin Daliah und ihre beiden Assistenten lobten mich hinsichtlich meiner Aussprache.

Ich darf in aller Bescheidenheit sagen, dass ich mit Fremdsprachen noch nie Schwierigkeiten hatte, es machte mir auf meinen Schulen sogar Spaß, Englisch, Französisch und Spanisch zu lernen. Fremde Sprachen flogen mir förmlich zu, mit der fremdartigen hebräischen Schrift war es allerdings schon etwas komplizierter. Tanit guckte mir interessiert über die Schulter, während ich hebräische Wörter in meine Kladde schrieb und genau wie meine alte Freundin Miriam Schwierigkeiten hatte, die Buchstaben zu identifizieren. Im Geiste versuchte ich immer, dem hebräischen Buchstaben einen lateinischen Buchstaben zuzuordnen, was mühselig und manchmal auch falsch war. Diese Lehrmethode wurde mir und allen anderen, die mit den lateinischen Buchstaben aufgewachsen sind, später im Ulpan ganz schnell ausgetrieben.

Der Sonntag, also der Samstag, neigte sich so ganz langsam dem Ende zu und Daliah und ich nahmen den ersten Bus nach dem Sabbat nach Haifa, nachdem wir uns sehr herzlich von der charmanten Familie Omer verabschiedet hatten und wir Esther und Eliah versprechen mussten, recht bald wiederzukommen. Esther presste mich nochmal kräftig an sich und Elia drückte mir männlich-herb die Hand und legte seine andere Hand noch obendrauf, was mit einer Umarmung gleichzusetzen war. Wir setzten uns ganz hinten auf die Bank des Busses, damit wir noch lange winken konnten und Daliah sang mir leise mit ihrer schönen Stimme persische Lieder vor, von denen ich allerdings nichts, aber auch rein gar nichts verstand. Als wir uns später endlich in ganzen Sätzen unterhalten konnten, fragte ich nach diesen Liedern und Daliah klärte mich auf: Ein großer Feldherr überfällt mit einer gewaltigen Streitmacht das Königreich nebenan, um es zu unterjochen, verliebt sich aber in eine unbekannte Schöne, die sich natürlich als Prinzessin entpuppt und heiratet sie, wodurch der ganze Krieg überflüssig wird.

Ein anderes Lied, was mir Daliah gerne vorsang, war das Lied *Im Nin allu* von Ofra Haza, die dieses Lied bereits 1978 mit dem *Shechunat Hatikva workshop Theatre* im israelischen Fernsehen vorgestellt hat und es 10 Jahre später in einer modernen Version zum Welthit machte. Daliah sang, wenn sie glücklich war, und in letzter Zeit sang sie ziemlich oft, woran ihre beiden Schwestern Esther und Nina durch ihre kompromisslose Verbundenheit mit der kleinen Schwester und ihrem fremdländischen Freund einen großen Anteil hatten. Meine Daliah wusste nicht, dass ich wusste, dass unsere Besuche nicht nur reine Höflichkeitsbesuche waren, sondern dass sie familiäre Verbündete suchte, die sich auf unsere Seite stellten. Ich habe es ihr allerdings später gesagt, dass ich ihre Strategie dank Miriam erkannt hatte. Es lief eigentlich ganz gut für Daliah und mich. Zu gut, würde der Skeptiker sagen, denn am Horizont braute sich bereits ein Sturm zusammen, gegen den die widerspenstigen Eltern und meine Aufenthaltserlaubnis nur ein laues Sommerlüftchen waren.

Wir freuten uns, als wir in Haifa einfuhren, stiegen am Busbahnhof in den Regionalbus nach Kiryat Ata um und wollten von der Endhaltestelle den Rest des Weges zum Kibbuz hoch oben auf dem Hügel zu Fuß gehen. Kein Lieferwagen überholte uns, was kein Wunder war, da es kurz nach Sabbat war und die neue Woche gerade erst anfing. Ja, und weil die neue Woche anfing, musste Daliah auch heute Abend schon wieder ihren Dienst in der Küche antreten, während ich den Abend noch zur freien Verfügung hatte, da ich erst morgen früh wieder auf der Hühnerfarm arbeiten musste. Mal gingen wir langsam und gemessenen Schrittes, mal rannten wir plötzlich zusammen los, weil es uns Spaß machte, in Bewegung zu sein. Zuerst gingen wir kurz in Daliahs Wohnung, Daliah zog sich um und löste auch schnell ihre langen Haare, bürstete sie ordentlich durch, lächelte mich im Spiegel dabei an und ersetzte ihre schöne Libellenspange durch die goldene Spange, die alltags ihre Haare zusammenhielt. Daliah verschwand in Richtung Küche, ich in Richtung Volontärscamp, wo sich viele Helfer gerade auf den Weg zur Arbeit machten. Auch für uns war das Ende des Sabbats der Anfang einer neuen Woche.

Alma kam mir entgegen und begrüßte mich sogleich mit den Worten: »Hast du schon gehört? Bei Colin wurde eingebrochen.« Nein, hatte ich nicht, ich war in Kiryat Schmona gewesen. Alma lief weiter, sie war wie üblich zu spät und ich ging auf direktem Wege zu meiner Hütte und überprüfte, ob alles in Ordnung war. Viel hätte man bei mir nicht stehlen können, denn all mein Geld hatte ich in einem Spezialgürtel bei mir gehabt und mein Reisepass lag gut verwahrt in Irmis Büro. Ich legte meine alberne hellblaue Einkaufstasche, die als Reisetasche diente, ab und ließ mich von Koichi, Lee und Urs informieren, was vorgefallen war. Colin war über Nacht bei seiner Samantha in deren Hütte geblieben und aufgrund mangelnden Interesses blieb Colins Hütte unbenutzt, was der Dieb sich zunutze gemacht hatte. Er hatte das schlichte Metallschloss aufgebrochen und Colins Barschaft im Werte von mehreren Hundert englischen Pfund gesucht, gefunden und gestohlen. Es muss einer aus dem Camp gewesen sein, der mit unseren Gebräuchen vertraut war und mitbekommen hatte, dass Colins Hütte diese Nacht leer stand. Es fehlte aber keiner von uns, keiner war auffällig geflüchtet, was die Sache unheimlich machte, denn dann musste der Dieb noch unter uns weilen.

Lee verdächtigte flüsternd den sprechfaulen Josef, Urs hielt den neuen Helfer aus den USA namens Denny für den Täter, weil er a) neu im Camp war und b) so stechende Augen hatte. Koichi hielt das alles nicht für stichhaltig; stechende Augen wären kein Hinweis auf kriminelle Handlungen und Josef war für Koichi nur ein scheuer Bücherwurm. Lee widersprach und unterstützte die Theorie der stechenden Augen mit der Begründung, dass auch Jack the Ripper so einen stechenden Blick gehabt haben soll.

»Aber kein Mensch weiß doch, wer Jack the Ripper wirklich war«, wies ich Foxy-Lee zurecht. »Woher willst du wissen, ob er einen stechenden Blick gehabt hat?«

Britische Verbrecher hätten immer einen stechenden Blick, erklärte Lee.

»Aha!«

Urs hob den Finger. »Das würde den Kreis der Verdächtigen auf Engländer einschränken.«

Ich kniff die Augen zusammen und starrte Lee böse an.

»Ich kann auch einen stechenden Blick haben.«

»Genau, Berenod«, sagte sie schlau. »Das ist der Unterschied. Du kannst einen stechenden Blick produzieren, aber du hast keinen.«

Damit hatte Foxy wohl Recht, wir schwiegen ein paar Minuten und hingen unseren ganz persönlichen Theorien nach.

»Besser wäre, der Kerl wäre mit dem Geld von Colin verschwunden«, sagte Lee. »Dann hätten wir Klarheit über seine Person und wären sicher vor weiteren Diebstählen. Warum bleibt er hier? Ist doch viel zu riskant.«

Das ganze Camp war in heller Aufregung. Noch nie wurde hier etwas gestohlen und noch nie hätte sie überhaupt ihre Türe abgeschlossen, bemerkte Ina. Überall standen kleine Grüppchen zusammen und diskutierten den Einbruch. Sollte man den Einbruch nun bei Irmi, unserer Betreuerin, melden oder selber den Täter »ermitteln«? Wir entschlossen uns, dass zukünftig immer zwei Leute Wache halten mussten, um weitere Einbrüche zu erschweren. Einzeln Wache schieben ging nicht, denn nach unseren Vermutungen weilte der Dieb ja noch unter uns und es wäre unklug, wenn ausgerechnet der Dieb über die Hütten wacht. Auf jeden Fall sollten keinerlei Wertsachen mehr in den Hütten aufbewahrt werden, sondern besser Irmi übergeben werden, die ja auch unsere Pässe in ihrem vorsintflutlichen Tresor aufbewahrte. Wir beschlossen, Irmi nichts zu erzählen, weil wir tatsächlich befürchteten, allgemein als »Diebespack« in der Gemeinschaft abgestempelt zu werden. Es wurden auch sogleich Wachen für die kommende Nacht festgelegt. Jan aus Holland und Colin selbst sollten Wache schieben, da sie erst ab Mittag arbeiten mussten. Es würde ziemlich kompliziert werden, denn wir mussten ja die Wacheinteilung mit unseren richtigen Aufgaben unter einen Hut bringen und ich musste auch noch Daliah und meine privaten Lehrstunden in diesen Hut kriegen. Wie sollten wir in einer Gemeinschaft von etwa 50 jungen Leuten einen Dieb ausfindig machen? Jeder kannte jeden, der eine legte für diesen seine Hand ins Feuer, ein anderer wiederum bürgte für jenen. Und trotzdem war einer von uns ein Einbrecher und Dieb, der Colin sein ganzes Geld gestohlen hatte. Mein Geld jedenfalls blieb bis auf weiteres in meinem hohlen Leibgürtel aus Stoff und diesen Gürtel nahm ich auch nachts nicht mehr ab.

Daliah habe ich erst am nächsten Abend wiedergesehen, weil sich unsere Wege tagsüber nicht kreuzten, jeder seinen Pflichten nachging und wir beide auch ausnahmsweise zu verschiedenen Zeiten im Speisehaus auftauchten. So ist das im Kibbuz; manchmal sieht man sich erst abends zum Feierabend und so konnte ich Daliah auch erst sehr spät von dem Vorfall im Camp der Volontäre erzählen. Sie war erschrocken, aber sie fürchtete sich nicht davor, dass auch jemand bei ihr einbrechen könne, denn die Wohnungen für Ledige standen wie deutsche Reihenhäuser dicht an dicht, sodass immer jemand in Ruf- und Hörweite wohnte.

Auf unserer Hühnerfarm brauchten wir noch zwei Tage, dann waren die Ställe soweit renoviert und ausgebessert, dass die neue Generation Legehennen kommen konnte. Wir erwarteten Tausende neuer Hühner, die bei uns fleißig Eier legen sollten, die einerseits auf den Speiseplan im Kibbuz kamen und andererseits an den Großhandel verkauft wurden. Die neuen Hennen kamen aus unserer eigenen Brut- und Aufzuchtstation, aber der Kibbuz kaufte auch noch Junghühner hinzu. Je mehr, desto besser, lautete die Devise, die leider mit artgerechter Haltung überhaupt nichts zu tun hatte.

An einem schönen Dezembertag kurz vor Chanukka war es endlich soweit; wir auf der Hühnerfarm erhielten von der Aufzuchtstation die Mitteilung, dass die Junghennen legebereit wären und bald bei uns einträfen. Nun ist es leider nicht so, dass sich die jungen Hühner von selbst auf den Weg in das Legehaus machten, nein, sie mussten transportiert werden. Zwar nur innerhalb des Kibbuzgeländes, aber doch über mehrere hundert Meter, da Aufzuchthaus und Legehaus nicht beieinander standen. Wieder wurden sämtliche Volontäre und alle Kibbuzniks, die entbehrlich waren, rekrutiert, damit die Hühner eingefangen, verpackt und auf das Transportfahrzeug, einem Traktor mit mehreren Anhängern, verladen werden konnten. Diese Einsammelaktion wurde grundsätzlich von Frauen erledigt, da sich schon vor langer Zeit herausgestellt hatte, dass die Herren der Schöpfung mit ihren klobigen Händen zu grob mit dem jungen Federvieh umgingen und deshalb viele das Einfangen und Verpacken nicht überlebten. Die Hühner, versteht sich.

Die erste Ladung Stallbewohner traf bei uns ein, wir Hühnermänner entluden den Traktor komplett, damit er gleich wieder zurückkehren konnte, und trugen die Transportboxen in die renovierten Ställe, wo wir einfach nur den Deckel der Box öffneten, worauf die verunsicherten Hühner herausflatterten und sich erstmal orientierten. Den lieben langen Tag pendelte der Traktor zwischen Zuchtstation und Hühnerhaus und als Feierabend ausgerufen wurde, waren wir alle geschafft, aber der Umzug war erledigt. Morgen sollte noch ein LKW mit weiteren Hühnern eintreffen und die Routine auf unserer Hühnerfarm konnte wieder einkehren.

Hühner und Ställe waren jung und frisch, sodass wir abends nicht so stark nach der Tagesmühe rochen wie beim Auszug der alten Hühner, aber hier und da schmückte uns ein Federchen und ein paar Kratzer trugen die Fangfrauen in der Aufzuchtstation auch davon.

Gerade als ich nach den letzten beiden Boxen griff, legten sich ein paar warme Hände über meine Augen und eine mir wohlbekannte Stimme fragte auf Hebräisch: »Wer bin ich?«

Spontan antwortete ich: »Du bist Daliah.«

Daliah war ganz aus dem Häuschen und auch ich war überrascht, denn ich hatte ihre Frage verstanden und aus dem Bauch heraus geantwortet. Gewiss, es waren einfache Sätze gewesen, aber mein intensives Studium der hebräischen Sprache trug erste Früchte. Daliah war so erfreut, dass sie wahre Freudentänze aufführte und jedem, der es hören oder nicht hören wollte, mitteilte, dass ein Wunder passiert war. Berenod spricht Hebräisch! Soeben. Hier. Sie hätte es selbst gehört. Uri sagte nur:»Ja, Daliah, das kann passieren, wenn man fleißig lernt.«

Und ich fügte auf Deutsch hinzu:»Es waren nur ganz kurze einfache Sätze.«

Daliah wedelte mit erhobenem Zeigefinger vor meiner Nase herum und rief:»Kein Deutsch mehr! Hebräisch sprechen.« Auch das war einfach zu verstehen und ich sagte nur lässig:»Beseder, Daliah.« *Ist gut. Ok. Einverstanden.*

Ich drehte mich um und wäre fast gestrauchelt, denn eine glückliche und übermütige Daliah sprang mir auf den Rücken, hielt sich gut fest und lachte. Sie hing an meinem Rücken und lachte. Ich möchte betonen, dass wir 20 und 22 Jahre alt waren und damit die Berechtigung hatten, manchmal dumme und alberne Sachen zu machen. Uri und Gershon bogen sich vor Lachen und Gershon fragte hinterlistig:»Darf ich auch mal?« Nun muss man wissen, dass Gershon über 100 Kilo wog, rund und gesund aussah, und ich lehnte aus verständlichen Gründen ab. Da war mir das Leichtgewicht Daliah Cohen doch angenehmer. Daliah blieb noch bei uns, bis die Arbeit getan war, Feierabend ausgerufen wurde und wir beide gemeinsam meinen mir liebgewordenen Arbeitsplatz verließen. Daliah bog nach rechts ab, ich nach links in unser Camp, wo hoffentlich keine weiteren schweren Verbrechen passiert waren.

Und wieder war das Camp in heller Aufregung. Kate aus Schottland war sich sicher, dass jemand während ihrer Abwesenheit in ihrer Hütte war, denn einige Gegenstände standen nicht da, wo sie vorher noch standen. Wertsachen fehlten allerdings nicht, da Kate ihren Reisepass wie alle anderen auch bei Irmi abgegeben hatte und ihr Geld als Sohle in ihre Arbeitsstiefel gelegt hatte. Die Geldscheine hatte Kate zusätzlich in Plastiktüten eingewickelt, denn sonst wären sie wahrscheinlich nirgendwo mehr angenommen worden, denn acht bis zehn Stunden Aufenthalt unter schwitzenden Füßen hinterlassen schon ihre Spuren. Die erneute Unsicherheit hatte zur Folge, dass immer ein Mitbewohner zu Hause blieb und der oder die andere sich zur Körperreinigung in das Duschhaus begab, was wiederum zur Folge hatte, dass der Andrang sich in Grenzen hielt und Herren und Damen gesittet in abgetrennten Bereichen duschen konnten. Sicher, das gemeinsame hilfsweise Duschen nach der Baumwollernte, als es zu langen Warteschlangen vor dem Eingang zur Damenabteilung kam, war fröhlich, heiter und völlig erotikfrei gewesen, aber mir wäre jetzt nicht mehr danach gewesen; ich glaube, ich hätte Daliah gegenüber ein schlechtes Gewissen gehabt, auch wenn wir nur ein platonisches Paar waren, das sich zwar oft und gerne berührte, aber eben nur an unverfänglichen Stellen. Auch wenn wir noch recht jung waren, hatten wir ernsthafte Pläne miteinander und da passte gemischtes Duschvergnügen mit anderen nicht mehr rein.

Nach dem Abendbrot besuchte ich Daliah in ihrer Junggesellenwohnung, wir lernten und sprachen Hebräisch, knabberten die obligatorischen Kekse und waren glücklich und zufrieden. Und ja, ich hatte den Eindruck, Daliah wurde immer hübscher. Eine wahre orientalische Schönheit mit dunkelbraunen Augen, langen schwarzen Haaren, die sie heute nach ihrer Dusche zu einem Knäuel mitten auf dem Kopf geformt hatte, was man, glaube ich, als Dutt bezeichnet. Es gab ihr ein etwas strenges, aber auch sehr vornehmes Aussehen. Als ich wirklich keine Lust mehr auf meine hebräische Fibel hatte und Daliah merkte, dass meine Aufmerksamkeit erlahmte, nahm sie das Buch und klappte es zu. Während ich noch Kekse aß und mit Orangesaft herunterspülte, sang Daliah wieder ihre persischen Lieder, die mir immer vertrauter wurden, obwohl ich nicht eine einzige Silbe davon verstand. Daliahs Augen wurden immer dunkler und sie guckte mich verdächtig oft liebevoll an, aber doch irgendwie anders als liebevoll. Ganz unerwartet schlang Daliah die Arme um mich, sagte *Laila tov, Berenod* und schob mich zur Zimmertüre. Ich war sicher, dass sie auf diese Art und Weise nicht nur mich zur Türe hinausschob, sondern auch einen Anflug von körperlicher Versuchung. Kein Ring, kein Kuss. Oder höchstens kleine bis mittlere Küsse. Mit allen anderen Intimitäten wollte Daliah bis zur Eheschließung warten und es machte mir (fast) nichts mehr aus.

Am nächsten Morgen traf der erwartete LKW mit der anderen Hälfte der Junghennen ein und bis zum Mittag entluden wir das Fahrzeug und schleppten immer zwei Transportboxen mit je drei bis vier Hennen in ihr neues Heim, wo es schon von gackernden

Hühnern nur so wimmelte, die die Neuankömmlinge mehr oder weniger freundlich willkommen hießen. Es wurde gescharrt, gehackt und gepickt und wir Hühnermänner dankten den Göttern und ihren bärtigen Propheten, dass das Arbeitsleben auf der Hühnerfarm endlich wieder in geregelten Bahnen verlief. »Heute beginnt Chanukka«, teilte mir mein guter Freund Irachmiel mit. »Nicht so viel im Speisehaus essen.«

Und in der Tat stand neben dem üblichen Büffet ein weiterer Tisch, der mit Kartoffelpuffern, Berlinern oder Pfannkuchen, wie man in anderen deutschen Regionen sagt, und jeder Menge Süßigkeiten vollgepackt war. Jeder nahm sich mit nach Hause, was er wollte, denn Chanukka wird gewöhnlich im Kreise der Familie gefeiert und nachgeliefert wurde stündlich.

Daliah hatte mich ausdrücklich zu sich eingeladen und so klopfte ich, wie es sich gehört, an ihre Türe, die mit Schwung aufgerissen wurde und eine wunderschöne Daliah fiel mir ausnahmsweise nicht um den Hals, denn ihre Schwester Nina und Baruch, der eingewanderte Russe, waren zu Besuch. Wie es sich eben zu Chanukka gehört. Nina, die ebenfalls blendend aussah, umarmte mich, ihr Freund Baruch gab mir die Hand und sagte etwas zur Begrüßung, was man heute wohl als: *Was geht, Alter?* übersetzen würde. »Er spricht schon Hebräisch«, teilte Daliah ihren Gästen mit, die diese Mitteilung mit Freude und Erstaunen zur Kenntnis nahmen, aber noch klappte es nicht so richtig mit einer fließenden Unterhaltung.

Auf dem Fensterbrett stand der Chanukka-Leuchter mit seinen acht Kerzen und Daliah gab mir eine andere brennende Kerze, mit der ich Kerze Nummer Eins auf dem Leuchter anzuzünden hatte. Ich durfte die erste Chanukka-Kerze anzünden. Ich, der Goi, der Nichtjude. Das war eine große Ehre, der ich guten Mutes gerecht wurde; die Kerze brannte vorbildlich. Daliah ging zu ihrem kleinen Tisch, nahm ein Tuch weg, das irgendetwas bedeckte und zum Vorschein kam ein großer Teller mit Pfannkuchen, Krapfen, Süßigkeiten und Kartoffelpuffern, die wir nach und nach in uns hineinstopften. Wenigstens gingen Nina und Baruch zum Rauchen vor die Tür, brachten aber jedes Mal eine Rauchwolke mit sich, was Daliah mit der üblichen ungeduldigen Handbewegung (Handfläche nach oben, alle Finger ausgestreckt) und ein paar missbilligenden Worten kommentierte.

Nach ein paar Minuten der Verdauung schauten sich die beiden Schwestern an, fingen an mit den Fingern zu schnippen, leicht in die Handflächen zu schlagen und gaben uns beiden Herren zum Abschluss des ersten Chanukka-Abends eine wunderbare Gesangsvorstellung. Es muss in der Familie liegen; sowohl Nina als auch Daliah konnten vortrefflich singen. Es waren andere Lieder, als die, die mir die glückliche Daliah immer vorsang, nicht ganz so persönliche und vertrauliche Lieder. Wahrscheinlich sangen die beiden Schwestern einfach nur persische Schlager oder Poplieder, denn die gab es ja vor der islamischen Revolution 1979 im Iran, und vielleicht waren die persischen Schlagertexte genauso banal wie *Alles hat ein Ende, nur die Wurst hat zwei.* Aber wer außer einem Perser weiß das schon? Die Lieder jedenfalls klangen ganz bezaubernd und auch Baruch war ziemlich überrascht, denn vermutlich wusste er gar nichts von den musikalischen Fähigkeiten seiner Freundin Nina und hörte sie heute das erste Mal singen. Für mich hatte meine Daliah schon öfter gesungen, aber das rieb ich ihm nicht unter seine Nase. Es wird schon seine Gründe haben, warum Daliah für mich sang und Nina für Baruch nicht. Heute war der 15. Dezember 1979, noch ein paar Tage bis Weihnachten, zwei Wochen bis Silvester, das im Kibbuz groß gefeiert wurde und drei Wochen bis zu Daliahs Abreise in die Wüste Negev zu ihrer militärischen Grundausbildung und dem Beginn meines offiziellen Sprachkurses.

Der guten Ordnung halber ging ich gleich mit, als sich Nina und Baruch zu fortgeschrittener Stunde verabschiedeten, was meine sittsame Freundin mit einem festen, aber liebevollen und heimlichen Händedruck wohlwollend honorierte. Nina und Baruch versuchten ab Kiryat Ata einen Bus oder ein Scherut zu ergattern und ich freute mich über einen kleinen abendlichen Spaziergang, der mir nach der Schlemmerei nur guttun konnte. Der Brite Andrew und der stumme Josef schoben gemeinsam Wache, als ich die Siedlung der Volontäre erreichte und Andrew nahm mich mit verzweifelter Miene zur Seite und fragte mich: »Warum spricht er kein Wort? Kann er überhaupt sprechen?« »Vermutlich kann er sprechen, aber es hat ihn noch keiner gehört«, musste ich zugeben, während Josef, der Schweigsame, an einem kleinen Lagerfeuer saß und in einem Krimibuch schmökerte, das ich ihm auf die Veranda gelegt hatte. Andrew drehte weiter seine Runden, passte auf unsere Hütten auf und sogar Josef las nur mit halber Kraft und schaute immer wieder nach verdächtigen Bewegungen. Aber eigentlich bestand der Sinn unserer Wache eher in der Abschreckung, denn in der Aufklärung. Trotzdem war es ein unangenehmes Gefühl, immer noch einen Schurken in unserer Mitte zu wissen.

Die meisten Menschen aus dem christlichen Kulturraum feiern Weihnachten im Kreise ihrer Familien und mit einem Tannenbaum, in unserem Kibbuz mussten wir etwas improvisieren. Viele Helfer waren über Weihnachten hiergeblieben, wir bekamen die alte Bibliothek, wo wir sowieso schon so manche Nachmittage verbracht hatten, als Festraum und obendrein einen Tag frei, nämlich den 25.12. Am 24. selbst mussten wir nur bis mittags arbeiten und bereiteten uns innerlich auf den Heiligen Abend im Kreise »unserer Lieben« vor, die in diesem Falle die lieben anderen freiwilligen Helfer waren, die sich hier in dem israelischen Kibbuz Kfar Yochanan getroffen hatten. Chanukka endete am 22. Dezember, Daliah hatte mich, wie sie es Miriam versprochen hatte, kugelrund gefüttert und wir hatten tatsächlich jeden Chanukka-Abend in Daliahs Wohnung verbracht. Es war zu keinen kriminellen Vorfällen mehr im Camp gekommen und wir hofften sehr, dass der Einbrecher, der Colins Geld gestohlen hatte, unter der Handvoll Volontäre war, die uns in den letzten Tagen verlassen hatten. Trotzdem waren wir wachsam und hatten einen Freiwilligen gesucht, der im Camp bleiben und Wache schieben sollte. Wir waren nicht sehr überrascht, dass sich Josef wortlos meldete und wir übertrugen ihm die Wache mit der Anweisung, sofort zu brüllen, falls er eine verdächtige Bewegung wahrnimmt. Josef kratzte sich am Kopf und guckte nachdenklich und auch wir anderen waren nicht ganz sicher, ob Josef wirklich brüllen würde. Wer nicht spricht, brüllt auch nicht.

Als Weihnachtszeremonie entschieden wir uns für das Wichteln, das in anderen Ländern auch Julklapp genannt wird und als Tannenbaum musste eine große Weinrebe herhalten, die uns mein Freund Irachmiel aus dem Weinanbau stibitzt hatte. Es sah schon etwas merkwürdig aus, aber die Mädchen schmückten die Rebe mit allerlei Haarbändern und Haarspangen und wir waren alle zufrieden. Ich musste Joel beschenken, einen Schotten, und mir fiel nichts Besseres ein, als ihm einen Satz kleiner Schnapsgläser in unserem kleinen Supermarkt zu kaufen. Jeder Kibbuz hat einen kleinen Supermarkt, der allerlei Dinge führt, die man nicht gestellt bekommt wie zum Beispiel kleine Schnapsgläser oder alkoholische Getränke, wobei ich den Sabbatwein am Freitagabend mal nicht mitzähle. Jeder Kibbuznik, jeder Ulpanist und auch jeder Volontär bekam im Grunde alles, was er brauchte. Seife, Haarshampoo, Verpflegung, Getränke, Arbeitskleidung, Toilettenpapier, Taschengeld, Urlaub, Zigaretten und bereits frankiertes Briefpapier. Nur Bier oder Wein oder eben kleine Geschenke musste sich jeder im Laden kaufen und so kaufte ich für Joel sechs kleine Schnapsgläser, weil ich seinen Namen gezogen hatte.

Wir waren noch etwa 30 Volontäre, die sich zum Julklapp in der Bücherei versammelt hatten, um unser Weihnachten zu feiern und Lee eröffnete die Zeremonie mit einem Schluck israelischen Bier, zog das erste Geschenk aus dem Stapel und las den Namen vor, der draufstand. So blieb alles schön geheim und keiner konnte dem anderen an die Gurgel gehen, weil ihm das Geschenk nicht gefiel oder vielleicht sogar seinen guten Geschmack beleidigte. Mein Name wurde aufgerufen, ich eilte frohlockend zu Lee, nahm ein kleines Papierpaket entgegen und freute mich über sechs kleine Schnapsgläser, die mir ein wohlmeinender Unbekannter geschenkt hatte. Groß war das Gelächter, als Joel später mein Geschenk auspackte und noch größer wurde es, als drei andere Volontäre sich ebenfalls über ein Set Schnapsgläser freuten.

Ich hatte Daliah, die einen ganz normalen Arbeitstag hatte, versprochen, sie nachher noch zu besuchen und hatte ihr sogar etwas gekauft. Daliah liebte Haarspangen und konnte davon gar nicht genug bekommen, also hatte ich eine neue Spange im kleinen Supermarkt gekauft und notdürftig in Geschenkpapier verpackt. Notdürftig nicht deshalb, weil es kein Geschenkpapier gab, sondern weil Männer grundsätzlich keine Geschenke verpacken können und das Geschenk schauderhaft aussah, nachdem es durch meine ungeschickten Hände ging. Wenigstens die Haarspange war heil geblieben. Während die anderen noch Geschenke verteilten, Witze rissen und Bier tranken, stand ich auf und rannte schnell zu Daliah rüber, die ja im Gegensatz zu uns morgen früh wieder arbeiten musste. Daliah feierte zwar kein Weihnachten, aber ich! Und deshalb musste auch ein Geschenk sein. Wir könnten es ja als neutrales Geschenk tarnen, dass ich ihr zufällig zu Weihnachten überreichte, falls Moses darüber ärgerlich wäre. Umso überraschter war ich, als Daliah mir auch ein kleines Geschenk überreichte und mich dabei ganz liebreizend anlächelte. Sie schenkte mir einen Kamm, denn meinen uralten Kamm, der immer hinten in meiner Hosentasche steckte, hatte ich irgendwo im Hühnerstall verloren und selbst, wenn ich ihn wiedergefunden hätte, hätte ich ihn nicht mehr benutzen wollen. Ich freute mich sehr, Daliah freute sich noch mehr, dass ich mich freute und obendrein freute sie sich über ihre neue Haarspange, die sie auch umgehend anlegte. Ich guckte ihr dabei zu, aber wie sie mit schnellen Bewegungen ihre dunklen Haare löste, sie wieder zusammensteckte und zielsicher mit der Spange befestigte, ohne hinzugucken, blieb mir ein Rätsel.

Es war eigentlich schon Schlafenszeit für Leute, die früh aufstehen müssen und deshalb sagte Daliah etwas auf Hebräisch, das ich aber nur halb verstand, worauf die ungeduldige Daliah mit den Augen rollte und das international gebräuchliche Zeichen für *Zähne putzen* machte. Ich blieb und wartete, während Daliah im angrenzenden Waschraum verschwand und nach zehn Minuten wieder herauskam. *Dreh dich um*, sagte sie und machte die passende Geste (kreisender Finger, auf mich zeigen) dazu. Brav drehte ich mich um, hörte es rascheln, als wenn sich jemand auszieht und durfte mich auf Zuruf wieder zu Daliah umdrehen. Daliah hatte sich tatsächlich ausgezogen, war in ihren Nachtdress geschlüpft und lag fix und fertig im Bett. Sie lächelte huldvoll wie eine Königin, klopfte auf die Bettkante und ich setzte mich genau dorthin, wo sie mich hingeklopft hatte, gab ihr einen Kuss auf die Wange, den sie mit einem blitzschnellen Kuss auf meinen Mund quittierte und sich noch schneller unter der Bettdecke versteckte. Entweder war sie albern oder verlegen. Ihre Augen glänzten und schimmerten feucht, als Daliah wieder zum Vorschein kam und *Laila tov* sagte. Und wenn Daliah *Gute Nacht* sagte, musste ich auch wirklich gehen. Daliah hatte schon viele Grenzen mit mir überschritten und hier war Endstation.

Auf der Weihnachtsfeier in der Bibliothek trank ich zum Abschluss noch zwei Bier mit den anderen, wir machten uns auf den Weg zu unseren Unterkünften, während Lee das Licht ausmachte und die Tür abschloss. Unsere Überraschung war groß, als wir

Josef neben einem kleinen Lagerfeuer sitzen sahen und neben ihm eine Gestalt, die bewegungslos auf dem Boden lag. Bewegungslos deshalb, weil diese Gestalt an Füßen und Händen gefesselt war, damit sie nicht weglaufen konnte. Außerdem hatte sie, die Gestalt, eine ziemlich lädierte Nase. Es war mein Freund Bernhard, der dort herumlag und heute hörten wir Josef das erste Mal mit einem schweren bayerischen Akzent sprechen. »Karate«, sagte er. Nach einer Befragung gab Bernhard zu, Colins Geld gestohlen zu haben und wir machten uns alle auf den Weg in Bernhards Hütte, durchsuchten seine Sachen und fanden tatsächlich die englischen Pfund, die zweifelsfrei Colin gehörten. Josef hatte Bernhard auf frischer Tat erwischt, als er sich an einer anderen Hütte zu schaffen machte und ihn »kaltgestellt«. Unser Vorgehen war vielleicht nicht ganz legal, aber so war es schnell vom Tisch. Bernhard jagten wir noch am selben Abend aus dem Kibbuz und als die Gemüter sich beruhigt hatten, fragte ich Josef: »Warum sprichst du denn nie?«

»Keine Lust«, war alles, was Josef antwortete und hat seitdem auch kein weiteres Wort gesprochen. Josef kam für lange Zeit auf Platz 1 meiner Liste der Verschrobenen, aber er war wenigstens harmlos verschroben und hatte in jener Nacht gut aufgepasst. Bernhards Motive blieben unklar, aber wahrscheinlich wollte er wie alle anderen Diebe und Einbrecher nur schnell an fremdes Geld kommen. Nun war er zwar entlarvt und weg, aber eine gewisse Unsicherheit und ein Misstrauen blieben uns erhalten.

Noch fünf Tage bis zur großen Silvesterparty, an dem alle Bewohner, Kibbuzniks und Volontäre, teilnahmen und aufgefordert waren, einen geselligen Beitrag beizusteuern. Vielleicht eine kleine lustige Theateraufführung, eine musikalische Darbietung, Tänze, Akrobatik oder Schwert schlucken. Die Vorführungen sollten bitte bis 27.12. bei Naomi, der Kulturmanagerin, eingereicht werden. Lee und ich entschieden uns für eine Parodie auf den legendären Titel »Leader oft he Pack« von den Shangri-Las, einem Welthit aus dem Jahre 1964, der einfach zu singen war und einen einprägsamen Refrain hatte. Lee hatte dieses Lied auf Kassette dabei und hörte es mindestens einmal am Tag, wobei sie laut mitsang. Für unsere kleine Show brauchten wir noch zwei englischsprachige Mädchen, die keine Angst vor Publikum hatten und fragten Kate aus Edinburgh und Rosa-Lee aus Glasgow, die schwer begeistert waren und zusagten. Meine Rolle war die des Leaders of the Pack und dafür musste ich wenigstens nicht singen, benötigte aber zwingend eine schwarze Lederjacke, die mir der dicke Gershon von einem ehemaligen Hubschrauberpiloten besorgte. Eine dunkle Sonnenbrille borgte ich mir von Henk und damit war mein Outfit (wie man heute sagt) perfekt. Tagsüber gingen wir alle unserer Arbeit nach, nachmittags übten wir unsere Vorführungen und die Abende verbrachte ich mit Daliah und meinem Lehrbuch der hebräischen Sprache. Ich wusste nicht, ob Daliah auch etwas für die Silvesterparty einübte und wenn ja, erzählte sie mir nichts davon. Es war jedenfalls nicht auszuschließen, dass Daliah am Nachmittag, wenn ich probte, auch Vorbereitungen für die große Party traf.

Am 31.12. wurde der riesige Speisesaal nach dem Mittagessen zu einem Partyraum umgebaut, es wurden Lautsprecher aufgestellt, eine große Bühne wurde errichtet und hinten in der Ecke stand ein Buffet mit Speisen und Getränken. Die Küchenmannschaft gab sich die allergrößte Mühe und die Tische bogen sich unter der Last von Schüsseln, Gläsern, Tellern, Suppen, Salaten, Fleisch, Knabbereien und Leckereien. Silvester war außer Feiertagen der einzige Tag, an dem auch leichte alkoholische Getränke wie Bier, Wein und Bowle serviert wurden. Die Bowle befand sich in einer Schüssel, die so groß wie ein Aquarium war, fand regen Zuspruch sowohl bei den Kibbuzniks als auch den Volontären und schmeckte sehr fruchtig.

Nach und nach trafen die Bewohner unserer landwirtschaftlichen Siedlung alle ein, suchten sich ihre Plätze, bedienten sich am Buffet und freuten sich auf die mehr oder weniger künstlerischen Vorführungen, die Punkt 21 Uhr mit den Kindern des Kibbuz begannen. Die Kinder aus dem Kindergarten tanzten so gut es ging traditionelle jüdische Tänze, verloren aber doch hin und wieder den Kontakt zum Nebenmann, was aber keinen störte. Besonders die Eltern bereiteten ihren Sprösslingen einen begeisterten Applaus und hoben die kleinen Kibbuzniks vorsichtig von der Bühne, als der Spaß vorbei war. Der nächste Künstler war Colin, der die Zuschauer mit Bodenakrobatik und einem sehr biegsamen Körper erfreute, gefolgt von einem Kibbuznik, der mit einem schönen Bariton zwei Lieder aus dem Musical »Anatevka« zum Besten gab. Ich saß neben Daliah und Hannah Salzmann, hinter uns saßen Schwester Nina und Baruch, die Daliah eingeladen hatte, was problemlos möglich war, auch wenn die beiden Städter nicht zum Kibbuz gehörten. Wir amüsierten uns sehr, knabberten Gebäck, Kekse und Schokolade, Daliah krümelte wie immer um sich herum und fegte zusätzlich noch die winzigen Reste ihrer Kekse vom Teller und von ihren Beinen auf den Fußboden, was ihr wie üblich heftige Kritik von ihrer Schwester einbrachte.

Lee machte mir ein Zeichen, ich stand auf und begab mich zu meinen Sängerinnen hinter die Bühne, schlüpfte in die schwere Lederjacke, setzte meine Sonnenbrille auf und war bereit. Die Musik setzte ein und Lee, Kate und Rosa-Lee sangen und sprachen »Leader oft he Pack«, in dem es darum geht, dass ein junges Mädchen sich in den Anführer einer Motorradgang verliebt, die Eltern strikt dagegen sind und der junge Mann schließlich bei einem Motorradunfall ums Leben kommt. Das Lied ist nur zweieinhalb Minuten lang, unsere Sängerinnen streckten es durch Wiederholungen und etwas optischer Theatralik und von dem vorbereiten Band dröhnten immer wieder die Motoren, bis ich letztendlich in schwarzer Lederjacke, Sonnenbrille und auf einem Kinderdreirad sitzend auf die Bühne fuhr und damit umkippte, als im Lied der Unfall besungen wurde. Die Zuschauer bogen sich vor Lachen und wir ernteten dankbaren Applaus. Ich hielt nach Daliah Ausschau, die ich eben noch auf ihrem Platz gesehen hatte, konnte aber weder sie noch Nina nirgends entdecken.

Wir überließen die Bühne den nächsten Künstlern, ich nahm wieder Platz und fragte Hannah nach Daliah. »Zieht sich um. Ist die Nächste.« Das erklärte natürlich ihre Abwesenheit. Leise ungewöhnliche Musik ertönte und dann hielt der Orient in seiner ganzen Pracht Einzug in unseren europäisch ausgerichteten Kibbuz. Die Musik wurde lauter und die beiden Schwestern Nina und Daliah betraten in orientalischen Gewändern die Bühne und fingen zu der Musik vom Band zu singen an. Alle, wirklich alle, starrten die wunderschönen Schwestern mit offenen Mündern an, nahmen mit den Füßen den Takt auf und wiegten sogar die Oberkörper im Rhythmus der persischen Musik, die langsam den ganzen Saal vereinnahmte. Ich drehte mich zu Baruch an, der seine Nina die ganze Zeit anstarrte und grinste ihn fröhlich an, was er gar nicht mitbekam. Hannah stieß mich an und erst da bemerkte ich, dass Daliah mich die ganze Zeit ansang. Sie ließ mich nicht aus den Augen und sang praktisch nur für mich; davon war ich felsenfest überzeugt. Zum Abschluss gab es noch israelische Lieder mit orientalischer Einfärbung und als die Schwestern ihre Vorführung beendeten, brach im Saal die Hölle los. Die Zuschauer sprangen auf, klatschten und trampelten mit den Füßen, ich konnte nicht mehr sitzen bleiben, stürzte auf die Bühne und Daliah flog mir bereits entgegen und umarmte mich so heftig, dass wir beide taumelten. »Ani oheved otcha«, sagte sie leise zu mir und nun tobte der Saal erst recht, denn Daliah hielt immer noch das Mikrofon in der Hand und ihre an mich gerichtete Liebeserklärung erreichte auch die hinterste Ecke unseres umgewandelten Speisehauses. Nina stürzte herbei, nahm ihrer kleinen Schwester das verräterische Mikrofon ab, was großes Gelächter im Zuschauerraum auslöste und Daliah lächelte überhaupt nicht verlegen in den Zuschauerraum.

Daliah und Nina zogen sich erneut um, die Party zum Jahreswechsel 1979/1980 ging weiter und endete weit nach Mitternacht. Ein Feuerwerk fand aus Rücksicht auf die vielen Tiere nicht statt, was ich sehr begrüße. Daliah wich mir den ganzen Abend nicht mehr von der Seite, wir aßen, tranken, schlemmten und tanzten sogar etwas, aber tanzen war noch nie meine große Leidenschaft gewesen. Keinen Rhythmus. Ich hätte keinen Rhythmus, behauptete Daliah. Nach Mitternacht leerte sich der große Gemeinschaftssaal und der Kibbuz ging schlafen. Nina schlief bei Daliah, Baruch bekam eine Gästewohnung zugewiesen und ich selbst schlief natürlich in meiner Hütte im Camp.

1980

Kapitel 1

Mit dem 1. Januar begann ein völlig neuer Abschnitt in unserem Leben. Mein Hebräischkurs begann am 6. Januar und Daliah verließ am 3. Januar unseren Kibbuz, um ihren Wehrdienst am 6.1. in der israelischen Armee anzutreten. Sie hätte vielleicht auch am 4. Januar fahren können, aber das war ein Freitag und sie wollte am Sabbat nicht irgendwo festhängen, weil keine Busse mehr fuhren. Plötzlich waren wir getrennt, nachdem wir immer mehr zusammenwuchsen und im Grunde unzertrennlich waren. Ich gebe es zu: das war ungewohnt und unangenehm.

Die ersten Mitschüler aus aller Welt trafen so langsam ein und ich bekam eine andere Unterkunft zugewiesen. Die Sprachstudenten, die Ulpanisten, lebten in einer separaten Siedlung gleich neben den Klassenräumen und teilten sich zu dritt einen Raum, der aus einem Tisch, Stühlen, drei Schränken und drei Betten bestand. Die Unterkünfte für die Sprachstudenten waren aus festem Stein, viel besser als die windschiefen Holzhütten der Volontäre und auch die Duschhäuser waren etwas besser, auch wenn es wie bei den Helfern Gemeinschaftsduschen waren. Links die Herren, rechts die Damen.

Lee und Koichi halfen mir, meine paar Sachen in meine neue Unterkunft zu transportieren, staunten über die hübschen kleinen Häuschen aus Stein und erbaten sich detaillierte Berichte über meine Fortschritte in der hebräischen Sprache. Daliah gesellte sich dazu und zeigte mir ihr ehemaliges Wohnhaus, als sie hier im letzten Ulpan ihr Hebräisch perfektionierte.

»Jetzt geht es los, Berenod«, sagte sie. »Ich gehe zu Zahal, zum Militär, du machst Ulpan.«

18 Tage sollte ich Daliah nicht sehen, dann hatte sie fünf Tage Urlaub, wovon allerdings schon zwei Tage für die An- und Abreise in die Wüste Negev draufgingen. Eigentlich dauerte der Dienst immer nur 16 Tage, aber sie fuhr ja schon am 3. Januar und so wurden 18 Tage daraus. Bis nach Be'er Sheva am Rande der Negev Wüste sind es von Haifa aus 200 Kilometer, der Bus brauchte schon seine drei Stunden. Vom Sammelpunkt in Be'er Sheva wurden die jungen Rekruten mit Militärbussen in ihre Aus-

bildungslager und Kasernen gefahren, hatten einen Tag sich zu orientieren und am übernächsten Tag begann schon die Grundausbildung für junge Männer und junge Frauen. Fast wie bei uns, nur dass in der Bundeswehr damals keine Frauen dienten.

Plötzlich wimmelte es im Speisehaus von neuen Gesichtern; es waren die neuen Sprachstudenten, die sich sogleich zu uns gesellten und mit uns alten Hasen ins Gespräch kamen.

Meine neue Wohngemeinschaft konnte bunter nicht sein, denn man teilte mir den Amerikaner Mike und den Russen Shlomo zu. Beides Neueinwanderer, die in Israel bleiben wollten und in unserem Kibbuz ihren Neustart wagten. Mit Shlomo, der in Russland ganz anders hieß und bei der Einwanderung einen neuen hebräischen Namen angenommen hatte, verstand ich mich auf Anhieb gut, mit dem Amerikaner wurde ich nicht so richtig warm. Mit unserer Wohngemeinschaft war es wie mit den Witzen, die so anfingen: Ein Deutscher, ein Amerikaner und ein Russe. Shlomo sprach ein paar Brocken Englisch und ein paar Brocken Hebräisch, Mike sprach zuerst nur sein gekautes Amerikanisch, was ich gar nicht gut verstand, aber ein paar Wochen später verständigten wir uns sowieso nur noch auf Hebräisch.

Mike teilte uns beiden auch sogleich unaufgefordert mit, dass Zähneputzen ungesund sei, wie man ohne Zahnbürste und Zahnpasta seine Zähne zu reinigen hätte und dass Zahnärzte überflüssig wären. Als Mike kurz wegging, guckten Shlomo und ich uns an, brachen in Gelächter aus und Shlomo sagte mit seinem russischen Akzent und rollendem R: »He is crazy.« Ich konnte dieser Feststellung nur zustimmen und setzte Mike auf Platz 2 meiner Liste der Verschrobenen. Gleich unter Josef, der einen immerwährenden Platz 1 hatte. Daliah kam vorbei, um zu sehen, wie es mit den Einquartierungen voran ging, Shlomo kriegte Stielaugen, ich trat ihm sachte ans Schienbein und sagte: »My girl.«

Egal, aus welcher Gegend ein Mann kommt, das Ritual bei Sicht eines weiblichen Wesens ist gleich. Erstmal durch prüfende Blicke analysieren, gemeinsame Schnittmengen herausfinden, sich aufrichten, damit man größer und kräftiger erscheint, Aufmerksamkeit erregen durch beispielsweise lässiges Anstecken einer Zigarette, ein Gespräch aufnötigen, Verständnis zeigen, oft nicken, auch wenn man kein Wort verstanden hat und nicht herumgucken. Erwidert die Dame das aufgezwungene Gespräch, hier und da anstupsen oder im Eifer des Gesprächs die Hand auf ihren Arm legen, um eine gewisse Vertraulichkeit herzustellen, dann Spaziergang, Kino oder Restaurant vorschlagen, je nachdem, was verfügbar ist. Hat der Herr das Lieblingsthema der Dame herausgefunden, macht er sich darüber schlau und glänzt beim nächsten Gespräch mit Fachwissen. Shlomo ließ seinen Charme stecken, denn diese Dame war bereits vergeben.

Am nächsten Tag allerdings durfte ich mit Fachwissen glänzen, denn es fanden die Einstufungen durch Pia statt, einer Mittvierzigerin mit großer Brille, die tatsächlich wie eine strenge Lehrerin aussah und sich gleichzeitig als Lehrkraft für Kita Beth vorstellte. Pia interessierte sich weder für Religionszugehörigkeit noch für Herkunft, sondern nur für den Menschen und seine Kenntnisse der hebräischen Sprache. Sie war hoch erfreut, dass ich bereits vorab gelernt hatte, lobte mich wegen meiner Aussprache und trug meinen Namen, den amtlichen Namen Bernd, in die Liste für Kita Beth ein, dem Kurs für Fortgeschrittene, während meine Zimmergenossen Mike und Shlomo Mitglieder von Kita Aleph für Anfänger wurden.

Der Abschied von Daliah Cohen rückte immer näher, aber die Trennung sollte ja nicht für immer sein, sondern auf eine bestimmte Zeit begrenzt und alle 16 Tage käme meine wehrpflichtige Freundin zurück, wir konnten wie früher Kekse essen, Kakao bei Miriam trinken und ich durfte ihre langen Haare bürsten. Als ich abends in ihre kleine Wohnung kam, war alles gut aufgeräumt, ihr Koffer war gepackt und Daliah saß etwas verloren auf dem Bett, wo sie auf mich wartete. Die Stimmung war gedrückt, Daliah merkte wie ich auch, dass nun eine Veränderung eintrat, eine räumliche Trennung, die wir aber meistern wollten und uns durch leichte Berührungen gegenseitig Mut zusprachen. Daliah spielte immerzu mit meinen Händen herum und hielt ihren Blick gesenkt, bis ich merkte, dass sie weinte und auch bei mir reservierten Norddeutschen füllten sich die Augen mit Tränen.

»Wartest du auf mich?«, fragte Daliah.

»Die 16 Tage werden wir schon schaffen«, antwortete ich etwas zu schnodderig.

»Das meine ich nicht«, sagte Daliah und ich hätte mir wegen dieser flapsigen Antwort auf die Zunge beißen können. Diese letzte Unterhaltung fand bereits auf Hebräisch statt, ging aber noch nicht so zügig vonstatten, wie es sich liest.

»Wirst du zwei Jahre auf mich warten, Berenod? Bis ich Zahal beendet habe.«

Ich sah in ihrem Blick, wie wichtig ihr meine Antwort war und wie sehr sich Daliah ein uneingeschränktes *Ja* wünschte und dass dieses Versprechen für sie absolut bindend war. Ich dachte zwar mit Sorge an meine Aufenthaltserlaubnis, die nur ein Jahr gültig war, aber es soll Ausnahmen gegeben haben, wo ein weiteres Jahr in Israel genehmigt wurde. Außerdem waren Daliah und ich der Meinung, dass unser gegenseitiges Versprechen auch überregionale Geltung hatte. Ich versprach, auf Daliah zu warten.

Daliah fiel ein Stein vom Herzen, sie lächelte schon wieder, nestelte ihr Kettchen mit dem Chaj hervor, das sie uns beiden in Tel Aviv gekauft hatte und fragte: »Wo ist deines?«

Ich zog meine Kette mit dem Anhänger aus dem Hemdkragen und Daliah sagte mit beruhigender Selbstverständlichkeit: »Solange wir Chaj tragen, kann uns nichts passieren.«

Verständnislose Eltern, der Lügenbruder und die ominöse Empfehlung für einen späteren Ehemann waren in weite Ferne gerückt, im Moment standen nur wir beide auf der Erdkugel und mit unseren Ketten waren wir vor allem Unbill geschützt, so Daliahs ergreifend einfache Theorie.

»Ich warte auf dich und ich will nur dich«, sagte Daliah in ganz schlichten Worten, die ich verstand, ohne dass sie den Satz wie sonst langsam wiederholen musste. Nichts konnte diesen Pakt mehr brechen. Fast nichts.

Zukünftige Soldatinnen genießen natürlich Sonderrechte und so wurde Daliah am nächsten Tag mit dem Lieferwagen bis zum Busbahnhof nach Haifa gebracht und ich begleitete sie. Unser Chauffeur wartete, bis ich mich von Daliah gebührend verabschiedet hatte, die mir auftrug, ja ordentlich Hebräisch zu lernen, mich dann heftig umarmte und mir *ani oheved otcha* ins Ohr flüsterte. Der Fahrer des Egged Fernbusses hupte, alle stiegen ein und Daliah war weg. Mir war das Herz so schwer wie nie zuvor, der Kibbuznik legte einen Arm um meine Schulter und sagte: »Sie kommt wieder. Jeder in Israel macht das mit.« Unsere unbeschwerte Zeit mit unseren Albernheiten, Kekskrümeln, Missverständnissen, versteckten Berührungen und heimlichen Blicken war vorbei. Daliah und ich waren auf dem Weg, erwachsen zu werden.

Noch 17 Tage

Abends im Speisehaus versuchte jeder mich aufzuheitern. Koichi erzählte mir, dass er mal wieder unauffällig die Schilder für *harte Eier* und *weiche Eier* vor den Schüsseln vertauscht hatte, was mich tatsächlich zum Schmunzeln brachte, Lee wich den ganzen Abend nicht von meiner Seite, als hätte sie Angst, ich würde den Freitod durch übermäßigen Verzehr von Chilischoten suchen, Hannah Salzmann umarmte mich und sprach mir dabei Mut zu, ihr Vater Irachmiel klopfte mir freundschaftlich auf die Schulter und lud mich zu einem Milchkaffee für morgen ein und mein neuer Zimmergenosse Shlomo brummte traurige Lieder vor sich hin, so stark färbte meine Stimmung auf ihn ab. Jeder kümmerte sich um mich und das war ein gutes Gefühl, aber wer in aller Welt kümmerte sich um Daliah? Hannah, die ihren Wehrdienst schon absolviert hatte, tröstete mich und sagte: »Die Mädchen halten zusammen und helfen einander. Sie sind alle in der gleichen Situation.«
Sie lächelte charmant und meinte: »Übrigens, dein Hebräisch wird immer besser.«
  Meine beiden Zimmergenossen Mike und Shlomo waren wenigstens ruhige Schläfer, keiner schnarchte, ächzte, röchelte, stöhnte oder schnaubte im Schlaf und so wachten wir alle drei am nächsten Morgen gut erholt auf. Die beiden waren neu, ich kannte mich aus, also bot ich den beiden eine kleine Führung an, damit sie sich mit den Örtlichkeiten vertraut machen konnten. Mike hatte keine Lust, also gingen Shlomo und ich los und machten einen langen Spaziergang durch unseren Kibbuz, wo ich ihm alles zeigte, was wichtig und interessant war. Shlomo war in meinem Alter, ein netter Geselle und wir wurden gute Freunde, während sich Mike nicht nur von uns, sondern auch von allen anderen fernhielt. Natürlich kamen wir auch an unserer Hühnerfarm vorbei, die ich Shlomo als meinen festen Arbeitsplatz vorstellte; Shlomo fand das sehr lustig, dass ich sehr gerne hier bei den Hühnern arbeitete und tagein tagaus Eier sortierte. Er wusste noch nicht, wo er arbeiten sollte, aber die Plastikfabrik kam nicht

infrage, da Ulpanisten immer nur vier Stunden zu arbeiten hatten, in der Fabrik waren aber ganze Schichten zu acht Stunden erforderlich, die nur von Volontären und regulären Kibbuzniks erbracht werden konnten.

Am Nachmittag besuchte ich wie verabredet Irachmiel und seine Familie in ihrer Wohnung, trank Milchkaffee und knabberte Kekse, wobei ich wieder ganz schwermütig wurde. Was war ein Keks ohne Daliah, die irgendwo weit entfernt in der Wüste Negev auf ihre Grundausbildung in einer stickigen Kaserne wartete. Ich war dieser Tage kein guter Gast und auch kein guter Freund; ich wollte Daliah zurückhaben. Die letzten Wochen und Monate hatten aus mir einen völlig anderen Menschen gemacht. Aus einem verspielten jungen Mann, der eigentlich von hier aus um die Welt ziehen wollte, war ein reiferer, kein reifer, aber ein reiferer junger Mann geworden, der in Israel die große Liebe gefunden hatte und mit dieser wunderhübschen jungen Frau ernsthaft Zukunftspläne schmiedete, auch wenn ich diese Pläne noch nicht in Sätze kleiden konnte. Aber Daliah wusste es auch so und ich wusste es auch. Sowie mein Hebräisch besser war, würde ich Daliah diese Pläne frank und frei vortragen.»Du träumst von Daliah«, lachte Irachmiel und seine Frau sprach ein paar tröstende Worte, die Irachmiel freundlicherweise übersetzte, da ich noch nicht alles verstanden hatte.»Sie liebt dich und das weiß jeder hier. Sie ist bald wieder da.« Ja, ich wusste, dass auch Daliah ihre Liebe gefunden hatte und mit diesen Gedanken schlich ich in meine neue feine Unterkunft aus Stein, trank noch ein Bier mit Shlomo und war gespannt auf den ersten Unterrichtstag.

Noch 15 Tage

Der erste Unterrichtstag begann so, wie erste Unterrichtstage meistens beginnen. Die Lehrerin Pia stellte sich vor und im Anschluss stellten wir Sprachstudenten uns vor. Pia bevorzugte eine persönliche Vorstellung auf Hebräisch, da sie der Meinung war, Studenten der Kita Beth könnten auf ihre Muttersprache vorerst verzichten. Und so kämpften sich 25 junge Leute aus USA, Irak, Griechenland, Russland, Frankreich, Spanien, Deutschland, Belgien, England und Südafrika durch eine Vorstellungszeremonie, die den halben Vormittag dauerte. Es war nicht genug, dass wir sprechen mussten, nein, Pia bestand darauf, dass jeder seinen Vornamen an die Tafel malte. Malen ist genau der richtige Ausdruck für unsere Versuche, unsere Namen in hebräischen Buchstaben an die Tafel zu schreiben. Noch war fast keiner in der Lage, die gewagten »Schriftzeichen« als Buchstaben zu erkennen und ein Wort zu identifizieren. Pia blieb ganz gelassen, wir waren nicht ihre erste Klasse und außer dem Iraki waren wir alle mit lateinischen Buchstaben aufgewachsen, die uns in Fleisch und Blut übergegangen waren wie dem Israeli sein hebräisches Alphabet, sofern er hier geboren war. Halt, ich habe die Griechin vergessen. Die Griechen haben auch ihr eigenes Alphabet und ihre eigene Schrift. Kurz gesagt: Es war kompliziert.

Unser Speisehaus war durch die zwei Ulpans (oder korrekt im Plural ausgedrückt: Ulpanim) ziemlich voll geworden und es ging abends zu wie in einem Bienenstock. Ein Kommen und Gehen, ein unüberschaubares Sprachengewirr und so viele fremde Gesichter. Nun begriff ich, warum die Stammkibbuzniks lieber abgetrennt auf der anderen Seite des Speisesaals saßen; auf unserer Seite verstand man manchmal sein eigenes Wort nicht mehr und an eine gemütliche Unterhaltung mit seinem Sitznachbarn in einer Sprache war nicht zu denken.

Als Sprachstudent hatte ich plötzlich viel weniger Freizeit als ein Volontär, der sich nach getaner Arbeit auf seine Veranda setzt, ein Bierchen trinkt, ein Schwätzchen hält und sonst keinerlei Verpflichtungen hat. Als Sprachschüler bekamen wir auch noch Hausaufgaben mit auf den Weg! Zugegeben, nichts Schwieriges und auch nicht übermäßig viel, aber es musste getan werden, was zur Folge hatte, dass Shlomo und ich abends in unseren Zimmern saßen und über unseren Heften und Büchern brüteten, während unser Zimmergenosse Mike das ganze Studium eher gelassen sah und entweder auf seinem Bett Kriminalromane las oder sich irgendwo herumtrieb. Mit meinen Vorkenntnissen konnte ich Shlomo gut helfen und mein russischer Freund, der von Haus aus ein paar Sätze und Redewendungen mitgebracht hatte, konnte mir auch helfen.

Noch 13 Tage

In meiner sehr begrenzten Freizeit besuchte ich abwechselnd Irachmiel und seine Familie und die alte Miriam in ihrem Rentnerhäuschen, die sich immer freute, wenn ich vorbeikam und uns den obligatorischen Kakao aufbrühte. Miriam war an meinen Fortschritten in Sachen Hebräisch sehr interessiert und forderte mich auf, ruhig ein paar Sätze Hebräisch mit ihr zu sprechen, aber wenn zwei Leute, die eine gemeinsame Muttersprache haben, zusammensitzen, bleiben andere Sprachen fast zwangsläufig auf der Strecke. »Hast du etwas von Daliah gehört, mein Lieber?«, fragte Miriam bei jedem meiner Besuche. »Nein, noch nicht. Wahrscheinlich übt sie gerade exerzieren, stramm stehen oder lernt, wie ein Panzer bedient wird.«

Miriam merkte natürlich, dass ich Daliah vermisste und schweigsam wurde, wenn jemand auf Daliah zu sprechen kam. Also versuchte die alte Dame, mich aufzumuntern und zeigte mir Fotos aus den 20er Jahren, die mir sehr antik vorkamen und eine hübsche Miriam als junge Frau zeigten.

»Wir haben getanzt und gelacht im schönen Berlin der 20er Jahre«, erläuterte Miriam die alten Fotos. »Bis man uns das Lachen und das Tanzen verbot und mein Vater nicht mehr als Arzt arbeiten durfte. Er hat alles zu Geld gemacht, was wir hatten und wir sind nach Palästina ausgewandert, wo wir von den Briten auch nicht gerade mit offenen Armen empfangen wurden. Aber wir haben allen gezeigt, wie man aus einer Wüste ein fruchtbares Feld macht und aus einem Haufen zusammengewürfelter Menschen aus aller Welt einen modernen Staat errichtet.«

»Warst du in der Armee?«, fragte ich meine alte Freundin.

»Nicht direkt in der Armee, sondern im Vorläufer unserer Streitkräfte«, sagte sie etwas kurz angebunden.

»In der Hagana?«, fragte ich.

»Du bist gut informiert.« Miriam staunte.

Die Hagana war die Untergrundorganisation der Juden in Palästina, die für einen eigenen Staat kämpfte und aus der die regulären israelischen Streitkräfte nach Staatsgründung hervorgingen.

»Ja, ich war in der Hagana.«

Besonders gerne sprach Miriam nicht über diese Zeit, also ließ ich es dabei und schlürfte meinen Kakao und dachte an Daliah, die wahrscheinlich jeden Tag 20 Strafkniebeugen machen musste, weil sie überall im Ausbildungslager Kekskrümel verteilte.

Noch 10 Tage

Groß war mein Erstaunen, als Hannah Salzmann ein paar Tage später rufend hinter mir herlief und etwas in ihrer Hand hin und her schwenkte. Hannahs roter Haarschopf leuchtete immer schon von weitem, sodass ich sie unter Tausenden erkannt hätte, wären wir in einer großen Menschenmenge und müssten uns finden. Hier im Kibbuz lebten aber nur etwa 900 Menschen und die traf man sehr selten zusammen an. »Eine Postkarte, Berenod. Eine Postkarte von Daliah!« Daliah hatte mir geschrieben. Eine Postkarte. Aus der Wüste. Und Hannah hatte sie flink aus der zentralen Poststelle gefischt und überbrachte sie mir persönlich.
»Du hast sie natürlich gelesen?«
»Natürlich! Wozu arbeite ich in der Poststelle?«
Das war auch eine Logik. Irgendwie musste man ja auf dem Laufenden bleiben.
»Was steht drauf?«
»Lies selbst. Du kannst doch Hebräisch.«
Ich nahm die Postkarte und versuchte die Buchstaben in sinnvolle Sätze zu verwandeln.
Geliebter Berenod! Mir geht es gut. Mach dir keine Sorgen. Bald bin ich wieder da. Ich hoffe, du lernst gut Hebräisch. Ich werde es kontrollieren. Ich liebe dich. Daliah.
»Sehr gut«, lobte mich Hannah, als ich ihr alles zur Kontrolle vorlesen musste. Diskretion kann man in einem Kibbuz nicht erwarten, aber viel Anteilnahme. Hannah schnappte mir die Karte aus den Händen, um überall die frohe Kunde zu verbreiten, dass es Daliah gut ginge und dass sie uns geschrieben hatte. Uns! Mir hatte sie geschrieben.
Die jüngeren Leute werden sich jetzt vielleicht fragen, warum wir uns keine SMS oder Botschaften über eine App geschickt haben oder wenigstens kurz per Handy angerufen haben. Nun ja, es gab im Jahre 1980 weder Handys noch Internet, sondern nur ein oder zwei öffentliche Telefonzellen im Kibbuz, die permanent belagert waren. Um mit einer anderen Person in Verbindung zu bleiben, schrieben wir Sätze auf Papier und steckten dieses be-

schriebene Papier in einen Umschlag, der auch aus Papier war, schrieben die Adresse vorne drauf, frankierten den Umschlag mit einer Briefmarke und warfen ihn abschließend in einen großen Kasten, der von einer staatlichen Organisation namens Post geleert wurde. Dieses beschriebene Papier, das in einem Umschlag steckt, nennt man Brief und die Post befördert es bis zum Empfänger, was durchaus ein paar Tage dauern kann.

Es macht einen großen Unterschied, ob man daheim in einer Schule oder in einem Institut eine Fremdsprache lernt oder im Lande selbst. Dank der täglichen Anwendung auch außerhalb der Klassenräume machten wir Sprachstudenten schnell gewaltige Fortschritte und gewöhnten uns an, nur noch Hebräisch zu sprechen. Wenigstens in der Klasse.

Noch 8 Tage

War die Aufregung unter uns Sprachstudenten zu Anfang noch groß, die Verwunderung der Neueinwanderer, dass sie sich nun in Israel, ihrer neuen Heimat befanden, mit Händen greifbar, so schlich sich so langsam eine gewisse Routine ein. Nicht mehr täglich wurde der Allmächtige gepriesen, dass man es endlich ins Land der Ahnen geschafft hatte, sondern nur noch alle zwei bis drei Tage. Es bildeten sich Grüppchen mit Leuten, die sich sympathisch waren, es wurden Gemeinsamkeiten entdeckt, Hobbys, Bücher, Haustiere oder Leibgerichte, es wurde gelernt, gestritten, sich wieder versöhnt oder auch nicht, es bildeten sich Liebschaften oder Abneigungen. Routine eben, wenn eine Gruppe von 40 bis 50 jungen Menschen für längere Zeit die Köpfe zusammensteckt. Im »normalen« Leben, etwa an einer Universität oder in der Schule kann man sich nach dem Studium zurückziehen, es sei denn, man lebt in einer Wohngemeinschaft. Aber selbst in einer Wohngemeinschaft bewohnt der Student wenigstens ein eigenes Zimmer. Nicht so in einem Ulpan, wo sich drei Personen ein Zimmer mit drei schmalen Betten teilen, gemeinsam frühstücken, gemeinsam Mittag essen, gemeinsam zu Abend essen, gemeinsam lernen und sogar gemeinsam die Freizeit verbringen.

Noch 7 Tage

An diesem Abend hockte ich lange mit meinen Freunden Lee und Koichi im Speisesaal zusammen, die gerade ein paar Tage off hatten und gemeinsam nach Jerusalem gefahren waren, um die vielen Sehenswürdigkeiten dieser heiligen Stadt zu besichtigen, wobei sie eine Nacht in einem der vielen Guest Houses, den Unterkünften für junge Rucksacktouristen, verbracht hatten. Diese Unterkunft, die sich innerhalb der Stadtmauern in der Altstadt befand und *Leila's Guest House* hieß, war ihnen von Andrew als absoluter Geheimtipp empfohlen worden. Nur junge Leute, keine spießigen Kofferträger, mitten in der Altstadt in einem Haus, das wie eine Festung aussah und sehr günstig. Nun hat jeder Mensch eine eigene Vorstellung, wie eine Herberge sein muss, und der gute Andrew hatte die Punkte unterschlagen, die er für unwichtig hielt, die aber für andere Reisende möglicherweise von großer Bedeutung sind.

Lee und Koichi erreichten wohlbehalten mit dem Bus Jerusalem und da es noch früh am Tage war und sie nur leichtes Gepäck für eine Nacht dabei hatten, fingen sie auch gleich mit der Besichtigung an. Sie verweilten an der Klagemauer, besichtigten von außen die Al-Aqsa Moschee, bestaunten die Grabeskirche und die Erlöserkirche, die sich im christlichen Viertel der Jerusalemer Altstadt befinden und machten sich sodann auf die Suche nach *Leila's Guest House*, das sich ebenfalls im christlichen Viertel befinden sollte. Andrew hatte gesagt, das Schild sei unübersehbar, aber Andrews Besuch in Jerusalem war schon etwas länger her und in der Zwischenzeit war ein Teil des Schildes abgefallen und Leila, eine armenische Christin, hatte bisher keine Zeit gefunden, den Schaden zu beheben. Es stand nur noch der Name *Leila* an der Tür und die günstige Herberge war auf den ersten Blick gar nicht als Herberge erkennbar.

Es wurde spät und immer dunkler, aber Koichi und Lee hatten Leila's Herberge immer noch nicht gefunden, bis Lee einfach jemanden danach fragte. »Gleich da vorne.« Der Passant zeigte vage in eine Richtung. »Nummer 5.« Lee atmete auf. »Aber zählt lieber die Häuser ab, Schilder mit Nummern hat fast kein Haus.« Koichi und Lee schlichen durch die dunklen Gassen und schauten sich jede Tür genau an, bis sie vor dem Schild *Leila's* stehenblieben, erleichtert aufatmeten und sich nicht weiter über das fehlende *Guest House* wunderten. Andrews Geheimtipp war also tatsächlich real und Koichi pochte an die gewaltige Holztür. Leila persönlich öffnete und begrüßte die neuen Gäste wie ihre eigenen Kinder, ging voraus durch einen schmalen Flur und zeigte auf einen riesigen Saal voller Betten und jungen Menschen, die sich zwischen all den Nachtlagern drängten. Der ganze Raum war bis auf den letzten Zentimeter mit Betten aus allen Epochen und Bauarten vollgestellt, nur in der Mitte lag ein großer Berg weicher Kissen, auf denen Leila im Kreise ihrer Lieben thronte.

Leilas Alter war unbestimmbar, ihr Haar war pechschwarz und sie trug drei schwere Bade- und Morgenmäntel übereinander, da es in Jerusalem manchmal empfindlich kühl wird. Koichi wollte den sofortigen Rückzug antreten, er fühlte sich unwohl in einem Schlafsaal, der aus 100 Betten und Schläfern bestand, aber Lee machte ihren Begleiter auf die fortgeschrittene Stunde aufmerksam und was man hat, das hat man. Die sanitären Anlagen konnte Koichi nicht bewerten, da es keine gab. Nur ein Plumpsklo im Hof und ein einzelnes Waschbecken in einem abgetrennten Raum standen den jungen Menschen hier in *Leila's Guest House* zur Verfügung.

Inmitten all ihrer Gäste residierte Leila in ihren zahlreichen Bademänteln und war glücklich, dass so viele Menschen den Weg in ihr bescheidenes Heim fanden. Koichi und Lee bezahlten den tatsächlich sehr niedrigen Preis für eine Nacht und wollten noch schnell einen kleinen Spaziergang machen, der ihnen aber von der charmanten Leila verwehrt wurde, da es schon kurz vor 22 Uhr war, ab jetzt die Türe verschlossen blieb und erst morgen um sieben durch Leila persönlich wieder geöffnet wurde. Leila hatte ein eigenes Schlafgemach im ersten Stock, wohin sie auch gleich nach dieser Bekanntmachung entschwand, während Koichi und Lee über Leiber und Betten stiegen, um ihre zugewiesenen Ruhestätten zu belegen, die wenigstens frisch bezogen waren. Aber hey! Koichi und Lee waren jung und abenteuerlustig und ließen sich doch von diesem menschlichen Ameisenhaufen nicht aus der Ruhe bringen.

Pünktlich um sieben öffnete Leila, die wieder in etliche Bademäntel eingepackt war, die Türe und ließ die frische Jerusalemer Luft in den Schlafsaal wehen. Es war Januar und empfindlich kühl in der altehrwürdigen Stadt, so kalt, dass es auch in Windeseile im Schlafsaal unangenehm kühl wurde und auch die letzten

Schläfer freiwillig aufstanden und sich in die Schlange vor der Toilette und vor dem Waschbecken einreihten. Leila verabschiedete jeden ihrer Schützlinge persönlich und freute sich schon auf die nächste Ladung junger Rucksacktouristen, denen es nach einem Bett verlangte.

Koichis Bericht und Lees Ergänzungen zwischendurch hatten mich doch etwas aufgeheitert und gelöster Stimmung verließ ich den Speisesaal, traf draußen vor der Tür Andrew, dem ich mitteilte, dass Koichi und Lee wieder aus Jerusalem zurück wären und sich bei ihm für den phantastischen Tipp bedanken wollten. Andrew strahlte vor Genugtuung und Zufriedenheit und eilte auch gleich an Koichis und Lees Tisch.

Noch 2 Tage

Die vergangenen Tage waren ausgefüllt mit Lernen, Arbeiten, Lernen, Arbeiten und Schlafen. Shlomo und ich hockten wie jeden Abend in unserem Zimmer, fragten uns gegenseitig Vokabeln ab, lernten Zahlen und Wochentage auswendig und schrieben schon ganze Sätze auf Hebräisch in unsere Hefte, als jemand draußen meinen Namen rief. »Berenod!« Ich öffnete schnell die Tür und sah Hannah Salzmann, die mich offensichtlich suchte. »Hier!«, rief ich, Hannah kam angerannt, ich bat sie in unsere gute Stube und Shlomo fielen schon wieder die Augen aus dem Kopf. Ich muss einräumen, dass Hannah, Irachmiels Tochter, wirklich sehr gut aussah mit ihren roten Haaren, die sie stets aufgetürmt trug, ihren blauen Augen und ihrer ziemlich großen Gestalt.

»Auch dein Mädchen?«, fragte Shlomo vorsichtig und fing sich ein Lachen von Hannah ein, die seine auf Hebräisch geflüsterte Frage mitbekommen hatte. Hannah und ich guckten uns kurz an und sagten im Chor: »Nein.«

Erstaunlich, welche Verwandlung Shlomo plötzlich durchmachte. Er erhob sich, damit Hannah seinen ganzen sportlichen Körper sehen konnte, rückte ihr einen Stuhl zurecht, holte eine Dose Cola aus einem großen Karton hervor, der unter dem Tisch stand, bot Hannah diese kleine Erfrischung an und setzte ein gewinnendes Lächeln auf. »Ich bin Shlomo.« »Ich bin Hannah«, antwortete Hannah fröhlich, kam aber ohne weitere Konversation auf den Grund ihres Besuchs zu sprechen. »Daliah kommt Montag nach Hause. Sie hat mich in der Poststelle angerufen. Du sollst sie in Haifa abholen.«

Daliah kam nach Hause und wünschte, dass ich sie vom Busbahnhof abholte. Mir platzte fast das Herz vor Freude, überall jubelten die Engel in meinem Kopf und Fanfaren ertönten in voller Lautstärke. Daliah endlich wieder bei mir.

»Beseder«, sagte ich. »Natürlich hole ich sie ab. Wann trifft sie ein?«

»Halb vier am Nachmittag«, erwiderte Hannah freundlich und lächelte. »Und nun schön weiterlernen, Jungs.«

Shlomo blickte ihr träumerisch hinterher, wobei sein Blick etwas länger auf Hannahs langen Beinen ruhte, und sagte weltgewandt: »Lehitraot, Hannah.«

»Lehitraot, Shlomo.«

Kaum war Hannah verschwunden, quetschte mich Shlomo wie eine Zitrone über Hannah aus, wobei sich eigentlich alles um die Frage drehte, ob Hannah einen Freund hatte oder gar verheiratet war. Beides konnte ich verneinen, was mich immer schon verwundert hatte, immerhin war Hannah nach Daliah die attraktivste Frau im ganzen Kibbuz. Irgendwann kam auch Mike, unser dritter Zimmergenosse, nach Hause, las noch etwas in seinen Kriminalromanen und so langsam ging auch dieser Tage zu Ende.

Pflichtbewusst und vorbildlich lernte ich die letzten beiden Tage vor Daliahs Ankunft, arbeitete in der zweiten Tageshälfte auf der Hühnerfarm und zählte die Stunden bis Montagnachmittag. Von unserer Lehrerin Pia fing ich mir einen Tadel ein, weil ich einen völlig falschen Satz aus dem Lehrbuch vorgelesen hatte; die Klasse war schon eine ganze Seite weiter und ich hatte nicht aufgepasst. Das kann doch wohl mal vorkommen, oder?

Montag um 15 Uhr stand ich am Egged Busbahnhof in Haifa und wartete sehr ungeduldig auf den Bus aus Be'er Sheva, der, wie es in Israel üblich ist, auch pünktlich eintraf. Ich stand ganz vorne am Bahnsteig, der Bus fuhr ein, die Vordertüre öffnete sich und ich hielt Ausschau nach Daliah, die aber im Vorderbereich nicht zu sehen war. Ein Bus hat aber mehrere Türen und so hörte ich plötzlich ganz laut meinen Namen: »Berenod!«

Daliah stand in der hinteren Tür, lächelte übers ganze Gesicht, sprang aus dem Bus und rannte los, dass die Leute auf dem

Bahnsteig zur Seite wichen. Daliah trug die grüne Uniform der israelischen Streitkräfte, die sie auch außerhalb der Kasernen und anderen Dienstbereichen tragen durfte, hatte ihre dunklen Haare zu einem Pferdeschwanz zusammengebunden, der nun immer hin und her pendelte und sprintete direkt auf mich zu. Ich wusste, was jetzt passieren würde, suchte mit den Füßen einen festen Halt und schon sprang mich Daliah an, schlang für einen langen Moment Arme und Beine um mich und ich hielt sie ganz fest. Die israelische Bevölkerung ist durchaus den Anblick von Soldaten in der Öffentlichkeit gewöhnt und auch an Begrüßungen, wenn sich zwei junge Menschen lange nicht gesehen hatten, aber bei dieser Szene grinsten und lächelten alle in einem Umkreis von zehn Metern, einige applaudierten sogar und ein Passant schlug mir im Vorbeigehen freundschaftlich auf die Schulter.

»Endlich«, sagte Daliah. »Schalom, Berenod.« Die 16 Tage hatten Daliah kaum verändert, außer dass sie in meinen Augen noch schöner geworden war und einen grünen Kampfanzug trug. Auf ihren großen Reisekoffer hatte sie verzichtet und trug stattdessen eine Art Kleiderbeutel über ihre Schulter, der prall gefüllt war, aber nicht sonderlich schwer war. Vor allen Leuten gab sie mir einen dicken Kuss auf den Mund, lachte richtig glücklich und fragte: »Was macht dein Ulpan? Lernst du gut?«
Entweder benutzte Daliah recht einfache Worte oder ich verstand alles.

»Lernen gefällt mir und die Studenten sind alle nett.«
Ich war stolz auf meine hebräischen Sätze.

»Hast du mich vermisst, Berenod?«

»Und wie. Ohne dich bin ich nur ein halber Mensch.«
Diesen Satz hatte ich auswendig gelernt und immer wieder geübt. Daliah gab mir einen kleinen liebevollen Klaps und meinte: »Dein Hebräisch ist gar nicht mal so schlecht.«

»Deins auch nicht«, kam spontan meine Antwort, für die ich einen etwas kräftigeren Klaps und einen strafenden Blick aus tiefbraunen Augen bekam.

Hand in Hand, als wäre es das Normalste der Welt, was nicht immer so war, wechselten wir den Bahnsteig und warteten auf den Bus nach Kiryat Ata. Im Bus musste ich Daliah immer etwas bremsen, so schnell erzählte sie von den ersten Tagen bei Zahal, den israelischen Streitkräften. Die anderen Mädchen waren alle sehr nett, mit ihren Stubenkameradinnen verstand sie sich gut, besonders mit einer Rekrutin, die auch aus dem Iran stammte, die Ausbilder waren hart, aber herzlich und die militärische Ausbildung hatte noch nicht richtig angefangen. Zuerst wurden die Ausrüstung verteilt, es gab eine Ansprache vom Kommandeur, der die neuen Rekruten willkommen hieß, es wurden Formalitäten erledigt, jeder musste eine Gesundheitsprüfung über sich ergehen lassen und nach drei Tagen hatten sich die jungen Leute eingerichtet und lernten, wie man Vorgesetzte anspricht und grüßt, wobei der militärische Gruß in Israel nicht so verbreitet ist wie in Deutschland. Übersieht ein junger Soldat in Deutschland einen höheren Dienstgrad und unterlässt den militärischen Gruß, kann er mit einem Donnerwetter rechnen. In Israel muss er mit gar nichts rechnen; bei diesen Formalitäten geht es eher locker zu.

Kapitel 2

Im Bus guckte mich Daliah von der Seite an und stellte fest: »Deine Haare sind lang. Du musst sie schneiden.«

Daliah hatte Recht. Manche Dinge wie Haare schneiden hatte ich in letzter Zeit etwas vernachlässigt und hatte auch noch nicht herausgefunden, wie die Kibbuzniks mit ihrem Haarwachstum umgingen. Zopfträger jedenfalls habe ich keinen gesehen, hatte aber immer wieder vergessen zu fragen, wo man sich die Haare schneiden lassen konnte. Das war auch gar nicht nötig gewesen, solange Susanne aus Deutschland noch im Camp der Volontäre wohnte und uns Herren nach Bedarf einen kurzen Einheitsschnitt verpasste, weil sie, wozu auch immer, eine Schere dabeihatte. Aber Susanne war längst mit Roger über alle Berge und mit ihr die Schere. Ich hatte dichtes volles Haar, das sich nun im Nacken kräuselte und bereits über meine Ohren wucherte und beim besten Willen nicht mehr als kurz und gepflegt bezeichnet werden konnte. Manche Stellen fingen schon an zu jucken und das war bei mir immer ein Zeichen, dass die Haare zu lang waren. Anfang bis Mitte der 70er Jahre trug ich mein Haar schulterlang, wie es viele Jungs damals machten und sah aus wie ein Hippie, aber soweit wollte ich es nicht wieder kommen lassen.

Gleich neben der Endstation in Kiryat Ata befand sich ein Friseurgeschäft, Daliah blieb vor dem Schaufenster stehen und sagte: »Da gehen wir morgen hin.« Mit diesen Worten begann eine Karriere, wie sie nur in Israel passieren kann. Keine große Karriere, aber Daliah und ich wurden regional ziemlich bekannt.

Hannah Salzmann und ihr Vater erwarteten uns bereits am Kibbuzeingang und es gab eine lange und laute Begrüßung, an der ich endlich dank meiner neuen Sprachkenntnisse auch teilhaben konnte. Während Hannah und Daliah munter miteinander schwatzten und ihre ersten Tage beim Militär miteinander verglichen, legte mein Freund Irachmiel seinen Arm um meine Schultern und sagte in schönstem Jiddisch: »Siehst du, nun ist sie wieder da.« Zwischen Daliah und mir war auch gleich die alte Vertrautheit wieder da, nur dass wir jetzt anfingen, uns normal in **einer** Sprache zu unterhalten, und ganz selbstverständlich gingen wir zusammen in ihre Wohnung, wo sich Daliah erstmal aufs Bett fallen ließ und alle Viere von sich streckte. Daliah wollte sich in Ruhe sortieren, umziehen, duschen und Sachen auspacken und ich zog mich zurück, um vor dem Abendbrot noch weiter zu lernen und zu pauken. »Um halb sieben im Speisehaus«, sagte Daliah noch, dann stand ich alleine, aber glücklich auf dem Weg vor den Wohngebäuden.

Auf meinem Weg in die Siedlung der Ulpanisten machte ich noch einen kleinen Umweg, besuchte meine alte Freundin Miriam und erzählte ihr bei einer Tasse Kakao von Daliahs Rückkehr, was Miriam sehr erfreute. Fast erfreute es sie noch mehr, dass ich sie auch gleich aufgesucht hatte. Miriam verließ nur selten ihr Haus und ihren kleinen Garten, höchstens um einen Spaziergang zu machen, aber ganz selten, um ins Speisehaus zu gehen. Dort habe ich sie tatsächlich nie gesehen.

Als ich um halb sieben in den Speisesaal kam, saß Daliah schon an einem Tisch und berichtete den Anwesenden von ihren ersten Tagen bei Zahal, teilte den neuen Sprachstudenten mit, dass sie beim letzten Ulpan dabei war, errötete fast vor Freude, als sie mich kommen sah und ließ lange meine Hand nicht los. Nun wussten auch die letzten Neuankömmlinge, wer hier zu wem gehörte und die männlichen Hyänen, die Daliah umlagerten und so taten, als würden sie sich für ihren Bericht interessieren, zerstreuten sich langsam. Es ist für einen Mann schon schwierig, eine außergewöhnlich hübsche Freundin zu haben, aber Daliah hatte nur Augen für mich und das durften alle anderen ruhig sehen. Später saßen wir noch in ihrer Wohnung, knabberten Schokokekse, tranken Tee und bekräftigten nochmal unseren morgigen Ausflug zum Friseur, der aus mir wieder einen gepflegt aussehenden jungen Mann machen sollte.

Also holte ich Daliah nach dem Ulpan ab, wir spazierten gemütlich den Hügel hinunter und standen wieder vor dem Friseurgeschäft in Kiryat Ata. »Schalom«, sagten Daliah und ich, als wir eintraten, und *Schalom* sagte der Friseurmeister, der noch mit einem anderen Kunden beschäftigt war, sich aber umwandte, während er den Mann frisierte und fragend den Kopf hob. Ich zeigte auf mich, Daliah zeigte ebenfalls auf mich und sagte: »Haare schneiden, bitte.«

Der Friseur bürstete noch die letzten Härchen von den Schultern seines Kunden, machte eine schwungvolle Bewegung mit dem Umhang, der für mich gedacht war, und deutete auf den leeren Friseursessel. Es war ein typischer Friseursalon, der ohne weiteres auch in Deutschland hätte sein können. Viele Spiegel, ein paar Friseurstühle nebeneinander, zwei mobile Waschbecken, jede Menge Scheren und Kämme und mittendrin der Meister in seinem Kittel, der meinen Kopf einer genauen Prüfung unterzog und trotz Schere in der Hand noch nicht loslegte. Vielleicht traute er sich nicht, meine schönen dunkelblonden Haare abzuschneiden oder die gewerkschaftlich vorgeschriebene Pause nahte. Wer weiß das schon. Im Spiegel sah ich Daliahs ratlose Blicke, die auch nicht verstand, warum der Friseurmeister so träumerisch meinen Schädel betrachtete.

Endlich fing der Friseur an zu kämmen und zu bürsten, aber er mied die Schere, wodurch meine Haare ihre Länge behielten. Trotzdem bürstete, kämmte und formte der Mann, als müsste er seine Prüfung vor der israelischen Friseurinnung wiederholen. Daliah erhob sich und kam langsam näher, wobei sie den Meister der Haarpracht nicht aus den Augen ließ.

»Was machst du, chawer?«, fragte sie.

Auch völlig Unbekannte werden in Israel geduzt und gern mit chawer, Freund, angesprochen.

»Er hat so schöne blonde Haare. Dicht, voll und gesund.« Übersetzte ich das richtig in meinem Kopf? Auch Daliah war etwas irritiert. »Ja, und?«

»Wenn ihr beiden etwas Zeit habt, möchte ich etwas probieren.«

»Mit meinen Haaren?«, fragte ich.

»Ja, mit deinen Haaren.«

Mein Hebräisch war noch nicht perfekt und jeder musste merken, dass ich nicht aus Israel kam, aber das findet hier wenig Beachtung, da viele Leute dabei sind, Hebräisch zu lernen und Einwanderer aus allen Flecken der Erdkugel kamen.

»Beseder«, sagte ich. »Ist gut.«

Daliah setzte sich wieder, beobachtete aber argwöhnisch, was der Friseur mit mir vorhatte. Der Meister bürstete, formte, föhnte, verwarf, formte neu, trat zurück und betrachtete sein Werk und rief durch den Salon: »Shulamith, komm mal!«

Shulamith, offensichtlich seine Frau, kam aus der Damenabteilung des Salons und betrachtete entzückt und des Lobes voll meinen Kopf. Kein Haar war gekürzt, aber ich hatte eine völlig andere Frisur. Es war Anfang 1980, drei Jahre nach dem Film *Saturday Night Fever,* der mit John Travolta die Diskowelle ins

Rollen brachte und auch nicht vor Israel haltgemacht hatte. Männer trugen modisch gestylte Frisuren, für die ein Großteil der Freizeit draufging, gingen in die Disko und wie ein grandioser Diskotänzer sah ich jetzt aus. Wenigstens am Kopf. Ein paar Strähnen hingen gewagt in die Stirn, oben war mein Haar leicht toupiert, die Seiten waren streng nach hinten ausgerichtet und mein Hinterkopf sah aus wie ein Arsch mit Ohren, wenn ich das so salopp sagen darf. Mein Haarkünstler hatte nämlich die Haare aufgeplustert und in zwei Seiten aufgeteilt, die durch eine Art rückwärtigen Mittelscheitel getrennt wurden, wodurch sich eine gewisse Backenform ergab. Daliah und die Frau des Friseurs bekamen große Augen; Daliah vor Erstaunen, Shulamit vor Begeisterung, denn diese Art von Frisur war bei den jungen Leuten auf der ganzen Welt besonders beliebt. Ja, es hatten sich sogar schon Zuschauer eingefunden, die meiner Verwandlung beiwohnten und sich höchstwahrscheinlich die gleiche Frisur wünschten, was aber nur mit dichtem vollem Haar funktioniert.

Ich sah förmlich, wie Shulamith einen Geistesblitz hatte, rasch auf Daliah einredete, die verwirrt nickte, meine Freundin in den Damenbereich zog und dort hinter Vorhängen eine Viertelstunde lang an Daliah herumwerkelte, während der Friseur an meiner neuen Frisur die Feinabstimmung vornahm. Hier eine Strähne nach links, dort nachkämmen, fertig.

Der Vorhang öffnete sich und heraus kam *Scheherazade* aus den persischen Geschichten *Tausendundeine Nacht*. Frau Shulamith war das, was man heute eine Stylistin nennt und hatte Daliah einen dezenten Lippenstift aufgetan, einen Hauch Wangenrouge aufgelegt und Daliahs Frisur verändert. Bis vorhin hatte Daliah ihre langen Haare mit einer großen Haarspange einfach am Hinterkopf nach oben festgesteckt, Frau Shulamith hatte den Mittelpunkt der Haare verändert, der sich nun an der Seite von Daliahs Kopf befand und die Haare seitwärts straff über den Hinterkopf gezogen. Wie aus einer Blumenvase ragten Daliahs Haarspitzen nach oben, was ausgesprochen modern aussah und von vielen weiblichen Prominenten so getragen wurde. Frau Shulamith hatte außerdem Daliahs dunklen Augen einen Lidstrich verpasst, der über den äußeren Augenwinkel hinausragte und ihr orientalisches Aussehen noch verstärkte. Man kann es nicht anders bezeichnen, aber meine Daliah sah aus wie ein internationaler Filmstar, der gerade einen Oscar gewonnen hatte.

Die Zuschauer wurden immer mehr, denn so ein Spektakel gab es selten beim Friseur von nebenan. Daliah setzte sich neben mich auf einen anderen Friseurstuhl, wir sahen uns beide im Spiegel und waren im ersten Moment sprachlos, so gut sahen wir beide aus. Auf der einen Seite der europäisch wirkende Mann mit heller Haut, hellen Augen und dunkelblonden Haaren, daneben die Vertreterin des Orients mit schwarzen Haaren, hellbrauner Haut und ganz dunklen Augen; deutlicher konnten die Gegensätze nicht sein.

Shulamith, ihr Mann und die vielen Zuschauer waren hingerissen, applaudierten und der Friseur stürzte nach oben in seine Wohnung und holte seine Kamera. Er fragte, ob es uns Recht wäre, wenn er ein paar Aufnahmen machen würde und die Fotos als Werbung für seinen Salon ausstellen würde. Klar, wir hatten nichts dagegen und der findige Friseur machte ein paar Aufnahmen. »Ihr bekommt natürlich auch ein paar Abzüge«, versprach er uns. »Holt sie euch einfach in zwei Tagen ab.«

Es gab ja noch keine Digitalkameras und die Filme mussten erst entwickelt werden, was immer ein paar Tage dauerte.

Während Shulamith Daliah rückverwandelte, bekam ich endlich einen kurzen Haarschnitt verpasst und wir machten uns noch voll der Eindrücke auf den Heimweg.

»Was sehen wir zusammen gut aus, Berenod«, sagte Daliah. »Noch nie sah ich so aus wie eben.«

»Ich auch nicht«, bestätigte ich nur.

So eine Frisur hatte ich in der Tat noch nie getragen.

Zwei Tage später holten wir unsere Fotos ab und stellten überrascht fest, dass Vergrößerungen bereits im Salon und an den Schaufenstern hingen, damit jeder die Meisterwerke sehen konnte. Die Fotos waren richtig gut gelungen; auf dem Foto, das im Salon hing, sah man unsere gestylten Köpfe von hinten und das Foto im Schaufenster war ein ganz besonderer Schnappschuss: Daliah und ich hatten gerade unsere Köpfe zueinander gewandt und lächelten uns an. Daliah war den Tränen nahe und auch ich war gerührt. Dieses Erlebnis vertiefte unsere Liebe immer mehr, aber wer jetzt denkt, die Fotogeschichte ist beendet, der irrt und damit greife ich der Zeit ein paar Wochen voraus.

Wenige Tage später hingen in Kiryat Ata große Werbeplakate mit unseren Fotos und forderten die Leute auf, doch bei Shulamith und Aaron, dem Friseurmeister, vorbeizuschauen, wenn sie auch so aussehen wollten. Davon bekam Daliah erst etwas mit, als sie bei ihrem nächsten Heimaturlaub mit mir im Bus durch die Kleinstadt Kiryat Ata fuhr und überall unsere aufgepeppten Köpfe sah.

Es wurde aber noch verrückter und ich sage noch heute, dass derartige Aktionen nur in Israel möglich waren. Daliah nahm ihre Fotos mit in ihre Ausbildungskaserne, um damit vor ihren Kameradinnen anzugeben und irgendwie gelangten die Bilder auch zu einem Vorgesetzten, der sie mit Daliahs Erlaubnis an die Abteilung Öffentlichkeitsarbeit weiterleitete, worauf der zuständige Leiter mir nach Rücksprache mit Daliah eine Einladung zuschickte.

Ich fuhr also nach Be'er Sheva, traf dort Tura'i (Schütze) Daliah Cohen und Rav-Seren (Major) David Ziegler, der mir sein Projekt erklärte. Ich hörte zu, Daliah lächelte aufmunternd, und zum Schluss wandte ich ein:»Ich bin aber kein Israeli.«

David Ziegler grinste nur und fragte nur:»Meinst du, dass in deinem Land die Werbung echt ist?«

Major (Rav-Seren) Ziegler überreichte mir den oberen Teil einer israelischen Uniform, begleitete Daliah und mich in ein Fotostudio und es wurden ähnliche Fotos wie im Friseursalon in Kiryat Ata gemacht, die bald darauf als Imagewerbung für Zahal, für die israelischen Streitkräfte, überall im Lande in Zeitschriften und auf Plakaten zu sehen waren. Unter den Fotos stand: *Das ist Zahal. Das ist Israel. Das sind wir.*

»Warum wir?«, fragte ich David Ziegler und meinte Daliah und mich.

»Weil ihr die Gegensätze der israelischen Bevölkerung so schön verkörpert und weil ihr ganz natürlich miteinander harmoniert.«

Schütze Daliah Cohen platzte vor Stolz und auch ich war geschmeichelt. Ein paar Tage später, als ich wieder in Kfar Yochanan war, erhielt ich per Post einen Scheck von der Armee als Aufwandsentschädigung, den ich als Lesezeichen für mein Lehrbuch benutzte.

Aber zurück in die Gegenwart, als Daliah und ich, der nun endlich kurze Haare hatte, zu Fuß den Weg von Kiryat Ata zurücklegten. Möglicherweise noch unter dem Eindruck der letzten zwei Stunden, aber sehr wahrscheinlich unter dem Eindruck der letzten Monate blieb ich stehen und sprach Daliah an.

»Daliah Cohen, wollen wir beide eigentlich mal heiraten?« Daliahs Reaktion überraschte mich doch etwas. »Natürlich wollen wir das. Was denkst du.«

Meine frischgebackene Verlobte gab mir einen Klaps und zog mich weiter Richtung Haupteingang. So war das Thema wenigstens geklärt.

Daliah erzählte überall herum, dass wir nun Stars und Models wären und uns vor Filmangeboten, mit denen man uns in wenigen Tagen überhäufen würde, nicht retten könnten. Nachdem nun fast jeder im Kibbuz über die Vorkommnisse in einer ganz normalen Friseurstube Bescheid wusste, zog Daliah mich in ihre Wohnung und befahl mir, mein Hemd auszuziehen; sie wollte mich von den kleinen Härchen am Hals und auf den Schultern befreien, die nach einem Friseurbesuch immer so jucken.

»Was ist das?«, fragte sie und zeigte auf meine rechte Achselhöhle.

»Wo?«

»Da! Unter deinem Arm. Da ist eine kleine Beule.«

Ich befühlte meine rechte Achselhöhle und ertastete tatsächlich eine kleine Erhebung. »Wahrscheinlich irgendwo im Hühnerstall gestoßen«, vermutete ich, konnte mich aber an einen Zusammenprall mit dem Hühnerhaus nicht erinnern. Daliah wischte mit Handfläche und Handtuch die kleinen Härchen von Hals, Nacken und Schulter und die kleine Beule war vorerst vergessen.

Während Daliahs Heimaturlaub verbrachten wir nicht so viel Zeit miteinander, wie wir es uns gewünscht hätten, Daliah hatte zwar Urlaub, ich aber nicht. Mein Tagesplan war ganz einfach: Ulpan, Hühnerfarm, Daliah, schlafen. Daliahs Abreise rückte näher, aber der Schrecken des Abschieds war nicht mehr so groß wie zu Anfang, da wir gemerkt hatten, dass uns diese vorübergehende Trennung nichts anhaben konnte. Nach fünf Tagen brachte ich Daliah, die wieder ihre grüne Armeeuniform angezogen hatte, zum Busbahnhof nach Haifa, sie strich mir übers Gesicht und ich spielte doch etwas traurig mit ihrem Pferdeschwanz, denn bis Mitte Februar, bis zum nächsten Heimaturlaub, war es noch lange hin. Daliah stieg ein, der Motor des Busses brummte los, aus dem Auspuff kam eine große Dieselwolke und Daliah entschwand in Richtung Negev. Zum Glück erreichte mich wenige Tage später die kuriose Einladung von Major David Ziegler wegen unserer Fotos und ich sah Daliah eher wieder, als erhofft.

Mein Zimmergenosse Shlomo wurde mein bester Freund, wir lernten zusammen, wir erzählten uns gegenseitig über Russland und Deutschland und fanden es ziemlich ungewöhnlich, dass ein Russe, ein Deutscher und ein Amerikaner in Israel ein gemeinsames Zimmer bewohnten. Mike sahen wir nur morgens beim Aufstehen, gelegentlich im Speisesaal und dann abends wieder zur Nacht. Er mochte uns nicht und wir mochten ihn auch nicht. Hannah Salzmann besuchte uns erstaunlicherweise regelmäßig in unserer Studentensiedlung, kochte Shlomo und mir Tee oder Kaffee, erteilte uns Nachhilfeunterricht oder plauderte einfach nur. Erst dachte ich, sie käme meinetwegen, was aber beim zweiten Gedanken unwahrscheinlich war, da wir uns oft in der Wohnung ihres Vaters trafen. Erst als Shlomo mich sehr ausführlich über Hannah ausfragte, fiel bei mir der Groschen. Hannah kam wegen Shlomo! Der große russische Neueinwanderer mit der brummenden Stimme hatte es ihr angetan und Shlomo hatte ja gleich am ersten Tag, als er Hannah kennenlernte, ein gewisses Interesse an der rothaarigen Frau gezeigt.

Das Camp der Volontäre dünnte immer mehr aus und eines Tages teilten mir Koichi und Lee mit, dass auch sie weiterziehen wollten. Griechenland, Frankreich, Spanien und Island standen auf ihrer Reiseroute und danach wollten sie wieder in ihre Heimatländer Japan und England. Außer Urs, der vorhatte, bis zum Rentenalter hierzubleiben, waren fast alle Helfer, die wir gut kannten, schon abgereist. Natürlich kamen neue Volontäre, aber von den »alten« Helfern waren nur noch Koichi, Lee, Desiree und Urs übrig, die anderen hatten sich in alle Winde zerstreut. Manche hatten ein halbes Jahr hier verbracht, manche nur ein paar Monate und nur wenige Volontäre schöpften das ganze Jahr aus, das ihnen die erweiterte Aufenthaltserlaubnis zubilligte. Wendela aus Holland hatte ein ganzes Jahr im Kibbuz verbracht, wollte nun drei Monate in Holland Geld verdienen und ein weiteres Jahr hier verbringen. Aber Wendela und Urs waren die Ausnahmen unter den Volontären und ich war ja keiner mehr, sondern zählte zu den Ulpanisten.

Am nächsten Morgen schnürten Lee und Koichi ihre Rucksäcke, gingen durch den Kibbuz, verabschiedeten sich von liebgewordenen Freunden und Arbeitskollegen und in der Mittagspause brachte ich meine beiden Freunde zum Eingang. Wir
tauschten noch unsere Adressen aus und Lee und Koichi machten sich auf, neue Abenteuer zu bestehen.

Mitte Februar 1980 kam Daliah zum zweiten Heimaturlaub
nach Hause, ich holte sie wieder vom Busbahnhof ab und wie
beim letzten Mal sorgten wir für Aufsehen, als mir meine Soldatin
genauso ungestüm wie beim letzten Mal um den Hals fiel und wir
uns so über unser Wiedersehen freuten, als fiele Chanukka und
der Heilige Abend auf einen gemeinsamen Tag. Mein gesproche-
nes Hebräisch war inzwischen gut bis sehr gut geworden, mit der
Schrift hatte ich wie alle, die nicht in Israel geboren waren, meine
Probleme. Das Phänomen, was die alte Miriam mir geschildert
hatte, traf auch bei mir zu. Ich guckte automatisch immer zuerst
auf die lateinischen Buchstaben, wenn ich wie bei Straßenschildern die Auswahl hatte; mein Hirn weigerte sich immer noch, die
hebräischen Zeichen als Buchstaben anzuerkennen. Unsere Lehrerin Pia kannte das Problem und gab uns Sprachstudenten den
Rat, viel zu lesen. Bücher, Zeitschriften und Zeitungen. Wir sollten lesen, bis uns die hebräischen Buchstaben in Fleisch und Blut
übergingen.

Daliah und ich besuchten Schwester Nina in Haifa, erzählten die
grandiose Fotogeschichte und ich erntete großes Lob für meine
Fortschritte im Sprachstudium. Der Unterhaltung konnte ich
inzwischen problemlos folgen und erzählten meinen Teil der
Friseur- und Fotogeschichte.
»Aber alle Filmangebote haben wir abgelehnt«, schloss ich meinen Bericht, wofür ich gleich einen Klaps von Daliah bekam.
»Abwarten, Berenod. Vielleicht werden wir ja noch Filmstars,
wenn ich Zahal beendet habe.« Daliah stellte sich in Pose und
sagte: »Ich wäre bereit für Hollywood.«
Nina lachte über ihre kleine Schwester und ich fragte: »Wo ist
Baruch?«
    »Baruch ist auch bei Zahal«, erklärte Nina. »Eine Reserve-
übung.«
    Wenn ein Wehrpflichtiger in Israel seine Zeit abgedient hat,
ist es mit der Armee noch lange nicht vorbei, denn mindestens

einmal im Jahr werden alle Israelis zu Reserveübungen eingezogen, was mindestens eine Woche dauert. Es knirschte unter unseren Füßen, als wir aufstanden, und Nina guckte Daliah böse an. »Warum krümelst du und alle anderen nicht?« Begleitet wurde die Frage von einer doppelten vorwurfsvollen Geste: beide Handflächen nach oben, Finger gestreckt. Ich liebte diese Gesten, die ich auch von Daliah zur Genüge kannte, aber ich liebte auch Daliahs Krümelorgien mit ihren unverzichtbaren Keksen, außer wenn ich am nächsten Tag Kekskrümel zwischen meinen Lehrbüchern fand. Jeder hat so seine kleinen Macken, die man schätzen und lieben sollte, weil sie einen Teil des Menschen ausmachen. Daliah krümelte eben mit Keksen, Hannah schlürfte ihren Milchkaffe so laut, dass jeder sie erschrocken anguckte, Koichi hatte sich jeden Abend mit einer zermürbenden Gelassenheit einen riesigen Salat zusammengestellt, Lee benutzte kräftige Schimpfworte, wenn sie aufgeregt war, Nina rauchte viel und wischte sich nach jeder Zigarette mit dem Handrücken über ihre Lippen, Irachmiel lachte wie eine chinesische Bergziege, Kate aus Schottland lüftete jeden Morgen in Unterwäsche ihre Bettdecke, Irmi, die Betreuerin der Volontäre, schnalzte immer mit der Zunge gegen den Gaumen, wenn etwas nicht so lief, wie sie es sich vorstellte, der Schweizer Urs trank Bier aus der Flasche, indem er den halben Flaschenhals in den Mund schob und nicht nur die Lippen auf die Flaschenöffnung setzte und ich fummelte gern und häufig am meinem linken Ohr herum. Na und?

Auf dem Heimweg in unseren Kibbuz, der für uns beide zur zweiten Heimat geworden war, alberten wir wie gewohnt herum, bis ich die Frage stellte: »Daliah, wie viele Kinder möchtest du haben?«

»Ein oder zwei, Berenod.«

»Von mir?«

Klaps und Antwort erfolgten gleichzeitig.

»Natürlich von dir!«

»Hast du auch schon Namen?«

»Doron für das Mädchen, Yakov für den Jungen.« Daliah war wirklich sehr zielstrebig in ihrer Lebensplanung, was mich immer wieder überraschte.

»Und wann fangen wir endlich damit an?«

Diesmal prasselten die Klapse nur so auf meinen geschundenen Körper herab.

»Nur weil du jetzt Hebräisch sprichst, musst du mir keine frechen Fragen stellen. Wenn wir verheiratet sind. Wann sonst.« Handflächen nach oben gedreht, entschlossener, aber liebevoller Blick, Diskussion aufschlussreich, aber beendet und ich war bereit zu warten.

Daliahs größtes Problem, über das aber nur selten ein Wort verloren wurde, waren ihre Eltern und ihr Bruder, die im fernen Tel Aviv wohnten und mit denen Daliah seit meinem Gespräch mit Bruder Binyamin nicht mehr gesprochen hatte. Das machte sie sehr traurig, aber wenigstens erhielt sie Informationen über ihre Eltern und über Binyamin von ihren beiden Schwestern, die nicht nur fest zu Daliah hielten, sondern auch zu mir. Wir planten sogar schon wieder einen Besuch in Kiryat Schmona bei Familie Omer. Schwester Esther, ihr Mann Eliah und die kleine Tanit waren wirklich herzensgute Menschen und ich freute mich auf eine Fahrt in den Norden, aber noch hatten wir keinen Termin festgemacht. Planungen waren in dieser Zeit nicht ganz einfach, da uns immer nur fünf Tage nach einer langen Zeit der Abwesenheit von 16 Tagen zur Verfügung standen.

»Was machst du, wenn dein Bruder und deine Eltern dir wieder einen Ehemann empfehlen wollen?«, fragte ich Daliah am Abend ihrer Rückreise in die Kaserne.

»Nichts«, antwortete sie kurz angebunden.

»Du nimmst ihn nicht?«

Den Blick werde ich nie vergessen.

»Soll ich?«

»Nein. Aber du hast Probleme mit der zweiten Hälfte deiner Familie, oder?«

»Ja.«

Ich hörte auf, Daliah weiter zu quälen, denn ich wusste ja, dass dieses Thema ein ganz heikles Thema war und ich hatte auch keine Ahnung, wie wir dieses Familienproblem lösen konnten.

Daliah und ich führten eine klassische Fernbeziehung, gewöhnten uns an die ständige An- und Abreise, gewöhnten uns daran, dass wir überall im Lande unsere Fotos auf großen Werbeplakaten sahen, ich gewöhnte mich an die hebräische Sprache, Daliah gewöhnte sich an den Drill und das Training als Wehrpflichtige; wir waren beide ein typisches Paar, wie es viele in Israel gibt. Natürlich abgesehen davon, dass ich ja gar kein Israeli, sondern ein deutscher Junge war und abgesehen davon, dass wir im Gegensatz zu einer heutigen Fernbeziehung weder telefonieren noch skypen konnten. Daliah rief zwar an, um mir ihre Ankunftszeiten mitzuteilen, aber sie rief in der Poststelle an, da wo einer der wenigen Telefonapparate stand, erzählte Hannah Salzmann, wann sie, also Rekrut Daliah, in Haifa eintraf, und Hannah gab die Information weiter, wenn sie mich irgendwo sah. Meistens war das zu den Mahlzeiten im Speisehaus oder, was immer häufiger passierte, Hannah machte sich auf den Weg in unsere Ulpan-Siedlung, gab mir die wichtige Information und ließ sich noch etwas von Shlomo hofieren, der sich darauf besonders gut verstand. Da wurde gekichert und gescherzt und plötzlich waren unsere Bücher unwichtig. Ich muss doch sehr bitten. Lernt man so gewissenhaft seine zukünftige Sprache?

Kapitel 3

Etwas anderes machte mir auch Sorgen und das waren nicht die Eltern von Daliah, sondern die kleine merkwürdige Beule, die sich immer noch unter meinem rechten Arm befand. Hätte ich mich irgendwo gestoßen, wäre die Beule doch schon längst wieder verschwunden, aber die kleine Erhebung war immer noch gut zu fühlen. Vielleicht ein Insektenstich oder ein großer eitriger Pickel, der nach innen wächst. Schwamm drüber, dachte ich. Geht schon wieder weg. Jetzt ist erstmal Purim, der fröhlichste jüdische Feiertag und der wird im ganzen Land ausgelassen zum Andenken an Königin Esther gefeiert, die durch Fasten und Beten verhindern konnte, dass der böse Haman, ein hoher persischer (!) Regierungsbeamter, das jüdische Volk ermordete. Dieses Ereignis wird fröhlich bis ausgelassen gefeiert, die Israelis und besonders die Kinder legen allerlei lustige Kostüme an, es finden Purim-Umzüge statt, Kinder dürfen machen, was sie wollen, fordern von jedem Süßigkeiten ein, es wird generell viel gegessen, getrunken und gefeiert, womit das Fasten der Königin Esther ausgeglichen wird. Der Speiseraum wurde in eine Partyzone umgewandelt und Daliah kam pünktlich in Haifa an, sodass einer Purim-Party, die dieses Jahr am 2. März stattfand, nichts im Wege stand.

Plötzlich wimmelte es von kleinen Polizisten, Cowboys, Indianern, Piloten und Prinzessinnen und wer keine Süßigkeiten herausgab, wurde erbarmungslos niedergebrüllt. Die Kinder, die schon den ganzen Tag im Kibbuz herumliefen, kreischten vor Vergnügen, als Daliah in ihrer Uniform und mit mir durch den großen Eingang kam; wahrscheinlich dachten sie im ersten Moment, Daliah trug ein schönes grünes Kostüm. Eigentlich sind die Kinder Überbringer von Schlachmones, den essbaren Geschenken zu Purim, aber irgendwie kamen die Geschenke nicht oder nicht vollständig an. Wenn die Kinder also im Chor *Schlachmones* brüllen, wollen sie keine Geschenke überbringen, sondern welche haben, und der Erwachsene sollte weise genug sein, dieser Bitte nachzukommen. Daliah quietschte zusammen mit den Kindern vor Vergnügen, zog Grimassen, öffnete ihren Kleiderbeutel und holte eine Handvoll Süßigkeiten heraus, die sie tänzelnd an die kleinen Polizisten, Cowboys und Indianer verteilte und erst dann hatten wir wieder freien Durchgang und rannten so schnell wir

konnten zu Daliahs Unterkunft. Daliah umarmte mich und sagte:
»Ist Purim nicht schön.«

Noch schöner als der Empfang durch die Purimkinder wurde
die abendliche Purimparty, zu der es wieder erlesene Speisen und
jede Menge zu trinken gab, auch die obligatorische Bowle in der
riesigen Schüssel, die ich noch von Silvester kannte, und die so
groß wie eine Kinderbadewanne war. Eine Verkleidung war keine
Pflicht, aber erwünscht, und so erschien Daliah als Elfe und ich
als Arzt im weißen Kittel und mit einem Stethoskop aus Plastik
um den Hals, während mein Freund Shlomo, nein, nichts als
Kosake, sondern als Cowboy kam und Hannah, die ihn ganz
offiziell begleitete, sich in ein sehr merkwürdiges Froschkostüm
mit großen platten Stofffüßen gezwängt hatte. Der Froschleib
war rund gehalten, die langen Füße eher hinderlich und so rem-
pelte Hannah beinahe jeden an, der sich in einem Umkreis von
zwei Metern von ihr entfernt aufhielt und kippte zu guter Letzt
sogar noch die Badewanne mit der restlichen Bowle um.

Ihr Vater, mein Freund und Hühnerkollege Irachmiel, hatte
sich nach eigenen Angaben als Zauberer verkleidet, sah aber in
seinem schwarzen Umhang eher aus wie Dracula, was aber auch
keinen störte. Es gab zwar keine Vorführungen wie zu Silvester,
aber das Fest war rauschender und ausgelassener als die Silvester
Party, alle tanzten, sogar ich, der verwundert feststellen musste,
dass Daliah auch noch als Tänzerin zu (damals) moderner Musik
eine gute Figur machte. Die Bee Gees, Abba, Supertramp und
Village People hatten sogar unseren Kibbuz erreicht und wechselten sich mit israelischer Popmusik ab, die mir allerdings nahezu
unbekannt war.

Jede Party endet einmal und so machten Elfe Daliah und ich
uns gegen Mitternacht auf den Heimweg; also erst zu ihr und ich
dann zu mir. Versteht sich von selbst. Daliah war in außerordentlich aufgeräumter Stimmung, ärgerte und neckte mich die
ganze Zeit auf unserem Heimweg, ließ sich wieder Huckepack
tragen, weil sie ja so erschöpft war und löste schon mehrere Meter vor ihrer Haustür ihre Haare, warf sie vorne über und schüttelte eine Menge Konfetti auf den Erdboden. Ganz selbstverständlich gingen wir beide zusammen in Daliahs Unterkunft,
obwohl es schon sehr spät war, und Daliah sagte:»Berenod, das
war mein schönstes Purim Fest.«

Daliah guckte mich mit ihren dunklen Augen an, schlang ganz plötzlich ihre Arme um meinen Hals und gab mir den dicksten Kuss mitten auf den Mund, den ich jemals von ihr bekommen hatte. Sie löste sich aber augenblicklich wieder und sagte leise:»Slicha, Berenod, slicha.« *Verzeihung.*

Als ob ein Kuss eine Sünde wäre, aber verstanden habe ich schon, zumal ich Daliahs moralische Einstellung genau kannte und wusste, dass sie schon wieder eine ihrer Grenzen überschritten hatte, aber inzwischen war ich bereit, in allen Hinsichten auf diese wunderschöne und liebenswerte Frau zu warten.

Als wir uns draußen vor der Tür langatmig verabschiedeten, weil wir uns wie üblich nicht trennen konnten, fragte mich Daliah ganz beiläufig:»Was macht die Stelle unter deinem Arm?«

»Ist immer noch da«, antwortete ich und äußerte meine Theorie, dass es sich bei der kleinen Beule vielleicht um einen Insektenstich oder eine Vereiterung handeln könnte, wobei ich das Wort »Vereiterung« auf Hebräisch gar nicht kannte und ausführlich umschreiben musste, bis Daliah verstand, was ich meinte.

»Wenn es nicht verschwindet, gehst du zur Krankenstation«, sagte Daliah sehr bestimmt. Jeder Kibbuz hat eine kleine Krankenstation mit einer oder mehreren ausgebildeten Krankenschwestern und in regelmäßigen Abständen oder wenn ein Notfall vorliegt, schaut auch ein Arzt vorbei, der die Patienten untersucht und über die weitere Behandlung bestimmt. Knochenbrüche, Prellungen, Verstauchungen und Schnittwunden kamen in unserem landwirtschaftlichen Betrieb häufig vor, aber auch Krankheiten wie Erkältungen, Grippe, Hautausschläge oder Verdauungsstörungen wurden in der Krankenstation behandelt. Selbstverständlich hatten die Volontäre und die Ulpanisten die gleichen Rechte im Krankheitsfall wie die regulären Mitglieder, aber bisher war ein Besuch der Krankenstation für mich nicht notwendig gewesen.

Daliah und ich hatten uns einen kleinen Kalender angelegt, trugen dort gewissenhaft Daliahs Dienstzeiten und ihre Freizeiten ein und brüteten am nächsten Morgen nach einem verspäteten Frühstück über den Eintragungen. Am Tage nach Purim hatten wir alle noch frei; es gab kein Unterricht und der Kibbuz lief auf Sparflamme, was nach einer Party, die bis in den frühen Morgen dauerte, auch kein Wunder war. Daliahs Rückkehr trugen wir für den 23. März ein und gleichzeitig für den 31. März, denn am 1.

April nach dem allgemein gültigen Kalender begannen schon wieder die nächsten jüdischen Feiertage: Pessach, eines der wichtigsten Feste des Judentums, das mit dem Sederabend beginnt und an den Auszug der Israeliten aus Ägypten erinnert, als sie aus der Sklaverei flüchteten. Aber dazwischen lagen noch vier Wochen, die für mich mit Lernen, Pauken und Büffeln und für Daliah mit ihrer Grundausbildung in der Wüste Negev ausgefüllt waren.

In den fünf Tagen Urlaub, die Daliah immer nach ihren 16 Tagen am Stück hatte, lebten wir praktisch wie jedes Paar, außer dass wir eben nicht verheiratet waren, jeder seine eigene Unterkunft hatte und es zu keinen Intimitäten kam, wenn ich das mal so ausdrücken darf, was aber unserer wachsenden Liebe nichts ausmachte. Ohne Daliah war ich nur noch ein halber Mensch und Daliah ging es genauso; sie konnte und wollte nicht mehr ohne mich sein, was sie inzwischen jeden, der es hören wollte, ohne Verlegenheit erzählte. Für keinen im Kibbuz war es mehr ein Geheimnis, dass Daliah und ich zusammengehörten und unsere nationalen, religiösen und kulturellen Unterschiede störten keinen Menschen. Unser Kibbuz war überhaupt nicht religiös ausgerichtet wie manch anderer Kibbuz in Israel, die wenigsten Männer trugen die runde Kopfbedeckung, die Kippa, und auch Daliah war nicht sonderlich religiös eingestellt, höchstens etwas, aber Respekt hatte sie doch vor dem Allmächtigen und manchmal betete sie auch. Auf einer Skala von eins bis zehn lag meine eigene Religiosität vielleicht bei eins oder zwei, Daliahs lag bei drei oder vier. Allerdings glaubte sie ganz fest daran, dass all die kleinen Zettel, die Besucher der Klagemauer in die Ritzen der Steine steckten, irgendwie ihren Weg zum Allmächtigen fanden und auch von ihm gelesen werden. Diese Überzeugung, die ja auch eine Art Glauben oder ein Stückchen Glauben war, ließ sie sich nicht nehmen.

Wieder nahte ein Tag des Abschieds von Daliah, die mich in ihrer grünen Uniform aus dem Klassenzimmer winkte, das ich mit Erlaubnis von Lehrerin Pia verlassen durfte und unter den neugierigen Blicken meiner Mitstudenten spazierten wir Hand in Hand zum Kibbuzausgang, wo Daliah auf den Bus warten wollte, der ganz bis auf den Hügel fuhr; sie hatte sich extra die Mühe gemacht und sich die Zeiten auf dem Fahrplan angeguckt. Ich wollte sie wenigstens bis nach Kiryat Ata bringen, aber Daliah lehnte ab.

»Ist schon gut, Berenod«, sagte sie. »Ich habe dich sowieso immer bei mir.«

Dabei legte sie die Hand auf ihr Herz. »Geh zurück in den Ulpan und lerne weiter Hebräisch. Du kannst dir gar nicht vorstellen, wie gerne ich dich sprechen höre. In Ivrith, meine ich.«

Wir ließen unsere Hände erst los, als der Bus angeschnauft kam, Daliah stieg mit ihrem Kleiderbeutel ein, und da sie der einzige Passagier war, fuhr der Bus gleich los und ich blieb allein zurück.

Zurück in der Klasse war ich dem Spott der anderen ausgesetzt, aber das machte mir nichts aus; meine Mitstudenten meinten es nicht böse und besonders die jungen Männer waren einfach nur neidisch. »Och du Armer. Daliah ist weg.« Ja, aber sie kommt wieder. »Bestimmt angelt sie sich einen hohen Offizier.« Nein, ganz bestimmt nicht. »Nach all dem Drill bei Zahal wird sie bald kräftiger sein als du.« Na und? So ging es ein paar Minuten in unserer Pause zu, aber die Sticheleien klangen auch genauso schnell ab, wie sie gekommen sind. Shlomo traf ich in der Mittagspause und fragte ihn nach Hannah Salzmann aus.

»Ich glaube, sie mag mich«, sagte mein russischer Zimmergenosse. »Jedenfalls hat sie mich gefragt, ob ich sie ins Kino begleiten möchte. Was ist Kino?«

»Ein Kino ist ein großer dunkler Saal, wo Filme vor einem Publikum gezeigt werden.«

Ich grinste. Shlomo hatte auf Hebräisch *Was* mit *Wo* verwechselt und mir so eine Steilvorlage für einen dummen Spruch geliefert.

»**WO** ist das Kino?«, verbesserte Shlomo schnell.

»Kino ist übertrieben«, erklärte ich ihm. Es gab eine Art Fernsehraum, der aber selten genutzt wurde, außer bei wichtigen Fußballspielen, und diesen Raum hatte man auch gleich als Kinoraum hergerichtet. Eine Leinwand hing zusammengerollt unter der Decke und brauchte bei Bedarf nur auseinandergerollt werden und im hinteren Raum stand ein vorsintflutlicher Projektor, auf dem Filmspulen abgespielt werden konnten, deren Bilder durch ein Loch in der Wand auf die Leinwand gelangten. Unser Kibbuz sorgte schon für Zerstreuung für seine Bewohner, das kann man nicht anders sagen.

Das sogenannte Kino bot Platz für 50 Zuschauer und mehr kamen in der Regel auch nicht, wobei die Mehrzahl der Kinogänger aus Ulpanisten, Volontären und jungen Kibbuzniks bestand; die älteren Kibbuzniks hatten kein ausgeprägtes Interesse an Filmen. Für uns jungen Leute waren diese monatlichen Kinoabende tatsächlich eine willkommene Abwechslung, an der ich alleine teilnehmen würde, also ohne Daliah, die sicherlich wieder zum Panzerputzen in der Wüste Negev abkommandiert war. Aber egal, dann gucke ich mir eben allein den Bärenschocker aus den 70er Jahre an, als ein wildgewordener und sehr großer Grizzlybär fast eine amerikanische Kleinstadt komplett auslöscht und einen Nationalpark verwüstet. Daliah hätte dem Bären mit ihrem Gewehr bestimmt Manieren beigebracht und hätte der Grizzlybär die armen unschuldigen Menschen nicht in Ruhe gelassen, hätte Daliah aus ihm Bärensteaks gemacht, denn sowas erledigt eine israelische Soldatin mit links, während sie mit rechts ihre Haare hochsteckt. Bei diesem Gedanken musste ich an einer besonders schrecklichen Szene laut auflachen, was bestimmt beim restlichen Publikum mit großer Verwunderung aufgenommen wurde, aber ich konnte mich in diesem dunklen Saal nicht richtig auf die flimmernden Bilder konzentrieren. Für ein paar andere Gedanken sorgte ein Filmriss und wenn ich Filmriss sage, meine ich es wörtlich und meine nicht etwa den Filmriss im Gehirn nach übermäßigem Alkoholgenuss, wenn sich der fröhliche Zecher drei Tage später als Leichtmatrose auf einem norwegischen Heringskutter wiederfindet.

Nein, der Filmriss war real, das Licht ging an, wir hörten unsere Kulturmanagerin Naomi im Vorführraum fluchen und schimpfen, Shlomo und Hannah schauten mich verlegen mit stark geröteten Gesichtern an, was sicherlich auf die erhöhte Spannung im Filmgeschehen zurückzuführen war, das Licht ging wieder aus und der Grizzlybär konnte noch mehr unschuldige Amerikaner als Snack verzehren. Schon während die National Garde den Bären jagte und das riesige Tier noch schnell einen Helikopter vom Himmel angelte, weil der Pilot viel zu tief flog, stand ich auf und ging an die frische Luft. Ich war allein und fühlte mich allein. Noch 15 Tage bis zum Wiedersehen mit Daliah.

Es sollten aber keine 15 Tage werden, denn ein paar Tage später lief Hannah Salzmann hinter mir her und wedelte mit einem Brief herum.

»Die Armee hat geschrieben. Zahal hat uns eine Mitteilung gemacht!«

»Na und?«, sagte ich.

»Der Brief ist an dich gerichtet. Und weil er wichtig aussah, habe ich ihn gleich aufgemacht.« Aha, nun verstand ich. Hannah Salzmann hatte wieder mal die Prinzipien des Kibbuz auf den Briefverkehr ausgeweitet und ein Allgemeingut aus meinem Brief gemacht.

»Was steht drin?«

»Du sollst Zahal in Be'er Sheva anrufen. Daliah hatte einen Unfall und hat dich in ihren Papieren als nächsten Angehörigen angegeben.«

Ich war ganz froh, dass Hannah meinen Brief geöffnet hatte und mit dem Inhalt vertraut war, mit Sicherheit hätte ich keinen einzigen hebräischen Buchstaben entziffern können, so aufgeregt war ich. Hannah nahm ganz selbstverständlich meine Hand, zog mich in die Poststelle, wo eines der Telefone stand und sagte: »Wir rufen sofort an.«

Hannah wählte die angegebene Nummer, übergab mir den Hörer, und als eine weibliche Stimme »Schalom«, sagte, sagte ich auch »Schalom«. Ich musste mich sehr konzentrieren, sagte aber dann nahezu fehlerfrei: »Ich habe einen Brief wegen Daliah Cohen bekommen. Sie hatte einen Unfall.«

Am anderen Ende des Hörers raschelte Papier und die Stimme sagte: »Ja, ein Unfall. Bist du Berenod Schmidt?«

»Ja, der bin ich.«

»Daliah hatte einen Unfall bei einer technischen Einweisung, liegt im Militärkrankenhaus in Be'er Sheva und du kannst sie jederzeit besuchen.« Daliah lag im Krankenhaus. Hannah, die mit der kleinen zusätzlichen Hörmuschel natürlich mitgehört hatte, bekam vor Schreck ganz große Augen.

»Was ist denn passiert?«, wollte ich wissen.

»Das weiß ich nicht«, sagte die weibliche Armeestimme. »Ich mache nur die Papiere.«

»Toda raba«, antwortete ich und legte den Hörer auf. *Vielen Dank.*

Hannah und ich rätselten herum, was der armen Daliah widerfahren sein könnte, fanden aber keine plausible Antwort, da es bei den Soldaten unzählige Möglichkeiten gab, sich zu verletzen, sodass Hannah letztendlich sagte: »Fahr hin.« Israel ist so klein, dass jemand, der von einer Stadt zur anderen reisen möchte, kaum Vorbereitungen treffen muss. Er steigt in einen Egged Bus und ist in ein oder zwei Stunden an seinem Ziel angelangt. »Nimm ein Scherut, das ist schneller«, ergänzte Hannah, die aufrichtig besorgt war. Ich rannte zu meiner Unterkunft, traf dort Shlomo, dem ich alles erzählte und ihn bat, mich morgen bei Pia, meiner Lehrerin, zu entschuldigen. Hannah würde ihren Vater über meine kurzfristige Abwesenheit informieren und ich konnte ruhigen Gewissens, aber nicht beruhigt, nach Be'er Sheva ins Krankenhaus fahren und zwar gleich morgen früh mit dem ersten Bus.

Die ganze Nacht wälzte ich mich schlaflos hin und her und grübelte, was Daliah wohl passiert war, ob die Verletzung schlimm oder gar lebensgefährlich wäre und wie ich ihr helfen konnte. Ich griff an meine kleine Kette mit dem Chaj, dem kleinen Glücksbringer, der uns beschützen sollte und der nach Daliahs Aussagen nie versagt und überlegte, ob sie das kleine Amulett möglicherweise verloren hatte. Abgenommen hatte sie unsere Kette mit Sicherheit nicht, sie nahm sie nie ab und ich auch nicht. Als ich noch in der Fabrik in der Nachtschicht gearbeitet habe, da war ich über meine Fähigkeit, mich geistig in andere Welten versetzen zu können, sehr froh. Aber jetzt zeigte sich die Kehrseite der Medaille; ich malte mir auch Daliahs Unfall in den schrecklichsten Farben aus, wobei die Option *Rollstuhl* noch harmlos war und sah mich schon, wie ich ihren Rollstuhl schob und sie in ihrer Unterkunft vorsichtig ins Bett trug. In der Fabrik war der Ausflug in andere Welten und Dimensionen hilfreich und kurzweilig gewesen, hier zerriss es mir fast die Nerven und das Herz.

Am nächsten Morgen war ich der Erste im Speisesaal, frühstückte und nahm mir auch einen kleinen Proviant mit, den ich in meine alberne hellblaue Reisetasche packte und marschierte los. Ich hatte keine Geduld, oben auf den Bus zu warten, der den Kibbuz direkt bediente und ging zu Fuß zur regulären Endhaltestelle nach Kiryat Ata, erfreute mich für einen kleinen Moment an unseren Fotos, die immer noch im Friseursalon hingen, und stieg in den Bus nach Haifa, wo ich das nächste Scherut nach Be'er Sheva nehmen wollte. Mein Hebräisch war ganz in Ordnung, die Strecke nach Be'er Sheva kannte ich schon von meiner denkwürdigen Einladung zum Fotoshooting und nun fuhr ich eben nochmal in die Stadt vor der großen Wüste, allerdings unter wenig erfreulichen Umständen.

Mindestens drei große Plakate mit den Fotos von Daliah und mir, die unter der Regie von Major David Ziegler entstanden waren, sah ich im Vorbeifahren in Haifa und mir wurde das Herz noch schwerer als vorher. Den Hals verdrehte ich mir fast, als ich mich nach der Werbung für die israelischen Streitkräfte umdrehte und meinen Kopf mit Daliahs Anblick füllte. Ein Scherut nach Be'er Sheva war schnell gefunden, der Kleinbus musste jedoch eine gute halbe Stunde warten, bis alle Plätze besetzt waren, aber dann ging es los. Für eine Unterhaltung war ich gut gewappnet, aber meine Mitreisenden hingen auch lieber ihren eigenen Gedanken nach, als munter drauflos zu schwatzen, was mir nicht unrecht war.

»Besuchst du auch Verwandte in Be'er Sheva?«, fragte mich kurz vor Tel Aviv ein älterer Herr und ich antwortete höflich: »Nein, Verwandte nicht. Meine Verlobte liegt im Militärkrankenhaus. Sie hatte einen Unfall.« Obwohl mein Akzent unüberhörbar sein musste, wurden keine neugierigen Fragen nach meiner Herkunft gestellt; Hebräisch mit Akzent war an der Tagesordnung.

Die knappen 200 Kilometer von Haifa nach Be'er Sheva am Rande der Negev Wüste schaffte unser Scherut in zweieinhalb Stunden und so suchte ich bereits am späten Vormittag nach dem Militärkrankenhaus in der damals viertgrößten Stadt Israels. »Slicha«, hielt ich einen Passanten an. »Verzeihung, wo ist das Militärkrankenhaus?« Der gute Mann beschrieb mir den Weg und ich lief so schnell ich konnte, bis ich vor der Pförtnerloge des Krankenhauses stand, mein Anschreiben auf den Tresen legte und nach dem Zimmer von Daliah Cohen fragte. Die gewünschte Auskunft führte mich in den zweiten Stock zum Zimmer 29, ich holte tief Luft, war auf das Schlimmste gefasst, klopfte an die Tür und trat ein. »Berenod!« Daliah lag ganz flach ohne Kopfkissen in einem weißen Krankenhausbett und trug um ihren Hals eine Art Kragen, der wohl zur Stütze und Stabilisierung diente. »Du bist gekommen.« Sie lächelte, so gut es ging und ich fragte, was denn nun genau passiert wäre. Daliah war von einem Panzer gestürzt, als die jungen Rekruten ihre technische Einweisung erhielten, war fehlgetreten, ausgerutscht, eine andere Rekrutin wollte sie festhalten, fiel ebenfalls herunter und brach sich das Schienbein, während Daliah unsanft genau auf den Rücken fiel und sich im ersten Moment nicht bewegen konnte. Mir fiel meine Vision vom Rollstuhl wieder ein und traute mich gar nicht zu fragen.

»Wirst du wieder gesund?«

»Ich denke schon. Morgen machen sie Röntgenaufnahmen. Bis dahin darf ich mich nicht bewegen.«

Daliah machte mit den Augen eine Bewegung zum Nachbarbett.

»Das ist Chaya. Sie wollte mich festhalten und ist gleich mit runtergefallen.«

Chaya? Ich erinnerte mich an die fröhliche Telefonistin aus Tel Aviv, die mir auf Deutsch von ihrer Großmutter aus Bremen erzählte. Sie hieß auch Chaya. Chaya Morgenstern.

Chaya, eine strohblonde junge Frau in Daliahs Alter, lag mit einem dicken Gipsverband gleich neben Daliah, ich ging hin, lächelte freundlich und sagte: »Danke, dass du Daliah festgehalten hast. Gute Besserung.«

Chaya grinste und erwiderte: »So haben wir wenigstens ein paar Tage Ruhe und vielleicht bin ich zum Seder zu Hause.«

In drei Wochen ist ein Beinbruch noch nicht verheilt, aber wenigstens kann man dann schon mit einem Gehgips laufen.

»Wo kommst du her?«, fragte ich neugierig und guckte Chaya gespannt an.

»Aus Tel Aviv, wo ich als Telefonistin arbeite und…«

»…und deine Großmutter kommt aus Bremen«, ergänzte ich in deutscher Sprache und landete einen Volltreffer.

Chaya bekam ganz große Augen und ich konnte erkennen, wie hinter ihrem ratlosen Blick ihr Gehirn arbeitete. Ich drehte mich zu Daliah um, die mich ebenfalls fragend anguckte, beugte mich zu ihr und flüsterte ihr ins Ohr: »Chaya hat mir als Telefonistin ein Gespräch nach Deutschland vermittelt und als sie merkte, dass ich Deutscher bin, hat sie mir von ihrer Großmutter erzählt, die aus meiner Stadt stammt.« Daliah kicherte ohne eine Spur von Eifersucht, denn Eifersucht existierte bei Daliah nicht, da wir ja einen Pakt geschlossen hatten.

»Hat sie dich schon an der Stimme erkannt?«

»Nein, ihr Kopf arbeitet noch.«

Weise und leise sagte Daliah: »Israel ist ein sehr kleines Land. Man trifft überall Bekannte.«

Chaya grübelte immer noch und fragte lachend Daliah um Rat.

»Sag, woher kennt dein Verlobter mich?«

»Frag ihn!«

Chaya dachte angestrengt nach, kaute auf den Lippen, legte ihre Stirn in Falten und stellte dann die richtige Frage: »Aus welcher Stadt kommst du?«

»Aus Bremen.«

Chaya hob die Hand und gab uns das Ergebnis ihrer Überlegungen bekannt.

»Du hast ein R-Gespräch nach Bremen angemeldet und ich habe dir von meiner deutschen Großmutter erzählt, die auch aus Bremen kommt. Richtig?«

»Richtig.«

Chaya brach in fröhliches Gelächter aus, sprach ein paar schnelle Sätze mit Daliah, dann wieder auf Deutsch mit mir, auf Hebräisch mit uns beiden, Daliah lachte mit schmerzverzertem Gesicht, Chaya lachte, ich lachte, bis die Türe des Krankenzimmers sich öffnete und ein Mann in weißem Kittel und grünen Armeehosen eintrat; offensichtlich der zuständige Arzt.

»Schalom«, sagte er. »Lachen dient der Genesung, aber Daliah darf sich noch nicht bewegen, solange wir keine Röntgenaufnahmen haben.« Er reichte mir die Hand.

»Chaim Levinson, aber sag Chaim zu mir.«

Er guckte auf sein Klemmbrett. »Bist du der eingetragene Angehörige? Berenod Schmidt?« »Der bin ich.«

»Morgen machen wir Röntgenaufnahmen, dann wissen wir mehr. Hoffentlich nur eine Verstauchung im unteren Rücken und kein gebrochener Wirbel. Das wäre schlimm. Auf keinen Fall bewegen und flach liegen.«

Was sich hier schnell und flüssig liest, erforderte doch mehrere Rückfragen meinerseits und umschreibende Erklärungen von Chaim Levinson, der auch ein paar englische Vokabeln einwarf, da mein Hebräisch zwar immer besser wurde, aber so gut wie keine medizinischen Ausdrücke kannte.

»Bleibst du bis morgen hier?«, fragte der Militärarzt.

»Ich weiß nicht«, antwortete ich wahrheitsgemäß.

»Du kannst auch anrufen und nach mir verlangen.«

Chaim Levinson trat an Chayas Bett heran, begutachtete den Gips und sagte:»Dein Fall ist einfacher: Das Bein ist gebrochen. Ein paar Tage Bettruhe, laufen üben und du bekommst von mir einen Marschbefehl mit Krankentransport, damit du zu Pessach bei deiner Familie bist.«

Daliah ergriff aus ihrem Bett heraus die Gelegenheit beim Schopfe.»Chaim, kannst du vielleicht gucken, was Berenod unter seinem Arm hat?«

Chaim lachte.»Er ist zwar nicht bei Zahal, aber wenn er schon mal hier ist und ich nur gucken soll, ist das wohl in Ordnung. Hemd aus!«

Erst protestierte ich und wollte kein Gewese machen wegen einer kleinen unwichtigen Beule, die überhaupt nicht wehtat, sondern nur ganz unauffällig vorhanden war und irgendwann wieder verschwinden würde.

»Berenod!«, rief Daliah wütend aus dem Bett.»Nun mach!«

Also zog ich mein Hemd aus, hob meinen Arm und präsentierte Chaim Levinson die kleine Beule unter meinem Arm, die er sorgfältig von allen Seiten beguckte und auch vorsichtig berührte.

»Tut das weh?«

»Nein.«

»Hast du dich irgendwo gestoßen?«

»Möglich«, sagte ich und erzählte kurz von meiner Arbeit auf der Hühnerfarm.»Vielleicht ein Insektenstich«, meinte ich.»Oder eine Entzündung.«

Chaim Levinson war skeptisch und bohrte weiter.

»Wie lange hast du die Beule schon?«

»Etwa vier Wochen.«

Der Militärarzt dachte nach.»Hier kann ich dich nicht untersuchen. Unser Krankenhaus ist nur für Angehörige der israelischen Streitkräfte. Bist du krankenversichert?«

»Ich denke schon. Ich bin in einem Ulpan im Kibbuz.«

»Dann bist du krankenversichert.«

Chaim Levinson fragte noch, wo Daliah und ich leben, guckte erfreut, als er hörte, dass der Kibbuz Kfar Yochanan nicht weit entfernt von Haifa liegt und sagte:»Geh nach Rambam und frage nach Dr. Moshe Wassermann, ein Freund und Kollege von mir. Er wird dein Gebilde untersuchen und bei ihm bist du in den besten Händen.«

Rambam klingt für deutsche Ohren merkwürdig, aber in der Tat ist das Rambam Health Care Campus, kurz Rambam-Krankenhaus, das größte Krankenhaus in Nordisrael und wurde 1938 gegründet, während die Briten den Landstrich Palästina verwalteten.

»Ein Zettel!« kam es gleichzeitig aus Daliahs und aus Chayas Bett. Die Israelis sind der Meinung, dass ein Zettel mit einer Empfehlung einem Bittsteller, einem Bewerber für eine freie Stelle, einem Kaufinteressenten für ein Haus oder eine Wohnung oder einem Patienten Tür und Tor öffnet, wenn dieser Zettel der richtigen Person vorgelegt wird. Nichts läuft ohne Zettel, was Daliah und Chaya wussten, und deshalb Chaim um eine Empfehlung für mich baten. In anderen Ländern wird mit Bestechungsgeldern gearbeitet, in Israel reicht eine Empfehlung von einem guten Freund, Kollegen oder Verwandten und der namentlich erwähnte Überbringer wird hofiert wie ein Thronfolger. Er wird auch ohne Zettel wie ein Thronfolger hofiert, sofern er ein teures Auto oder eine Eigentumswohnung kaufen möchte, aber die Israelis lieben ihre kleinen Zettel, die einer Transaktion oder einem Vorstellungsgespräch eine ganz persönliche Note geben. Bei einem Arztbesuch in einem großen Krankenhaus konnte sogar ich mir die Wirksamkeit einer kleinen Empfehlung gut vorstellen.

Nachdem Chaim Levinson mir also einen Zettel für Moshe Wassermann geschrieben und ausgehändigt hatte und das Krankenzimmer verlassen hatte, hielten Daliah und ich Kriegsrat und ich machte ihr klar, dass nichts auf der Welt mich von einem morgigen Besuch bei ihr abhalten würde. Die Hin- und Rückfahrt nahm ich in Kauf, ich beugte mich zu ihr, gab ihr einen Kuss zum Abschied, verabschiedete mich auch von Chaya Morgenstern und verließ das Krankenhaus, traf draußen allerdings eine andere Entscheidung hinsichtlich meines Fahrtziels. Am Egged Busbahnhof kaufte ich eine Zahnbürste und ein Ticket nach Jerusalem und nicht nach Haifa und wartete auf den Bus. Jerusalem liegt nur 110 Kilometer von der Wüstenmetropole entfernt und das war heute noch problemlos zu schaffen. Der Bus kam und zwei Stunden später stieg ich in Jerusalem aus, nahm die Richtung zur Altstadt und ging direkt zur Klagemauer. Daliah Cohen hatte Beistand verdient, deshalb schrieb ich auf einen kleinen Zettel *Bitte wache über Daliah, hilf, dass sie wieder gesund wird und schenke ihr ein langes Leben,* faltete das Stück Papier zusammen und steckte es in eine Ritze der Klagemauer. Meinen Wunsch hatte ich auf Deutsch und Hebräisch geschrieben, aber eigentlich war ich mir sicher, dass der Allmächtige so ziemlich alle Sprachen beherrscht, doch ich wollte auf Nummer Sicher gehen. Ich war nie besonders gläubig, aber irgendetwas ging von dieser Mauer aus und auch Daliah glaubte ganz fest daran, dass Bitten und Wünsche hier in Erfüllung gingen.

Es wurde schon dunkel und ich beschloss in der Heiligen Stadt zu bleiben und morgen nach Be'er Sheva zurückzufahren, weshalb ich gleich aus einer öffentlichen Telefonzelle in unserem Kibbuz anrief; ich erwischte Hannah Salzmann in der zentralen Poststelle und informierte sie über Daliahs Zustand und dass ich erst morgen wieder zurückkäme. Aus familiären Gründen. Hannah lobte mich und versprach, mich bei Pia, meiner Lehrerin, zu entschuldigen und auch auf der Hühnerfarm Bescheid zu sagen. Hoffentlich bekam ich nicht wieder eine Strafnachtschicht in der Plastikfabrik aufgebrummt.

Die Nacht verbrachte ich in der kuriosen Herberge *Leila's Guest House* und fuhr am nächsten Morgen zurück nach Be'er Sheva. Busfahrten innerhalb Israels sind überhaupt nicht teuer und meine Fahrten rissen kein großes Loch in mein Budget und so stand ich pünktlich am nächsten Vormittag in Daliahs Krankenzimmer, das jedoch nur von Chaya Morgenstern belegt war, denn Daliah war gerade beim Röntgen. Eine Stunde musste ich warten, aber Chaya vertrieb mir mit einer Unterhaltung auf Deutsch und Hebräisch die Zeit, bis sich die Tür öffnete und Daliah mitsamt ihrem Bett von einer Krankenschwester in ihr Zimmer geschoben.

»Schalom, Berenod. Du bist wieder da. Das macht mich froh und glücklich.«

»Ich war in Jerusalem und habe einen Wunsch in die Ritzen von haKotel, der Klagemauer, gesteckt und hoffe sehr, dass er erfüllt wird.«

Daliah war verdutzt, verstand aber sofort.

»Extra für mich?«

»Ja, und geschlafen habe ich in der verrückten Herberge *Leila's Guest House.*«

Ich hatte Daliah von Koichis und Lees Aufenthalt dort erzählt und Daliah konnte ein Lachen nicht zurückhalten, obwohl es schmerzen musste. Daliah hielt meine Hand und ich sah in ihrem Gesicht, wie viel es ihr bedeutete, dass ich einen kleinen Zettel in die Mauerritzen gesteckt hatte und keiner von uns kam auf die Idee, dass es vielleicht die falsche Adresse oder ich der falsche Absender gewesen wäre, denn der Gott der Juden ist doch gleichzeitig der Gott der Christen; erst mit der Geburt von Jesus Christus trennten sich die Wege. Und ganz plötzlich rollten Tränen über Daliahs Gesicht, Tränen der Freude und des Glücks. Ich konnte es deutlich sehen und spüren.

Chaim Levinson kam mit den Röntgenbildern, begrüßte mich fröhlich mit einem kräftigen *Schalom*, heftete die Aufnahmen an die Schiene an der Wand und erklärte uns, warum Daliah unwahrscheinliches Glück gehabt hatte.

»Wäre sie schräg aufgeschlagen, wäre ein Wirbel gebrochen und ein Rollstuhl wäre sehr wahrscheinlich ihr ständiger Begleiter geworden. So ist sie aber flach aufgeschlagen, was das Schlimmste verhindert hat.«

Der heftige Aufprall hatte einen Wirbel angeknackst und einen Nerv beschädigt, weswegen sie sich nach dem Sturz vom Panzer nicht bewegen konnte. Eine Woche strenger Bettruhe in flacher Haltung hier im Krankenhaus, anschließend eine Woche Rollstuhl (also doch!) und dann vorsichtig aufstehen und sich langsam bewegen.

»Ich stelle auch dir einen Marschbefehl mit Krankentransport aus, du kannst die Pessach-Feiertage mitsamt Rollstuhl zu Hause verbringen und dein Berenod kann dich pflegen.« Chaim Levinson schärfte mir noch ein, sofort unsere Krankenstation im Kibbuz aufzusuchen, wenn während Daliahs Genesungsphase Probleme auftauchen sollten, was aber unwahrscheinlich wäre und ab 15. April sollte sie sich wieder zum Dienst bei ihrer Einheit melden.

Ich blieb noch eine Stunde im Krankenzimmer sitzen, bis Daliah mich zum Aufbruch mahnte, weil es sonst zu spät wird, da ich ja immerhin ganze 200 Kilometer mit dem Bus vor mir hatte. Also verabschiedete ich mich von Daliah und auch von der famosen Chaya Morgenstern, ging ruhig und gelassen zum Busbahnhof, löste ein Ticket nach Haifa und setzte mich in den bereitstehenden Bus. Mir fiel ein Stein vom Herzen, dass Daliahs Unfall glimpflich verlaufen war und berührte unwillkürlich mein Chaj mit den Fingern, lehnte mich zurück und schlief dank der ganzen Abspannung der letzten Tage prompt ein. Mein letzter Gedanke galt Dr. Moshe Wassermann, den ich wirklich bald aufsuchen wollte, damit er sich meine merkwürdige Beule näher angucken konnte.

Obwohl ich es mir fest vorgenommen hatte, kam immer etwas dazwischen und der Besuch bei Dr. Moshe Wassermann verzögerte sich, was ich für mich persönlich nicht weiter tragisch nahm, aber ich hatte es Daliah, wenn auch ohne genauen Termin, versprochen. Pia überhäufte mich mit Unterrichtsstoff der vergangenen Tage plus Hausaufgaben, die Arbeit auf der Hühnerfarm erledigte sich auch nicht von alleine, auch wenn natürlich meine Kollegen Uri, Gershon, Irachmiel und die anderen da waren und so fand sich jeden Tag eine neue Entschuldigung, nicht ins Krankenhaus zur Untersuchung zu fahren.

Ehe ich mich versah, war die Woche vorbei, Daliah hatte an der Poststelle anrufen lassen, dass sie nach Hause käme und alle Sorgen, Termine und Körperbeulen schob ich beiseite und freute mich auf Daliahs Rückkehr. Der Krankentransporter fuhr Daliah bis vor ihre Haustür, wo Hannah Salzmann, Shlomo und ich schon warteten, zwei stämmige Sanitäter luden Daliah und ihren Rollstuhl ab, wünschten einen schönen Sederabend, der unmittelbar bevorstand und zogen von dannen.

Daliah lächelte glücklich und rief ein fröhliches *Schalom* in die Runde, Shlomo und ich hoben ihren Rollstuhl vorne etwas an, damit er die niedrigen Stufen überwinden konnte und ich schob Daliah in ihre Wohnung. Als wir alleine waren, fing Daliah an zu weinen; die Anspannung der letzten Tage war doch nicht so einfach zu verkraften. Ich setzte mich auf die Bettkante, Daliah hielt ganz fest meine Hand und sagte: »Es wird alles gut, hat Chaim gesagt. Nicht zu schnell aufstehen. Berenod, ich hatte solche Angst, dass ich vielleicht nie wieder gehen könnte und du mich dann nicht mehr haben willst. Richtige Alpträume hatte ich.«

»Keine Sorge, so schnell wirst du mich nicht los, Daliah. Wir haben doch eine Vereinbarung, was uns betrifft, oder?«
Daliah bekam wieder feuchte Augen.

»Ja, die haben wir.«

»Möchtest du nicht wissen, welchen Wunsch ich in die Ritze der Klagemauer gesteckt habe?« Daliah legte entsetzt den Finger auf die Lippen.

»Nein! Das ist nur für den Allmächtigen bestimmt.«

Während ich ihre Tasche auspackte, hörte ich Daliah leise fragen: »Warst du bei Dr. Moshe Wassermann?«

Sie war nicht besonders erbaut, als sie erfahren musste, dass ich es nicht geschafft hatte, den Freund von Chaim Levinson im Rambam-Krankenhaus aufzusuchen und rang mir das Versprechen, nein, den Schwur ab, hinzugehen, sobald die Feiertage vorbei wären. »Ich komme natürlich mit zu Dr. Wassermann«, sagte Daliah und bei diesem Tonfall waren Widerworte und andere Entgegnungen sinnlos.

»Gib mir meine Reisetasche«, bat Daliah und kramte nach Erhalt zwei Briefe heraus, die sie mir reichte.

»Ich habe meinen Schwestern geschrieben, was passiert ist. Es ist besser, sie erfahren es erst jetzt, wenn alles schon fast vorbei ist. Steck sie in den Briefkasten, Berenod.«

Ich nahm die beiden Briefe, wollte gerade ihre kleine Wohnung verlassen, als Daliah mich zurückrief.

»Berenod!«

Ich blieb stehen und drehte mich um.

»Komm her«, sagte Daliah und als ich vor ihr stand: »Komm runter!«

Als ich vor der Patientin hockte, schlang Daliah ihre Arme um mich, strich mit warmen Händen über mein Gesicht und sagte nur: »Ani oheved otcha.«

Ich steckte die Briefe in unseren Kibbuzbriefkasten, ging zurück in den Ulpan, den ich wegen Daliahs Ankunft schon wieder hatte verlassen müssen, fing mir von Pia einen strengen Blick ein und widmete mich dem Studium der hebräischen Sprache im Kreise meiner Mitstudenten. Nach dem Unterricht nahm mich Pia beiseite und erkundigte sich eingehend nach Daliah. »Gut, es geht aufwärts. Noch ein paar Tage Rollstuhl und dann darf sie aufstehen.«

»Ich bin froh, dass du so schnell und problemlos lernst. Auch mit den vielen Unterbrechungen bist du immer noch der beste Schüler. Lass nicht nach. Es macht Freude, dich zu unterrichten und deine Fortschritte zu sehen.«

Eigentlich hatte ich eine Ermahnung erwartet und kein Lob, sodass ich im ersten Moment sprachlos war, nur dümmlich grinste und mich erst ein paar Sekunden später für die freundlichen Worte bedanken konnte.

»Aber bei einem halben Dutzend Nachhilfelehrer ist das ja auch kein Wunder«, lachte Pia.

Es stimmte, was Pia sagte, ich sprach fast nur noch Hebräisch mit allen meinen Freunden und mit Daliah ja sowieso, nur wenn ich Miriam besuchte, wechselten wir oft schon nach kurzer Zeit die Sprache; ich wusste, dass es Miriam Freude bereitete, in ihrer Muttersprache mit mir zu schwatzen, auch wenn ihre Jugend in Berlin schon fünfzig Jahre zurücklag.

Eigentlich hatten Daliah und ich vor, den Sederabend, den Vorabend des Pessachfestes, bei einer ihrer Schwestern zu verbringen; entweder bei Nina in Haifa oder gar bei Familie Omer in Kiryat Schmona, aber das war nun wegen Daliahs Unfall nicht möglich. Wer vorübergehend im Rollstuhl sitzt, muss halt zu Hause bleiben; wir hatten allerdings die Rechnung ohne den Wirt gemacht. Die Post in Israel arbeitet ziemlich gut, Daliahs Briefe erreichten pünktlich ihre beiden Schwester, die beiden Schwestern stimmten sich untereinander heimlich ab und plötzlich standen Nina Cohen (ohne Baruch), die älteste Schwester Esther mitsamt Ehemann Eliah und Töchterchen Tanit mit allerlei Schüsseln und Tellern vor der Tür und bereiteten Daliah und mir eine schöne Überraschung zum Sederabend.

Daliah hatte sich mit Hannah Salzmanns Hilfe gerade die Haare gewaschen und trug noch ihren Handtuchturban, als es klopfte und die ganze Bande in Daliahs kleiner Wohnung einfiel. Heute wäre man empört, weil der Besuch sich nicht telefonisch angemeldet hatte, aber schließlich gab es im Kibbuz nur wenige Telefonapparate und außerdem war Daliah hoch erfreut, als sie wenigstens den freundlichen Teil ihrer Familie so unvermittelt vor sich sah. Die drei Schwestern vertieften sich auch sofort in ein Gespräch über den Unfall, über die Armeezeit schlechthin, über den bevorstehenden Sederabend und worüber Frauen sonst noch so reden. Tanit interessierte sich lebhaft für Daliahs Rollstuhl und äußerte den Wunsch, auch so ein Auto zu haben, worüber die Mutter und Tanits Tanten gar nicht erfreut waren und dem armen Kind erklärten, dass dieses Spezialauto keinen Vorzug bedeutet und auch nicht sonderlich praktisch wäre und überhaupt, wie kommt das Kind denn nur auf sowas, bestimmt aus dem Fernsehen, gibt ja nur noch Schund und überhaupt sollte sich Eliah mehr in die Erziehung seiner Tochter einbringen. Drei schöne und temperamentvolle israelische Frauen iranischer Herkunft redeten sich in Rage, Eliah tat das, was Männer in solchen Fällen tun, er verschwand aus der Schusslinie und setzte sich ganz gelassen auf einen Stuhl vor Daliahs Wohnung. »Sinnlos«, sagte er nur und ich verstand.

»Berenod!«

Eliah grinste mich an. »Jetzt du.«

Ich ging wieder zurück und wurde von Daliah mit sichtbarer Ungeduld empfangen, was ich an ihrem Blick und den umgedrehten Handflächen erkannte.

»Wo steckst du?«

Eine Antwort wurde nicht erwartet und Daliah fuhr auch ohne Unterbrechung fort: »Tanit möchte Tiere sehen und könnte Bewegung und frische Luft gut gebrauchen. Geh doch mit ihr eine Runde.«

Tanit steckte ihre kleine Hand in meine Männerhand, wir beiden Entdecker zockelten los und ich zeigte dem kleinen Mädchen Kühe und Kälbchen, die Pferdekoppel, die unzähligen gelben Küken in der Aufzuchtstation, die Enten, die auf dem Teich seelenruhig ihre Runden drehten, wir versteckten uns hinter Büschen und beobachteten Wildvögel und zu guter Letzt besuchten wir die Hühnerfarm, wo ich arbeitete. Tanit ließ meine Hand nicht los, denn die Tiere waren dem Stadtkind doch etwas unheimlich und ich musste viele Fragen beantworten wie: »Wo schlafen die Pferde?«, »Warum sind die Kühe so rund?« und »Wie unterhalten sich Hühner?«. Sogar Tanits Kindersprache verstand ich gut und gab fachmännische Antworten wie: Die Pferde schlafen im Stall, die Kühe sind rund, weil sie so viel Futter fressen und die Hühner unterhalten sich in der Hühnersprache.

»Kannst du Hühnersprache?«

Natürlich konnte ich Hühnersprache und gackerte ein paar Mal wie ein Huhn, worauf Tanit wissen wollte, was ich gesagt hatte. »Ich lege jetzt ein Ei«, übersetzte ich und Tanit staunte.

Wir gingen in den Vorraum, auf dem auf einem Fließband die Eier herauskamen und ich sagte: »Horch mal.« Im Hühnerstall gackerte es aus allen Richtungen und Tanit fragte, was die Hühner wohl sagten. »Der Eierdieb ist da«, übersetzte ich.

»Bist du der Eierdieb?«

Ich drückte auf den Knopf, der das Fließband in Bewegung setzte und tatsächlich brachte es ein paar Eier aus dem Stall mit sich.

»Die nimmst du den Hühnern jetzt weg?«

»Ja«, sagte ich, nahm ein Ei, steckte es in meine Tasche und ließ die anderen für meinen nächsten Arbeitstag liegen.

»Sind die Hühner böse, weil du ihnen die Eier stiehlst?«, wollte Tanit wissen.

»Nein, sie legen ja immer neue Eier.«

Tanit nahm wieder meine Hand, wir gingen langsam zurück, wobei sich Tanit eine ganze Zeitlang umdrehte und sicherlich über die Hühnersprache nachdachte.

»Berenod spricht die Hühnersprache und ist ein Eierdieb!« Mit dieser korrekten Mitteilung überraschte Tanit ihre Familie und Esther, Nina und Daliah verstummten augenblicklich, guckten mich doch etwas befremdet an und warfen sich ratlose Blicke zu, die mit Schulterzucken, Augenrollen und Kopfschütteln kombiniert wurden. Daliah rollte heran, gab mir einen Klaps auf die Hüfte, weil sie mit ihrer Klapshand nicht höher kam und fragte:

»Hühnersprache? Eierdieb?«, kam aber nicht weiter, da Esther ihre Tochter besorgt um weitere Aufklärung bat.

»Ihr habt doch keine Eier gestohlen, Tanit? Sag die Wahrheit.«

»Berenod hat ein Ei in seiner Tasche«, sagte das Kind die Wahrheit.

»Für den Sederabend«, improvisierte ich.

Die Blicke der drei Schwestern werde ich nie vergessen, auch wenn sich die Situation nach meinem Bericht wieder entspannte, Tanit jedenfalls fand unseren Ausflug in die Tierwelt sehr spannend und erzählte überall in Kiryat Schmona und der restlichen Welt herum, dass sie einen Eierdieb kennt, der die Hühnersprache spricht.

Daliahs Wohnung war nicht sehr groß und wurde durch ihren sehr beweglichen Rollstuhl nicht unbedingt geräumiger, sodass ich mich auf ein Stündchen in meine eigene Unterkunft zurückzog, wo ich allerdings keinen antraf. Ganz stark vermutete ich, dass mein Freund Shlomo Hannah Salzmann in ihrer Wohnung besuchte und er ihr traurige russische Lieder vortrug, die Hannah unweigerlich in seine Arme trieb und Shlomo sie trösten musste, weil er ja ein ausgesprochener Kavalier war. Ich wollte nicht wissen, was Shlomo und Hannah in Wirklichkeit in Hannahs Wohnung trieben, denn Hannah war kein Kind von Traurigkeit, war aufgeschlossen und wollte sich und ihren Körper mit

Sicherheit nicht bis zur Hochzeit aufheben wie Daliah. Mein zweiter Mitbewohner Mike, der Mann, der sich nie die Zähne putzte, war wie immer unsichtbar und ich würde doch gerne wissen, wo der Amerikaner sich immer herumtrieb.

Zum Abend erschien ich in Daliahs Wohnung, wo bereits der Sederteller auf dem Tisch stand und die Familie schon auf mich gewartet hatte. Der Sederabend, der meistens im Kreise der Familie stattfindet, bildet den Auftakt zum Pessachfest und der Teller ist mit Speisen von symbolischer Bedeutung gefüllt, die alle an den Auszug aus Ägypten erinnern. Bitterkraut in Form von Meerrettich, der an die bitteren Zeiten der Sklaverei erinnern soll, eine Mischung aus Apfel- und Dattelstückchen und Wein, die an die Ziegel erinnert, die die Israeliten tagein tagaus für Pharao herstellen mussten, noch eine Speise aus Bitterkraut, eine Kartoffel, die die zermürbende Arbeit symbolisiert, ein hartes Ei und nicht zu vergessen, das ungesäuerte Brot, das so aussieht wie besonders dünnes Knäckebrot und nach rein gar nichts schmeckt.

Matze, das ungesäuerte Brot, gibt es nach und während des Sederabends praktisch zu jeder Mahlzeit in ganz Israel. Schließlich hatten die israelitischen Frauen seinerzeit keine Zeit, äußerst aufwändig schmackhaftes Brot herzustellen und versorgten sich und ihre Lieben mit diesem eilig hergestellten Brot, den Mazzes. Wer schon mal Pappe gegessen hat, weiß, wovon ich rede, aber das ungesäuerte Brot gehört zur Pessachtradition wie bei den Christen der gefüllte Stiefel zum Nikolaus.

Heutzutage werden die Mazzes unter rabbinischer Aufsicht hergestellt und der gesamte Herstellungsprozess darf nicht länger als 18 Minuten dauern: Mehl mischen, Wasser drauf, backen, fertig. Das Verspeisen einer einzelnen Scheibe dieser zweckmäßigen, aber sehr trockenen und staubigen Nahrung dauert genauso lange. Mazzes **muss** man am Sederabend essen, an den nächsten Tagen des Pessachfestes nicht unbedingt, aber gesäuerte Speisen sollen während des ganzen Festes nicht gegessen werden. Nach der Tora sind dies Nahrungsmittel, die die Getreidearten Dinkel, Weizen, Hafer, Roggen und Gerste beinhalten und bei ihrer Herstellung üblicherweise mehr als 18 Minuten mit Wasser in Berührung kommen. Nicht jeder Israeli hält sich an diese religiösen Vorschriften und ärgert sich über die zugedeckten Verkaufsregale mit eben diesen Speisen in den Supermärkten, weil er vielleicht mit Religion rein gar nichts zu tun hat. Es ist so wie mit dem Glockengeläut unserer Kirchen: Man kann es nicht abstellen und muss es hinnehmen, auch wenn man nie in die Kirche geht.

Die Schwestern Cohen und Esthers Gatte Eliah waren keine (sehr) gläubigen Menschen und pflegten die jüdischen Gebräuche so wie ich die christlichen Gebräuche pflegte. Ich machte mir auch keine großen Gedanken, warum ich die Kerzen am Adventskranz anzündete, zu Ostern als Kind Ostereier suchte und zu Pfingsten einen Tag, den Pfingstmontag, frei hatte. Die Kinder haben Freude am Sederabend, die Erwachsenen auch, und in manchen Familien werden Texte aus der Gefangenschaft der Israeliten in Ägypten vorgelesen und auch Gebete gesprochen. Bei uns blieb es bei dem Sederteller und Klein-Tanit durfte das erste Stückchen Matze brechen und in den Mund stecken.

Es wurde ein lustiges kleines Familienfest in Daliahs Unterkunft und wieder einmal stellte ich fest, dass manche Sprichworte einen wahren Ursprung haben. Raum war hier wirklich in der kleinsten Hütte. Daliah saß in ihrem Rollstuhl, Eliah auf einem Stuhl, die älteren Schwestern auf dem Bett, Tanit auf Daliahs Nachttisch und ich auf einer Art Hocker aus dem Badezimmer. Während der Unterhaltung musste ich kaum noch auf englische Vokabeln ausweichen, was besonders Daliah mit großem Stolz erfüllte und sie mich mehrfach liebevoll von der Seite anguckte. Die andere Hälfte der Familie Cohen, die Eltern und Bruder Binyamin, wurden heute nicht erwähnt, obwohl sie eigentlich zu diesem hohen Feiertag nicht fehlen durften. Bestimmt litten die drei Schwester unter der Meinungsverschiedenheit, deren Auslöser ohne Zweifel ich war, aber keiner ließ es mich spüren, denn Esther und Nina wussten, dass es Daliah mit mir sehr gut ging. Es war unübersehbar.

Der Abend neigte sich dem Ende zu, Daliahs Familie brach auf und nächtigte in Ninas Wohnung in Haifa, bevor sie mit ihrem Auto am nächsten Tag heimwärts in den Norden fuhren. Ninas Freund Baruch feierte mit seiner Familie, wie ich den Zwischenbemerkungen entnommen hatte und war deshalb nicht dabei. Esther und Nina hatten schon aufgeräumt, damit Daliah sich gut bewegen konnte, den Rest würde ich morgen machen. Ich hatte die schönste Frau der Welt an meiner Seite, ich liebte sie, sie liebte mich; wir waren uns einig hinsichtlich unserer Zukunft, das Leben war schön und konnte meinetwegen so weitergehen. Tat es aber nicht.

Daliah war schon ganz unruhig und wollte endlich aus ihrem Rollstuhl aufstehen, aber die Woche war noch nicht um und ich bestand darauf, dass sie bis zum letzten Tag sitzenblieb. Daliah hatte sich der guten Ordnung halber auf unserer Krankenstation gemeldet, die Krankenschwester konnte keine Auffälligkeiten entdecken und wir machten schon kleine Dehn- und Streckübungen, wobei Daliah überhaupt keine Schmerzen mehr hatte und auch die Tabletten, die man ihr für den Notfall mitgegeben hatte, gar nicht brauchte. Daliah brauchte jemanden, der ihren Rollstuhl schob und bekam doch tatsächlich eine Volontärin namens Mary-Ann aus Irland zugeteilt, die ich ablöste, wenn mein Ulpan und meine Arbeit beendet waren. Im Kibbuz wurde Daliah wie eine Kriegsheldin gefeiert, die ganze feindliche Armeen in die Flucht geschlagen hatte, dabei war sie doch nur während der technischen Einweisung vom Panzer gefallen und hatte sich den Wirbel gestaucht.

Wir besuchten Miriam und wir besuchten Irachmiel, wir besuchten Gershon und wir besuchten Naomi und die Ereignisse rund um den Unfall wurden immer dramatischer und Daliah freute sich über die großen Augen und den ungläubigen Blicken, wenn sie erzählte, wie sie sich mit letzter Kraft festgehalten hatte, aber doch letztendlich den Halt verlor und in die Tiefe stürzte.

»Daliah«, sagte ich zu ihr, als wir außer Sicht- und Hörweite waren. »So dramatisch war es doch gar nicht.«

»Na und?« Handflächen oben, gestreckte Finger. »Die Leute wollen es aber so hören und mir fallen immer mehr Details ein.«

Die Woche im Rollstuhl näherte sich ihrem Ende und am letzten Tag erhob sich Daliah vorsichtig, blieb stehen und guckte unsicher um sich. Ich fixierte die Bremse, hielt ihr meinen Arm hin und sie machte ihre ersten Schritte nach drei Wochen Unbeweglichkeit. Bei diesen ersten Schritten blieb es aber auch, denn wer sich wochenlang nicht bewegt, braucht Übung und Kraft für eine normale Beweglichkeit. Daliah brauchte drei ganze Tage, bis sie aus eigener Kraft stehen und laufen konnte und freute sich wie eine Prinzessin, die einen Frosch geküsst hat, der sich auch tatsächlich in einen Prinzen verwandelte, über ihre neue Beweglichkeit und Eigenständigkeit. Ihre erste Handlung war eine einstündige Duschorgie mit Gesang und Händeklatschen; ich war nicht live dabei, sondern wartete auf Daliah, wie es sich gehört, nebenan in ihrem Zimmer auf sie. Endlich kam sie sauber, frisch und in viele Handtücher gehüllt aus ihrem Badezimmer heraus und setzte sich neben mich auf die Bettkante. »Unfall erledigt«, sagte sie, nahm ihren Turban aus Handtüchern ab und reichte mir die Haarbürste, damit ich wie früher ihr langes schwarzes Haar bürstete.

»Morgen fahren wir ins Rambam-Krankenhaus zu Dr. Wassermann. Du musst untersucht werden.«

Daliahs Ansage war eindeutig und Widerspruch war nicht erwünscht.

»Deine Beule ist wahrscheinlich nur eine Kleinigkeit, aber ich möchte, dass Dr. Wassermann sie sich ansieht.«

Daliah war ja noch von Amts wegen krankgeschrieben, ich musste mir wieder etwas einfallen lassen, weil ich nicht schon wieder im Unterricht fehlen wollte. Der Unterricht war vormittags, also beschlossen wir, nachmittags nach Haifa ins Krankenhaus zu fahren; eine Entschuldigung für die Hühnerfarm war einfacher als eine Entschuldigung für Pia, unsere Lehrerin. Vorher gingen wir zur Krankenstation, da ich eine Art Überweisung brauchte, eine Kostenübernahmeerklärung, die üblicherweise die Krankenschwester ausstellt, wenn sie mit ihren medizinischen Möglichkeiten nicht weiterkommt. Hier war der Zettel von Chaim Levinson aus dem Militärkrankenhaus Be'er Sheva zu meinem größten Erstaunen das erste Mal hilfreich, denn unsere hilfsbereite Krankenschwester stellte umgehend die gewünschte Kostenübernahmeerklärung aus, nachdem sie den Zettel gelesen hatte.

Gleich nach Unterrichtsende fuhren wir nach Haifa, stiegen an der Haltestelle des Rambam-Krankenhauses aus und staunten erstmal gebührend über den riesigen Gebäudekomplex, wo Menschen ein- und ausgingen, Krankenwagen hielten, Patienten ausgeladen wurden und in die entsprechenden Abteilungen geschoben wurden. Am Empfang fragte ich nach Dr. Moshe Wassermann.

»Hast du einen Termin, chawer?«, fragte die Empfangsdame und noch bevor ich negativ antworten konnte, kassierte ich einen Klaps von Daliah, die an meiner Jacke zog und zerrte und mir das

Wort *Zettel* zuraunte. Die Empfangsdame las die Empfehlung und war gleich viel aufgeschlossener.

»Zweite Ebene, Zimmer 205. Da ist die Anmeldung. Geduldig sein.«

Den Zettel, der mir jetzt schon zweimal geholfen hatte, steckte ich in meine Jackentasche zurück, Daliah und ich marschierten zum Fahrstuhl, fuhren in die zweite Ebene und hielten Ausschau nach Zimmer 205.

»Da ist es!«, rief Daliah und lief auch gleich mit mir im Schlepptau los. Wir klopften an die Tür, traten ein und standen erneut vor einem Empfangstresen.

»Ja, bitte?« Die zweite Dame, diesmal in Krankenschwesterntracht, guckte uns fragend an.

»Zu Dr. Wassermann, bitte.«

Diesmal war ich mit den Gepflogenheiten vertraut und schob der guten Frau meine Empfehlung zu.

»Von Chaim! Wie schön.«

Wie gesagt, Israel ist sehr klein. Die Assistentin lächelte tatsächlich, trug meinen Namen in ein großes Heft ein und sagte wieder sehr dienstlich.

»Bitte draußen Platz nehmen zu wollen. Es dauert etwas.«

Es dauerte in der Tat eine Stunde, Daliah wurde schon ungeduldig, lief auf und ab, streckte die Arme theatralisch in die Höhe und redete leise vor sich hin. Sie nahm wieder Platz, nahm ganz ruhig meine Hand, blieb bestimmt zwei Minuten sitzen und sprang wieder auf. Eine andere Tür öffnete sich plötzlich und jemand rief: »Schmidt, bitte.«

»So klingt dein Nachname?«, wollte Daliah wissen.

»Ja, so ähnlich«, bestätigte ich und wir betraten das Sprechzimmer von Dr. Wassermann, einem vielleicht 60jährigen Mann mit wenig Haaren, wobei die verbliebenen Haare schon ganz weiß waren.

»Schalom«, sagte er. »Wie geht es Chaim? Was habt ihr mit ihm zu tun?«

Daliah erklärte die Situation und warum wir hier waren.

»Eine Beule?«, fragte Dr. Wassermann. »Wie lange hast du diese Beule schon?«

»Jetzt vielleicht acht Wochen«, antwortete ich. »Tut sie weh?«

»Nein.«

»Ist sie gewachsen?«

»Ja.«

Dr. Wassermann zog sich Handschuhe über, bat mich mein Hemd auszuziehen, schaute sich meine Beule an, berührte sie mit dem Zeigefinger und sagte: »Ich müsste ein Stück davon untersuchen.«

»Jetzt?«

»Nein, ich muss Vorbereitungen treffen. Könnt ihr morgen am Nachmittag wiederkommen?« Daliah und ich guckten uns an. Für Daliah war es kein Problem, sie musste sich erst am 15. April bei ihrer Einheit zurückmelden, aber sie hatte die richtige Idee.

»Kriegen wir einen Zettel für den Kibbuz?«

Die Empfangsdame im Nebenzimmer stellte eine Bescheinigung aus, dass ich in Behandlung war und so brauchte ich mir keine Entschuldigungen mehr ausdenken; ich fehlte offiziell wegen Krankheit. Daliah war optimistisch, was meine Beule anging, weil der Arzt anderenfalls schon längst etwas gesagt hatte und er mich als dringenden Notfall unverzüglich eingewiesen hatte und ich selbst musste mir innerlich eingestehen, dass ich diese kleine Beule für ziemlich harmlos hielt. Spontan entschlossen wir uns zu einem Besuch bei Nina, die theoretisch schon zu Hause sein musste, stiegen aus dem Bus und liefen Hand in Hand die letzten Hundert Meter bis zu Ninas Wohnung. Die große Schwester war daheim, freute sich sehr über den unverhofften Besuch und noch mehr darüber, dass sie Daliah wieder auf zwei Beinen sah, anstatt sitzend im Rollstuhl. Zu Anfang, als ich Nina kennenlernte, dachte ich, dass so eine schöne Frau mindestens Fotomodell oder Schauspielerin sein musste, damit lag ich aber weit daneben. Nina arbeitete ganz normal als Angestellte im Schalterdienst bei der Israelischen Post im Hauptpostamt. Gut, warum nicht. Die andere schöne Frau im Raum, ihre Schwester Daliah, arbeitete in der Küche eines Kibbuz und war momentan eine Soldatin auf Genesungsurlaub.

Nina kochte schnell Kaffee, stellte eine Schale Kekse direkt vor Daliah und wir plauderten eine gute Stunde über dies und jenes, wie schön der Sederabend war, wie gut Daliahs Genesung voranschritt und dass es schade war, dass die Eltern und Bruder Binyamin mich nicht akzeptierten, bis Nina die Frage stellte, die mich verlegen machte, ihre kleine Schwester Daliah überhaupt nicht.

»Wollt ihr heiraten?«

Ich zuckte schon etwas zusammen, aber Daliah guckte mich nur kurz an und sagte:

»Natürlich.«

»Und wo? In Israel geht es nicht.«

Damit hatte Nina Recht, denn in Israel gibt es keine standesamtlichen Trauungen, sondern nur Eheschließungen, die vom Rabbinat vollzogen werden. Oder von eine der anerkannten Kirchen. Aber als gemischtes Paar würde uns weder ein Rabbi noch ein Vertreter einer christlichen Kirchengemeinschaft trauen.

»Ihr müsst ins Ausland gehen«, stellte Nina sachlich fest.

»Für immer?«, fragte ich verwundert.

»Nein, nur zur zivilen Trauung«, erklärte Nina. »Viele Paare, die unterschiedlichen Religionen angehören, aber in Israel leben, machen das so.«

Ich staunte.

»Und sogar jüdische Paare, die überhaupt nicht religiös sind und unter keinen Umständen von einem Rabbi getraut werden wollen, weichen ins Ausland aus.«

»Wohin denn?«, wollte ich wissen.

»Sehr günstig liegt Zypern. In 40 Minuten seid ihr mit dem Flugzeug in Larnaka oder ihr nehmt die Fähre, dann dauert es etwas länger.«

Damals gab es noch eine direkte Fährverbindung von Haifa nach Larnaka, die es heute leider nicht mehr gibt.

»Und damit könnten wir hier in Israel leben?«, fragte ich und auch Daliah guckte interessiert. »Ja«, fuhr Nina fort. »Die Ehe wird vom Staat anerkannt, aber natürlich nicht vom Rabbinat, was aber keine großen Nachteile mit sich bringt. Und als Ehemann einer Israelin kannst du ganz offiziell einwandern oder erhältst eine unbefristete Aufenthaltserlaubnis.«

Nina war wirklich gut informiert, was daran lag, dass sie inmitten der großen Stadt lebte und gerade im Hauptpostamt von Haifa allerhand mitbekam, während wir beiden Landeier in unserem Kibbuz doch mehr oder weniger abgeschottet lebten. Das waren wirklich Informationen, die Daliah und mich ein Stück voranbrachten, denn ein Zusammenleben ohne Trauschein, wie es in Deutschland inzwischen gang und gäbe war, kam für Daliah nicht infrage. Eine offizielle Verbindung musste es schon sein, auch wenn diese im Ausland stattfand.

Wir verabschiedeten uns, nahmen den nächsten Bus nach Kiryat Ata und waren in bester Stimmung am frühen Abend wieder im Kibbuz; die Heiratsmöglichkeit auf Zypern gefiel uns beiden ganz gut, obwohl Daliah sich eigentlich etwas anderes vorgestellt hatte, was aber nicht möglich war. Nach dem Unterricht lief ich schnell zur Hühnerfarm, überreichte Irachmiel meine offizielle Krankmeldung, der sie in seine hintere Hosentasche steckte, mir aber versprach, sie der Arbeitsplanung vorzulegen und wünschte mir viel Glück für meine Untersuchung.

Zur gleichen Zeit wie gestern trafen wir im Rambam-Krankenhaus ein und meldeten uns im zweiten Stock bei Dr. Wassermanns Sekretärin an. Daliah musste auf dem Flur warten, ich wurde in einen Behandlungsraum geführt, musste den Oberkörper freimachen und legte mich seitwärts auf die Liege. Dr. Wassermann pinselte meine Beule und die Umgebung mit einer orangen Flüssigkeit zur Desinfektion ein, wartete ein paar Minuten und sagte: »Entspann dich. Ich mache eine kleine Biopsie.« Ich war 22 Jahre alt und hatte keine Ahnung, was eine Biopsie war, aber Dr. Wassermann war geduldig und erklärte mir, dass er eine Gewebeprobe direkt aus der Beule entnehmen würde. Dazu stach er ein kleines Loch, führte ein Instrument ein und holte etwas Gewebe heraus. Es tat etwas weh, aber es war auszuhalten. Die Wunde war so klein, dass sie nicht genäht werden musste; etwas Verbandsstoff und ein Pflaster reichten völlig aus. Mit den Worten »In zwei Tagen kommst du wieder, dann habe ich die Ergebnisse« war ich entlassen.

Daliah, die schon wieder ungeduldig war, wollte alles genau wissen und ich berichtete ihr von der Prozedur, während wir zum Fahrstuhl gingen. Mitten in der Fahrt abwärts hielt Daliah den Fahrstuhl an, umschlang mich, küsste mich und sagte: »Ich hätte zwar lieber hier in Israel mit einem Rabbi und einer schönen Zeremonie geheiratet …«

»Dann musst du dir jemand anders suchen«, unterbrach ich Daliah, wobei ich ihre Antwort schon kannte.
»Nein«, sagte sie unbeeindruckt. »Ich will dich, du willst mich.«
Damit hatte Daliah den Nagel auf den Kopf getroffen.
»Dann nehmen wir eben Zypern in Kauf. Oder Hawaii. Oder Botswana.«

Die nächsten zwei Tage, während wir auf das Ergebnis meiner Biopsie warteten, verliefen endlich wieder normal. Ich lernte fleißig Hebräisch, Urlauberin Daliah besuchte mich in den Pausen im Ulpan oder auf der Hühnerfarm, meine iranisch-israelische Freundin wurde immer hübscher und die Jungs im Ulpan immer neidischer, Shlomo kam nachts nicht nach Hause, aber als ich sein verklärtes Gesicht sah, hörte ich auf, mir Sorgen zu machen. Hannah Salzmann hatte überall im Gesicht leichte Rötungen und behauptete, es wäre ein Ausschlag, weil sie mit einer Pflanze in Berührung gekommen war, auf die sie allergisch reagierte. Shlomo, der bisher immer allergisch auf seinen Rasierapparat reagierte, liebte dieses Gerät seitdem heiß und innig, war immer gut rasiert und wie durch Zauberhand kam auch Hannahs Allergie nicht zurück. Israel ist voller kleiner Wunder; das wird jeder feststellen, der hier lebt oder zu Besuch ist.

Gemeinsam besuchten wir mal wieder nach langer Zeit die alte Miriam, tranken Kakao, knabberten Kekse und versanken vor Gemütlichkeit immer tiefer in den Sesseln. Wir weihten Miriam in unsere Überlegungen bezüglich Zypern ein und diese Alternative fand die alte Dame gar nicht mal so schlecht.

»Bei euch beiden habe ich wirklich ein gutes Gefühl, obwohl ihr noch so jung seid«, sagte sie.

»Aber ich vermute, dass Daliah lieber unter der Chuppa geheiratet hätte, oder?«

Die Chuppa ist der reich verzierte Hochzeitsbaldachin, der von vier Stangen gehalten wird und unter der Chuppa traut der Rabbiner das willige Hochzeitspaar nach einer ganz bestimmten Zeremonie. Daliah war so offen und ehrlich wie immer.

»Ja, hätte ich gern«, sagte sie ohne zu Zögern. »Aber nur mit Berenod.«

Ich erzählte Miriam auch von meiner vorsorglichen Untersuchung im Rambam-Krankenhaus und dass wir morgen zur Besprechung bei Dr. Wassermann einen Termin hatten. »Es wird schon nichts Ernstes sein«, beruhigte uns Miriam.

Es wurde allerdings ernster, als wir gehofft hatten. Die sorgenvolle Miene von Dr. Wassermann zum vereinbarten Termin kam mir gleich verdächtig vor und auch Daliah witterte instinktiv Unheil, als Moshe Wassermann umständlich in seinen Laborberichten kramte und uns aufforderte, Platz zu nehmen. Daliah drückte mir zwar aufmunternd die Hand, aber das half diesmal nicht wirklich.

»Schalom«, sagte Dr. Wassermann. »Hier habe ich die Ergebnisse der Biopsie.« Pause. »Es wäre besser, du fliegst umgehend nach Hause.«

Daliah und ich guckten den Arzt ungläubig an, der dort auf seinem Stuhl saß und ziemlich besorgt aussah. Warum sollte ich nach Hause fliegen? Gibt es hier in Israel keine Salben oder Tabletten?

»Ich möchte nicht nach Hause fliegen. Was ist es denn?«

Daliah guckte auch ziemlich verstört, mit so einem Gesprächsbeginn hatte keiner von uns gerechnet. Dr. Wassermann übernahm meinen Namen, wie ihn alle in Israel aussprachen, obwohl er sicherlich wusste, dass er anders ausgesprochen wurde.

»Berenod ist krank. Ernsthaft krank.«

»Die Beule?«, fragte Daliah, die ganz grau unter ihrer hellbraunen Haut geworden war.

»Ja«, bestätigte Dr. Wassermann.

»Schneide sie raus«, schlug ich in meiner jugendlichen Unbekümmertheit vor und Daliah ergänzte: »Er kann doch hier behandelt werden.«

»Möglich«, antwortete Dr. Wassermann. »Aber es geht nicht nur um die Behandlung. Berenod sollte bei seiner Familie sein.«

Daliah war inzwischen leichenblass geworden und auch ich fühlte mich unbehaglich. Nach dem letzten Satz ahnten Daliah und ich, was Dr. Moshe Wassermann damit meinte.

»Es ist nicht auszuschließen, dass eine Operation und eine nachfolgende Behandlung nicht positiv verlaufen.«

Das war wenigstens nett umschrieben.

»Gut. Was ist es?«

Dr. Wassermann schaute uns beide lange an.

»Es tut mir so leid«, sagte er dann. »Es ist Krebs, ein bösartiger Tumor, ein malignes Lymphom. Lymphdrüsenkrebs mit geringen Heilungschancen.«

Daliah rannen die Tränen über die Wangen und mir selbst versagte die Stimme.

»Bitte, nimm ihn mir nicht weg«, flüsterte Daliah und meinte nicht den Arzt.

»Berenod sollte wirklich umgehend nach Hause zu seiner Familie fliegen.«

Dr. Wassermann stand auf; auch er war sichtlich angeschlagen. »Und gleich nach Ankunft ins Krankenhaus gehen. Man wird versuchen, ihn zu behandeln. Aber diese Behandlung ist langwierig, anstrengend und das Ergebnis ist ungewiss.«

Auf dem Heimweg sprachen wir kein Wort; unsere kleine Welt war zusammengebrochen, bevor wir sie richtig aufgebaut hatten. Daliah ließ meine Hand nicht los und ich spürte deutlich, wie kalt sie war. Der Friseurmeister in Kiryat Ata stand vor seinem Laden und winkte uns fröhlich zu, wir hatten allerdings kein Auge für ihn und wanderten weiter unseren Weg hoch, den wir schon so oft gegangen waren.

Kurz vor dem Eingang blieben Daliah und ich wie auf Kommando stehen, guckten uns an und sagten gleichzeitig: »Nein!« Daliahs Lebensgeister und ihre Energie kamen langsam zurück und auch ich dachte gar nicht daran, das Ergebnis der Untersuchung unwidersprochen hinzunehmen.

»Keiner nimmt dich mir weg«, sagte Daliah sehr bestimmt. »Du fliegst nach Hause, lässt dich operieren und behandeln, wirst gesund und kehrst zurück, da wo du hingehörst.«

Auch in mir erwachte eine Art Kampfgeist und ich sah überhaupt nicht ein, dass ich auf Daliah und mein Leben mit ihr widerstandslos zu verzichten hätte.

Wir fassten uns wieder an den Händen, ließen aber gleich wieder erschrocken los; etwas fuhr wie ein kleiner Stromschlag durch unsere Hände, so als wäre man über einen Teppich geschlurft, hätte sich dabei leicht aufgeladen und eine kleine elektrische Entladung bei der nächsten Berührung erzeugt. Daliah konnte schon wieder lächeln. »Wir sind wenigstens nicht allein.«

Im Kibbuz angekommen, gingen wir auf direktem Wege in Daliahs Wohnung und überdachten die neue Situation, die uns immer noch unwirklich und wie aus einem Kinofilm vorkam; warum sollte ein knapp 23jähriger Bursche plötzlich sterbenskrank sein? Das ist doch wider die Natur und bestimmt nicht so vorgesehen. Ein Fehler im System vielleicht. Wir legten uns wie so oft **auf** das Bett, ich drehte mich auf den Bauch und Daliah legte sich bäuchlings auf meinen Rücken, so konnten wir uns am besten spüren und waren ganz dicht beieinander. Erst als es dämmerte, sprang Daliah auf und klatschte leise in die Hände. »Los, Berenod, steh auf!« Eigentlich war es wie immer, nur dass wir beide auf einen Schlag ernster geworden waren. »Wir können nicht ewig hier liegen und auf ein Wunder warten.«

Beim Abendessen im Speisesaal suchten wir uns ausnahms-weise einen Einzeltisch, was verwunderte Blicke auslöste, und berieten bei Brot, Käse und Salat unsere nächsten Schritte. Kampflos würden wir nicht aufgeben. Gleich morgen sollte ich telefonisch aus der Poststelle bei der israelischen Fluglinie El AL meinen Rückflug buchen; ich hatte ja ein Rückflugticket mit offe-nem Termin.

Mir blieben wahrscheinlich nur noch ein paar Tage in Israel, die ich zum Seesack packen und zum Abschied nehmen nutzen wollte; diese letzten Tage klebten Daliah und ich wie siamesische Zwillinge aneinander, da es völlig ungewiss war, wann wir uns wiedersehen würden.

Kapitel 4

Am nächsten Vormittag rief ich aus der Poststelle bei El AL an, mit meinem Ticket war alles in Ordnung und ich bekam eine Bestätigung für den 13. April. Hannah Salzmann, die natürlich bei dem Telefongespräch dabei war, musste sich setzen, als ich ihr den Grund für meine überstürzte Heimreise schilderte.
»Und was ist mit euch?«, fragte sie.
»Er kommt wieder«, sagte Daliah, die mitgekommen war.
»Ich komme wieder«, bestätigte ich. »Daliah wartet.«
Als ich das gesagt hatte, musste ich mich auch setzen; meine Knie gaben nach und ich brach vor Daliah und Hannah Salzmann in Tränen aus, die gar nicht wussten, was sie tun sollten. Meine ganze wunderbare Zeit mit Daliah Cohen aus dem Iran rauschte an mir vorüber, während Hannah sich beeilte, ein Glas Wasser zu besorgen und Daliah meine Hand hielt.

Ich sah uns mit der leeren Dose Coca Cola hoch oben auf dem Plateau der Festung Masada, ich sah vor meinem geistigen Auge Daliah in Bethlehem, als sie verschwunden war und mit einer Falafel in der Hand und unschuldiger Miene wieder auftauchte, ich erinnerte mich an unsere Geheimnistuerei, weil ja um Gottes Willen niemand im Kibbuz sehen sollte, wie es um uns stand, ihre persischen Gesänge hatte ich im Ohr und ihre grandiose Vorführung zusammen mit Schwester Nina auf unserer Silvesterparty und ich sah sie vor mir, wie sie zu Purim übermütig den Kindern Süßigkeiten schenkte. Ich liebte ihre Kekskrümel und ihre ungeduldig nach oben gekehrten Handflächen; ich liebte die ganze wunderschöne junge Frau von oben bis unten. Und eine Beule unter meinem Arm sollte all das beenden?
Es ist komisch, wenn ein Abschied naht, vergehen die letzten Tage rasend schnell. All meinen Freunden sagte ich Auf Wiedersehen und jeder wollte natürlich die Umstände meiner hastigen Rückreise nach Deutschland erfahren, die ich Miriam, Irachmiel, meinen Hühnermännern, Irmi und auch meiner Lehrerin Pia sachlich und ruhig erklärte. Alle waren entsetzt und traurig, wünschten mir schnelle Genesung und eine baldige Rückkehr nach Israel. Irachmiel, der mich tief in sein Herz geschlossen hatte, traf es besonders hart und nun war ich es, der ihn trösten musste, als er schluchzend vor mir saß. »Komm zurück«, sagte er

mindestens zehnmal auf Jiddisch. »Komm zurück. Du musst es versprechen.« Ich versprach es ihm.

Der alten Miriam, die Daliah und ich gemeinsam besuchten, fehlten die Worte, als ich ihr auf Deutsch die Gründe für meine Abreise erzählte und sie bekam eine Schnappatmung, sodass Daliah aufsprang und ihr eine Tasse kalten Tee aus ihrem Krug einschenkte. »Er kommt wieder«, sagte Daliah auf Hebräisch.

Daliah half mir, meinen Seesack zu packen, hielt ganz plötzlich inne, und sagte nur: »Du darfst nicht sterben, Berenod.« Sie reichte mir mein Lehrbuch.

»Nimm es mit, damit du unsere Sprache nicht verlernst.« Der Scheck, den ich von Zahal bekommen hatte, steckte immer noch zwischen den Seiten, ich zog ihn heraus und gab ihn Daliah.

»Löse den Scheck bei der Bank ein und lass dir das Geld auszahlen. Vielleicht brauchen wir es irgendwann.«

Eigentlich gehört ja alles dem Kibbuz, aber die Gemeinschaft würde diese Ausnahme ganz bestimmt verstehen und Daliah legte den Scheck sorgfältig in ihre Nachttischschublade.

Ziemlich schweigsam verstauten wir all meine Sachen in meinem unhandlichen Seesack, bis er zum Platzen voll war, ein Paar Schuhe aber beim besten Willen nicht mehr hineinpasste. Ein paar Halbschuhe, die ich auf der Hinreise trug und die seitdem Staub ansetzten. »Ich hebe sie auf«, sagte Daliah und wir gingen ein letztes Mal gemeinsam den Weg ins Speisehaus, als ich hinter uns jemanden auf Deutsch rufen hörte. Der Einsiedler Manfred, der offiziell Ariel hieß und die Holzfestung neben dem Pfad zum Camp der Volontäre bewohnte, kam hinter uns hergelaufen und guckte mich mit seinem verbliebenen Auge, das himmelblau war, an.

»Ich habe geschworen, nie wieder mit einem Deutschen zu reden, aber was euch beiden widerfährt, ist nicht gerecht.«

Ich weiß nicht, woher er es wusste, aber die Geschichte von Berenod und Daliah war bis in seine Festung gedrungen und hatte ihn dazu gebracht, seine Insel der Einsamkeit zu verlassen. Manfred-Ariel nickte kurz, drehte sich um und verschwand wieder.

Ich übersetzte Daliah den kurzen Satz, Daliah senkte den Blick und fing mitten auf dem Weg zu weinen an; diesmal war ich derjenige, der sie trösten musste. Meine Schuhe, die sie in der Hand trug, polterten zu Boden, Daliah schlug die Hände vors

Gesicht und weinte, dass es sie schüttelte. Wir gingen erstmal nicht ins Speisehaus, sondern in Daliahs Unterkunft, wo ich meine albernen Schuhe in ihren Schrank ablegte und Daliah ein Glas Wasser einschenkte. »Wir haben nichts falsch gemacht«, sagte Daliah immer wieder und rieb sich die Augen trocken.

Daliah beruhigte sich wieder und wir unternahmen einen zweiten Versuch, zum Speisehaus zu gelangen; inzwischen hatten wir trotz der bösen Umstände Hunger bekommen. Keiner nahm es uns übel, dass wir auch heute an einem kleinen Zweiertisch Platz nahmen, aber trotzdem waren wir nicht allein, denn viele Kibbuzniks kamen an unseren Tisch und verabschiedeten sich mit ein paar netten Worten von mir. Hannah und Shlomo kamen auch und Hannah weinte wie ein Schlosshund, als sie sich von mir verabschiedete und selbst mein brummiger neuerdings glattrasierter Russe hatte einen Kloß in der Kehle.

Ziemlich spät verließen wir das Speisehaus und gingen wie üblich zu Daliahs Unterkunft. Auch von Daliah musste ich mich jetzt verabschieden. Ich würde morgen früh nach Tel Aviv zum Flughafen fahren und sie zurück in ihre Ausbildungseinheit in die Wüste Negev. Wir standen vor ihrer Haustür und kamen nicht voneinander los; es ging einfach nicht. Endlich gewann die Vernunft die Oberhand, ich strich ihr nochmal übers Gesicht und sagte: Lehitraot, Daliah.« *Auf Wiedersehen.*

Daliah sah mir nach, lief mir hinterher und zog mich wortlos am Arm zurück. Diese Nacht durfte ich bei ihr bleiben.

Etwas verloren standen Daliah und ich am nächsten Morgen am Busbahnhof in Haifa und warteten auf den Bus nach Tel Aviv; ich hatte meinen schweren Seesack abgesetzt und Daliah in ihrer grünen Uniform der israelischen Streitkräfte stand ganz dicht neben mir. Sie fuhr der Einfachheit halber gleich mit, wollte mich noch bis zum Flughafen begleiten und ab Tel Aviv den Bus nach Be'er Sheva nehmen, da sie sich ja am 15. dienstfähig bei ihrer Einheit zu melden hatte. Wir redeten nur sehr wenig auf der Fahrt nach Tel Aviv und nur einmal huschte ein Lächeln über Daliahs Gesicht, als wir an einem unserer Plakate vorbeifuhren, das in einem der Vororte von Tel Aviv Werbung für Zahal, für die Armee, machte.

»Schau, Berenod«, Daliah zupfte an meinem Ärmel. »Das sind wir.«

Ein Foto aus glücklichen Tagen, als keiner von uns das Unglück ahnen konnte, das es auf uns abgesehen hatte und unsere größte Sorge die vorübergehende Trennung war, weil Daliah ihren Wehrdienst zu absolvieren hatte und nur alle 16 Tage nach Hause kam.

In Tel Aviv angekommen, stiegen wir in den Flughafenbus um, der eine gute halbe Stunde bis zum Ben Gurion Airport brauchte und uns dem Abschied immer näher brachte. Da gingen nun die junge israelische Soldatin und der schlaksige Norddeutsche durch die Abfertigungshallen des großen Flughafens und keiner der anderen Fluggäste konnte ihre Traurigkeit erkennen, jeder sah nur das gegensätzliche Paar, das trotzdem perfekt zusammenpasste. Unsere Trennung wurde am Abfertigungsschalter der El Al vollzogen, da man den nachfolgenden Bereich nur mit einer Bordkarte betreten durfte, die Daliah natürlich nicht hatte und weder der Abfertigungsbeamte noch die wartenden Passagiere wurden ungeduldig, weil es mit unserem Abschied etwas länger dauerte. Ich winkte Daliah so lange zu, bis ich sie nicht mehr sehen konnte, ging mit den anderen Passagieren in den inneren Sicherheitsbereich und wartete auf den Aufruf für den Flug nach Frankfurt.

Im Flugzeug schlief oder döste ich die ganze Zeit und manchmal, wenn ich im Halbschlaf aus dem Fenster guckte, sah ich Daliahs Gesicht vorüberhuschen, was ganz gewiss eine Sinnestäuschung war, da Israel zwar voller alltäglicher Wunder ist, wir aber den israelischen Luftraum bereits verlassen hatten.

Nach knappen vier Stunden landete unsere Maschine auf dem gigantischen Frankfurter Flughafen, der viel größer als der Ben Gurion Airport in Tel Aviv ist, ich wartete auf meinen Seesack, kam anstandslos durch die Zoll- und Passkontrolle, nahm die S-Bahn zum Frankfurter Hauptbahnhof, löste ein Ticket nach Bremen Hauptbahnhof und wartete auf meinen Zug. Wieso war ich krank? Ich fühlte mich gesund, kräftig und vital. Das K-Wort nahm ich nicht in den Mund, weder gedanklich noch außerhalb; ich hatte um das böse Wort eine sehr stabile Mauer gezogen, damit es mich in Ruhe ließ. Die Bahnfahrt nach Bremen dauerte länger als der Flug von Tel Aviv nach Frankfurt und wieder verdöste ich die meiste Zeit, wobei ich mich auf meine Fähigkeit besann, völlig in eine andere Welt oder gar Dimension abzutauchen. Ich unternahm also mit Daliah einen Ausflug nach Jerusalem, was wir der Heiligen Stadt ja schließlich versprochen hatten, und zusammen besuchten wir die Klagemauer, wobei Daliah sich selbstverständlich in der Frauenabteilung aufhielt und ich mich in der Männerabteilung. Gemeinsam schlenderten wir durch die schmalen Gassen der Altstadt, kauften Ansichtskarten für ihre Schwestern Nina und Esther und ohne Übergang befanden wir uns auf der Festung Masada am Toten Meer und Daliah fragte mich in ihrem holprigen Englisch: »Is good, the Cola?« Das war unser Anfang vor vielen Monaten und das hier sollte jetzt das Ende sein? Nie im Leben.

Der Zug fuhr pünktlich in den Bremer Hauptbahnhof ein, meine Heimatstadt war mir so vertraut, als wäre ich nie weg gewesen und ich fuhr mit der Straßenbahn nach Hause. Moshe Wassermann hatte mir eingeschärft, keine Minute zu vergeuden und so saß ich gleich am nächsten Morgen meinem Hausarzt gegenüber, überreichte ihm den Bericht, den mir Dr. Wassermann ausgehändigt hatte, ergänzte und vervollständigte mit eigenen Worten und war nicht sehr überrascht, dass mein Hausarzt ohne zu zögern zum Telefon griff, mich für den nächsten Tag im Krankenhaus anmeldete und mir eine Einweisung ausstellte. »Wir haben absolut keine Zeit zu verlieren«, sagte Dr. Steuer. »Sie werden es vielleicht nicht glauben, Herr Schmidt, aber Schnelligkeit kann Ihr Leben retten.«

»Das hat mir Dr. Wassermann in Israel auch gesagt und mich äußerst dringend nach Hause geschickt. Wie lange wird die Behandlung überhaupt dauern?«

Dr. Steuer fingerte an dem Bericht aus Israel herum und antwortete: »Das kann Ihnen leider keiner sagen. Es hängt davon ab, ob und wie sich der Tumor in Ihrem Körper ausgebreitet hat. Mit ein paar Monaten müssen Sie rechnen.«

Still war ich, sehr still. Was hatte ich erwartet? Dass ich ins Krankenhaus gehe, der Operateur mir die Beule herausschneidet und ich zur Tagesschau wieder zu Hause bin? So langsam wurde mir die gesamte Reichweite meiner Erkrankung bewusst und das passte mir überhaupt nicht. Am Abend setzte ich mich in und schrieb einen langen Brief auf Hebräisch an Daliah, den ich an den Kibbuz adressierte, und der mich einerseits sehr aufwühlte, mir aber auch jede Menge Kraft gab, da ich dabei irgendwie mit Daliah sprach. Sie sollte wissen, dass es Monate dauern würde, bis wir uns wiedersehen. Den Brief schloss ich mit den Worten: *Ani ohev otach,* ich liebe dich. Ich komme wieder. Noch in der Nacht rannte ich los und steckte meinen Brief als Luftpost frankiert in den nächsten Briefkasten; auch hier galt es, keine Zeit zu vergeuden.

Kaum war ich am nächsten Morgen im Krankenhaus, stürzte auch schon eine ganze Gruppe von Ärzten in mein Zimmer, die meine Beule begutachteten, die Fragen stellten, die ich schon so oft beantwortet hatte und mir die weitere Vorgehensweise erläuterten. »Heute werden wir Sie gründlich untersuchen und morgen werden Sie operiert. Wir werden die gesamte Fläche unter ihrem Arm ausräumen und hoffen, dass es damit getan ist.«

Der Oberarzt klatschte in die Hände und sagte: »Hopp, hopp, meine Herren. Jede Sekunde zählt. Die Chance ist gering, aber wir nutzen sie.«

Der letzte Satz war ihm im Eifer des Gefechts sicherlich nur so herausgerutscht, aber ich hatte ihn gehört und beschloss, meine Chance ganz gewaltig zu erhöhen.

Die Assistenzärzte, an die die Hopp-Hopp-Botschaft gerichtet war, sausten in verschiedene Richtungen los und eine Stunde später wurde ich zu den vorbereitenden Untersuchungen abgeholt, die wenigstens nicht wehtaten, nur die Biopsie schmerzte etwas, was ich aber verkraften konnte. Eine erneute Gewebeentnahme war notwendig, da die Ärzte wissen mussten, mit welchem hinterhältigen Gesellen sie es zu tun hatten, der sich da unerlaubterweise in meinem Körper eingenistet hatte.

Die Untersuchungen im Krankenhaus bestätigten Dr. Wassermanns Diagnose; es handelte sich um einen bösartigen fiesen Tumor mit dem Fachausdruck *malignes Lymphom*. Zur Visite am Nachmittag trat die ganze Gruppe von Ärzten an mein Bett und der Oberarzt von gestern, Dr. Schröder, gab mir den Zeitplan bekannt: »Heute Abend gibt es kein Abendbrot mehr, da wir Sie morgen früh gleich um acht Uhr nüchtern brauchen. Nach meiner heutigen Einschätzung wird die OP mehrere Stunden dauern. Ich werde alles rigoros entfernen, was da nicht hingehört. Entdecke ich Wucherungen im selben Bereich, mache ich gleich weiter. Herr Schmidt, es wird anstrengend. Das sage ich Ihnen gleich. Für uns beide.«

Die Visite war vorbei und man überließ mich der Obhut der Krankenschwestern, die sich rührend um mich kümmerten, als wäre es mein letzter Tag. Den letzten Satz wollen wir aber mal ganz schnell aus dem Protokoll streichen und wie folgt ersetzen: Die Visite war vorbei und man überließ mich der Obhut der Krankenschwestern, die sich rührend um mich kümmerten, als wäre ich Harrison Ford oder Robert De Niro persönlich.

Die ganze Nacht dachte ich an Daliah Cohen, sah ihr Gesicht über mir oder gar ihre Gestalt in der Zimmerecke, aber es waren nur Illusionen, die aber ihren Zweck und ihre Aufgabe erfüllten. Ich lehnte es ab, die Gefährlichkeit und die Bösartigkeit meines kugelförmigen Begleiters anzuerkennen, ich lehnte die Möglichkeit eines vorzeitigen Todes ab, ich lehnte es ab, mit dem Schlimmsten zu rechnen, wie man es immer in Filmen sieht, wenn den Angehörigen die schlechten Aussichten des Patienten schonend beigebracht werden, ich lehnte alle negativen medizinischen Aussichten ab und ich lehnte ausdrücklich die Möglichkeit ab, Daliah Cohen nicht wiederzusehen. Es war für mich eine unumstößliche Tatsache, das Krankenhaus aufrecht und auf eigenen Beinen zu verlassen; ich hatte ja schließlich immer noch mein Kettchen mit dem kleinen Anhänger, dem Chaj, um meinen Hals hängen.

Pünktlich um sieben Uhr wurde ich abgeholt, in den OP-Saal geschoben, der Narkosearzt trat an mich heran und sagte hinterhältig: »Halten Sie doch mal eben selbst die Maske. Nur damit sie richtig passt.« Ich hielt mir also die Maske vors Gesicht und schon war ich weggetreten. Vor Narkoseärzten muss man sich in Acht nehmen.

»Hallo, aufwachen, hallo!«
Jemand schnippte mit den Fingern, eine Gestalt in einem grünen Mäntelchen beugte sich zu mir und fragte: »Wie heißen Sie?«
»Bernd Schmidt.« Was für eine blödsinnige Frage.
»Wie viel Finger sehen Sie?«
»Drei«, antwortete ich und wenn du mich weiter beim Schlafen störst, dann beiße ich sie dir ab, dachte ich.
»Er ist wach«, sagte das grüngekleidete Wesen. »Ab auf die Intensivstation.«

Nun lag ich auf der Intensivstation in einer Art Kinderbett mit Sicherheitsgitter, hatte einen gigantischen Verband um Schulter und um meinen Oberkörper, aus mir hingen verschiedene

Schläuche heraus und ich fühlte mich gar nicht wohl. Ganz langsam wurde ich wach und wacher, mein Gehirn begann zu arbeiten, ich schaute mich um und kam zu der Erkenntnis, dass so wohl nicht das Paradies aussehen könne. Und für die Hölle war es nicht warm genug. Mit diesen Gedanken sackte ich wieder weg und wurde zum Glück nicht von fingerschnippenden Grünwesen gestört oder gar geweckt. Der zweite Anlauf gelang mir besser, mein Kopf war viel klarer als vorher und ich kam zu der felsenfesten Überzeugung, dass ich in einem Krankenhaus lag und wahrscheinlich ein Versuchskaninchen für Außerirdische war, denn anders konnte ich mir die Geräte und Schläuche nicht erklären. Daliah stand mitten im Raum, fegte mit einem großen Besen den Fußboden, das Nachbarbett erhob sich und flog davon. Es machte noch keinen großen Sinn, wach zu bleiben, also schlief ich wieder ein.

Der dritte Versuch klappte richtig gut. »Na, endlich«, sagte jemand. »Jetzt sieht er richtig wach aus.« Zwei Krankenschwestern beugten sich über mich, lächelten freundlich und stellten die Frage, die Krankenschwestern und Ärzte immer stellen. »Wie fühlen wir uns denn jetzt?« Wir fühlten uns gut, aber völlig kraftlos, ich öffnete meine verklebten Lippen, grinste dümmlich und verlangte nach Essen.

»Damit müssen wir noch etwas warten, sonst kommt ja alles wieder raus.«

Die Nachwirkungen einer Narkose können schon tückisch sein, das verstanden wir und übten uns in Geduld, bis man uns freiwillig Nahrung geben würde.

Nach einer Stunde war ich in der Lage, gezielt Arme und Beine leicht zu bewegen, aber so ganz stimmte das nicht. Nur einen Arm, nämlich den linken, konnte ich bewegen, der rechte Arm lag unbeweglich auf einer Art Schiene, die ihn wohl zu stützen hatte. Vorsichtig befühlte ich mit der linken Hand das Gebilde, was früher mein Arm gewesen war, der jetzt über und über mit Verbänden umwickelt war, aber wenigstens war mein rechter Unterarm und meine rechte Hand noch vorhanden, also musste auch der Rest noch da sein.

Dies war meine erste Operation und ich hatte keine Ahnung, über all die Routinearbeiten, die ein frisch Operierter über sich ergehen lassen muss. Immer wieder kam eine Schwester, nestelte an den Schläuchen herum, entfernte die Flasche mit Wundflüs-

sigkeit, kam zurück, entfernte den Beutel, der meinen Urin auf-
fing, da man mir in die Harnröhre einen Schlauch zum Wasser-
lassen eingeführt hatte; eine andere Schwester kam und wusch
mir das Gesicht, wechselte dann die Flasche, die an einem Tropf
hing und mich mit Schmerzmitteln versorgte, ein Arzt schaute
vorbei und las die Werte von den Bildschirmen ab und nach 24
Stunden wurde ich endlich aus der Intensivstation in ein freundli-
ches helles Krankenzimmer geschoben. Mitsamt all meinen
Schläuchen, Flaschen und Beuteln. Hier war es gemütlich, hier
ließ es sich aushalten und ich hatte sogar einen Mitbewohner, der
auch in einem Bett lag, aber nach ein paar Tagen schon wieder
verschwunden war. Ich habe mich nicht getraut zu fragen, was
mit ihm passiert war, erfuhr aber später, dass sein **K** ihn besiegt
hatte.

Endlich gab es etwas zu essen und es blieb auch alles da, wo
es bleiben sollte. Meine rechte Hälfte sah so aus, als hätte ich mit
dem Grizzlybär aus dem Film im Kibbuz gekämpft und würde
nun tapfer lächelnd und fachmännisch verbunden und verarztet
im Krankenhaus der amerikanischen Kleinstadt liegen, die ich
soeben vor weiteren Attacken durch den wildgewordenen Bären
beschützt hatte.

Ein paar Tage Ruhe wurde mir gewährt, bis die Kranken-
gymnastin kam und mit mir die ersten Bewegungsübungen
durchführte, die meinen rechten Arm wieder mobil machen sollte. Dazu musste ich meinen Arm leicht nach oben und nach unten bewegen, was anfänglich nur mit großen Schmerzen und
einer unangenehmen Spannung im Wundbereich vonstattenging,
aber es half nichts, das Gewebe musste ja wieder elastisch werden. Der Oberarzt Dr. Schröder teilte mir während einer der
Visiten mit, dass er den Schnitt direkt in meiner Achselhöhle
angesetzt hatte und mich abwärts bis weit unter die Brust aufge-
schnitten, alles ausgeräumt und ausgeschabt und wieder fein säuberlich zugenäht hatte, was ich auch stark hoffte. Der Tumor war
weg und nun musste ich nur noch zu Kräften kommen und meine Beweglichkeit zurückgewinnen.

»Die Narbe ist sehr groß und lang«, sagte Dr. Schröder.
»Aber sowas entstellt ja einen jungen Mann nicht.«
Natürlich nicht.

Bald konnte ich aufstehen, im Zimmer und auf den Fluren
umherlaufen, mir mit einer Hand die Haare waschen und alleine

auf die Toilette gehen; dieser Urinbeutel war mir mehr als peinlich und lästig. Ich war auf dem Wege der Genesung, was keiner abstreiten konnte und ich versuchte Daliah mit links einen Brief zu schreiben, was überhaupt nicht gelang. Mit links schreiben und dann noch hebräische Buchstaben? Unmöglich. Also kaufte ich als Ersatz eine schöne Postkarte und schrieb mit krakeligen lateinischen Buchstaben: *Everything ok. I am in hospital. I feel fine after a big operation.* Die Ansichtskarte frankierte ich und warf sie gleich in den Briefkasten vor dem gläsernen Eingang, wobei mir ein noch viel besserer Gedanke kam. Ich sammelte alle Münzen zusammen, die ich finden konnte, steuerte die nächste Telefonzelle in der Halle an und rief in der Poststelle im Kibbuz und landete auch tatsächlich bei Hannah Salzmann.

»Schalom«, sagte ich.

»Schalom«, kam es uninteressiert zurück.

»Hier ist Berenod«, ergänzte ich.

Erst herrschte eine Sekunde Ruhe, dann kreischte Hannah Salzmann los, dass mir fast das Trommelfell platzte und überhäufte mich mit Fragen, die ich gar nicht so schnell verstand. Ich fiel ihr ins Wort bzw. in den Lärm, den sie veranstaltete und sagte im Telegrammstil: »Alles gut. Mir geht es besser. Ich hatte eine schwierige Operation. Brauche noch etwas Zeit und Ruhe, dann komme ich wieder. Und sag Daliah ...« Die Leitung war unterbrochen, weil ich kein Münzgeld mehr hatte, aber fast alles Wichtige war gesagt.

Beim Verbandwechsel bekam ich doch große Augen über die Größe meiner Wunde, die sehr breit, mindestens 50 Zentimeter lang war und von unzähligen Fäden zusammengehalten wurde. Richtig gruselig sah das aus, beim nächsten Purim konnte ich problemlos als Frankensteins Monster gehen und alle Kinder schön erschrecken.

Vier weitere Wochen verbrachte ich im Krankenhaus, die mit Bewegungsübungen, Nachsorgeuntersuchungen aller Art und vielen Arztgesprächen ausgefüllt waren, bis ich meine Tasche packen durfte und nach Hause ging. Am folgenden Tag suchte ich meinen Hausarzt auf, der mir gratulierte, mir eine Krankschreibung für weitere sechs Wochen zur völligen Genesung ausstellte und zum Abschied sagte: »Sie haben sehr viel Glück

und wahrscheinlich einen Schutzengel gehabt.«
Ich war ganz sicher, dass ich einen Schutzengel hatte.

Die Wochen der Genesung taten mir sehr gut, ich kam zu Kräften und fasste bereits einen Abflugtermin nach Israel ins Auge, nahm einen Kalender zur Hilfe und stellte fest, dass Daliah eigentlich jetzt auf Heimaturlaub sein musste; also rief ich gleich in der Poststelle im Kibbuz an und erwischte Hannah Salzmann, was eigentlich auch kein Wunder war, schließlich arbeitete sie dort.

»Schalom, hier Berenod.«

»Berenod! Schalom, Schalom. Bin ich froh, dich zu hören. Geht es gut?«

»Ja, ich bin fast wieder gesund und muss noch Kräfte sammeln. Sag Daliah Bescheid, dass ich um 18 Uhr anrufe.«

»Beseder, Berenod. Komm bloß bald wieder.«

Um Punkt 18 Uhr rief ich wieder in der Poststelle an und hörte seit Wochen Daliahs Stimme, die einfach nur *Hallo* sagte.

»Daliah, ich bin es, Berenod«!

Ich hörte förmlich, wie Daliahs Tränen auf den Boden fielen.

»Endlich! Wie geht es dir? Ist alles in Ordnung? Bist du gesund? Ich sterbe vor Sorge.«

»Ja, gesund bin ich. Allerdings noch etwas schwach. Geht aber jeden Tag aufwärts.«

Daliah schwieg, was nicht ihre Art war.

»Ist bei dir alles in Ordnung, Daliah?« Immer noch Schweigen.

»Daliah!«

»In meinem nächsten Urlaub besuche ich meine Eltern.«

»Wie schön. Habt ihr euch versöhnt?«

»Sie wollen mich mit ihrer Empfehlung bekannt machen. Dem jungen Mann aus gutem Hause, der gerade aus dem Iran eingewandert ist.«

Ich war sprachlos und musste heftig schlucken, das leidige Thema war also immer noch nicht vom Tisch.

»Aber du willst ihn doch gar nicht!«

»Natürlich nicht! Aber ich kann nicht die Einladung meiner Eltern ausschlagen. Ich möchte keinen Streit mehr mit ihnen. Berenod, zu zweit waren wir stark …«

Etwas ruppig unterbrach ich Daliah und sagte: »Wann besuchst du deine Eltern?«

»In drei Wochen. Ich fahre direkt nach meinem Dienst nach Tel Aviv.«

»**Wir** fahren direkt nach deinem Dienst nach Tel Aviv«, erklärte ich.

Daliah atmete heftig; das konnte ich hören und nach drei Sekunden begriff sie, was ich meinte.

»Du kommst wieder und willst mich begleiten?«

»Ja, wir brauchen klare Verhältnisse.«

Zu gerne hätte ich das Gesicht von Hannah Salzmann, die mit Sicherheit anwesend war, gesehen, als Daliah nachfragte, ob sie mich richtig verstanden hatte und vor Freude jubelte und lachte, dass ich im fernen Deutschland den Hörer vom Ohr halten musste.

»Wir haben doch eine Vereinbarung, oder?«, fragte ich.

»Ja, die haben wir«, sagte Daliah.

Kapitel 5

Die nächsten Tage und Wochen verbrachte ich einerseits mit Genesung und Kräftigung, andererseits mit der Auffüllung meiner Reisekasse und mit dem Besorgen gewisser Dokumente auf dem Standesamt. In Israel hatte ich kaum Geld ausgegeben; das Leben im Kibbuz ist preiswert und in Bremen lebte ich noch im Hause meiner Eltern, die von meinen neuerlichen Plänen nicht begeistert waren, zumal ich gerade meine Krankheit überwunden hatte. Aber sie ließen mich ziehen, statteten meine Kasse mit 1000 Mark aus und erbaten sich wenigstens ein Foto von Daliah. Das Teuerste an meiner zweiten Reise nach Israel, wo es jetzt im Juni schön warm sein musste, war der Flug, der im Gegensatz zu heute ein kleines Vermögen kostete, weshalb ich mir nur ein einfaches Ticket kaufte, da ich ja auch gar nicht vorhatte, so schnell wieder nach Deutschland zurückzukehren. Meinen Seesack hatte ich in die Mülltonne gestopft und mir stattdessen einen Rucksack gekauft, den ich mit meinen Habseligkeiten vollpackte und Deutschland ein zweites Mal verließ.

Blauer Himmel, ein paar weiße Wolken, viel Sonne und ich saß in meinem Sessel im Flugzeug, drückte mir die Nase am Fenster platt und erkannte schon von weitem die weißen Häuser von Tel Aviv. Daliah wusste, wann unsere Maschine am Ben Gurion Airport eintraf; ich hatte ihr einen Brief mit den Daten in die Kaserne geschickt und sie hatte aus einer öffentlichen Telefonzelle rasch zurückgerufen und den Erhalt bestätigt. Der Tag meiner Ankunft war gleichzeitig ihr erster Urlaubstag nach ihrem 16tägigen Dienst, wir wollten zuerst in unseren Kibbuz fahren und zwei Tage später zu ihren Eltern nach Tel Aviv. Fast drei Monate hatten wir uns nicht gesehen, ich konnte es nicht erwarten, meine israelische Soldatin iranischer Abstammung wieder bei mir zu haben und erhob mich als einer der Ersten aus meinem Sitz, obwohl das ja eigentlich sinnlos war, aber ich konnte vor lauter Ungeduld nicht mehr sitzen.

Die Maschine landete, die Passagiere kletterten aus dem Flugzeug, versammelten sich am Laufband der Gepäckausgabe, ich schnappte mir meinen Rucksack, passierte anstandslos Pass- und Zollkontrolle, stand in der Halle und hielt Ausschau nach dunklen Haaren. Was soll ich sagen, es wimmelte nur so von dunklen Haaren um mich herum, aber plötzlich entstand weiter hinten eine Bewegung, eher eine Art kleiner Tumult und Daliah kam in ihrer grünen Uniform wie ein wilder Stier auf mich zu gerannt, lachte und weinte gleichzeitig, die Leute blieben wie damals auf dem Bahnsteig in Haifa stehen, um nicht umgerannt zu werden, Daliah sprang mich an, schlang ihre Arme um meinen Hals und ihre Beine um meine eigenen Beine und konnte sich überhaupt nicht beruhigen. Mein Hebräisch war etwas eingerostet, aber ich verstand sie trotzdem.

»Du lebst. Du lebst!«

Sie ließ los, suchte festen Halt und nahm mein Gesicht in beide Hände.

»Ani oheved otcha, Berenod. Ich liebe dich über alles.«

Im Bus nach Haifa erzählte ich meiner Daliah all die schlimmen Erlebnisse der letzten Wochen und Monate, aber auch, dass die Prognose der Ärzte positiv für die Zukunft war, es wurde kein weiterer **K** mehr im Körper gefunden. Daliah zupfte die ganze Zeit an mir herum, so als könne sie es gar nicht fassen, dass ich tatsächlich neben ihr sitze. Plötzlich zerrte sie an meinem Jackenärmel und zeigte nach draußen, wo gerade eines der Plakate mit unseren Fotos zu sehen war.

»Das sind wir! Die Plakate sind immer noch da. Das ist ein gutes Zeichen.«

Sie verglich das Foto mit dem Original neben sich.

»Du hast abgenommen. Das müssen wir ändern.«

Nachdem ich meinen Bericht beendet hatte, sang Daliah für mich den Rest der Fahrt leise ihre persischen Liebeslieder, guckte mich mit ihren dunkelbraunen Augen immer wieder an und drückte liebevoll meine Finger. »Ich wusste, dass du gesund zu mir zurückkommst. Wir haben einen Beschützer.«

Mit diesen Worten guckte sie kurz und unauffällig nach oben.

Der Kibbuz bereitete mir und Daliah einen grandiosen Empfang, Irachmiel konnte die Tränen nicht zurückhalten, Hannah und Shlomo gerieten bei unserem Anblick geradezu aus dem Häuschen, meine Hühnerfarmkollegen Uri und Gershon, der dicke Mann aus Österreich, hauten mir immer wieder auf die Schulter, die noch tagelang von den freundlichen Schlägen schmerzte und sogar Pia, die Lehrerin aus dem Ulpan, begrüßte mich mit einer Umarmung. Die letzten Tage des Ulpans waren inzwischen angebrochen, aber mein Hebräisch wäre immer noch besser als das vieler Studenten, die ohne Unterbrechung gelernt hatten, raunte mir Pia zu. Mein Status im Kibbuz war immer noch der eines Studenten für Hebräisch, aber dieser Status sollte sich in den nächsten Tagen zu meiner größten Freude ändern und Daliahs Status ebenfalls. Shlomo trug meinen Rucksack und so spazierten wir, Daliah, Hannah, Shlomo und ich, zu der Ulpan-Siedlung und ich wurde wieder Shlomos Mitbewohner; der Amerikaner Mike hatte sich mit unbekanntem Ziel verabschiedet, worüber keiner so richtig traurig war. Endlich konnten Shlomo und ich uns in Ruhe die Zähne putzen, ohne auf die schrecklichen Gefahren, die eine Zahnbürste heraufbeschwört, hingewiesen zu werden.

Daliah und ich wollten ein paar Minuten für uns haben, entschuldigten uns bei Shlomo und Hannah, und suchten Daliahs Unterkunft auf, wo ich Daliah erstmal meine riesige Narbe auf der rechten Seite zeigte, die vorbildlich verheilt war. Anfassen wollte Daliah die Stelle allerdings nicht. Wie in alten Zeiten legte ich mich auf den Bauch auf Daliahs Bett, Daliah kletterte auf meinen Rücken und so blieben wir bestimmt zwei Stunden liegen, wobei nicht auszuschließen ist, dass wir auch ein paar Minuten einschliefen. Daliah döste noch neben mir, nachdem sie sich von mir heruntergerollt hatte, ich stand auf, griff in die Innentasche meiner Jacke und holte den kleinen Ring heraus, den ich ihr in Bremen gekauft hatte. Er war nicht teuer gewesen, aber ich wollte, dass sie einen Ring von mir am Finger trägt, wenn ich ihr meinen Vorschlag unterbreitete, über den ich die ganzen Wochen nachgedacht hatte.

Daliah kam mir zuvor, denn kaum hatte sie die Augen aufgeschlagen, sagte sie nur: »Zypern.« Als Antwort hielt ich ihr den Ring hin, Daliah schlug die Hände vors Gesicht, guckte aber durch die Finger auf den Ring, nahm ihn mir blitzschnell weg, ich eroberte ihn noch schneller zurück und streifte ihn über ihren Finger; er passte einigermaßen.

»Wann?«, fragte Daliah.

»Sobald deine Dienstzeit bei Zahal vorbei ist.«

»Das ist gut. Ich habe gehofft, dass du so denkst.«

Wir beide brauchten keine vielen Worte, es war alles glasklar für uns. Nicht ganz so glasklar war es für Daliahs Eltern, die nicht ahnten, dass ich, der unbeliebte Goi, ihre Tochter morgen begleiten würde.

Daliah und ich nahmen den Bus von Kiryat Ata, unserer Klein-stadt am Fuße des Hügels, der uns zum Busbahnhof nach Haifa brachte, dort stiegen wir in den Fernbus nach Tel Aviv, um ihre Eltern zu überraschen. Eigentlich war nur ich die Überraschung, denn Daliah selbst wurde ja erwartet, die sie nun endlich über-zeugen wollten, der elterlichen Empfehlung bezüglich eines Hei-ratskandidaten zu folgen, wie es sich für eine gute Tochter gehört. Etwas aufgeregt war ich schon, aber Daliah noch viel mehr, denn es ging ja auch um die Versöhnung mit ihren Eltern. Der Egged Bus fuhr die Küstenstraße entlang, wir passierten die Stadt Hade-ra, die auf halber Wegstrecke liegt, und erreichten die ersten Vo-rorte von Tel Aviv, dieser lauten Metropole am Mittelmeer, deren weiße Häuser man sogar vom Flugzeug gut erkennen kann. Mul-mig war mir nicht zumute, entweder ging es mit oder ohne El-tern.

Am zentralen Busbahnhof von Tel Aviv stiegen wir um in einen Stadtbus, fuhren noch vier Haltestellen und gingen den Rest des Weges zu Fuß, wobei Daliah immer nervöser wurde, was ich dadurch merkte, dass sie meine Hand hielt, dann wieder losließ, mich wieder anfasste, bis wir vor dem Eingang eines ge-pflegten Mehrfamilienhauses standen und Daliah den Klingel-knopf mit dem Namen *Cohen* drückte. Zwei Treppen höher wur-den wir, eigentlich nur Daliah, erwartet.

»Berenod!«

Schwester Nina stand in der Tür und war genauso überrascht wie Daliah und ich.

»Schalom, Nina.«

»Du bist aber mutig, lieber Freund«, lächelte die zweitschöns-te Frau der Welt, wollte weitersprechen, wurde aber von einem fröhlichen Gackern aus Kindermund unterbrochen.

»Schalom, Berenod!«, krähte die kleine Tanit. »Ich kann Hühnersprache. Hör mal.«

Tanit gackerte und krähte so laut, dass auch die anderen Cohens und Omers herbeieilten und sich sehr freuten, uns zu sehen. Anscheinend war die gesamte Familie anwesend. Nun ja, nicht alle freuten sich. Vater und Mutter Cohen sowie Bruder Binyamin standen mit eisigen Mienen im Flur und beobachteten die herzliche Begrüßung.

Vater Cohen schätzte ich auf über 60 Jahre, Mutter Cohen, die ihre eigene Schönheit ganz offensichtlich an ihre Töchter vererbt hatte, schien mir jünger zu sein, was ja auch völlig normal ist.

»Das ist Berenod«, sagte Daliah ganz kurz. »Eigentlich Bernd«, ergänzte sie.

»Er spricht ja nicht mal Hebräisch«, stänkerte sogleich Bruder Binyamin.

»Wahrscheinlich besser als du«, kam meine prompte Antwort auf Hebräisch, worauf Nina und Esther sich große Mühe gaben, nicht zu lachen.

»Komm«, sagte Daliah und zog mich am Ärmel in die elterliche Wohnung. Herr Cohen machte eine Handbewegung, die ich als Einladung interpretierte, ging voraus und der ganze Tross folgte ihm.

Die drei Schwestern nahmen auf dem Sofa in dem sehr großen Wohnzimmer Platz, ich hockte auf der Kante eines Stuhls, Herr und Frau Cohen setzten sich schweigsam auf eine Zweier-Couch und Bruder Binyamin lehnte an der Wand und machte ein grimmiges Gesicht.

»Wir schätzen die Beziehung unserer Tochter zu dir nicht besonders«, fing Herr Cohen in sehr weichem Hebräisch an, wobei er wie alle anderen in Israel auf das *Sie* verzichtete.

»Ich danke, dass mich die Eltern von Daliah trotzdem empfangen«, sagte ich und gab mir große Mühe, den Vater nicht zu duzen, sondern das *Du* blumig zu umschreiben. Esther, Nina und Daliah hingen an meinen Lippen und waren gespannt, ob ich überhaupt weitersprechen durfte.

»Wir hatten uns einen jüdischen Mann für Daliah vorgestellt«, fuhr Herr Cohen fort.

Ich konterte mit der charmanten Bemerkung, die schon Nina seinerzeit zum Lachen brachte.

»Niemand ist vollkommen.«

Ein leichtes Lächeln umflatterte Mutter Cohens Lippen.

»Und so unterschiedlich sind unsere Religionen gar nicht.« Ganz tief durchatmen, Herr Schmidt. Ich erzählte den Eheleuten, dass wir als Kinder in der Schule das Fach *Biblische Geschichte* hatten und dass wir bis zur Geburt von Jesus Christus ziemlich viel über Abraham, Moses und Isaak gelernt haben und diese Geschichten wesentlich interessanter und spannender fanden als die Geschichten, die sich nach der Geburt von Jesus abspielten. Mutter Cohen kniff schon wieder leicht die Lippen zusammen, als würde sie ein Lächeln unterdrücken müssen.

»Adonai ist überall gleich«, schloss ich meinen Bericht. Nun taute das Gesicht von Herrn Cohen etwas auf, denn ich hatte den korrekten Namen für Gott benutzt, aber er fand natürlich weitere Haare in der Suppe und setzte gerade zu sprechen an, als die kleine Tanit laut und verständlich fragte: »Hat Berenod wieder ein Hühnerei in der Tasche?«

Die drei Schwestern auf dem Sofa kicherten los, Mutter Esther zog ihre Tochter zu sich, Mutter und Vater Cohen guckten verständnislos, bis die älteste Tochter ihre Eltern über unseren Sederabend aufklärten.

»Er hat mit euch zusammen Seder gefeiert?«, fragte Herr Cohen zur Sicherheit.

Esther, Daliah und Nina nickten eifrig, denn sie merkten, dass ich gerade einen Pluspunkt eingesammelt hatte.

»Weiß er denn überhaupt, was der Sederabend bedeutet?«, fragte der grimmige Binyamin und wollte mich ins offene Messer laufen lassen. 15 Minuten später beendete ich meine ausführliche Erklärung über den Sederabend und das nachfolgende Pessachfest, wobei ich die überlieferten geschichtlichen Hintergründe in den Vordergrund stellte und danach noch mit dem Ablauf des Sederabends selbst glänzte. Daliah und ihre Schwestern waren angenehm erstaunt; ihre Eltern staunten noch viel mehr und die Stimmung im Wohnzimmer der Familie Cohen lockerte sich von Minute zu Minute.

»Eigentlich hatten wir uns einen anderen Mann für unsere jüngste Tochter vorgestellt«, nahm Vater Cohen das Gespräch wieder auf.

»Ich will aber keinen anderen Mann«, sagte Daliah klipp und klar.

»Aber du wolltest doch auch unter der Chuppa heiraten«, meinte Mutter Cohen, die sich das erste Mal an diesem Gespräch beteiligte.

»Wenn es nicht geht, dann geht es eben nicht«, erwiderte Daliah und Esther drückte ihr anerkennend die Hand.

»Aber heiraten wollt ihr doch, oder?« Diese Frage kam von Vater Cohen und er hätte mich wahrscheinlich mit einem Fußtritt zur Tür hinausbefördert, hätte ich *Nein, warum das denn* geantwortet. Daliah und ich guckten uns an und antworteten gleichzeitig: »Ja!«

Klarer konnte es nun wirklich nicht sein. Bei Vater Cohen kam die praktische Seite zum Vorschein, die ich schon von Daliah kannte, als er fragte: »Und wo, wenn ich fragen darf? In Israel geht es nicht.« Wieder kam die Antwort wie aus einem Mund von Daliah und mir: »Zypern.«

Was in Deutschland allgemeine Verwunderung ausgelöst hätte, wurde hier in Israel als normal und bekannt angesehen und auch Familie Cohen kannte diese Ausweichmöglichkeit auf die Insel Zypern, wenn ein Paar in Israel nicht vor einem Rabbi heiraten konnte oder wollte. Um diesen Menschen die Ausweichheirat auf Zypern zu ermöglichen, hatte sich in Tel Aviv gerade die erste Heiratsagentur gegründet. Diese Agentur bot heiratswilligen Paaren, die verschiedenen Religionen angehörten oder auch israelischen Paaren, die komplett weltlich eingestellt waren und deshalb eine Hochzeit unterm Baldachin und mit einem Rabbiner total ablehnten, das ganze Paket an. Termin beim Standesamt in Larnaka auf der Insel Zypern, Besorgung der notwendigen Papiere und Dokumente, Buchung des Fluges und Hotelreservierung für die, die noch eine Nacht auf Zypern bleiben wollten. All das organisierte diese Agentur für ihre Hochzeitstouristen. Warum gerade Zypern? Weil es nur 40 Flugminuten von Israel entfernt ist. Wer will, kann sich auch woanders trauen lassen; Dänemark war auch ein beliebtes Ziel für eine schnelle unkomplizierte Trauung auf dem Standesamt. Aber Zypern ging schneller.

Vater Cohen war noch nicht überzeugt. *Was ist mit Kindern? Ja, gerne. Wie werden sie erzogen? Jüdisch, aber mit Weihnachten. Wollt ihr in Israel bleiben? Ja. Möchtest du nicht lieber konvertieren? Nein. Seid ihr euch wirklich einig. Ja.*

Daliah merkte, dass wir fast schon gewonnen hatten, stand auf, trat hinter mich und legte mir die Hände auf die Schultern, ihre Schwestern folgten ihr und stellten sich demonstrativ daneben. Mutter Cohen schaute ihren nachdenklichen Mann an und machte die auffordernde Handbewegung, die ich schon von Daliah kannte: Handflächen nach oben gedreht, gestreckte Finger. Vater Cohen seufzte, was wie eine gequälte Zustimmung klang, als es an der Tür klingelte. Er stand auf.

»Ich regele das«, sagte er nur.

Ich ahnte, wer da an der Tür klingelte; es war bestimmt der junge Mann, der Daliah kennenlernen wollte. Alle vier Frauen starrten gespannt in den Flur, man hörte Stimmengemurmel, die Stimmen wurden lauter, wieder leiser und dann klappte die Wohnungstür. Zwei Sekunden später stand Vater Cohen in der Tür. Allein. Alle drei Schwestern stürzten sich auf den armen Mann, zerrten ihn auf das Sofa, drückten und herzten ihn und Frau Cohen tätschelte mir die Hand. Herr Cohen hatte den Mitbewerber wieder weggeschickt.

Daliah sprang auf, kramte in ihrer Tasche, kam mit einem Foto in der Hand wieder zurück und hielt es ihrem Vater vor die Nase. Frau Cohen gesellte sich dazu und die ganze Familie staunte über das schöne Foto von Daliah und mir aus dem Friseursalon in Kiryat Ata. Mutter Cohen kochte schnell einen Tee, stellte Kekse auf den Tisch, ermahnte Daliah, nicht zu krümeln, Tanit lachte und freute sich, weil das langweilige Gerede endlich beendet war und nur Bruder Binyamin war missmutig; mit ihm wurde ich auch später nie richtig warm. Am frühen Abend verließen wir das gastlich gewordene Haus Cohen in Tel Aviv, stiegen in den Bus nach Haifa und Daliah sang mir mit ihrer wunderschönen Stimme persische Lieder und redete in den Gesangspausen ohne Punkt und Komma. Man sah es ihr im Gesicht an, dass ihr eine große Last genommen war.

Am nächsten Tag wartete die nächste Überraschung auf uns. Man bat uns, in das Büro der Kibbuz Verwaltung zu kommen und der Sprecher der Gemeinschaft, Menachem, unterbreitete uns folgenden Vorschlag: Daliah, die bereits Anwärterin zum Vollmitglied war, wurde Mitglied auf Probe, ich wurde Anwärter. Vorausgesetzt natürlich, wir wollten hierbleiben; man ist ja nicht gezwungen, im Kibbuz zu leben. Wir wollten und sagten ohne Umschweife zu.

»Und nach Daliahs Dienst in der Armee werden wir heiraten«, teilte ich Menachem gleich mit, nachdem wir uns bei ihm für das Angebot bedankt hatten.

»Das haben wir uns alle schon gedacht«, antwortete Menachem. »Mazel tov.«

Nun ist es nicht so, dass jeder Ausländer sich um einen Platz im Kibbuz bewerben kann oder einfach dort bleiben kann; das geht nicht. Aber wenn der Ausländer mit einem Kibbuznik liiert oder gar verheiratet ist, werden natürlich Ausnahmen gemacht; man will das glückliche Paar ja nicht auseinanderreißen oder gar aus dem Paradies, pardon, Kollektiv vertreiben.

Der Ulpan lief noch eine Woche, ich blieb in meiner Unterkunft, die ich mir mit Shlomo teilte, wohnen und nahm die letzten Tage noch eifrig am Unterricht teil. Nach Ende des Ulpans bekamen Shlomo und ich eine reguläre Unterkunft für Anwärter, denn Shlomo war sich mit Hannah einig geworden, sie planten ebenfalls zu heiraten, Hannah war hier aufgewachsen, hatte zwischendurch Pläne, in die Stadt zu ziehen, sich aber doch für das ruhige Landleben entschieden. Und zwar mit dem großen russischen Einwanderer, dem es im Kibbuz auch ganz gut gefiel. Auch wenn Shlomo und Hannah eher weltlich und nicht religiös eingestellt waren, wollten sie der Einfachheit doch lieber in Israel unter der Chuppa heiraten. Daliah und ich wohnten natürlich getrennt, auch wenn wir verbotenerweise schon eine Nacht vor meiner Abreise zusammen verbracht hatten. Aber das geschah aus reiner Verzweiflung und Verzweiflungstaten zählen nicht, belehrte mich Daliah. Nach der Hochzeit würden wir ja sowieso eine Wohnung für verheiratete Paar beziehen. Also keine Eile.

Der Armeedienst rief und Daliah verschwand wieder für 16 Tage in der Wüste Negev, um sich mit Gewehren, Panzern und Vorgesetzten herumzuärgern und ich nahm meine Arbeit auf der Hühnerfarm wieder auf, nachdem der Ulpan beendet war. Die Studentenunterkünfte standen jetzt ein paar Monate leer, Räume und Klassenzimmer wurde gründlich gereinigt, in manchen Fällen renoviert und Pia zog als »Wanderlehrerin« in den nächsten Ulpan, schärfte mir aber noch ein, das Lesen nicht zu vernachlässigen. Meiner alten Freundin Miriam, der ich in langen Sitzungen und bei sehr viel Kakao alles erzählen musste, lächelte und sagte dazu nur: »Du hast es also geschafft, mein Junge.« Über meine Krankheit war sie entsetzt, über meine Genesung glücklich, über meine Rückkehr hoch erfreut und über unseren Besuch bei Mutter und Vater Cohen in Tel Aviv erstaunt.

Eine ruhige Routine trat in mein Leben ein, die mir sehr guttat und mir letztendlich meine ganze Kraft und Gesundheit wiedergab, die landwirtschaftliche Arbeit und das Leben im Kibbuz gefiel mir immer besser, Daliah wurde immer schöner und liebte mich immer mehr, was ich genauso heftig erwiderte. Schawuot, das Wochenfest, das genau 50 Tage nach Pessach gefeiert wird und an den (zweiten) Empfang der 10 Gebote erinnert, hatte ich wegen meiner Krankheit verpasst. Schawuot ist gleichzeitig ein

Erntedankfest in Israel, da in dieser Zeit der Weizen geerntet wird und das war für einen weltlichen Kibbuz viel wichtiger. In der christlichen Überlieferung fuhr just zur gleichen Zeit der Heilige Geist auf die Jünger Jesu hernieder und so wurde im Christentum Schawuot zum Pfingstfest. Also wirklich, wenn da keine Zusammenhänge bestehen. Wir feierten gemeinsam das jüdische Neujahrsfest Rosch ha-Schana und wir fasteten zusammen am Jom Kippur, dem höchsten jüdischen Feiertag.

Deutsch sprach ich kaum noch, höchstens wenn ich Miriam besuchte und manchmal mit meinen ehemaligen Österreichern von der Hühnerfarm, dafür wurde mein Hebräisch immer besser, was Daliah und alle anderen sehr erfreute. Von meinen Freunden Lee und Koichi bekam ich in unregelmäßigen Abständen Postkarten aus den fernsten Ländern. Sie hatten tatsächlich fast alle Länder Europas und sogar Island bereist, hatten zwischendurch gegen Geld auf die Hand irgendwo gearbeitet und schrieben mir die letzte Postkarte aus New York. Sie hatten nämlich herausgefunden, dass die Flüge von Island nach Amerika gar nicht so teuer waren, da man ja schon die Hälfte der Strecke zurückgelegt hatte, wenn man in Reykjavik, der Hauptstadt Islands, eingetroffen war. Also flogen die beiden Weltenbummler gleich weiter in die Vereinigten Staaten. Geantwortet habe ich nicht, weil ich gar nicht wusste, an welche Adresse ich einen Brief schicken sollte, ich wollte warten, bis Lee und Koichi in ihren Heimatländern waren und eine vernünftige Postadresse hatten.

1981

Kapitel 1

Daliah und ich hatten praktisch alle Papiere zusammen, die wir für eine zivile Trauung auf Zypern vorweisen mussten: Pass, Geburtsurkunde und eine Bescheinigung, dass wir beiden vorher noch nie verheiratet waren. Frauen in Israel leisten 21 Monate ihren Wehrdienst und auf einem großen Wandkalender hatte ich mir Daliahs Entlassungsdatum rot angekreuzt. Der 6. September 1981. Die Zeit verfliegt manchmal schneller als man denkt, Daliah hatte bereits ein Jahr in der Armee hinter sich, weitere neun Monate lagen noch vor ihr, die wir auch noch schaffen würden. In einer von Daliahs Abwesenheiten hatte ich mir einen schmucken Bart wachsen lassen, was Daliah allerdings mit einer zielgerichteten Bewegung ihres Zeigefingers an ihre Stirn quittierte.

»Ich möchte wie ein Landarbeiter aussehen«, sagte ich. Daliah gab mir den üblichen Klaps an die Schulter.

»Siehst du hier einen Kibbuznik, der einen Bart trägt?« Im Moment sah ich keinen. Daliah verzog ihren Mund und schüttelte den Kopf.

»Dann rasiere den Bart wieder ab!«
»Er gefällt mir aber.«
»Dann gehst du alleine ins Speisehaus.«
Zwei Tage hielt ich es durch, nahm meine Mahlzeiten im Speisesaal ohne Daliah ein, die neben Hannah saß und mich und meinen Bart keines Blickes würdigte. Wenigstens Shlomo leistete mir Gesellschaft und sagte nur: »Frauen.« Abends rasierte ich mir den Bart wieder ab, Daliah strahlte übers ganze Gesicht und ihr Lächeln war mir mehr wert, als ein paar Haare im Gesicht. Daliah kniff mir in die frisch rasierte Wange und sagte: »Du siehst tausendmal besser aus.« Hannah bestätigte diese Ansicht, Shlomo hielt sich raus und zuckte nur mit den Schultern. Diesen Vorfall trugen wir in ein kleines Heft ein, das uns als eine Art Chronik für unser weiteres Leben dienen sollte, aber es kamen zum Glück nur wenige Meinungsverschiedenheiten dieser Art hinzu.

Der Tag, an dem Daliah ihren Armeedienst beendete, war ein Sonntag, aber sie kam bereits am 4. September, an einem Freitag, nach Hause in unseren Kibbuz. Auffällig an ihrer Heimkehr war, dass sie nicht in der grünen Uniform von Zahal eintraf, sondern in ihrer zivilen Kleidung, womit jedem Menschen, der sie sah, klar war, dass ihre Armeezeit vorbei war. Es war 1981, Daliah und ich waren 22 und 24 Jahre alt, hatten bisher alle Hürden gemeistert und standen nun vor einem weiteren Schritt: Wir wollten endlich heiraten. Beinahe wäre ich vorher aus Israel ausgewiesen worden, weil ich mich bereits so heimisch fühlte, dass ich vergessen hatte, meine erweiterte Aufenthaltserlaubnis zu verlängern und erst, als Hannah Salzmann mit einem Brief des Innenministeriums hinter mir herlief, mich darum kümmerte oder besser gesagt, kümmern musste. Auf schriftlichem Antrag und unter Schilderung der Gründe plus der Bürgschaft meiner Verlobten Daliah Cohen gewährte mir die zuständige Abteilung des Ministeriums weitere sechs Monate. Nach Ablauf dieser Frist musste ich das Land verlassen oder eine Eheschließung mit einer israelischen Staatsbürgerin nachweisen, wobei auch eine im Ausland geschlossene Ehe seine Gültigkeit hatte. Also, Problem gelöst.

Meine ehemalige Soldatin holte ich an der Bushaltestelle in Kiryat Ata ab, sie stieg aus dem Bus, sprang mich mittels der bewährten Daliah-Sprungtechnik an und erdrückte mich fast. »Jetzt wird geheiratet, Berenod!«

Ich setzte die schönste Frau des Universums auf den Boden ab und sagte auf Deutsch:

»Packen wir es an.«

»Ich verstehe kein Wort von dieser harten abgehackten Sprache«, sagte Daliah.

»Du meinst also, dass Hebräisch lieblicher und sanfter klingt?«

»Natürlich tut es das!«

Während wir weiter über dieses nie endende Thema diskutierten, spazierten wir den Hügel zum Kibbuz hinauf, erreichten den Eingang, den wir schon so oft passiert hatten, bogen ab zu Daliahs Unterkunft, die Ex-Soldatin nahm eine Dusche und ich sortierte unsere Dokumente für unsere Heiratsreise ins schöne Zypern. Mit Turban auf dem Kopf und in ein riesiges Laken gehüllt kam Daliah aus ihrem Badezimmer, setzte sich neben mich auf die Bettkante, ich küsste schnell ihre nackte Schulter, bekam den üblichen Klaps und die Frage:

»Wann fliegen wir?«

»Erstmal fahren wir und zwar mit dem Bus nach Tel Aviv zur Agentur für Eheschließungen im Ausland.«

»Beseder«, antwortete Daliah kurz und knapp. *Einverstanden.*

Daliah wollte am liebsten gleich morgen nach Tel Aviv fahren, aber da stand uns der Sabbat im Wege, sodass wir erst Sonntag fahren konnten. Wir nahmen den ersten Bus nach Haifa, erwischten gerade noch den Anschluss nach Tel Aviv und waren bereits am späten Vormittag in der Metropole, die niemals schläft und wo es alles gibt, was das Herz begehrt. Zum Beispiel Reisen zum Zweck der Eheschließung ins benachbarte westliche Ausland. Die Agentur residierte in einem Hochhaus in Strandnähe und Shmuel, der Inhaber, empfing uns wie alte Freunde. »Ich brauche eure Dokumente«, sagte er.

Daliah und ich überreichten ihm unser kleines Paket, Shmuel überprüfte fachmännisch die Vollständigkeit unserer Unterlagen, staunte über mein fließendes Hebräisch, sagte das obligatorische *Beseder* und fragte, ob wir Sonderwünsche hätten.

»Was gibt es denn?«, fragte Daliah.

»Nun, vielleicht ein kleines Buffet im Hotel nach der Trauung. Wer kommt mit?«

»Nur meine beiden Schwestern und meine kleine Nichte.«

»Oder eine Übernachtung im Hotel am Strand von Larnaka. Das buchen die meisten Hochzeitspaare dazu.«

Eine Übernachtung hatten wir sowieso eingeplant, denn wer möchte schon gleich nach der Eheschließung im Ausland wieder nach Hause fahren, also übertrugen wir Shmuel auch gleich die Buchung für eine Hotelnacht für vier Personen. Auf das Buffet verzichteten wir; nur vier Personen an einem Buffet sehen irgendwie komisch aus. Wir konnten uns ja ein nettes Restaurant suchen.

Die Agentur kostete natürlich Geld; der gute Shmuel musste ja schließlich auch leben, aber die finanzielle Seite unserer ungewöhnlichen Hochzeit brachte uns keineswegs in Verlegenheit. Ich hatte mein Geld, was ich aus Deutschland mitgebracht hatte, Daliah hatte den Scheck von der Armee für unser Fotoshooting eingelöst, der Kibbuz beteiligte sich mit einem Zuschuss, da Kibbuzniks eigentlich überhaupt kein persönliches Eigentum besitzen und Vater Cohen half seiner jüngsten Tochter auch mit einer kleinen Geldspritze weiter. »Mit einer Bearbeitungsdauer von zwei Wochen müsst ihr rechnen«, sagte Shmuel, als er uns zur

Tür brachte. »Ich schicke euch die Reiseunterlagen zu.« Diesmal sagte ich *Beseder* und Daliah *Lehitraot*. Auf Wiedersehen.

Wie ein Wirbelwind rannte Daliah die Treppen hinunter und ich sah nur noch ihr hochgestecktes Haar, das bedenklich hin und her schwankte. Daliah war überglücklich und zeigte es der ganzen Welt, während ich als gemäßigter Norddeutscher meine Freude eher verhalten zeigte, aber an diese nordische Reserviertheit hatte sich Daliah längst gewöhnt. »Wir heiraten!«, rief Daliah dem nächstbesten Passanten zu. »Mazel tov!«, schallte es zurück. Daliah kehrte nochmal in den Hausflur zurück, löste ihr verschobenes Haarknäuel, ordnete mit beiden Händen ihr prächtiges schwarzes Haar und steckte es wieder hoch wie es vorher war.

Nachdem der Streit mit Daliahs Eltern beigelegt war, der Typ, der Daliah kennenlernen wollte, sich wahrscheinlich in seinen Schmollwinkel verzogen hatte und Herr und Frau Cohen sich zwar eine bessere Wahl ihrer Tochter vorgestellt hatten, mich aber notgedrungen akzeptierten, fuhren wir ganz schnell bei den alten Herrschaften vorbei, sagten *Schalom* und teilten den Brauteltern mit, dass wir unsere Hochzeit gebucht hatten. Etwas haben sich Herr und Frau Cohen doch gefreut; wenigstens war ich Nichtraucher und Nichttrinker, aber leider auch Nichtjude. Daliah bedankte sich für die kleine finanzielle Unterstützung, ich schloss mich dem Dank an und wir versprachen den Cohens, ihnen das Datum unverzüglich mitzuteilen. »Sobald die Unterlagen da sind, rufst du kurz an, Daliah!«

Die Reisebestätigung kam bereits eine Woche später und das Datum unserer Eheschließung im Standesamt von Larnaka war für den 21. September 1981 um 15 Uhr vorgesehen, also hatten wir noch ein paar Tage Zeit, zu packen, alle Welt zu informieren, insbesondere die Eltern und die Schwestern und unserer landwirtschaftlichen Arbeit nachzugehen, was nicht einfach war, denn jeder gratulierte uns bereits im Voraus. Bei 123 Schulterklopfern hörte ich auf zu zählen und nahm die freundschaftlichen Schläge ungezählt hin. Daliah strahlte eine innere Schönheit aus, dass ich mich manchmal selbst ins Bein kniff, um sicher zu sein, dass ich nicht träumte, aber ich war hellwach und Daliah keine Fata Morgana. Wenige Tage vor unserem Abflug ging ich zu unserem Friseurmeister nach Kiryat Ata, ließ mir ohne Experimente einen kurzen Haarschnitt verpassen, für den ich nichts zu bezahlen hatte, was ich sehr nett fand. Eigentlich nur fair, denn unsere grandiosen Werbefotos hatten dem Friseurgeschäft einen regen Zulauf beschert und für eine volle Kasse gesorgt. Daliah hatte Eltern und Schwestern informiert; alles war geregelt, organisiert und in trockenen Tüchern, wie man in Deutschland zu sagen pflegt und wie es mir ungefiltert auf Deutsch herausrutschte.

»Was hast du gesagt«, wollte Daliah wissen.
Ich machte den Fehler und übersetzte wörtlich.
»Was für Tücher, Berenod? Was in aller Welt willst du in trockenen Tüchern einpacken? Was redest du da? Meinst du Handtücher? Wir brauchen keine Handtücher einpacken. Ich bin sicher, so ein feudales Hotel wird uns auch Handtücher geben.«
»Es ist nur ein Sprichwort, ein geflügeltes Wort aus meiner Heimat.«
»Und was heißt das?«
»Alles in Ordnung«, sagte ich kurz angebunden, weil es mir inzwischen sinnlos erschien, ein deutsches geflügeltes Wort in die hebräische Sprache zu übersetzen. Das machte irgendwie keinen Sinn.
»Nein, nichts ist in Ordnung. Du wolltest mir erklären, was es mit den trockenen Tüchern auf sich hat.«
»Die Bedeutung ist: Es ist alles in Ordnung!«
»Ja, ich weiß, dass alles in Ordnung ist.«
Inzwischen hatten Daliah Cohens dunkle Augen ein kampfbereites Funkeln angenommen, ich beendete die gescheiterte Übersetzung und kann jedem nur raten, keine Sprichworte oder geflügelten Worte in eine andere Sprache übersetzen zu wollen. Das klappt nie. Ich erinnerte mich an einen australischen Volontär bei uns im Camp, der zu mir im Laufe eines Gesprächs die Floskel *it's your cup of tea* benutzte. Er war doch etwas erstaunt, als ich seine Tasse Tee austrank, die er sich gerade frisch aufgebrüht hatte, denn der Sinn dieses Spruches ist eigentlich: Das ist dein Ding, das ist deine Angelegenheit. Aber nicht: Das ist dein Tee.

Zypern ist die drittgrößte Insel im Mittelmeer, hat ungefähr eine Million Einwohner und ist nicht nur bei israelischen Hochzeitstouristen beliebt, sondern auch bei »richtigen« Urlaubern aus ganz Europa. Die Hauptstadt Nikosia liegt im Landesinneren, während unser Ziel, die Stadt Larnaka, direkt am Meer liegt, über feine Sandstrände und jede Menge großer und kleiner Hotels verfügt;

der Tourismus ist eine der wichtigsten Einnahmen des Inselstaa-
tes, der in zwei Hälften aufgeteilt ist. Der Norden der Insel wird
von der Türkei verwaltet, der Süden von der Republik Zypern,
gesprochen wird (im Süden) das zypriotische Griechisch und
Englisch, da Zypern immerhin bis 1960 eine britische Kolonie
war.

Kapitel 2

Larnaka ist etwas größer als unser gutes altes Kiryat Ata in Israel und verfügt im Gegensatz zu unserer israelischen Kleinstadt über einen Flughafen, den wir nun bald anfliegen würden, denn inzwischen war es der 21. September geworden und unsere Hochzeitsgruppe bestehend aus Daliah, ihren Schwestern Nina und Esther nebst Tochter Tanit und mir wartete auf das Boarding. Ich kam mir vor wie der Prinz von Persien persönlich, als ich mit den drei Schönen und einer halben Schönen die Abflughalle betrat, nachdem wir uns alle pünktlich beim Zeitungskiosk getroffen hatten. Nina hatte einen kleinen Hang zur Unpünktlichkeit, weshalb Daliah darauf bestand, dass wir ab Haifa gemeinsam fuhren; die stets vorbildliche Esther hatte zwar den weitesten Weg aus Kiryat Schmona im Norden des Landes, war aber vor uns anderen mit Tochter Tanit am Flughafen. Tanit hatte ich kennengelernt, als sie noch ein Dreikäsehoch war. Heute, zwei Jahre später, war sie schon eine kleine Dame geworden.

»Schalom, Berenod. Heiratest du Tante Daliah im Flugzeug?«
»Nein«, antwortete ich. »Aber auf einer Insel und die ist nur mit dem Flugzeug zu erreichen.«
Tanit würde mal genauso hübsch wie ihre Mutter werden, das konnte man jetzt schon erkennen.

»Und warum heiratet ihr nicht hier?« Kleine Kinder, große Fragen.

»Weil Berenod und Daliah eben nur auf dieser Insel heiraten können«, mischte sich Mutter Esther ein und hoffte, dass der Strom an kindlichen Fragen nun abbrechen würde.

»Wohnt Berenod denn auf dieser Insel?«
»Nein, Berenod wohnt im Kibbuz, da wo Tante Daliah auch wohnt. Das weißt du doch, du Dummerchen.«
»Wohnt der Rabbi auf dieser Insel?«
»Nein, der Rabbi wohnt in Israel.«
»Kommt der Rabbi mit?«
»Nein, Tanit, der Rabbi bleibt hier.«
»Dann können Tante Daliah und Berenod ja gar nicht heiraten!«
Esther war der Verzweiflung nahe, Daliah bekam ganz glänzende Augen und zischte mir zu: »Ich will auch mal so ein schlaues Mädchen haben.«

»Kriegst du«, sagte ich.

Esther versuchte den Wissensdurst ihrer Tochter zu stillen.
»Weißt du, Tanit, man kann auch anders heiraten und den Rabbi weglassen.«

Es wäre jetzt wirklich etwas zu viel gewesen, hier auf dem Flughafen Ben Gurion der kleinen Tanit zu erklären, warum Menschen, die verschiedenen Religionsgemeinschaften angehören, in Israel nicht heiraten können.

Aber Tanit ließ nicht locker. »Ist der Rabbi traurig, wenn er hierbleiben muss?«

»Sheket, Tanit!«, verlor Esther allmählich die Geduld.

Sheket ist ein sehr gebräuchliches und beliebtes Wort in Israel und heißt *Ruhe!* Es wird gerne bei kleinen Kindern, bei mittleren Kindern, bei großen Kindern, in Klassenzimmern, in Universitäten, im Kino, im Gericht, im Krankenhaus, im Theater oder im trauten Heim angewandt. Tanit wusste, wenn dieses Wort ertönte, war Ungemach im Anmarsch und Schweigen von großem Vorteil.

Nun wurde es langsam Zeit mit dem Einstieg, aber stattdessen erschien auf der Anzeigetafel die Meldung *Verspätet* für unseren Flug nach Larnaka, der nur eine knappe Stunde, mit Rückenwind weniger, dauern sollte. Diese kleine Meldung, die auf jedem Flughafen der Welt zu lesen ist und kaum Beachtung findet, wenn man nicht gerade einen zeitlich knapp bemessenen Anschlussflug erreichen muss, löste hier unter den Wartenden einen kleinen Tumult aus.

»Wir haben einen Termin um 11 Uhr. Der Beamte wartete doch nicht«, rief ein Passagier im eleganten Anzug und seine Begleiterin schluchzte haltlos.

»Wir fliegen schon am selben Tag wieder zurück«, giftete eine junge Frau in Ninas Alter.

»Wie sollen wir das alles schaffen!«

Ich folgerte haarscharf, dass es sich bei den von Eile und Terminen getriebenen Menschen sehr wahrscheinlich auch um Hochzeitstouristen handelte, die sich auf dem Standesamt von Larnaka das Ja-Wort geben wollten. Der Gerechtigkeit halber muss ich aber erwähnen, dass es auch Israelis gibt, die nur zum Entspannen nach Zypern flogen oder sich gar an der griechischen Mythologie erfreuten.

Wir flogen weder zur Entspannung noch wegen den griechischen Göttern nach Zypern und waren deshalb wie unsere Mitreisenden auf einen einigermaßen pünktlichen Abflug angewiesen, was meine drei Begleiterinnen genauso sahen. Die drei Schwestern stimmten in den Chor der Unzufriedenen ein, kämpften sich bis zum Abfertigungsbeamten vor und schaufelten den armen Mann mit mündlichen Anträgen, Erklärungen, versteckten Beleidigungen, Forderungen und Bitten zu, wobei sie von den fremden Hochzeitspaaren nach Leibeskräften unterstützt wurden. Nun ist es nicht gerade angenehm, die Schwestern Cohen als Gegner zu haben und der Mann hinterm Tresen wurde leichenblass, als sich Nina, Esther und Daliah immer weiter in ihren berechtigten Ärger hineinsteigerten, bis er endlich die Notbremse zog. Und da war es wieder, das hebräische Zauberwort.

»Sheket!«, brüllte der Angestellte hinter seinem Tresen so laut, dass Tanit zusammenzuckte und meine Hand ergriff. »Sheket! Wir haben nur 10 Minuten Verspätung. Sie werden alle Termine einhalten können.«

Daliah kämpfte sich durch die Menschen zu mir und Tanit durch, strich ihrer Nichte übers Haar und sagte: »Kekse. Ich bin völlig fertig. Ich brauch Kekse. Berenod, sei so gut und kauf uns Kekse. Und nimm Tanit ruhig mit.«

Tanit mochte mich, ich mochte Tanit und so zogen wir beide Hand in Hand los, um uns allen eine nahrhafte Packung Kekse zu besorgen, die wir völlig überteuert im Laden für Reiseproviant kauften.

»Hier. Kekse.«

Mit diesen Worten reichte ich Daliah die Packung.

»Und wo ist Tanit?«

Ja, was fragst du mich. Eben im Geschäft war sie noch da. Daliah gab mir einen Klaps auf die Schulter und sagte leise: »Los, komm, bevor Esther merkt, dass ihre Tochter verschwunden ist.«

Die Suche verlief nicht so reibungslos, wie wir gehofft hatten, denn der Flughafen Ben Gurion ist eher groß und Tanit ist eher klein; im Geschäft für Reiseproviant war sie jedenfalls nicht. Ein paar Wortwechsel später fanden wir Tanit im Bücherladen, wo sie interessiert die bunten Bilder auf den Zeitschriften, die dort ebenfalls zu kaufen waren, betrachtete. Tanit kam in unsere Mitte und wir gingen zu Esther und Nina zurück, als wäre nichts geschehen. Jedenfalls dachten wir, wir gingen zu Esther und Nina zurück, aber Nina war nicht zu sehen. »Wo ist Nina?«, fragte Daliah ihre große Schwester.

»Zeitschriften holen.«

Daliah raufte sich sicherlich innerlich die Haare, versuchte aber ganz ruhig zu bleiben.

»Zeitschriften für einen Flug, der nicht mal eine Stunde dauert?«

»Du kennst Nina, sie muss immer etwas zu blättern haben.« Esther überlegte. »Ich glaube, ich gehe nochmal auf Toilette. Tanit, du kommst mit. Besser hier, als im Flugzeug.«

Inzwischen hatte sich eine ordentliche Schlange vor dem Eingang zum inneren Sicherheitsraum gebildet, von wo aus man zu den verschiedenen Flugsteigen kam. Nina kam mit einem halben Dutzend Zeitschriften in hebräischer und englischer Sprache zurück und fragte: »Wo ist Esther?«

»Auf Toilette«, kam nicht sehr wortreich Daliahs Antwort.

»Keine schlechte Idee«, erwiderte Nina, drückte mir den Stapel Hefte in die Hand und verschwand ebenfalls in Richtung Toilette.

»Ist das immer so, wenn ihr verreist?«, wagte ich zu fragen.

Daliah seufzte. »Du willst nicht wissen, wie es ist, wenn unsere Eltern dabei sind.«

Erstaunlicherweise waren wir alle vollzählig, als das Flugzeug nach Larnaka zum Einstieg bereit war, alle Passagiere wanderten vorschriftsmäßig auf den markierten Fußwegen über das Rollfeld zum Flugzeug und stiegen in die nicht sehr große Maschine ein, die trotz der kleinen Verspätung pünktlich abflog. Wir winkten Tel Aviv zu, Tanit staunte, wie klein alles von oben aussah, das Mittelmeer glitzerte im Sonnenschein, Daliah knabberte Kekse, Esther döste, wobei sie ganz dezent etwas lauter durch die Nase atmete und Nina blätterte nicht in ihren teuren Heften, sondern starrte zusammen mit Tanit aus dem Fenster. Der Mann im eleganten Anzug, der sich am Flughafen Tel Aviv über die Verspätung aufgeregt hatte, kam zu mir und fragte: »Heiratest du auch auf Zypern?« Weil es so war, sagte ich freundlich: »Allerdings.«

Der Mann grinste. »Alle drei?«

Ein guter Witz. »Nein, nur die Schönste.«

»Da fällt die Wahl aber schwer, wenn wir eingetroffen sind.«

Ein Witzbold.

»Die Wahl ist schon getroffen, chawer.«

»Wir heiraten auch«, erzählte der Mann unaufgefordert, aber das hatte ich mir ja schon fast gedacht.

»Für die Armee war ich gut genug, für das Rabbinat nicht. Mein Vater ist jüdisch, meine Mutter nicht, geboren bin ich in Israel. Also weichen wir nach Zypern aus.«

Etwas merkwürdig ist das Heiraten in Israel schon. Zivile Eheschließungen gibt es nicht, Paare werden nur vom Rabbiner in einer religiösen Zeremonie getraut und vorher entscheidet das Oberrabbinat, wer überhaupt heiraten darf. Mein neuer Bekannter hatte Recht: Nur wer eine jüdische Mutter hat, gilt vor dem Oberrabbinat als echter Jude, alle anderen sind als nicht vollwertig anzusehen und dürfen in Israel auch nicht heiraten. Wo käme man denn dahin, wenn das Judentum verwässert wird. Gegen eine Heirat im Ausland kann das Rabbinat nichts unternehmen; es schmollt zwar und ignoriert die Mischehe, aber eine solche Ehe wird wenigstens vom Staat Israel anerkannt. Israel gibt sich in der Tat große Mühe, diese alten Gebräuche zu reformieren, scheiterte aber bis heute am Widerstand der Orthodoxen und des Oberrabbinats. Die Israelis haben eine hochmoderne Armee, leben in einer westlich orientierten Demokratie, hören Popmusik und feiern Schwulen- und Lesbenfestivals, lassen sich aber von den Rabbinern uralte Sitten und Traditionen aufnötigen.

»Warst du in der Armee?«, fragte mich der ärgerliche Mann.

»Ja, aber nicht in Israel, sondern in meiner Heimat.«

»Du bist nicht in Israel geboren?«, wunderte sich mein Gesprächspartner. »Ich höre überhaupt keinen Akzent.«

Das hörte ich natürlich gern und auch Daliah, die die letzten Worte mitgekriegt hatte, war sehr stolz auf mich. Mit einem freundlichen *Schalom* verabschiedete sich der gute Mann und nahm wieder neben seiner Verlobten Platz, während ich meiner Verlobten erzählte, worum es ging und schon wenig später ertönte die bekannte Ansage: *Fasten your seatbealts.* 45 Minuten hatten wir zur Überquerung des Mittelmeers bis nach Zypern gebraucht, eine gute Zeit.

Das Hotel, das uns Shmuel, der Inhaber der Hochzeitsreiseagentur in Tel Aviv gebucht hatte, war erstklassig und man höre und staune, Daliah und ich hatten ein gemeinsames Zimmer, was ja auch nicht mehr moralisch verwerflich war, da wir ja in wenigen Stunden ein Ehepaar sein würden. Esther, Tanit und Nina hatten sich auch ein gemeinsames Zimmer gewünscht, da die beiden Schwestern die Nacht in einem fremden Land und in einem fremden Hotel nicht in einem eigenen Zimmer für jeden verbringen wollten. Zu einsam. Zu langweilig. Wieso einsam? Wieso langweilig? Bei Esther konnte ich das ja verstehen, aber Nina war doch gar nicht mit ihrem Freund Baruch verheiratet und musste doch an einsame und langweilige Nächte gewohnt sein. »Ich weiß nicht, Berenod, frag sie doch«, war alles, was Daliah dazu zu sagen hatte. Oder hatte die charmante Nina etwa andere Moralvorstellungen als ihre kleine Schwester? Drei Frauen orientalischer Herkunft plus ein Mädchen und ein Mann europäischer Herkunft ist keine einfache Sache. Also zog der europäische Mann, während die dreieinhalb Frauen mal Persisch, mal Hebräisch schwatzend das ganze Hotel nach Schnäppchen und Artikeln durchstöberten, die scheinbar alle momentan in Israel nicht vorrätig, ausverkauft oder nie erhältlich waren, alleine los, entdeckte den Mann im eleganten Anzug, der auch heiraten wollte, an der Bar und setzte sich dazu. Neben uns hockten sechs weitere einsame Männer auf ihren Barhockern, die sich auf dezenten Zuruf ebenfalls als Bräutigame aus Israel identifizierten. Alkohol trank keiner von uns; für die Zeremonie wollte jeder einen klaren Kopf behalten.

Der Anzugträger stellte sich als Rafael vor, seine Braut, die er irgendwo in den Weiten des Hotels vermutete, hieß Yael. Ob er sich vielleicht meine beiden Begleiterinnen, also nicht die Braut, ausleihen dürfe? Er hätte ja gar nicht an Trauzeugen gedacht und das würde die Heirat im Standesamt von Larnaka abrunden. »Ich frage Esther und Nina«, versprach ich ihm, worauf er mir einen frischen Orangensaft mit Eiswürfeln spendierte.

Esther und Nina waren mit der Ausleihe einverstanden, zogen sich schnell um und begaben sich mit Rafael und Yael, die hocherfreut über die Idee ihres zukünftigen Mannes war, zum Standesamt in Larnaka, da sie bald an der Reihe waren. Tanit blieb bei mir und gemeinsam warteten wir auf Daliah, die noch schnell beim Friseur war. Als sie kam, fiel ich fast von meinem Barhocker; sie hatte sich die Haare so raffiniert stecken und formen lassen wie seinerzeit bei unserem einfallsreichen Friseurmeister in Kiryat Ata. Die Haare waren straff von rechts nach links seitwärts über den Hinterkopf gezogen und oben an der linken Seite kunstvoll zusammengesteckt und mit einer frisch gekauften

Spange zusammengehalten. Jeder, der Daliah sah, musste denken, ein Mitglied des internationalen Jetsets entspannte ein paar Tage auf der lieblichen Mittelmeerinsel Zypern. Wir sausten nach oben auf unsere Zimmer, zogen uns um und machten uns auf den Weg zu unserem gebuchten Hochzeitstermin; Daliah in einem engen weißen Kleid, ich hatte mir im Hotel, wo man wirklich alles kriegen konnte, was man für eine Hochzeit so braucht, einen dunklen Anzug ausgeliehen.

»Du siehst gar nicht mal so schlecht aus, Berenod«, sagte Daliah. »Wer hätte das gedacht. Als wir uns auf Masada kennenlernten, warst du ein unhöflicher Lümmel, der mir eine leere Dose Cola angeboten hat.«

Ich zeigte Daliah, wie höflich ich sein konnte.

»Du siehst heute auch phantastisch aus, aber du warst schon immer bildhübsch.«

Daliah küsste mich, obwohl Tanit dabei war und sagte: »Berenod, ani oheved otcha, für immer und ewig.«

Wir erreichten das Standesamt, orientierten uns an dem Schild *Happy International Weddings,* quetschten uns in einen altertümlichen Fahrstuhl, fuhren in den dritten Stock und prallten im Flur auf Esther und Nina sowie auf Rafael und seine frischgebackene Ehefrau Yael, die ein paar Glückstränen vergoss. Eine platinblonde und nicht mehr ganz junge Sekretärin rief unsere Namen auf, lotste uns in ein Wartezimmer, wo wir warteten, bis eine andere Türe sich öffnete und ein vornehm aussehender Beamter des Staates Zypern uns hereinbat. Der *Wedding Officer* der Gemeinde Larnaka trug einen blauen Anzug und um den Hals eine gewaltige Goldkette, ein Zeichen für die Amtlichkeit seines Tuns, er schaltete den CD Player ein, der hinter ihm auf einer Kommode stand und für ein paar Minuten lauschten wir der Ballade *Endless Love* von Lionel Richie und Diana Ross, die uns in die richtige Stimmung versetzen sollte. Daliah guckte mich von der Seite mit großen braunen Augen an, drückte meine Hand und sagte ganz leise: »Geschafft.«

Der *Wedding Officer* schaltete die Musik ab, hielt einen richtig guten Vortrag auf Englisch über den Sinn des Lebens, über ewigwährende Liebe und erinnerte uns daran, dass Zypern die ideale Insel für eine Verbindung zwischen Mann und Frau wäre, da Aphrodite, die Göttin der Liebe, gleich in der Nähe aus dem Meer geboren wurde und uns deshalb auf allen Wegen begleiten würde. Nina und Esther standen als Trauzeugen hinter uns, Tanit stand zwischen den beiden Schwestern und langweilte sich etwas, weil sie ja kein einziges Wort verstand. Unser Standesbeamte stellte die Musik wieder an, drehte etwas leiser und stellte die Frage, die auf einem Standesamt üblicherweise mit *Ja* beantwortet wird, fügte noch *bis dass der Tod euch scheidet* hinzu und wartete auf Antworten, wobei er die Braut Daliah aufmunternd anguckte. Ich knuffte Daliah kurz mit dem Ellbogen an, raunte ihr Ja! auf Hebräisch zu, sie lächelte glücklich, wobei ihre Augen immer feuchter wurden und sagte: *Yes*. Wir waren schon ziemlich international. Auch ich sagte *Yes*, hinter uns klatschen Esther und Nina wie verrückt los, bekamen missbilligende Blicke vom *Wedding Officer*, da wir noch die Ringe tauschen mussten, die wir günstig in Haifa gekauft hatten. Daliahs Hände zitterten etwas, der Ring fiel runter, Tanit sammelte ihn auf, umklammerte ihn mit ihrer kleinen Faust und wollte ihn nicht mehr hergeben.

»Bitte«, sagte der *Wedding Officer*. »Ich habe noch drei weitere Trauungen heute.«

Es gab eine kurze Rangelei zwischen Mutter Esther, Nina und der widerspenstigen Tanit, die mit allen Kräften ihre Beute verteidigte, aber letztendlich die schlechteren Karten hatte und sich von Esther den Ring abnehmen ließ, der endlich seinen Platz an meinem Finger einnahm. Daliah und ich waren nun endlich Mann und Frau. Dachten wir. Aber der Standesbeamte belehrte uns, dass die Heiratsurkunden aller Paare noch zur Beglaubigung in die Hauptstadt Nikosia gebracht werden, per Boten zurückkommen und uns im Hotel ausgehändigt werden. Sagen wir mal, wir waren in dem Moment zu 70% verheiratet. Nun brach ein Trubel los, den der Beamte so wahrscheinlich noch nicht erlebt hatte. Daliah, Esther und Nina tanzten, klatschten, sangen und jubilierten; einen dicken Kuss bekam ich von Daliah, einen fast noch dickeren Kuss drückte mir Nina auf und Esther umarmte mich mit der ihr eigenen Verschnürtechnik, die Bewegungen unmöglich machte. Tanit drängelte, Esther hob ihre Tochter hoch, Tanit schlang ihre kurzen Ärmchen um meinen Hals und blieb so, bis wir den Fahrstuhl erreichten. Dann verlangte sie nach Schokolade.

Es war 16 Uhr und das war irgendwie eine ungünstige Zeit. Zu früh für ein Abendessen, zu spät für ein Mittagessen; zu spät wiederum für touristische Unternehmungen, zu früh, um in der

Bar herumzusitzen. Esther, Nina und Tanit zogen sich zurück, wollten sich ausruhen, Daliah und ich spazierten in unserer eleganten Kleidung durch die schöne Parkanlage und zeigten jedem, dass wir ein offizielles Paar waren. Nicht nur ein Paar, sondern ein Ehepaar. Trotz unseres Spaziergangs war es immer noch früh und so eiferten wir Daliahs Schwestern nach und beschlossen, ebenfalls auf unser Zimmer zu gehen.

»Etwas Ruhe und eine Dusche vor dem Abendessen werden uns guttun, Berenod«, sagte Daliah, die Vernünftige, aber schon im Fahrstuhl kam wieder die ungestüme Daliah zum Vorschein, die mich so heftig umarmte und sich an mich drückte, dass ich gegen den Nothaltschalter stolperte und den Fahrstuhl ruckartig zum Stehen brachte.

»Ich liebe dich so sehr, mein Berenod, dass mir fast schwindlig wird«, flüsterte mir meine Ehefrau ins Ohr. »Ich freue mich auf unser Leben im Kibbuz. Wir bekommen eine eigene Wohnung. Wir beide. Du und ich.«

Im Gegensatz zu ihrer restlichen Familie liebte Daliah das einfache Leben im Kibbuz, sie liebte ihre Arbeit und die vielen Menschen, die dort als Gemeinschaft zusammenlebten und sie liebte die wunderbare Natur, die uns umgab.

Kapitel 3

Unsere Nasenspitzen berührten sich, so nah standen wir beieinander und ich hätte stundenlang in Daliahs braune Augen gucken können; Zeit dazu wäre genug vorhanden gewesen, denn unser Fahrstuhl setzte sich nicht wie erwartet in Bewegung, nachdem ich den Notschalter wieder umgelegt hatte. Der Fahrstuhl bewegte sich überhaupt nicht und blieb da wo er war, zwischen den Stockwerken. Wir wollten aber nicht zwischen zwei Stockwerken bleiben, sondern wir wollten auf unsere Zimmer, vielleicht duschen, uns ausruhen und später gutgelaunt zum Abendessen ins Restaurant gehen. Daliah tat das, was die meisten Fahrstuhlbenutzer tun, wenn sie steckenbleiben, sie drückte nacheinander mit steigender Ungeduld alle Etagenknöpfe. Auch die übliche Geste, Handflächen nach oben, Finger gestreckt, half nicht weiter und Daliah schimpfte leise vor sich hin.

»Was ist das für eine ausländische Technik, die nicht funktioniert, wenn man sie braucht. In Israel bleibt man nicht im Fahrstuhl stecken, da drückt man auf einen Knopf und dank unserer fortschrittlichen Technik erreicht man schnell und sicher die gewünschte Etage.«

Ich deutete wortlos auf das Schild des Herstellers. *Made in Israel* stand da unübersehbar, was Daliah keineswegs beeindruckte. »Ein Auslaufmodell. Oder ein gebrauchter Fahrstuhl, den das geizige Hotelmanagement günstig gekauft hat und wahrscheinlich nie gewartet hat.«

Daliah trat gegen die Fahrstuhlwand.

»Sollen wir unseren Hochzeitstag nun im Fahrstuhl verbringen?«

Nein, aber meine wütende Amazone sah bezaubernd aus und stampfte jetzt sogar mit dem Fuß auf, dass der Fahrstuhl leicht wackelte.

»Moment«, sagte ich, studierte all die Knöpfe und drückte den Knopf mit der englischen Bezeichnung für *Notruf*. Eine schrille Sirene ertönte und wurde hoffentlich vom Hotelmanagement richtig gedeutet, aber in den ersten Minuten passierte nichts. Daliah hielt sich schon die Ohren zu und guckte mich vorwurfsvoll an, als hätte ich die Lautstärke der Sirene persönlich eingestellt, sodass ich den Notruf nochmal betätigte und siehe da: Ruhe.

Für Gäste, die im Fahrstuhl stecken, war dieses Hotel nicht sehr zu empfehlen, denn erst nach einer guten halben Stunde ertönte von irgendwoher eine Stimme, die etwas auf Griechisch rief. Meine englische Antwort erreichte den Rufer, denn er antwortete: »Just a Moment! « Der Moment dauerte allerdings eine weitere halbe Stunde und dann schallte die Frage in unser Gefängnis: »Stecken Sie fest?«

»Was sagt er? «, wollte Daliah wissen.

»Ob wir feststecken.«

Daliah holte tief Luft und bedachte den Fragesteller mit einem Schwall Hebräisch, bis ich sagte: »Der versteht bestimmt kein Hebräisch.«

»Mir egal. Jetzt geht es mir besser und er weiß, dass ich wütend bin.«

Mir schien, als hätten unsere Rettungskräfte nun begriffen, dass wir tatsächlich hier feststeckten und zur Untermauerung dieser Theorie drückte ich noch das eine oder andere Mal auf den Knopf, der die Sirene auslöste. Es musste ja im Interesse unseres Hotels liegen, dass das Geheule bald aufhörte. Sicherlich wurden bereits Rettungsmaßnahmen eingeleitet und wir mussten uns nur in Geduld üben. Alles eine Frage der Zeit.

»Hallo!«, ertönte wieder eine Stimme.

»Retten Sie uns jetzt?«

»Ja, Sir, in wenigen Minuten geht es los.«

»Warum nicht sofort?«

»Weil der Hausmeister, der sich mit dem Fahrstuhl auskennt, noch Pause hat.«

»Kann er nicht später Pause machen?«

»Das wäre gegen die Vorschriften.«

Erst schäumte Daliah vor Ärger, verglich die israelische Arbeitsmoral mit der zypriotischen Auffassung von Arbeit, beruhigte sich wieder und sagte: »Ich wollte eigentlich schon die ganze Zeit mit meinem Ehemann alleine sein.«

Daliah kam näher, lächelte verführerisch, nahm mein Gesicht in ihre Hände und bedeckte es mit kleinen Küssen.

»Daliah, gleich öffnet jemand ruckartig die Tür!«

»Na und. Wir sind verheiratet und dürfen das jetzt.«

»Aber nicht im Fahrstuhl!«

»Wir sind im Fahrstuhl nicht verheiratet? Was sind das für komische Sitten.«

»Natürlich sind wir auch im Fahrstuhl verheiratet, aber …«
Weiter kam ich nicht, denn Daliah überfiel mich schon wieder
mit großen und kleinen Küssen und war schon dabei, meine
Krawatte zu lösen, als der Fahrstuhl erst ruckte und sich dann mit
einem schleifenden Geräusch in Bewegung setzte.

»Hat man in diesem Land nie seine Ruhe? Kann eine unbeschol-
tene Ehefrau nicht eine Minute mit ihrem Mann alleine sein?«

Der Fahrstuhl fuhr ein Stockwerk tiefer, wir wurden befreit,
gingen zwei Stockwerke zu Fuß und klopften sachte an die Zim-
mertür der restlichen Familie Cohen, um den Schwestern den
Vorfall zu berichten. Ich erhaschte einen Blick in das Innere des
Zimmers, sah Nina und Esther, die offensichtlich gerade geduscht hatten, in Hotelbademänteln herumsitzen und bekam von
Daliah einen Klaps, den sie mit den Worten *Du wartest draußen*
begleitete. Meine orientalische Frau verschwand in den für Männern verbotenen Gemächern, es ertönte ein Schrei und ein hefti-
ger Wortwechsel, die Tür öffnete sich und Daliah hielt mir ein
DINA4 Blatt mit bunten Buchstaben vor die Nase, das ganz klar
von Kinderhand gemalt war.

»Was steht da?«

»Lift out of service«, las ich vor und übersetzte auch gleich.
Fahrstuhl außer Betrieb. Die Buchstaben waren nur schwer zu entziffern und waren zudem noch in verschiedenen Farben bunt
angemalt.

»Tanit wollte malen«, erklärte Daliah. »Und meine liebe
Schwester Nina hat ihr eine schöne Vorlage zum Abmalen gegeben.«

Sie zog die andere Hand hinter ihrem Rücken hervor und hielt
anklagend das Originalschild hoch, das Nina kurzerhand von der
Fahrstuhltür entfernt hatte, damit Tanit eine Malvorlage hatte.

Nach dem Zwangsaufenthalt im Fahrstuhl wurde es doch später
als geplant, wir strebten unserem Zimmer zu, Daliah verschwand
augenblicklich im Badezimmer und Sekunden später hörte ich die
Dusche rauschen. Nach angemessener Zeit hörten die Geräusche
hinter der Badezimmertür auf, sie, die Tür, öffnete sich und heraus trat Daliah. Sie trug wie immer nach der Dusche ihren Turban auf dem Kopf, auf die Handtücher, die sie üblicherweise um
ihren duschfeuchten Körper wickelte, wie ich es bislang kannte,
hatte sie verzichtet.

»Wir sind ja jetzt verheiratet«, sagte sie nur. Kurz vor 18 Uhr traf der Bote aus Nikosia mit den Hochzeitsurkunden ein, ein Page brachte uns die Dokumente direkt auf unser Zimmer und nun war unsere Trauung tatsächlich in trockenen Tüchern, was ich aber nicht übersetzte. Daliah sprang und tänzelte mit unserer Heiratsurkunde durch das Zimmer und war ein Bild des Glücks. Daliah hieß jetzt Cohen-Schmidt, ich blieb bei Schmidt, aber den Nachnamen Schmidt hat sie später nur selten benutzt; wir beide fanden Cohen schöner.

Am Abend trafen wir uns alle in dem Hotelrestaurant. Esther, Nina und Daliah hatten ihre schönen Kleider, die sie während der Trauung trugen, anbehalten und ich trug auch nochmal meinen geliehenen Anzug; es kamen ja auch bald wieder andere Tage mit derben Hosen und Arbeitsstiefeln. Heute Abend sahen wir jedenfalls elegant aus und morgen früh wollten wir als frischgebackenes Ehepaar nebst Begleitung nach Israel zurückfliegen. Zwischen Daliah und mir passte kein Stück Papier und wenn wir keinen leichten Körperkontakt hatten, so guckten wir uns ziemlich verliebt an, sodass sich Daliahs Schwestern anstießen, kicherten und sich um Tanit kümmerten, die wissen wollte, wann wir, also Daliah und ich, denn nun endlich Kinder kriegen würden. Morgen? Übermorgen?

»Ein paar Monate dauert es wahrscheinlich noch, Tanit«, sagte Esther und Daliah senkte verlegen den Blick. Kaum war das festliche Mahl, das aus vielerlei Geflügel, Lamm und Salaten bestand, beendet, fingen die drei Schwestern leise an zu lachen, mit den Fingern zu schnippen und stimmten ein persisches Liebeslied an, ganz leise, damit andere Gäste nicht gestört wurden. Nur für unseren Tisch sollte es sein, aber die Schwester Cohen hatten die Rechnung ohne die anderen Gäste gemacht, die verzückt der fremden Sprache und der exotischen Melodie lauschten und am Ende so laut und anhaltend applaudierten, dass der Restaurantmanager kam und die Schwestern bat, das Lied noch einmal zu singen und wenn es ginge, etwas lauter. Dieses schöne Lied wünschte allen frisch Vermählten ein langes Leben, Gesundheit und eine reiche Kinderschar.

Also schnippten Daliah, Nina und Esther etwas kräftiger mit den Fingern und sangen dieses bezaubernde Lied sanft, aber so laut, dass alle Gäste es hören konnten, gleich nochmal. Ich bin sicher, dass mich die meisten Männer beneideten, aber ich sage ganz offen, für alle drei Schwestern Cohen zusammen benötigte man eine gehörige Portion Gleichmut und Gelassenheit, so schön die Damen auch sein mochten.

Nachdem der Applaus abgeklungen war, standen wir auf, baten den Ober, alles auf unsere Hotelrechnung zu setzen, die ich gleich morgen beim Auschecken bezahlen wollte, und suchten unsere Zimmer auf, wobei wir auf den Lift verzichteten; Treppensteigen ist schließlich gesund. Eigentlich hätten Daliah und ich für diese Nacht nur ein einziges Bett gebraucht, so dicht schliefen wir aneinander geschmiegt.

Der nächste Morgen bestand aus einem schnellen Frühstück, Ninas, Esthers und Daliahs hektische Sucherei nach Gegenständen aller Art, Warten auf ein Taxi, das uns zum Flughafen bringen sollte, aber nicht kam, langatmige Verabschiedung von Rafael und Yael, die wir aber auf dem Flughafen wiedertrafen und unserer Abreise. Unser Flugzeug startete pünktlich in Larnaka, ich lehnte mich zurück und schlief sofort ein. Israel hatten wir als Paar verlassen und kamen einen Tag später als Ehepaar wieder.

Unsere Geschichte ist hier zu Ende, wir blieben unser ganzes Leben lang in unserem Kibbuz, zogen drei Kinder, Doron und die Zwillinge Yakov und Yael, auf. Den Namen Yael übernahmen wir von Rafaels Frau; der Name gefiel sowohl Daliah als auch mir außerordentlich gut. Alle drei Kinder wuchsen mit zwei Muttersprachen auf: Deutsch und Hebräisch. Daliah wurde mit der Zeit noch schöner, zerkrümelte Kekse nach Leibeskräften, sang mit ihrer klaren Stimme zu jeder Gelegenheit und bei 1.543.679 hörte ich auf, ihre liebevollen Klapse zu zählen.

Die Wahrheit

Die Liebesgeschichte von Daliah und Berenod wurde ein großer Erfolg; das Buch von Bernd Schmidt verkaufte sich nicht nur in Deutschland sehr gut, sondern auch in den USA, in England und vor allem in Israel. Die Geschichte dieser beiden Menschen, die unbedingt zusammen sein wollten, weil sie sich liebten, hatte allerdings einen kleinen Schönheitsfehler. Sie verlief anders als in dem Buch geschildert.

1980 und die folgenden Jahre

Bernds Krankheit verlief keineswegs positiv, der Krebs in seinem Körper war tückischer als vermutet. Nur drei Tage nach der ersten Operation kam Dr. Schröder außerhalb der Visite in das Krankenzimmer seines jungen Patienten, machte ein sorgenvolles Gesicht und sagte: »Wir müssen nochmal operieren. Es ist besser, ich nehme die Milz auch raus. Sie können problemlos ohne Milz leben, Herr Schmidt. Aber so schaffen Sie es besser.«

In Wirklichkeit meinte Dr. Schröder, so schaffen Sie es vielleicht, denn das war die Wahrheit. Der Arzt rechnete für Bernd Schmidt mit einer Überlebenschance von weniger als 30%. Bernd Schmidt, gerade 23 Jahre alt geworden, wollte nicht glauben, was er da soeben hörte, schließlich hatte er völlig andere Pläne. Die schönste Frau der Welt wartete in Israel auf ihn und machte sich verständlicherweise große Sorgen. Wenn schon eine weitere Operation, dann sollte dies zügig geschehen, damit er trotz der neuen Situation möglichst bald nach Israel reisen konnte. »Gut, legen wir los«, sagte Bernd.

Bernd wurde erneut für eine Operation vorbereitet, die Milz wurde entfernt, aber während dieser Operation erkannte Dr. Schröder das gesamte Ausmaß der Erkrankung. Sechs weitere Operationen waren notwendig, um den Tumor, der sich schnell verbreitete, unter Kontrolle zu bekommen und eine minimale Überlebenschance zu erzielen. Bernd Schmidt kämpfte mit allen geistigen und körperlichen Kräften um sein Leben und wenn er nicht völlig entkräftet in seinem Krankenbett lag, befand er sich auf dem Operationstisch im Bremer Zentralkrankenhaus. So langsam schwanden ihm die Kräfte, denn so viele große Operationen zehren an Geist und Körper, weshalb er Prioritäten setzen musste. Er verbannte Daliah Cohen und seine Rückkehr nach Israel vorübergehend in den hintersten Winkel seines Gehirns und konzentrierte sich mit letzter Kraft auf sein Leben. Er wollte nicht sterben. Erst sein Leben, dann alles andere. Natürlich dachte er an Daliah und verfluchte seine Krankheit, aber in erster Linie dachte er daran, wieder gesund werden zu wollen. Eine andere Möglichkeit zog er nicht in Betracht.

Andere Patienten wurden ins sein Zimmer verlegt und verschwanden auf geheimnisvolle Weise so plötzlich wie sie gekommen waren. Eines Tages erschienen Dr. Schröder und eine Menge anderer Ärzte zur Visite und betrachteten den Patienten Bernd Schmidt, der entkräftet in seinem Bett lag und nur noch schlafen wollte. »Sie haben es geschafft, Herr Schmidt. Den bösen Krebs sind sie los. Nun wollen wir noch ein paar abschließende Untersuchungen durchführen, um auch ganz sicher zu sein.«

Die *abschließenden Untersuchungen* dauerten weitere vier Wochen und waren für Bernd Schmidt nur noch eine Tortur. Besonders schmerzhaft war die Entnahme von Knochenmark aus seiner Hüfte, die der Facharzt mit einem kleinen Hämmerchen und einer Art Meißel bearbeitete, aber wenigstens wurde Bernd Schmidt nach dieser Untersuchung im Rollstuhl auf sein Zimmer gebracht. Die Ergebnisse der Untersuchungen ließen keinen Schluss auf weitere Tumore zu und nach sechs Monaten Aufenthalt im Krankenhaus rückte der Tag der Entlassung näher und näher. Bernd hatte 20 Kilo an Gewicht verloren, was eine ganze Menge war, da er ziemlich schlank und groß war und seine Wangen waren blass und eingefallen wie bei einem Toten. Er wurde entlassen, aber er irrte sich, als er annahm, die Quälerei wäre jetzt endgültig vorbei.

Im fernen Israel freute sich Daliah über den positiven Brief von Bernd, den er noch vor der Einlieferung ins Krankenhaus an Daliah geschrieben hatte. Es klang alles nur halb so schlimm und auf ein paar Wochen mehr oder weniger kam es nun wirklich nicht an. Richtig beschwingt setzte Daliah Cohen ihren Dienst in der israelischen Armee fort, lernte schießen, Selbstverteidigung und Nahkampf, robbte durch den Sand der Wüste Negev, vergrub sich in getarnten Erdhöhlen und war voller Hoffnung, dass sie demnächst ein weiteres Lebenszeichen von ihrem geliebten Berenod erhalten würde.

Nach Beendigung dieser harten 16 Tage fuhr sie zurück in ihren Kibbuz, rannte zur Poststelle und fragte Hannah Salzmann: »Hat Berenod geschrieben?«

Hannah schüttelte den Kopf, aber beide Frauen waren guter Dinge, dass Berenod bald schreiben würde. Als auch beim dritten Heimurlaub keinerlei Nachricht für Daliah vorlag, bekam sie es mit der Angst zu tun und schrieb ihrerseits einen Brief an die Adresse, die ihr Berenod hinterlassen hatte. Aber aus unbekannten Gründen kam dieser Brief, in dem sie ihm dringend bat, sich bei ihr zu melden, niemals an. Möglicherweise ging der Brief infolge des Streiks der Israelischen Post verloren, vielleicht war er falsch adressiert und landete als Fundstück in der Nachforschungsabteilung der Deutschen Post oder ein Windstoß wehte den Brief bei der Verladung ins Flugzeug ins Mittelmeer. Bernd Schmidt bekam jedenfalls nie einen Brief von Daliah, die immer verzagter wurde und sich die Augen ausweinte, wenn keiner es sah. Chaya Morgenstern, Hannah Salzmann und die alte Miriam, bei der Daliah Trost und Zuspruch suchte, redeten ihr gut zu und versuchten Daliahs schwere Gedanken zu vertreiben, zumal Daliah selbst all ihre Kraft benötigte. Wochen und Monate zogen ins Land, ein Brief von Berenod traf nicht ein, aber Daliah weigerte sich, an die schlimmste aller Möglichkeiten zu denken.

Daliahs Schwestern Nina und Esther, die Berenod auch gut leiden konnten, waren ebenso ratlos wie Daliah selbst und trösteten ihre kleine Schwester, indem sie sie oft zu sich einluden, um ihr etwas Zerstreuung zu bieten, bis Tanit eines Tages fragte: »Warum kommt Berenod nicht mehr mit? Ich mag ihn.«

Daliah brach in Tränen aus und war nicht mehr zu beruhigen und weinte mehrere Stunden ununterbrochen. Tanit, die dachte, sie hätte etwas Böses gesagt, fing ebenfalls an zu weinen, auch wenn ihre Mutter ihr hoch und heilig schwor, dass es nicht ihre Schuld war.

Gerade als Daliah in den Bus nach Haifa stieg, um ihrer Schwester Nina persönlich den Grund mitzuteilen, warum sie ihren Wehrdienst abbrechen musste, hielt ein Taxi vor Bernds Wohnung, der Fahrer klingelte bei *Schmidt* und wartete auf seinen Fahrgast, den er jetzt jeden Tag zur Nachbehandlung in ein entferntes Krankenhaus zu bringen hatte und auch dort wieder abholen musste, denn die Behandlung hatte es in sich. Zwölf Wochen lang unterzog sich Bernd Schmidt einer Strahlenbehandlung, die sämtliche unentdeckte Krebszellen in seinem Körper ausmerzen sollte, höchst effektiv war und diverse Nebenwirkungen entfaltete. Schon am selben Abend klagte Bernd über Appetitlosigkeit, Übelkeit und aufkeimende Müdigkeit. Er hatte sich noch nicht einmal ansatzweise von den vielen Operationen erholt, aber es ging jetzt noch tiefer bergab.

Ab der dritten Behandlung dämmerte Bernd Schmidt eigentlich nur noch vor sich her, aß wenig, schlief oder döste und hatte sämtliches Interesse an seiner Umwelt verloren. Sein Hebräisch war nicht nur eingerostet, er hatte es in den letzten Monaten bis auf wenige Worte ganz verlernt, da er es nicht mehr benutzt hatte. Daliah und Israel verblassten immer mehr; er hätte sich schon über einen Brief von Daliah gefreut, aber es kam keiner. Nach zwei Wochen setzten neben der Müdigkeit und der Appetitlosigkeit weitere Nebenwirkungen der aggressiven Strahlenbehandlung ein. Bernd Schmidt verlor alle Haare ab Oberlippe abwärts. Er hatte sich aus Bequemlichkeit einen Bart stehen lassen und als er ihn mit der Bürste kämmte, rieselten Unmengen von Barthaaren zu Boden. Brust- und Achselhaare fielen aus und seine Haut auf Rücken und Schulter löste sich unter der Einwirkung der Strahlen in großen Stücken ab. Bernd Schmidt sah fürchterlich aus und fühlte sich auch so.

Nachdem Daliah aus persönlichen Gründen vorzeitig aus der Armee entlassen war, versuchte sie das Beste aus der neuen Situation zu machen, was nicht so schwer war, wie sie es sich vorgestellt hatte, denn der gesamte Kibbuz stand hinter ihr, sodass sie ein normales Leben führen konnte, allerdings ohne Berenod, was ihr sehr schwerfiel. Wie viele Menschen fügte sich Daliah in ihr Schicksal und gestaltete ihr Leben nach besten Kräften, wobei sie von allen Menschen, die sie liebte, nach Leibeskräften unterstützt wurde. In dem Moment, als Daliah den kleinen Anhänger, ihr Chaj, mit den Fingern berührte, nahm Bernd seinen Anhänger ab und legte ihn neben sich auf das kleine Tischchen, da er die Kette während der Strahlenbehandlung nicht tragen durfte. Als er die

Kette wieder an sich nehmen wollte, zuckte er kurz zurück; anscheinend hatte sich die Halskette elektrostatisch aufgeladen und sich an seinen Fingerspitzen wieder entladen.

Als die Strahlentherapie beendet war, sah Bernd aus wie ein Flickenteppich, denn dort, wo seine Haut abblätterte, wuchs neue rosa Haut nach, war sehr empfindlich und schmerzte bei jeder Berührung, weshalb sich Bernd mit einem speziellen Puder von oben bis unten einstäubte, was ihn wahrlich nicht besonders attraktiv machte. Daliah lebte weiterhin als Phantom in seinem Herzen, kam aber nicht zum Vorschein. Nach der Strahlentherapie wurde Bernd zur Genesungskur in eine Klinik im Schwarzwald geschickt, die sich auf Patienten spezialisiert hatte, die diesen besonders tückischen Krebs überwunden hatten. Sechs Wochen lang wurde Bernd Schmidt gemästet, psychologisch betreut und unter den Händen einer charmanten Hautärztin und mithilfe von Salben und Tinkturen wuchs auch die abgestorbene Haut nach, bis Bernd Schmidt äußerlich wie neu aussah, wenn man von den vielen Narben mal absah. Bernd trieb wie besessen Sport, da sich seine gesamte Muskulatur in den letzten Monaten so stark zurückgebildet hatte, dass er nicht mal mehr einen Kasten Coca Cola heben konnte. Jeden Abend sah man Bernd Schmidt in der Sporthalle der Kurklinik, wie er sein Trainingsprogramm absolvierte, das der Physiotherapeut eigens für ihn entwickelt hatte.

Bernds Genesung schritt voran, nach sechs Wochen verließ er die Kurklinik, fuhr nach Hause zurück und wurde dort von seinem Hausarzt weiterbehandelt, der nun für Nachsorge und Vorsorge verantwortlich war und darauf bestand, dass Bernd Schmidt sich einmal jährlich zur gründlichen Untersuchung ins Krankenhaus begab. Zwei Jahre nach seiner ersten Operation im Zentralkrankenhaus von Bremen war Bernd Schmidt geheilt und gesund, aber keineswegs mehr der alte Bernd Schmidt, der er war, als er nach Israel aufbrach.

Zeit heilt alle Wunden und dieses Sprichwort traf auch auf Daliah Cohen zu, die sich mit dem vermeintlichen Tod von ihrem geliebten Berenod abgefunden hatte. Erst recht nach einem Gespräch mit Dr. Wassermann im Rambam-Krankenhaus von Haifa, den sie nochmal aufgesucht hatte.

»Berenod ist nicht zurückgekehrt«, teilte sie dem Mediziner mit. »Sage mir bitte ehrlich, wie hoch seine Chancen waren.«

»Ich wollte es nicht vor ihm sagen, aber die Chance, dass dein Berenod überlebt, war äußerst gering.« Daliah hatte damit gerechnet, trug es mit äußerer Fassung, brauchte aber zwei Jahre, diesen Umstand tatsächlich ganz zu akzeptieren. Daliah wurde vollwertiges Mitglied im Kibbuz, arbeitete fröhlich und gewissenhaft, wurde mit jedem Jahr schöner und machte die Erfahrung, dass das Sprichwort *Das Leben geht weiter* richtig war. Daliah entdeckte eine neue Leidenschaft in sich: das Lesen. Bücher lenkten sie ab, unterhielten sie und entführten sie in eine ganz andere Welt. Sie lachte, sie weinte, sich staunte, was in den erfundenen Geschichten alles passierte. Daliah las historische Romane, Liebesromane, Satiren und besonders hatten es ihr die verzwickten Kriminalromane eines gewissen *Lee K. Smith*, vermutlich ein waschechter Amerikaner, angetan, die sie ein paar Jahre später in der Buchhandlung Klein in Haifa entdeckte.

Bernd Schmidt änderte sich radikal; er lebte und genoss sein zweites Leben in vollen Zügen oder zumindest tat er das, was er zu diesem Zeitpunkt unter *genießen* verstand. In nur wenigen Momenten dachte er an Daliah Cohen und war felsenfest davon überzeugt, dass sie ihn längst vergessen hatte. Welche Frau wartet schon geschlagene zwei Jahre auf einen Mann, der monatelang dem Tod näher als dem Leben stand und der voller Narben an Körper und Seele war. Bernd wusste nun, wie vergänglich das Leben sein konnte, packte seinen Rucksack und ging auf Reisen, nicht ohne seinem Hausarzt zu versprechen, wenigstens einmal im Jahr vorbeizuschauen und ein paar Tage im Krankenhaus zu verbringen, damit alles kontrolliert werden konnte. Schmidts erstes Ziel war Alaska, wo er an einem Schlittenhunderennen teilnahm, er zog weiter nach Kanada, wo er Verwandte besuchte, die in den 50er Jahren auswanderten und die er nie zuvor gesehen hatte. In Kanada blieb der Mann mit dem zweiten Leben ein ganzes Jahr und verdiente sich seinen Lebensunterhalt als Holzfäller in den kanadischen Wäldern, bevor der rastlose Bernd Schmidt nach Südafrika aufbrach, in einer Kneipe einen alten ehemaligen Rhodesier kennenlernte, der ihn sympathisch fand und ihn als Vorarbeiter auf seiner Tabakfarm in Zimbabwe einstellte. Zwei Jahre später strandete Bernd Schmidt in Südfrankreich, wo es ihm gut gefiel und er beschloss, zu bleiben. Als einzige Erinnerung an Daliah und Israel trug der Weltenbummler seine Halskette mit dem kleinen Amulett, die Daliah seinerzeit in Tel Aviv gekauft hatte. Nie und unter keinen Umständen legte Bernd Schmidt diese letzte Verbindung ab.

Langsam ging Bernd Schmidt das Geld aus, er besann sich der Fähigkeit, in andere Welten und Dimensionen einzutauchen und fing an zu schreiben. Er schrieb Kurzkrimis und erstaunlicherweise kurze Liebesgeschichten, die er per Post an bunte Zeitschriften nach Deutschland schickte; im Wartezimmer seines Hausarztes hatte er bemerkt, dass jede Woche Krimis und Liebesgeschichten abgedruckt waren und es gab eine Menge von diesen Zeitschriften, die hauptsächlich von Frauen gelesen wurden. Seine Geschichten waren gut, wirklich gut, wurden angenommen und fortan erfreute Bernd Schmidt unter verschiedenen Pseudonymen die weibliche Leserschaft in Deutschland mit seinen Geschichten.

Ein Zeitschriftenredakteur reichte einige seiner Kurzkrimis an den zuständigen Lektor eines großen Verlagshauses weiter, den er aus dem Sportverein kannte, der Lektor fand an den Geschichten und dem Schreibstil Gefallen, nahm Kontakt zu Bernd Schmidt auf und fragte ihn, ob er auch ein ganzes Buch schreiben könne. Einen Krimi mit einer überraschenden Wende am Schluss. Bernd sagte zu, schrieb jeden Abend in seiner südfranzösischen Wahlheimat ein paar Seiten, dachte sich ein neues Pseudonym aus und der erste Krimi von *Lee K. Smith* mit dem Titel »Todesperlen« erschien in Deutschland und wurde erfolgreich. Der Vorname *Lee* war kurz und knapp, war sowohl weiblich als auch männlich und Smith war ein Allerweltsname. Ein perfekter Name für einen Schriftsteller, der gerne unerkannt bleiben möchte. Der Verlag war sehr zufrieden und bot Bernd Schmidt einen Vertrag an, der ihn verpflichtete, jedes Jahr einen Krimi um den smarten Geheimagenten *Maxwell King,* der auf der ganzen Welt Mörder und Verbrecher jagte, abzuliefern.

Die Kriminalromane waren erst in Deutschland erfolgreich, wurden übersetzt und fanden ihren Weg in amerikanische, englische, spanische und anderssprachige Bücherregale auf der ganzen Welt, so auch in die Buchhandlung Klein in Haifa, wo der Neffe von Herrn Klein, der selbst leider erkrankt war, Daliah Cohen diese Lektüre empfahl, als Daliah mal wieder nach interessanten Neuerscheinungen stöberte. Daliah nahm die Empfehlung an und freute sich fortan jedes Jahr auf einen neuen Krimi von Lee

K. Smith, dessen größter Fan sie wurde. Daliah fand zudem, dass sie genug getrauert hatte und akzeptierte auch eine Einladung von Simon Klein, betonte aber, dass sie nicht ganz unabhängig sei. Simon Klein akzeptierte diesen sehr persönlichen Umstand und ein Jahr später heiratete Daliah Cohen unter der Chuppa Simon Klein.

Zeitgleich machte Bernd Schmidt in Südfrankreich einer gewissen Gabrielle den Hof, gewann ihr Herz und heiratete die irgendwie orientalisch wirkende Frau nur wenig später, um sich fünf Jahre später wieder scheiden zu lassen. Sein scheinbar erkaltetes Herz verglich Gabrielle ständig mit einer anderen Orientalin und der konnte die arme Gabrielle nicht das Wasser reichen. Daliah schaffte ein Jahr mehr, bat aber im sechsten Jahr ihren Ehemann Simon, in die Scheidung einzuwilligen, was er auch tat. Simon hatte sich die ganzen Jahre immer als eine Art Ersatzmann gefühlt, der Rabbi löste das Band der Verbundenheit wieder und versetzte sowohl Simon als auch Daliah in den Zustand vor ihrer missglückten Ehe und gab Daliah den Namen Cohen zurück.

Die Zeit verging und im Jahre 2008 erschien der 20. Kriminalroman von Bernd Schmidt mit dem Titel »Die Villa der vornehmen Mörder« und der Abteilungsleiter für Werbung und Marketing in Schmidts Verlag rührte kräftig die Werbetrommel für das neue Buch. Thomas Werdermann griff zum Hörer und rief den Autor persönlich an. »Bernd, hast du Lust auf Promotion Tour in den USA zu gehen?«, fragte er. »Wie viele Interviews?«, kam die Gegenfrage. Der Erfolgsautor Schmidt war in den letzten Jahren ein griesgrämiger Sonderling geworden, der aufdringliche Journalisten überhaupt nicht ausstehen konnte und schon für so manchen Eklat gesorgt hat. Unvergessen war der Auftritt in einer deutschen Talkrunde, als er dem verblüfften Fragesteller ein Glas Wasser über den Kopf kippte, nur weil der sich nach seinem Familienstand und anderen privaten Dingen erkundigte. Thomas Werdermann kannte seine Pappenheimer und antwortete: »Nur zwei Interviews, aber jede Menge Signierstunden. Geht das klar?« Die Vereinigten Staaten waren neben Deutschland der wichtigste Markt für Bernds Krimis, was der Autor durchaus verstand, und deshalb sagte er zu.

Werdermann schickte ein Mailing an verschiedene Zeitungen und Magazine in den USA, bekam einen Haufen Anfragen und entschied sich für ein Literaturmagazin und ein Magazin, das mit dem »Stern« in Deutschland vergleichbar war. Bernd Schmidt kam eine Reise nach Amerika nicht ungelegen, er musste mal raus aus seinem kleinen Haus in Aix-en-Provence, das er sich vor einigen Jahren von den Tantiemen aus seinen Krimis gekauft hatte; die Geister der Vergangenheit ließen ihn nicht los und manchmal griff er erschrocken unter seinen rechten Arm und kontrollierte, ob sich dort vielleicht wieder eine Beule angesiedelt hatte, was glücklicherweise nicht der Fall war. **K** hatte ihn in Ruhe gelassen, aber mit zunehmenden Alter überlegte Schmidt auch immer öfter, welche Wendung sein Leben ohne diese verfluchte Krankheit genommen hätte, aber mit *wäre* und *hätte* kam er nicht weiter und so stieg er in relativ guter Laune in Paris in sein Flugzeug und flog nach New York.

Der Chefredakteur des bekannten Unterhaltungsmagazins mit einer enorm hohen Auflage durchforstete seine Liste mit Terminen, Aufgaben und möglichen Reportagen, die ihm seine Sekretärin zusammengestellt hatte und überlegte. Da war doch noch das Interview mit diesem cholerischen Autor aus Deutschland, der seit 20 Jahren die Leser mit seinen Kriminalromanen in Hochspannung versetzte. Ein Interview, das mit Fingerspitzengefühl geführt werden musste, wofür der robuste Henry, der sonst über bekannte Persönlichkeiten schrieb, nicht geeignet war und die zierliche Diane erst recht nicht.

»TJ!«, brüllte Sam Brewster in den Redaktionsraum.

Eine dunkelhaarige Frau Anfang 30 ließ für einen kurzen Moment die Schultern hängen, guckte verzweifelt nach oben, stand von ihrem Schreibtisch auf und marschierte ins Chefbüro.

»Was?«, fragte die Journalistin, die von allen nur TJ, also Tee-Jay, genannt wurde und eigentlich für das Gesundheitsressort zuständig war.

»Du warst schon lange nicht mehr draußen, ich meine, dran an Menschen«, fing der Chefredakteur an. *Dran an Menschen* bedeutete in seiner Sprache ein Interview führen, so viel war schon mal klar.

»Warum nicht Henry?«

»Weil ich Angst habe, dass er und der Typ aufeinander losgehen. Henry ist nicht unbedingt feinfühlig.«

»Wen soll ich interviewen?«, fragte TJ gelassen, obwohl ihr ein anderer Artikel unter den Nägeln brannte.

»Diesen verschrobenen Autor aus Deutschland, der die blutigen Krimis schreibt. Maxwell King, du weißt schon.«

Natürlich kannte TJ die Hauptfigur aus den Romanen von Lee K. Smith.

»Der Typ ist Deutscher?« Das wusste sie nicht.

»Ja, aber das soll keiner wissen. Habe seinem Verlag Stillschweigen garantieren müssen.«

»Spricht er wenigstens Englisch?«, fragte TJ.

»Mindestens so gut wie du.«

»Haha«, erwiderte TJ nur, die diese kleine Spitze sehr wohl verstand, denn sie stammte nicht aus den USA und sprach zu Anfang mit einem unüberhörbaren Akzent, den sie aber in den vielen Jahren in Amerika komplett abgelegt hatte.

»Hier ist das Hotel, wo er wohnt. Er weiß Bescheid und erwartet dich.« Der Chefredakteur reichte TJ einen Zettel mit der Adresse des Hotels.

»Wann?«

»Morgen Vormittag.«

TJ erhielt noch eine genaue Einweisung, welche Fragen unbedingt zu vermeiden waren, stellte einen Fragenkatalog zusammen und machte Feierabend.

Pünktlich am nächsten Vormittag betrat TJ gut vorbereitet das Hotel, wo Bernd Schmidt alias Lee K. Smith untergebracht war, setzte sich in die Lounge und wartete, denn wie die meisten bekannten Persönlichkeiten, die interviewt werden sollten, war Mister Smith unpünktlich. Nach 10 Minuten erschien ein großer grauhaariger Mann in Jeans, den TJ auf Anfang 50 schätzte, schaute sich suchend um, sie winkte und er kam auf sie zu.

»Wollen Sie das Interview führen, das mir mein Verlag aufgedrängt hat?«, fragte Mister Smith in leidlichem Englisch.

»Ja, die bin ich«, antwortete TJ und fühlte sich gar nicht mal unwohl. Sie hatte sich als gute Journalistin natürlich über den Autor Lee K. Smith informiert und war dabei auf Interviews mit ihm gestoßen, die völlig aus dem Ruder liefen. Aber dieses ungute Gefühl der Unsicherheit, das jeden Journalisten befällt, wenn er vor einem Interviewmonster steht, überkam sie nicht. Bestimmt alles Übertreibungen. Ganz im Gegenteil, Lee K. Smith kam ihr vor wie ein guter Bekannter und so benahm sich auch der Schriftsteller Bernd Schmidt, der zuerst von der Schönheit der Journalistin mit den braunen Augen und dann von ihrer Liebenswürdigkeit überrascht war.

»Nennen Sie mich TJ«, sagte TJ zur Begrüßung. »Alle nennen mich TJ.«

»Gut, warum nicht. Sagen Sie ruhig Lee zu mir. Ist kurz und bündig.«

So begann Bernd Schmidt alle seine Interviews und fügte immer hinzu: Dann wird die Fragerei auch kurz und bündig. Auf diese dumme Floskel verzichtete er heute; er hielt sie für nicht angebracht. TJ wunderte sich über die seltsam vertraute Ausstrahlung dieses Mannes und wusste überhaupt nicht, wo sie dieses Gefühl einzuordnen hatte und auch der grauhaarige Mann ließ nicht die Augen von TJ, mit denen er die hübsche Frau regelrecht scannte, aber keineswegs böse oder mit unlauteren Absichten.

Das Interview dauerte über zwei Stunden und TJ tat all die gemeinen Dinge, die man über Lee K. Smith und wie er Kollegen behandelte, lesen konnte, als Legenden aus der Welt der Reporter ab, sie wollte überhaupt nicht aufhören und Bernd Schmidt ging es ebenso. TJ arbeitete alle Fragen von ihrer Liste ab, vermied alle privaten Fragen und gewöhnte sich an den leichten deutschen Akzent, erfand sogar noch Fragen, bis Bernd Schmidt sich lachend zurücklehnte und TJ sich fragte, woher sie dieses Lachen kannte. »Dauern alle Interviews mit Ihnen so lange?«, wollte Schmidt wissen.

Eine Antwort wollte er gar nicht hören, es war eine rein rhetorische Frage.

»Ich habe Hunger. Interviews sind anstrengend. Kommen Sie mit ins Restaurant?«
Bernd Schmidt zeigte auf den Eingang zum hoteleigenen Restaurant und kannte sich selbst nicht wieder; noch nie hatte er den Wunsch verspürt, mit einem dieser lästigen Reporter mehr Zeit als nötig zu verbringen.

»Gute Idee«, antwortete TJ und freute sich.

Bernd Schmidt bestellte vier »fried eggs« mit Toast und eine große Cola, TJ nahm einen großen gemischten Salat mit Hühnerbrust, Champignons, Salatblättern, Tomaten und Gurken und während der Mahlzeit scherzten TJ und der bekannte Schriftsteller von spannenden Kriminalromanen, als wären sie seit Jahren beste Freunde. Bei anderen Frauen von TJs Kaliber wäre sofort

Bernd Schmidts Jagdinstinkt ausgebrochen, bei dieser jungen Frau mit den dunklen Augen kam er nicht zum Vorschein.

»Die Eier sind phantastisch. Nicht zu weich, nicht zu hart«, sagte Bernd. »Probieren Sie mal ein Stückchen.« Er schob seinen Teller einladend in TJs Richtung und zeigte lächelnd auf ein besonders lecker aussehendes Eigelb. TJ kam überhaupt nicht auf den Gedanken, abzulehnen und schob ihre Gabel unter das Eigelb auf Bernds Teller.

»Aber nur, wenn Sie mich nicht als Eierdieb bezeichnen«, lachte sie.

Die Wirkung dieser Worte auf Bernd Schmidt war verheerend, er ließ seine Gabel fallen, sprang auf, kippte sein Glas Cola um, das vom Tisch fiel und in Tausend Stücke zerbarst, der Kellner eilte besorgt herbei und beseitigte das Malheur, während Bernd Schmidt, der leichenblass geworden war, die junge Frau anstarrte, die regungslos auf ihrem Stuhl saß und immer noch die Gabel hielt, von der langsam und unbeachtet das Ei herunterfiel. Er erinnerte sich sehr gut an das kleine Mädchen, dem er damals kurz vor dem Sederabend den Kibbuz und die Tiere gezeigt hatte und die ihn in ihrer kindlichen und niedlichen Art und Weise als »Eierdieb« bezeichnet hatte. Ein einziger Impuls hatte genügt, um Berenods Erinnerungen aus dem Tiefschlaf zu erwecken.

»Tanit«, sagte Bernd Schmidt leise und eher zu sich selbst, bevor er sich abrupt umdrehte und mit langen Schritten das Restaurant verließ.

»Woher kennen Sie meinen Namen?«, wollte TJ noch wissen, aber da war der Schriftsteller schon verschwunden. Tanit Johannsson, geborene Omer, aus der israelischen Kleinstadt Kiryat Schmona, war fassungslos, als ihr dämmerte, wen sie da gerade interviewt hatte. Tanit Johannsson, die alle nur TJ nannten und die seit Jahren in den Vereinigten Staaten lebte, nachdem ihre Eltern Esther und Eliah sie auf eine amerikanische Universität geschickt hatten, Tanit, die hier in Amerika einen Douglas Johannsson geheiratet hatte, fühlte, wie ihr Herz immer schneller schlug. Deshalb diese unerklärliche Vertrautheit, diese gegenseitige Sympathie.

»Berenod, der Eierdieb«, sagte sie. »Er lebt.«

Obwohl Tanit damals noch sehr klein war, konnte sie sich genau an Berenod erinnern, denn ihre Mutter hatte ihr oft genug von der tragischen Liebe zwischen Daliah und Berenod erzählt.

Sowohl Tanit als auch Bernd Schmidt waren überwältigt von ihrer gemeinsamen Entdeckung, wussten aber nicht genau, wie sie sich verhalten sollten. Tanit hatte einen Ehemann, mit dem sie diese Angelegenheit besprechen konnte, Bernd Schmidt hatte keinen, mit dem er über diesen Vorfall sprechen konnte.

»Vielleicht ist er es ja gar nicht«, sagte Douglas Johannsson. »Er hat meinen Namen gesagt und war total erschrocken.«

»Er kann deinen Namen aus der Redaktion erfahren haben«, hielt ihr Ehemann dagegen. »Du hast ihn ja nicht mal vorher erkannt und vielleicht hat er draußen etwas gesehen, was ihn so heftig reagieren ließ. Wer weiß das schon.«

Douglas überlegte, während Tanit schwieg.

»Bevor du alle Welt verrückt machst, finde heraus, ob es wirklich die große Liebe deiner Tante Daliah war, auf die du da rein zufällig gestoßen bist.«

Tanit musste zugeben, dass ihr Mann mit seinen Gedanken nicht gar so falsch lag; es könnte auch ein gigantischer Zufall und eine absolute Fehlinterpretation gewesen sein.

Bernd Schmidt hingegen wusste, dass es zwar ein gigantischer Zufall, aber keine Fehlinterpretation war. Es war Tanit Omer aus Kiryat Schmona, die ihn interviewt hatte und er war Berenod, der Eierdieb aus längst vergangenen Tagen. Die Begegnung mit Tanit, der kleinen Tanit, hatte Bernd Schmidt völlig aus der Bahn geworfen, er packte seinen Koffer, ließ alle Termine sausen und verließ die Vereinigten Staaten Hals über Kopf. Der Mensch Bernd Schmidt hatte keine Ehefrau, mit der er alles in Ruhe bereden konnte, aber der Schriftsteller Schmidt konnte sehr gut schreiben, setzte sich an seinen Computer, nachdem er seine Fassung wiedergewonnen hatte, ließ äußerst schmerzlich die Vergangenheit aufleben und schrieb ein Buch über sich und Daliah Cohen, der schönen Iranerin, Israelin und Soldatin, die er damals als junger Mann mit und von ganzem Herzen liebte, der er versprach, wiederzukommen und dieses Versprechen nicht einhielt.

Berenod stellte Telefon und Klingel ab, setzte sich an seinen Computer, konzentrierte sich und ging zurück in seine eigene Vergangenheit und wie immer, wenn er in andere Welten entschwand, sah er das Geschehen deutlich vor sich. Bernd Schmidt war nicht nur ein guter Schreiber, sondern auch ein schneller Schreiber; nach drei Monaten lehnte er sich zurück und sagte: »Geschafft.«

Aus dem tatsächlichen Ende, als er Israel verlassen musste und Daliah nie wieder sah, machte der Schriftsteller Schmidt in seiner Geschichte ein Ende, so wie er es sich für Daliah und sich gewünscht hätte und hatte dabei das erlösende Gefühl, endlich mit der unglücklichen Liebe seines Lebens abschließen zu können. Mehrmals rannen ihm dabei die Tränen über sein Gesicht, mehrmals musste er laut auflachen und Schuld daran war die groß gewordene Tanit Omer aus New York, die das geheime Codewort zu seinen stillgelegten Erinnerungen ausgesprochen hatte.

Bernd Schmidt rief seinen Verleger an, stellte ihm sein ganz persönliches Projekt vor und bat um Veröffentlichung, wobei das Buch unter seinem richtigen Namen erscheinen sollte. »Schick mir das Manuskript per Mail zu. Ich überfliege es und gebe dir Bescheid.« Der Autor Bernd Schmidt war eines der besten Pferde im Stall des Verlagshauses und Schmidts Lektor, der das Manuskript zu bewerten und zu bearbeiten hatte, wollte ihn nicht verärgern, obwohl er sich für die Geschichte von Daliah und Berenod keine großen Chancen bei der lesenden Kundschaft ausrechnete. Trotzdem stimmte er der Veröffentlichung zu und war angenehm überrascht, als sich das Buch zu einem Bestseller entwickelte. Der Lektor gab eine Übersetzung in Auftrag und nach einem Jahr erschien das Buch in ganz Europa, in den USA und natürlich auch in Israel, wo es lange Schlangen vor den Buchhandlungen auslöste, was wiederum Thomas Werdermann, den Chef der Abteilung für Marketing, veranlasste, bei Bernd Schmidt anzurufen.

»Höre, Bernd«, sagte Thomas Werdermann. »Wir haben eine Anfrage aus Israel. Die größte Buchhandlung des Landes möchte in verschiedenen Städten Signierstunden mit dir abhalten. Was hältst du davon?«
Bernd Schmidt war nie wieder in Israel gewesen, hatte starke innere Zweifel, ob diese Entscheidung richtig war, sagte aber zu.

»Aber hau mir nicht wieder ab, alter Knabe. So wie damals aus New York.«
»Nein, mache ich nicht«, versprach Bernd, der einen gewagten Plan gefasst hatte. Er wollte Daliah suchen.
Diesmal stopfte Berenod Schmidt sein Gepäck nicht in einen wurstförmigen Seesack, sondern in einen kleinen handlichen Koffer mit Rollen, fuhr nach Paris und nahm dort das Flugzeug

nach Tel Aviv. Drei Stunden später erfreute sich der Wiederkehrer am blauen Mittelmeer und an den weißen Häusern der israelischen Metropole Tel Aviv, passierte keineswegs schneller als damals die Sicherheitskontrollen, denn die Lage im Nahen Osten hatte sich mittlerweile verschärft und jeder Reisende wurde doppelt und dreifach kontrolliert. In der großen Halle blieb Schmidt erstmal stehen und ließ die Menschen, die Ansagen, die fremden und doch vertrauten hebräischen Buchstaben und Schriftzüge und die angenehme Hektik auf sich wirken. Sein Hotel war elegant, modern und hell, alle Angestellten sprachen ein gutes Englisch und hießen ihn willkommen in Israel, dem Heiligen Land.

Gleich nach dem Frühstück holte ihn ein junger Mann ab, der ihm als Dolmetscher diente, denn außer Schalom und vielleicht noch Boker Tov hatte Berenod sein Hebräisch vergessen und eine Übersetzungshilfe brauchte er schließlich, wenn ein Leser einen besonderen Wunsch für eine Widmung hatte. Drei Buchhandlungen in Tel Aviv, die alle zu der größten Buchhandelskette in Israel gehörten, hatte Thomas Werdermann auserkoren, zwei weitere in Haifa und in Jerusalem. Bereits vor der ersten Buchhandlung in der Dizengoff Street wartete eine Traube von Menschen auf die Öffnung der Buchhandlung, Berenod Schmidt betrat das Geschäft durch die Hintertür, nahm an einem Tisch Platz, wobei er von einem Stapel Bücher flankiert wurde, seinem Buch, das die Menschen zum Lachen und zum Weinen brachte.

Geduldig erfüllte Berenod Schmidt all die Wünsche, die ihm sein Dolmetscher übersetzte und schrieb entweder auf Deutsch oder auf Englisch »Für Ruth«, »Happy Birthday, Zwi!« »Gute Genesung, Rachel« oder signierte sein Buch einfach nur mit seinem Namen. Viele Leser fragten, ob die Geschichte wahr wäre. »Sie ist wahr, ich habe sie nur schriftstellerisch etwas aufgearbeitet«, antwortete Schmidt durch den Mund seines Dolmetschers. Im Gegensatz zu früher machte ihm die Öffentlichkeitsarbeit Spaß und am Abend war er erschöpft, aber froh und glücklich.

Am nächsten Morgen fuhren er und sein junger Dolmetscher, der dank seiner Vorfahren fließend Deutsch sprach, nach Haifa.

»Sprechen noch viele Leute Deutsch in Israel?«, fragte Berenod Schmidt den jungen Mann, der Daniel hieß.

»Nicht mehr sehr viele. Die Alten, die noch Deutsch sprachen, sind inzwischen verstorben und nur wenige von den Kindern und

Enkeln sprechen Deutsch. Aber manchmal trifft man noch auf einen.« Daniel lachte und zeigte auf sich.

Gegen zehn Uhr erreichten sie Haifa und wenig später parkte Daniel das Auto vor der größten Buchhandlung der Stadt, der ehemaligen Buchhandlung Klein, die jetzt zu der bekanntesten Buchhandelskette in Israel gehörte. Berenod Schmidt verspürte einen unheimlichen Druck in der Magengegend, als er die Buchhandlung durch die Hintertüre betrat, denn in diesem Geschäft hatte er damals sein Lehrbuch für die hebräische Sprache von Herrn Klein persönlich und in Begleitung von Daliah Cohen gekauft und dem Ladeninhaber beste Grüße von Miriam, Berenods alter und weiser Freundin aus dem Kibbuz, ausgerichtet.

Er nahm an dem vorbereiteten Tisch Platz, signierte, war freundlich und ließ sich von Daniel, der neben ihm saß, die Wünsche für eine Widmung übersetzen. Von den meisten Lesern sah er nur ganz kurz das Gesicht, denn die Leser standen vor dem Tisch, er saß an dem Tisch und wenn er kurz hochschaute, hatte er Hemden, Hosen oder Blusen im Blickfeld.

Die nächsten beiden Leser traten mit einem Buch an den Tisch, eine weibliche Stimme sagte etwas auf Hebräisch, die andere Person schwieg, Daniel schien erstaunt nachzufragen, die Stimme wiederholte ihren Satz und Daniel übersetzte. *Du bist also nicht gestorben.* Bernd schrieb automatisch die ersten Worte in das Buch, stutzte und überlegte. Das ist doch keine Widmung für ein Buch. Gerade als er aufblickte, um zu sehen, wer diesen sonderbaren Wunsch äußerte, knallte ihm die Person, die vor ihm stand, ein Paar alter dreckiger Schuhe auf den Tisch. Daniel und die umstehenden Leute hielten den Atem an. *Deine Schuhe hast du auch vergessen!* Daniel übersetzte brav, was die Person sagte und Berenod Schmidt, dem die Hände so stark zitterten, dass ihm der Kugelschreiber aus den Fingern fiel, erkannte seine eigenen Schuhe wieder, die damals nicht mehr in seinen Seesack passten und die er bei Daliah Cohen ließ, die nun an seinem Tisch stand. Berenod stand auf und im gleichen Moment kassierte er eine Ohrfeige, dass ihm Hören und Sehen verging, er aber tapfer und ergeben stehenblieb und in Daliahs braune Augen blickte.

Als Berenod seine Ohrfeige bekam, wichen die Leute zwar etwas zurück, machten aber keinerlei Anstalten, den Ort dieses hochinteressanten Geschehens zu verlassen, nur Daniel rutschte instinktiv etwas von dem Tisch weg.

»Ich habe auf dich gewartet! Jahrelang. Ich war krank vor Sorge, du blöder Idiot, und jetzt sprichst du nicht einmal mehr Hebräisch.«

Daniel fragte auf Hebräisch zurück: »Soll ich das wirklich übersetzen?«

Daliah Cohen drehte ungeduldig beide Handflächen nach oben und guckte Daniel auffordernd an. Sie war wie Berenod älter geworden, sah nicht mehr wie eine orientalische Prinzessin aus, sondern wie eine orientalische Königin, ihre schwarzen Haare hatte sie wie immer hinten hochgesteckt und mit einer Spange befestigt. Berenod Schmidt hatte eine trockene und zugeschnürte Kehle, sein Herz raste wie wild und sein Pulsschlag erreichte gefährliche Werte. Daniel übersetzte und Schmidt, der Erfolgsautor und Weltenbummler, wusste nicht was er sagen sollte, bis er endlich stotternd fragte: »Hast du mein Buch gelesen?«

»Natürlich habe ich unsere Geschichte gelesen und erst da wurde mir klar, dass du deine Beule überlebt hast. Deine Tochter hat das Buch übrigens auch gelesen. Doron, sag Schalom zu deinem Vater.«

Alle Farbe wich aus Berenods Gesicht, als Daniel diese Worte übersetzte und in der Buchhandlung herrschte eine angespannte Ruhe. Keiner sagte ein Wort, es wurde kaum geatmet, die sonst so lauten Israelis rührten sich nicht und verfolgten mit offenen Mündern die Unterhaltung zwischen Berenod Schmidt und Daliah Cohen.

»Schalom«, sagte Doron, die Tochter von Daliah und Berenod, die das Ergebnis der einzigen Nacht war, die sie zusammen verbrachten. Die Nacht vor Berenods Abreise, als Daliah ihn am Arm in ihre Wohnung zurückzog, der Grund, warum Daliah vorzeitig aus der Armee entlassen wurde, da sie guter Hoffnung war.

Doron war eine hübsche erwachsene Frau, die ihrer Mutter wie aus dem Gesicht geschnitten war, wenn da nicht die hellen Augen gewesen wären, die eindeutig zu Berenod gehörten und mit denen sie ihren Vater nun musterte, der taumelte und sich auf seinen Stuhl sinken ließ.

»Als Tanit das Wort *Eierdieb* benutzte, war es, als hätte sie ein Passwort benutzt«, ließ Berenod übersetzen und schilderte in kurzen Worten die Begegnung in New York, die Daliah sprachlos machte. Ungläubiges Staunen breitete sich in ihrem Gesicht aus.

»Alle Erinnerungen, die ich jahrelang ganz tief vergraben hatte, kamen wieder ans Tageslicht und waren frisch wie gestern, alles war wieder da und ich habe unsere Geschichte aufgeschrieben. Die Geschichte von Daliah und Berenod.«

»Grau bist du geworden und unrasiert bist du auch«, stellte Daliah schon etwas ruhiger fest, aber nun wurde auch ihre Stimme brüchig und ihre Beine gaben nach. Doron hielt ihre Mutter fest, während Daniel aufsprang und einen Stuhl unter Daliah schob, die schon langsam zusammensackte. Berenod sprang auf, lief um den Tisch, kniete sich vor Daliah, nahm ihre Hand und ließ sie nicht mehr los. *Es tut mir leid* half nicht wirklich, aber Berenod Schmidt sagte es trotzdem und fügte den einzigen Satz hinzu, den er noch fließend sprechen konnte: »Ani ohev otach, Daliah.« *Ich liebe dich. Wie* zu Anfang, fügte er noch auf Deutsch hinzu. Das wunderte Daliah überhaupt nicht, denn sie hatte auch nie aufgehört, ihren Berenod zu lieben, auch wenn der jahrelange Verlust und die aktuelle Entwicklung für sie sehr schmerzlich waren.

»Hast du dein Chaj wenigstens noch, Berenod?«, fragte Daliah, während sie wieder aufstand. Sie wollte nicht wie eine alte schwächliche Frau wirken.

Berenod, der mit den Nerven am Ende war, erhob sich auch, griff in seinen Hemdkragen und zog das kleine Amulett heraus, das er all die Jahre nicht abgelegt hatte und hielt es hoch. »Ken«, krächzte er. *Ja.*

In dem Moment, als Daliah und Berenod ihr Amulett berührten, schien es, als hätte jemand die Zeit zurückgedreht.

Daliah hielt sich die Hand vor den Mund und starrte ihren Berenod an. *Wie siehst du aus?*, fragte sie. Auch Berenod konnte nicht glauben, was er sah. Vor ihm stand die junge Daliah in ihrer Arbeitskleidung aus dem Kibbuz Kfar Yochanan, wo ihre Liebe begann. Und Daliahs Augen sahen den jungen Burschen, dem sie den Namen Berenod gegeben hatte, als käme er gerade aus dem Hühnerstall. Dreckige Hosen, derbe Arbeitsstiefel und hier und da mit einer Hühnerfeder geschmückt. *Was passiert hier?*, fragte Dahlia verwirrt, aber nur Berenod konnte sie hören, der sich wunderte, dass er wieder Hebräisch verstand. Doron, Daniel und die vielen Leser, die eigentlich nur eine Widmung für das Buch haben wollten, hörten rein gar nichts. Sie sahen nur Daliah und Berenod, die sich anstarrten und dabei sogar lächelten.

Daliah und Berenod rückten näher zusammen und schauten sich ungläubig um, als wie aus einem Nebel die niedrigen Häuser, die gepflegten Wege und das große Speisehaus ihres Kibbuz langsam Konturen annahmen. *Schau, Berenod,* sagte die junge Daliah. *Unser Speisehaus! Und da ist der Weg zum Olivenhain.* Berenod drehte sich um sich selbst und lauschte. *Hör mal,* sagte er. Daliah lauschte. *Das ist dein Freund Irachmiel, der da wie eine Bergziege lacht,* stellte Daliah fest. *Da, Berenod! Hannah Salzmann,* fuhr sie fort. Der 22jährige Berenod lachte. *Sie hat einen Brief in der Hand und wird ihn bestimmt laut im Speisehaus vorlesen. Er ist ja gemeinschaftliches Eigentum.* Daliah hielt die Nase in die Luft und schnupperte. *Kakao! Miriam kocht uns einen Kakao.* Berenod roch auch den Kakaoduft. *Mit einer dicken Haut obendrauf.*

Die Umstehenden verstanden nicht, was da mit Daliah und Berenod vorging, einige Männer setzten vorsichtshalber ihre Kippa auf und alle verhielten sich ruhig. Es war so ruhig, dass man die sprichwörtlich zu Boden fallende Stecknadel hören konnte. Nur Daliah und Berenod unterhielten sich, als wäre sie an einem anderen Ort.

Berenod schaute seine wunderhübsche Neueinwanderin aus dem Iran an, die kaum 20 Jahre alt war, die ihrerseits den jungen Berenod sah, wie sie ihn in Erinnerung hatte. *Wir waren so jung,* stellte sie fest. Und dann sang sie mit ihrer klaren Stimme ein persisches Lied, wie sie es so oft in dieser Zeit für ihren Berenod getan hatte. Ein Lied, das keiner außer ihnen hören konnte. *Wollen wir hierbleiben?,* fragte Daliah. *Nein,* gab sie sich selbst die Antwort. *Das war bestimmt nicht geplant, dass wir hierbleiben.* Sie zeigte vorsichtig nach oben. *Es sollte wohl nur ein Ausflug sein.* Berenod nickte. *Ja, das glaube ich auch. Aber wir können ja jederzeit auf einen Sprung wiederkommen.* Daliah nahm seine Hand. *Das habe ich auch so verstanden.*

Plötzlich rüttelte jemand an Daliahs Schulter. Es war Doron, die sich große Sorgen um Daliah und Berenod machte. »Ihr wart zehn Sekunden völlig weggetreten und habt kein Wort gesprochen. Ich habe richtig Angst bekommen.«

»Nur zehn Sekunden?«, fragte Daliah. Sie nahm ihre Tochter in den Arm. »Mach dir keine Sorgen. Mit uns ist alles in Ordnung.« Berenod verstand jetzt wieder kein Wort Hebräisch und musste Daniels Übersetzungskünste bemühen. »Ja, es ist alles in Ordnung«, bestätigte er. Daliah lächelte, nahm auch Berenod in ihren Arm und sagte zu Doron: »Wir haben gerade beschlossen, dass dein Vater bei uns bleibt. Er muss uns viel erklären.«

Ende

Liebe Leser, haben Sie eine Mitteilung an den Autor? Oder nur einen netten Gruß? Diese Mailadresse steht Ihnen dafür zur Verfügung:

berenod@gmx.de

Weitere Bücher des Autors:

Gestatten, Kümmel. Von Beruf Katze
Vorsicht, Satire. Nicht nachahmen.

Noch etwas Strychnin, Schatz?
Kurze Kurzkrimis